KB107090

일본근현대문학 총서 3

# 일본근현대문학과 전쟁

### 한국일본근대문학회

제이앤씨
Publishing Company

일본근현대문학 총서 3

# 일본근현대문학과 전쟁

초판인쇄  2016년 03월 23일    초판발행  2016년 03월 31일

저자 마경옥 · 최석재 · 미즈시마 히로마사(외)
편집 한국일본근대문학회

발행처 제이앤씨
등록번호 제7-220호
주소 서울시 도봉구 우이천로 353 성주빌딩 3층
전화 (02) 992 / 3253
팩스 (02) 991 / 1285
URL http://www.jncbms.co.kr
E-mail jncbook@hanmail.net
책임편집 박슬기

ⓒ 한국일본근대문학회, 2016. Printed in KOREA

ISBN 979-11-5917-010-2  93830        값 20,000원

# ┃ 머리말 ┃

## '일본근현대문학과 전쟁'을 발간하면서

　한국일본근대문학회의 일본근현대문학 3번째 총서로 '일본근현대문학과 전쟁'을 발간하게 되었습니다. 전쟁이라는 테마는 세계문학에서도 '사랑' 다음으로 가장 흥미를 끄는 소재일 것입니다. 전쟁은 '민족'과 '국가', '개혁'과 '혁명', '침략'과 '탄압', '평화'와 '평등' 등, 어떠한 주제와 소재로 묘사되든 인간과 인간애를 바탕으로 하고 있습니다. 일본근현대문학에 나타난 전쟁문학도 거의 유사한 공통점을 갖고 있다고 생각됩니다.

　명치유신 이후 일본은 아시아에서 최초로 근대화를 달성하면서 청일전쟁과 러일전쟁을 치르고, 이들 전쟁에서의 승리를 바탕으로 조선을 식민지배하면서 1차 세계대전 때는 연합군에 가담하여 승전국이 됩니다. 그 기세를 몰아 중일전쟁을 일으키고 아시아침략과 태평양 전쟁으로 세계전쟁을 도발한 일본은 히로시마와 나가사키에 떨어진 핵폭탄으로 전쟁의 역사는 막을 내리게 됩니다. 이후 일본에서는 1945년 8월 15일 일본패전을 기준으로 '전전'과 '전후'로 불리게 됩니다.

　그러나 중국에서는 국공내전, 한국에서는 6.25, 인도차이나를 배경으로 한 베트남전쟁 등 아시아에서의 전쟁은 1945년 이후에도 길게 그 운명을 이어가게 됩니다. 즉 일본의 지배로부터는 해방이 되었지만 '전후'라고 일컫는 역사적 파악기점은 일본에서만 유통될 뿐, 일본에 의한 가장 큰 피해국인 한국은 전후라는 표현을 아이러니하게도 아직까지 사용할 수 없는 실정입니다. 때문에 한국인 일본근현대문학 연구자들이 바라보는 일본근현대문학과 전쟁은 분명 일본의 그것과는 다를 것이며 달라야 하는 이유가 있는 것입니다.

　이번 총서는 1부와 2부로 구성되었습니다. 우선 1부의 미즈시마 히로마사의 「전쟁과 문학 – 문학적 저항의 문제를 중심으로–」에서는 '일본근현대문학과 전쟁'의 기획의도를 잘 나타내고 있습니다. '전쟁과 문학적 저항' 내지 '전쟁에 대해 문학은 과연 무엇을 할 수 있는가'하는 의문에서 '전쟁이 일어나지 않게 하기 위하여 문학은 무엇을 할 수 있는가'하는 주제로서, 문학창작자뿐 아니라 문학연구자도 미래에 일어날 지도 모를 전쟁에 저항해야 한다는 당위성을 제공하고 있습니다. 또한 1부에서는 청일전쟁과 러일전쟁, 중일전쟁과 태평양 전쟁에 대한 일본근현대문학자들의 전쟁체험과 민중과 여성등 약자의 수난의 역사로 전쟁을 기록하면서 군국주의와 파시즘에 의한 전쟁의 참혹성을 고발하고 있습니다.

　2부에서는 소위 일본의 '전후'인식과 함께 아시아태평양 전쟁을 타자의 관점에서 바라보려는 논문을 중심으로 묶어보았습니다. 근대 일본이 일으킨 전쟁들의 역사적 실체를 찾아보면서 전쟁이 가져온 상처와 후유증은 아직도 현재진행형인 '위안부', '오키나와', '재일조선인' 문제로 이어진다는 분석입니다. '거대한 세력 간의 구조적 마찰의 결과'라고 하는 전쟁에서 한 개인의 삶과 집단공동체가 어떻게 파괴되고 좌절되며, 그들이 느끼는 고독과 고뇌, 그리고 전쟁 이후 그들은 어떠한 변화를 겪고, 어떠한 치유와 구원이 필요했으며, 어떻게 현실에 적응되어 가는가를 분석하고 있습니다.

　2015년 12월 28일 한일외교장관회담으로 '불가역적 최종합의'라는 의

외의 발표로 대부분의 한국국민들은 분노하고 있으며 아직도 끝나지 않은 일본과의 질곡의 역사를 확인하게 되었습니다. 이러할 때 이번에 기획한 '일본근현대문학과 전쟁'을 통하여 일본문학자들의 고뇌와 일본근대문학연구자들의 생각을 함께 느끼면서 한일양국의 미래지향적 연대를 희망해보고 싶습니다.

끝으로 이번 기획도서에 옥고를 보내주신 필자여러분과 흔쾌히 출판을 허락해 주신 제이앤씨 출판사, 그리고 우리 한국근대문학회의 모든 일을 도맡은 조주희 총무이사와 유미선 사무국장에게도 감사의 말씀을 드립니다.

한국일본근대문학회장
마경옥

# ┃ 차 례 ┃

〔일본근현대문학과 전쟁 ◆ 2부〕

일본근현대문학과
# 전쟁

## 1부

# 전쟁과 문학

## - 문학적 저항의 문제를 중심으로 -

미즈시마 히로마사(水島裕雅)*

## 1. 들어가며

이번에 부여받은 과제는 〈전쟁과 문학〉으로 범주가 매우 넓다. 다루어야 할 범주를 좁혀 '전쟁과 문학적 저항' 또는 '전쟁에 대해 문학은 과연 무엇을 할 수 있는가' 하는 것, 나아가 '전쟁이 일어나지 않게 하기위해 문학은 무엇을 할 수 있는가'로 테마를 한정시켜 그 구체적인 예를 들어가면서 거론해 보고자 한다.

전쟁이 벌어진 상황에서 과연 문학이 무엇을 할 수 있는가? 이러한 질문 자체가 너무 어렵다. 언론의 자유가 있다고 하는 미국에서 '9·11테러' 발생 후 매스컴 내지 언론계가 대처하는 흐름만 보아도 그 어려움을 짐작할 수 있다. 미국 국민의 90% 이상의 사람들이 전쟁을 지지하고 있는 상황에서 전쟁에 반대하는 정치가의 목소리는 소수였으며, 언론계

* 히로시마(広島)대학 명예교수
** 번역 조선영: 배재대학교 기초교육부 부교수

나 보통 사람들이 내는 반대의 목소리는 지워져 버렸다. 일본의 경우는 어떠한가? 근대 천황제 군국주의로 인해 언론의 자유가 압살 당했던 당시, 전쟁에 반대한다는 것은 목숨을 거는 일이었다. 전쟁이라는 키워드를 빼고 '문학은 무엇을 할 수 있는가'라고 명제를 바꾸어 보더라도 문학이 직접적으로 할 수 있는 것은 역시 아무것도 없다. 문학은 말이며 문자이기에 권력도 강제력도 없다. 하물며 전시라고 하는 절대적인 권력이나 강제력이 작동할 때는 문학은 무력하다고 밖에 할 수 없다.

그러나 이번 발표에서 중심적으로 고찰하는 인물인 구리하라 사다코 (栗原貞子, 1913-2005)는 '인류가 멸망의 위기에 처해있을 때 문학은 과연 무엇을 할 수 있는가'라는 질문을 던지고 '시나 소설 같은 문학이 직접적인 효용이 없음은 이미 논의'된 바이나, '문학은 깊은 곳에서 사람들의 마음을 흔들어 작품의 현실을 독자에게 간접 체험하게 하여 작자와 독자를 연대하게 한다'[1]고 하였다.

본고는 위와 같은 구리하라 사다코의 언급에 주목하여 일본의 근대문학과 전쟁에 대한 논의를 구체적으로 전개해 보려는 시도이다.

먼저 일본의 근대문학의 어느 시기부터 고찰하는가 하는 문제는 일본의 근대는 메이지(明治)유신 이후라는 것이 일본사의 통설이나 이 역시도 광범위하므로 이번 테마에서는 현대와 직접적으로 닿는 '15년 전쟁'이라 불리는 중일 전쟁, 태평양 전쟁으로 치닫던 쇼와(昭和) 10년대 이전부터 문학적 활동을 시작했던 호리 다쓰오(堀辰雄), 전중 전후에 걸쳐 활동했던 하라 다미키(原民喜), 그리고 전후에 주로 활동했던 구리하라 사다코(栗原貞子)를 중심으로 전쟁과 그 문학적 저항에 대해 논해 보겠다.

근대 일본의 쇼와 초기에서부터 십년 대에 해당하는 시기는 군국주의가 팽배했던 때이다. 직접적인 계기가 된 것은 1931년 9월 18일 관동군이 일으킨 유조구사건(柳条溝事件)을 돌파구로 만주국독립(1932년 3월)까

지 내달린 군부의 독주(만주사변)를 억제할 수 없었던 정당정치의 취약
함에 있지만, 언론의 자유는 1925년 4월에 공포된 치안유지법에 의해
이미 제한을 받고 있었다. 만주사변에서 비롯된 중일전쟁이 노구교사건
(蘆溝橋事件, 1937년 7월 7일)으로 본격화 되자 '국가총동원법(1938년 3
월 국회에서 가결성립)'의 시행에 따라 인적, 물적 자원의 통제는 물론
언론도 통제되었기에 자유로운 발언은 할 수 없었다. 이러한 시대에 언
론에 의거해 살아야 했던 문학자들이 선택가능한 길은 극히 제한적이었
다. ① 정면에서 언론탄압에 맞서 투옥되거나 ② 전쟁반대 입장에서 전
향 성명을 내고 침묵하거나 다른 경향의 작품을 쓰거나 ③ 전쟁에 협력
하거나 ④ 언뜻 정국과는 관계없어 보이는 작품을 내거나 ⑤ 전쟁에 반
대한다는 의견을 몰래 쓰더라도 발표하지 못했거나 하는 경우도 있었을
것이다.

　①, ②를 선택한 문학자는 적지 않게 있었다. ①에는 고바야시 다키지
(小林多喜二)와 미야모토 겐지(宮本顕治), 누야마 히로시(ぬやまひろし)
등이 있다. 고바야시는 1933년에 검거되고 고문으로 학살당했다. 미야
모토는 같은 해에, 그리고 누야마는 이듬해 체포되어 패전하기까지 10
년 이상 감옥생활로 문학 활동은 하지 못했다. ②의 예도 상당히 많다.
나카노 시게하루(中野重治)의 경우 전쟁으로 탄압받은 작가의 대부분
이 좌익 활동을 하고 있었기 때문에 좌익 활동에서 전향할 수밖에 없었
다. ③의 경우는 저명한 작가, 시인이 많다. 기타하라 하쿠슈(北原白秋)
는 '국민시인'이라 하여 국책이었던 전쟁을 찬미하는 시를 의뢰받아 이
에 응하고 만다. 다카무라 고타로(高村光太郎)는 '문학보국회'시부회 회
장이 되어 문자 그대로 '전쟁시인'이 되었다. 히노 아시헤이(火野葦平)는
『보리와 병사(麦と兵隊)』등 병사물로 베스트셀러 작가가 되었다. 전쟁
은 남성작가뿐만 아니라 여성작가들에게도 영향을 끼쳤다. 요시야 노부
코(吉屋信子), 하야시 후미코(林芙美子) 등은 종군작가로 전장에 나가

군보도부 지침방향에 따르는 전장상황을 그린 문학을 제작하였으며 전
장에 나가지 않는 여성들도 '후방문학'으로 불리는 작품을 제작하게 되
었다. ④를 선택한 작가는 적다. 본 논문에서 다루는 호리 다쓰오(堀辰
雄)와 하라 다미키(原民喜)가 이에 속한다. ⑤의 경우는 어느 정도인지
분명하지 않으나 구리하라 사다코는 여기로 분류된다. ④와 ⑤는 겹치
기도 하여 나가이 가후(永井荷風)의 경우 여급(女給)이나 게이샤를 그리
는 통속문학 작가를 표방하는 한편, 전후까지 계속 쓰되 발표되지 않은
일기(『단장정 일기(斷腸亭日乘)』)를 남겼다.

## 2. 호리 다쓰오(堀辰雄)에 관하여

전쟁 상황에서 문학자가 선택한 많은 갈래 길에 대해 모두 상세하게
살펴볼 수는 없으므로 본고에서는 그 수가 많지 않으나, 문학 활동을
하며 은밀히 전쟁에 저항하는 어려운 길을 선택한 작가 중 호리 다쓰오
(1904-53년)와 하라 다미키(1905-51년) 두 작가를 살펴보겠다.

이 둘은 전후가 되어서야 높이 평가를 받는다. 전쟁 중에도 신념을
굽히지 않고 작품을 썼다는 것이 평화롭고 일상적인 시대가 되어서야
비로소 그 진가가 밝혀졌기 때문이다. 다시금 전쟁의 길로 들어서지 않
게 하기 위해 참고해야 한다.

먼저 두 작가의 공통점을 보자면 두 작가가 태어난 연대는 불행하게
도 청년기 이후의 문학 활동기간이 쇼와시대의 '15년 전쟁'과 겹친다.
둘은 병약했으며 약자의 입장에서 문학작품을 제작하는 입장이었다. 둘
모두 군국주의적인 시대의 흐름에 저항하려는 정신적인 강인함을 지니
고 있었다. 그러나 그러한 생각을 직접적으로 표현하는 것은 위험했기
에 둘은 간접적으로 또는 상징적으로 표현하는 방법을 선택하였다.

둘은 서로의 문학을 인정하였고 정신적으로 교류하였다. 다음과 같이 호리 다쓰오 전집에 하라 다미키에게 보낸 엽서(1949년 9월 15일)가 수록되어 있다.

> 아름다운 책, 감사합니다
> 도쿄에도 가을 빛이 감도는군요
> 부디 **빠른** 쾌유를 빌겠습니다.[2]

하라 다미키의 작자미상인 초출 소품집 '사막의 꽃'에 다음과 같이 호리 다쓰오에 대해 말하고 있다.

> 호리 다쓰오 씨로부터 '목가(牧歌)'라는 서명이 된 아름다운 책을 받았다. 나는 호리 씨를 아직 한 번도 뵌 적은 없으나 한발 물러서 경외하는 바 이 황량한 세상에 핀 꽃이라 생각한다.
> 이 소품집을 읽고 있노라면 어느덧 문체에 대해 생각하게 된다. 밝고 맑고 조용하면서도 정겨운 문체, 조금 응석부리듯 기대오면서도 엄하며 깊이를 머금고 있는 문체, 꿈처럼 아름다우나 현실처럼 분명한 문체, 나는 이러한 문체를 동경한다. 결국 문체라는 것은 그것을 만들어내는 마음의 반영일 것이다.[3]

『목가(牧歌)』는 1948년 8월에 하야카와 서점에서 간행되었는데 하라 다미키의 서간에서 말하고 있는 호리 다쓰오의 '아름다운 책'은 이 '목가'이다.

하라 다미키의 문체론은 호리 다쓰오의 문체에서 유발된 것으로 하라 다미키와 호리 다쓰오의 공통점을 내포하고 있다. 하라는 '문체는 그것을 만들어내는 마음의 반영'이라고 하였다. 그리하여 '목가'를 '황량한 세상 속에 핀 꽃'이라 하였다. 이상적인 문체는 '밝고 맑고 조용하면서도 정겨운 문체', '엄하며 깊이를 머금고 있는 문체', '꿈처럼 아름다우나 현실처럼 분명한 문체'를 들고 있다. 문단에 빨리 등단한 호리 작품은 하라 다미키가 모델로 삼을 만했다. 호리의 후기 소품이 집성되어 있는 '목가'에는 본고에서 다루고자 하는 테마 〈전쟁과 문학〉에 관련해 주목할 만한 작품이 수록되어 있다.

먼저 「나무 십자가(木の十字架)」이다. 1940년 7월호 『지성(知性)』에 발표된 이 소품은 1939년 9월 1일 나치 독일이 폴란드를 침공하여 발발한 제2차 세계대전이 그 배경이다. 독일군이 폴란드를 침공한 다음 날 호리 라고 추측되는 인물 '나'는 친구와 둘이 가루이자와에 있는 성바울 카톨릭 교회에서 본 풍경을 그리면서 자신의 생각을 부여해간다. 주인공은 '폴란드 공사관'이라는 명찰이 붙은 자전거에서 내린 자매인 듯 보이는 두 소녀의 뒤를 따라 교회 안으로 들어간다.

> 맨 뒤에서 짚으로 만든 의자에 앉은 나는 잠시 묵도를 하는 척했다. 슬며시 눈을 들어 방금 전에 본 두 소녀의 모습을 예배를 보는 무리 속에서 찾았다. 바로 두 소녀의 귀엽게 내린 앞머리가 눈에 들어왔다. 그녀들은 맨 앞줄 얼굴가리개를 쓴 어머니 연배인 듯 보이는 중년 부인 옆에 무릎을 꿇고 기도를 드리고 있었다. 나는 그녀들의 천진난만한 뒷모습을 물끄러미 바라보고 있었다. 가슴 한 구석에 다치하라의 유품의 하나인 파스칼 소년이 부른 드뷔시의 곡을 떠올리면서 말이다. 이 곡은 만년의 드뷔시가 병동 침상에서 독일군이 벨기에를 침공했다는 소식을 듣고, 집도 학교도 교회도 모두 불타 없어진 불쌍한 아이들, 이 아이들이 맞을 외로운 크리스마스를 떠올리며 지은 곡이다.[4]

드뷔시(1862-1918)가 가곡 '집 없는 아이들의 크리스마스'를 작곡한 것은 제1차 세계대전이 발발한 즈음으로 독일군이 중립국 벨기에를 침공한 것을 비난하여 만든 것이었다. 다치하라라는 인물은 호리 다쓰오가 애지중지한 제자 다치하라 미치조(1914-1939)이다.

이 '나무 십자가'가 발표된 당시 일본은 1940년 7월 제2차 고노에 내각
이 성립하였고 9월에는 이태리, 독일, 일본이 반공협정(1936년 체결)에
서 더 나아가 삼국동맹을 결성하였다. 그 다음 달에는 기성 정당을 해체
하여 다이세이 요쿠산카이(大政翼賛会)를 성립시켰고, 11월에는 노동운
동을 봉쇄하고 관제화하기 위해 대일본산업보국회를 결성하였다.

　이러한 시대상황 속에서 일본의 우방인 나치스 독일 군대의 폴란드
침공을 계기로 만들어진 드뷔시의 곡 '집 없는 아이들의 크리스마스'를
소개하고 이 곡을 폴란드 소녀들에게 들려주고 싶다고 언급한다는 것이
얼마나 어려운 일인지 짐작이 된다.

　실제로 호리에게도 전쟁협력을 요구하는 압력이 가해졌다. 이는 군
부나 경찰이 직접 요구한 것이 아니라 오히려 군부의 압력을 두려워한
문학 동료들이었다.

　프랑스 문학자 가와모리 요시조(河盛好藏)는 호리 다쓰오 사후에 편
찬된 최초의 전집(『堀辰雄全集』 신조사, 1953년)에서 '추억 두 가지'라는
추천문에 다음과 같이 쓰고 있다.

　　호리 군에 대해서 두 가지 꼭 쓰고 싶은 것이 있다.
　　그 하나는 전쟁 중의 일이다. 그 무렵 나는 일본출판회의 학예과장이
　라는 말도 안 되는 자리에 있었다. 그래서 군 보도부나 정보국의 하층
　관리들과 접할 기회가 많았는데 어떤 문학가가 그 쪽으로 아첨을 하는지,
　그런 쪽으로 밝은지 또 어떠한 문학가가 그 쪽으로 미움을 사는지, 좌시
　되는지 하는 것을 잘 알고 있었다.(중략)
　　그런 어느 날 문학자도 전쟁에 협력해야하는가? 라는 화제가 대두되
　었다. 정보국 쪽에서 문학자들이 걸림돌 취급을 당하고 있었던 것에 대
　해서 잘 알고 있었던 나는 때로 몸을 사리기 위해서라도 국책에 협력하
　는 작품을 쓸 필요가 있다는 말을 입에 담고 있었다. 그러나 호리 군은
　조용하지만 단호한 어조로 도저히 그렇게는 할 수 없다고 일언지하에
　거절했고 그 대답에 나 자신 얼마나 부끄러웠는지 모른다. 호리 군은 종

전 후에도 전쟁에 저항했다고 스스로 밝히지 않았다. 그 당시 내가 알고 있던 어느 문학가보다 올곧은 사람이었다고 이제서나마 밝히는 바이다.

두 번째는 전후의 일이다. 나는 종전 후 바로 1년 정도 신초(新潮) 출판사의 편집 일을 돕고 있었는데 이를 안 호리군은 가끔 엽서를 보내오기도 하고 꼼꼼한 비평과 격려도 해주었다. 그 뿐 아니라 내 요청으로 '눈 위의 발자국(『雪の上の足跡』)'도 집필해 주었다. 당시 이 원고를 받을 때의 기쁨은 말로 다할 수 없을 정도였다. 출판업계에서 호리 군의 원고를 받는 것은 하늘의 별따기였다. 호리군은 중병으로 병상에 누워 있으면서도 나를 위해 원고를 써주었고 그 호의는 사무치게 고마웠다. (후략)(1953년 11월 13일)[5]

위의 '일본출판문화협회'는 정보국의 지도 감독아래 일본출판배급주식회사와 종이공판사를 지도하고 출판물을 발행/배급/판매/용지할당 등을 담당하였다. 일본출판배급주식회사와 종이공판사는 상공청(商工省)의 직접적인 지도 감독 하에 있었기 때문에 문학상의 친구라 해도 '일본출판회 학예과장'이 '국책(즉 대동아전쟁)에 협력하는 작품을 쓸 필요가 있는 것 아닌가?'라는 의견에 대해 그것을 '단호하게 그런 일은 저로서는 도저히 할 수 없다'고 거절하는 것은 쉽지 않았을 것이다.

이어 『목가(牧歌)』에 담겨있는 흥미로운 소품 「눈 위의 발자국(雪の上の足跡)」은 『신초(新潮)』 1946년 3월호에 가와모리 씨의 '두 개의 추억'과 함께 실렸다. 그러나 그 이후 호리군은 결핵이 악화되어 오랜 병상생활로 이어져 1953년 5월에 사망하기까지 작품다운 작품은 거의 쓰지 못했다. 위 내용에 호리는 가와모리 씨에게 '눈 위의 발자국'은 창작으로 취급하지 말고 수필로 게재해 달라고 요청한 과정도 들어있다.

이 '눈 위의 발자국'의 내용은 호리 자신이라고 생각되는 '主'와 '学生'의 대화로 구성되어 있다. '学生'의 질문이나 감상에 대한 '主'의 대답은 호리 다쓰오의 인생을 축소한 구석이 있다. 예를 들어보자. '学生'이 '일

본의 오래된 이야기=모노가타리는 아름답고 정겨우나 그래서인지 강한
힘은 없는 듯하다. 어딘가 운명적인 것 앞에서 우리들을 무기력하게 만
들어 버린다'라고 한 것에 대해 '主'는 다음과 같이 대답한다.

> 분명 그런 부분은 있을 것이다. 앞으로 여러분들은 그러한 운명적인
> 것과 싸워야 할 것이다. 우리들은 우리들 나름대로 싸워왔다. 앞으로 더
> 욱 더 그러한 운명적인 것에 대해 무언가 포기해야할 것 같은 생각도
> 든다. 그러나 아직은 버틸 만큼은 버텨봐야겠다.[6]

호리의 인생은 운명적인 것과의 싸움의 연속이었다. 태어난 날도 그렇
고 1923년 관동대지진 때는 어머니가 돌아가셨다. 호리 다쓰오의 아버지
호리 하마노스케는 히로시마 번의 무사계급이었으나 메이지유신 이후
도쿄로 나와 재판소 서기를 하였다. 하마노스케는 고향에 부인이 있었으
나 병약하고 아이도 없었기 때문에 호리 다쓰오의 어머니인 니시무라
시키를 첩으로 얻었다. 호리 다쓰오의 생모는 에도의 부호출신이었으나,
니시무라 가문은 메이지유신 후 몰락했다. 시키는 아버지의 사망 후 소
심한 어머니, 네 자매, 어린 남동생이 둘이나 되는 남겨진 가족을 지키기
위해 게이샤가 되었는데 그때 하마노스케를 만난 것으로 추정된다. 그러
나 하마노스케의 부인이 상경하자 시키는 다쓰오를 데리고 호리 가문을
나온다. 이후 시키는 금속장인인 가미조 마쓰키치(上条松吉)와 결혼하
고, 다쓰오는 출생의 비밀을 모른 채로 귀하게 자란다.
　다쓰오는 자기를 지나치게 사랑하는 어머니와 첫사랑인 소녀와의 사
이에서 겪는 복잡한 갈등의 감정을 그리려 했으나 쓰지 못하고 있었다.
어머니 시키가 관동대지진으로 사망하자 다쓰오는 사방으로 어머니를
찾아다니다 과로로 몸이 병들게 된다.
　호리는 어머니의 죽음과 그리움을 그리려했으나 그리지 못했다. 이
때 만난 것이 프랑스 소설가 마르셀 프루스트의 장편소설 '잃어버린 시

간을 찾아서'이다. 이 난해한 소설은 아직 일본어 번역이 없었다. 호리는 자기가 중심이 되어 편집하던 월간문예잡지『문학(文学)』에 프랑스 문학 연구를 목표로 하는 동료들에게 번역을 부탁해 실었다. 호리보다 프루스트 연구방면으로 앞섰던 친구 가미니시 기요(神西清)에게 '프루스트의 어느 모습'이라는 프루스트론을 부탁하여 『문학(文学)』 제2호 (1929년 11월 간행)에 실었다. 가미니시는 여기에서 비베스코 부인의 다음과 같은 말은 프루스트 문학을 이해하기 위한 '열려라 참깨'와 같은 주문이라고 하였다.

> '나는 암유적인 방법으로, 자기 힘이 미치는 범위 내에서, 자기가 애도 하는 죽은 자들의 기억을 계속하여 타인에게 가탁하는 것으로 죽음에서 건져내는 것이 모든 문학의 진정한 의의라고 생각합니다.'[7]

호리는 그 후 직접 프루스트를 프랑스 원문으로 읽기 시작해 몇 차례 프루스트론을 전개했다. 본고에서는 전쟁과 문학적 저항으로 이어지는 시점에 서서 호리 작품을 해석해 가기로 한다.

호리는 프루스트를 읽으면서 문학의 본질문제로 타자와 자기 문제, 의식과 무의식 및 꿈의 문제, 죽은 자와 산 자의 문제, 사랑과 기억의 문제에 대해 생각하면서 죽은 자의 진혼문제를 깊이 파내려갔다. 그리하여 어머니의 죽음과 추억에 대해 쓸 수 있게 되었다. 젊은 시절의 어머니를 둘러싼 소품 '꽃을 든 여자'(『婦人畵報』 1932년 8월호), 자신의 첫사랑을 그린 단편소설 '밀짚모자'(『日本国民』 1932년 9월호), 어머니의 죽음과 추억을 그린 '삽화'(『文芸』 1934년 2월호) 등을 게재하였다. 어머니를 그린 '꽃을 든 여자'의 진혼이라는 테마는 후에 숙모(어머니의 여동생)로부터 다쓰오의 친부가 가미조 다쓰키치가 아니라 호리 하마노스케라는 것을 듣게 된 것을 계기로 더욱 깊어져 후기 걸작의 하나인

『유년시대(幼年時代)』(靑磁社, 1942년 8월 간행)로 수렴된다.

한편 호리는 야노 아야코(矢野綾子)와 약혼하였으나 1935년 그녀를 결핵으로 잃는다. 그리하여 남과 여, 사랑과 죽음의 문제를 직시한 『바람이 분다(風立ちぬ)』를 발표한다(1938년 3월까지 여러 잡지에 5편 발표, 1938년 4월 노다 서점(野田書房) 간행). 이와 병행하여 「뻐꾸기(郭公)」(『新女苑』 1937년 9월호) 및 연이은 소품 「동백꽃 등(山茶花など)」(『新女苑』 1938년 1월호)'을 발표한다. 이 두 작품은 사후에 출판되는데 호리 다쓰오 전집(『堀辰雄全集』 新潮社, 1955년 3월) 제5권에 남긴 노트를 토대로 '산 자와 죽은 자'로 수록되었다. 이 두 소품은 앞서 언급한 중일전쟁(1937년 7월 7일 노구교사건으로 전면전이 된다)이 본격화되던 시대에 쓰기 시작해 1938년 3월에는 국가총동원법이 가결되어 인적, 물적 자원이 의회를 거치지 않고 통제, 운용되는 전시체제가 확립되어 가는 시기에 계속 써 나갔다.

호리는 「뻐구기(郭公)」에서 일찍이 순수하게 자신의 연인으로 삼고 있던 소녀가 오랜 병치레 끝에 결혼해 엄마가 되었으나 병이 재발하여 세상을 떠난 것을 알고 다음과 같이 생각한다.

> 서른 살이 다 되어서야 인생이란 것이 남자들에게 있어서보다 여자들에게 얼마나 비극적인가 하는 것을 알게 되었다. 동시에 그런 기울어진 인생을 수용하고 있는 여자들이 있다는 것을 알게 되었다.[8]

이처럼 호리는 첫사랑이었던 소녀의 인생과 자기의 어머니, 약혼자 등 그녀들의 인생을 놓고 '인생이란 것이 남자들에게 있어서보다 여자들에게 얼마나 비극적인가'하는 점을 인식하였던 것이다. 「동백꽃 등(山茶花など)」에 부인을 잃은 남편의 '마음의 눈을 뜨다'에 대해 쓰고 싶다는 언급이 있다.

　　'그 사람의 일생은 아무 의미가 없던 것일까? 하나의 아름다운 생이었
다고 믿고 싶다 …내가 그 사람에 대한 이야기를 그린다면 이러한 결말을
내고 싶다. 그 사람이 세상을 뜨기 전까지 그 사람의 마음을 조금도 몰라
주었던 남자였던 남편이 사별 이후 아내가 불행했음을 깨닫고, 자기가
힘들게 했던 아내를 조금씩 마음으로부터 사랑하기 시작함으로써 자신
은 오히려 행복해진다'는 마음의 눈을 떠가는 과정을 그려보고 싶다. 그
러나 실제로는 나는 그런 어려운 주제는 아직 쓸 수 없을 것이다.[9]

　이 '마음의 눈을 뜨다'라는 테마는 호리의 대표작 「나오코(菜穗子)」
(중앙공론『中央公論』 1941년 3월호)와 「광야(曠野)」(개조『改造』 1941년
12월호)로 이어진다. 이 두 작품이 발표된 1941년은 중일전쟁이 격화되
어 일본군이 미국과의 태평양 전쟁에 나서려고 한 해이다. 이 약육강식
의 전시에 호리는 여성이라는 당시의 사회적 약자(호리의 말을 빌리자
면 '비극적' 존재)의 입장에 마음이 끌려 강자인 남성의 '마음의 눈을
뜨다'라는 테마를 가진 작품을 쓰고자 했다. '국가의 정책에 협력하는
작품을 쓸 필요가 있지 않은가?'라는 가와모리(河盛)의 말에 대해 '그런
짓은 나는 도저히 할 수 없다'는 호리의 단호한 대답이 있었다. 호리는
'용감한 남성'다움을 소리 높여 주장하며 또한, 언론의 자유를 빼앗은
일본의 군국주의에 대해 은밀한 저항을 시도했다고 할 수 있다.
　이와 같이 호리는 자신에게 주어진 운명이라고도 여겨지는 인생의
시작부터 끝까지 자신의 병(결핵)이나 군국주의시대의 격류와 싸우면
서 살아갔다. 호리는 현실을 직시하면서 끈질기게 인생의 비극에 맞서
나갔던 것이다.

## 3. 하라 다미키(原民喜)에 관하여

하라 다미키는 다이쇼(大正)시대부터 문학 활동을 했는데 그 무렵은 동인지에 발표하는 정도로 문단에서 눈에 띄는 존재는 아니었다. 그는 1905년에 히로시마의 육해군과 관청에 납품을 하는 집안의 12형제의 장남으로 태어났다. 병약하고 섬세하며 과묵한 아이였으나 문학을 좋아하는 형제들 사이에서 가족 간의 회람잡지를 만드는 등, 문학에 눈을 떠 1924년에 상경해서 게이오대학 예과에 입학해 친구들과 동인지를 만들었다. 1929년부터 일본적색구원회(日本赤色救援会)에 참가했고, 1931년 4월에 특별고등경찰에 검거되었다. 만주사변이 일어나기 반년쯤 전의 일이었다. 하라는 1933년에 나가이 사다에(永井貞恵)와 중매결혼을 했다. 이듬해 '낮에 자고 밤에 일어나는 기묘한 생활을 계속했다고 특별고등경찰의 의심을 받아 부부가 검거되었으나 하루만의 구류로 끝났다'[10]고 한다.

하라는 특별고등경찰에 두 번 검거되어 심신에 상처를 입고 실어증에 걸리지만 아내의 격려로 문학 활동을 계속한다. 그러나 아내 사다에가 1939년 9월 당뇨병이 발병한 이후 작품 발표가 줄어든다.

그러한 초기 작품 가운데 「광야(曠野)」라는 작품은 1939년 『미타문학(三田文学)』 2월호에 실린 작품으로 인류멸망에 대한 예감으로 가득 찬 작품이다. 이 소품은 주인공인 타다히코(唯彦)가 죽은 뒤 그 49제를 타다히코 자신이 보고 있다는 기묘한 광경으로 시작해 더욱 더 공상의 세계로 들어가게 되고 지구궤멸까지 예감하게 된다.

공상은 바다 밑의 불순물이 된 타다히코의 원혼의 행방을 쫓는다.(중략) 마침내 이 지구도 쇠퇴해서 얼마 안 가 멸망할 시기가 되자 바다 밑의 원혼들이 회의를 열고, 어차피 이런 지구 따위 도토리정도 밖에 안 된다,

우리는 처음부터 이런 지구 따위 골라서 태어난 것도 아니었다. '바로 다른 천체로 옮기자'는 원혼과, '잠깐 기다려, 어차피 어디에 간다 한들 멸망할 것은 멸망한다, 우리도 지금까지 뻔뻔하게도 이렇게 계속 죽은 채로 남아 있지 않았나, 여기서 단호하게 모두 멸망에 맡겨 보는 것이 어때, 멸망하는 것도 나름 장엄하지 않겠나'라는 설도 나온다.[11]

주인공인 타다히코는 스페인 내전(1936-39년) 뉴스를 들으면서 죽은 것으로 묘사되고, 작품 전체에 전쟁의 그림자가 짙게 투영되어 있다. 이 작품이 쓰인 것은 중일전쟁이 본격화된 지 1년 반 뒤의 일이며, 또한 하라가 히로시마에서 원폭피해를 입는 것은 6년이나 뒤의 일인데 다음과 같은 원폭의 광경을 떠올리게 하는 것 같은 장면조차 있다.

갑자기 멀리 저쪽 편에서 '휴'하고 신음하는 듯한 차가운 바람 소리가 났다. 그런 생각을 하는데 이미 들판에서는 싸움이 시작되었다. 태풍이 불 것 같은 하늘은, 그러나 지금은 이상하게도 차갑게 아름다웠다. 목면 같은 옅은 구름이 오색의 무지개를 띤 채 가볍게 떠 있다. 그런데 그 안쪽 더 파란 더 깊은 하늘 쪽에 번쩍하고 새빨간 목련꽃이 피어올랐다. 눈 깜짝 할 새 그 꽃은 시꺼먼 연기를 내뿜으며 형체를 잃었는데 연기는 금방 타다히코의 머리 위까지 뻗치고 하늘은 탁한 황색 가스로 덮였다.[12]

하라는 전쟁에 대해 직접적으로 저항한 것은 아니다. 그러나 그는 이 '광야'에서처럼 이대로 전쟁을 계속한다면 인류와 지구는 어떻게 될 것인가 하는 불안을 그리고 있다. 그가 학생시절부터 시와 하이쿠를 쓸 때 사용한 호는 '기우'였다. 그것은 중국의 고전 「열자(列子)」에 있는 고사에서 비롯된 말로 중국 기나라 사람이 하늘이 무너질까 걱정스러워 침식을 할 수 없었다는 고사로, 현재의 일본에서는 '확실치도 않은 일을 쓸데없이 걱정하는 것'의 의미로 사용되는데 하라는 1945년 8월 6일 고향 히로시마에서 원자폭탄을 보고, 말 그대로 하늘이 무너지는 체험을 하게 된다.

그는 그 피폭체험을 「여름 꽃(夏の花)」(『三田文学』, 1947년 6월호)을 비롯한 작품군에서 표현하려고 했다. 그러나 당시 일본은 미국 점령군 지배하의 사전검열로 인해 표현의 자유가 규제되었기 때문에 피폭체험을 자유롭게 그리는 것은 곤란했다. 예를 들어 「여름 꽃(夏の花)」도 전후 바로 쓰기 시작해 1945년 말에는 완성되어 『근대문학(近代文学)』에 「원자폭탄(原子爆弾)」이라는 제목으로 발표할 예정이었다. 그러나 원폭 관계는 특히 검열이 심해서 게재가 어렵다는 편집자의 판단에 의해 타이틀을 변경하고 게재지도 검열이 느슨하다고 여겨진 대학관계 잡지인 『미타문학(三田文学)』으로 바꾸고, 세 군데를 고쳐서 발표했다.

하라는 원폭과 패전으로 일본 사회와 인간이 변할 것이라고 기대하고 히로시마에서 1946년 4월에 상경해 다시 문학 활동을 재개하지만 약육강식의 일본사회는 변함이 없고, 또한 전쟁이 끝나는 일도 없었다. 그리고 미국 뿐 아니라 소련도 원자폭탄을 개발 제조(1949년 9월 발표)하게 되어 핵을 소유하고 대치하는 냉전시대가 이어졌다. 1950년 6월에는 한국에서 6·25전쟁이 발발해, 냉전은 열전이 되어 하라가 무엇보다 두려워했던 원폭 재사용을 검토한다는 선언이 일본에 원폭을 떨어트린 미국 대통령 트루먼에 의해 1950년 11월말에 있었다.

하라는 같은 해 12월 23일에 친구인 나가미쓰다이(長光太) 앞으로 편지를 썼다. 그 속에서 '집 없는 아이의 크리스마스'라 불리는 다음과 같은 시를 쓰고 있다.

> 주여, 불쌍히 여기소서 집 없는 아이의 크리스마스를
> 지금 집이 없는 아이는 내일도 집이 없을 터이니
> 지금 집이 있는 아이들도 내일은 없는 아이가 될 터이니
> 가엽고 어리석은 우리들은 스스로를 파멸로 몰아가
> 파멸의 한 발 앞에서도 멈출 줄을 모릅니다.

내일 다시 불은 하늘에서 쏟아지고
내일 다시 사람들은 타 죽겠지요
어떤 나라도 어떤 도시도 남김없이 멸망할 때까지
비참함은 반복될 터이니
불쌍히 여기소서 불쌍히 여기소서 파멸이 가까운 날의
그 징조에 찬 크리스마스 날 밤의 고뇌를[13]

主よ、あはれみ給へ、家なき子のクリスマスを
今家のない子はもはや明日も家はないでせうそして
今家のある子らも明日は家なき子となるでせう
あはれな愚かなわれらは身と自らを破滅に導き
破滅の一歩手前で立ちどまることを知りません
明日ふたたび火は空から降りそそぎ
明日ふたたび人は灼かれた死ぬでせう
いづこの国もいづこの都市もことごとく滅びるまで
悲惨はつづき繰返すでせう
あはれみ給へあはれみ給へ破滅近き日の
その兆に満ち満てるクリスマスの夜のおもひを

이 시는 호리 다쓰오(堀辰雄)가 '나무 십자가'에 대해 논한 드뷔시의 가곡 '집 없는 아이들의 크리스마스'를 연상시킨다. 드뷔시는 그 가곡을 제1차 세계대전 때에 썼으니까 핵전쟁에 의한 인류의 파멸까지는 생각하지 않았겠지만, 트루먼대통령은 원폭의 대량사용을 고려했으며, 이 해의 크리스마스이브에 비밀리에 맥아더 연합군 사령관에 의해 전송된 답신에서는 그것을 상회하는 수량의 원폭사용을 제안했다고 한다.

또한 아라다카시(荒敬)의 「조선전쟁 전후 재일 미극동군-전쟁계획·오키나와 '재군비' 계획·조선원폭투하 계획을 중심으로」라는 미국의 자료를 사용한 연구에서는 '맥아더는 이미 12월 9일에 원자병기를 사용하는 사령관의 자유재량을 원한다고 언명하고, 24일에는 26발의 원자폭탄을 필요로 하는 '장해가 있는 표적 리스트'를 제출하고, 또한 '침략군'에게 떨어뜨릴 4발, 그리고 '적의 공군력의 결정적 집중'에 대해 4발이나 요구하고 있었다'[14]고 한다. 맥아더는 다음해 4월 11일에 해임되는데, '후임으로 정해진 전제 8군사령관 리지웨이 중장은 5월에 38발의 원자폭탄을 새롭게 요구했다'[15]고 한다. 투하예정 원폭의 수는 모두 다량으로 핵전쟁이 인류에게 무엇을 초래할 것인지는 논의 되지 않은 채, 오로지 '경제적·효과적'인 면에서 논의가 이루어졌다는 것을 이 논문에서 밝히고 있다.

하라 다미키는 1951년 3월 13일에 자살했다. 자살의 이유는 확정할 수 없지만 원폭 재사용을 두려워했던 것은 의심의 여지가 없다. 유서도 다수 남겨져 있으며, 하라의 죽음은 각오를 한 자살이었다. 하라는 미·소의 냉전 구도가 명확해 졌을 때 「전쟁에 대해(戦争について)」(『近代文学』 1948년 9월호)라는 소품을 썼는데 여기에서 다음과 같이 논하고 있다.

> 저녁식사가 끝나고 병든 아내가 침상에 눕자 덧창이 드리워진 사방이 갑자기 조용해진다. 라디오만이 생생함을 방안에 전해 주는 데 그것을 들으면서도 계속해서 그것을 무시하려고 하는 마음이 나에게 있었다. 그것은 일본군에 의한 홍콩입성 녹음 방송을 듣고 있을 때였다. 전차의 굉음 속에서 갑자기 꺄악하고 외치는 아내의 소리를 들은 나는 마치 장에 바늘이라도 찔린 듯한 감각이 느껴졌다. 그때, 그때부터 나는 더욱 더 무서운 일들이 다가오고 있다는 생각이 들었다. 그리고 원자폭탄에 의한 지구 대파멸의 축소도를 이 눈으로 틀림없이 본 것이다.
> 인류는 전쟁과 전쟁 사이에서 초라한 삶만을 영위하고 마는 것일까? 원자폭탄의 살인광선도 직접 그들의 피부를 태우지 않으면 그 의미를 느낄 수 없는 것일까? 그리고 인간이 인간을 살육하는 것에 대한 항의는 이대로 무력하게 끝나는 것일까?[16]

전후의 하라의 문학적 활동의 대부분은 '인간이 인간을 살육하는 것

에 대한 항의'였다. 그러나 다시 핵전쟁의 위기에 놓이게 되었다고 생각하는 예민한 시인에게 더 이상의 문학적 저항도 한계에 달했다. 그는 유서라고 생각되는 소품 「죽음에 관해(死について)」(『日本評論』 1951년 5월호에 사후 발표)에서 그 절망감에 대해 다음과 같이 쓰고 있다.

> 일찍이 나는 암흑과 절망의 전시하라도 유년시절의 아름다운 푸른 하늘만이라도 심혈을 기울여 그리고 싶다고 바랐으나, 지금은 아무래도 나 자신의 생애나 그것을 키운 것이 모두 하찮은 것에 지나지 않은 것은 아닌가라는 허무감에 빠지는 경우도 있다. 비참함과 어리석음이 너무나도 강렬하고 집요하게 덮쳐오기 때문이다.[17]

'어리석은 것'이라는 말은 「여름 꽃(夏の花)」 중에서 '원자폭탄'을 가리키는 말로 원고 단계에서 사용되었지만, 사전검열에 걸릴 것을 두려워해 스스로 삭제한 말이어서 여기서도 원폭사용의 가능성을 가리키는 것이라고 생각된다.


## 4. 구리하라 사다코(栗原貞子)에 관하여

구리하라 사다코(1913-2005년)는 히로시마시 교외의 농가에서 태어났다. 여학교 시절부터 문학소녀였으며 여학교를 졸업한 무렵부터 로맨틱한 단가, 시 등을 잡지와 신문에 투고했다. 그녀에게 큰 전기가 된 것은 히로시마출신 아나키스트인 구리하라 유이치(栗原唯一, 1906-1980)와의 만남이다. 이마호리 세지(今堀誠二)는 '원자·수소 폭탄시대『原水爆時代』(三一書房, 1959년)에서 '구리하라 사다코의 남편, 유이치는 관동대지진에 즈음해 조선인 등이 학살당한 사건을 계기로, 헤이민샤(平民社)에 들어간 토박이 아나키스트이다'[18]라고 쓰고 있다. 그녀는 유이치

의 사상에 공감해 1931년 양친의 반대를 무릅쓰고 집을 나와 유이치와 결혼했다. 18세 때이다. 구리하라 유이치는 아나키스트에다 준금치산자였기 때문에 부부의 생활은 빈곤과 사회적 압박 때문에 곤란이 극에 달했다. 그들은 각지를 전전한 뒤 히로시마에 돌아와 1932년 장남 데쓰야(哲也)를 낳지만, 데쓰야는 태어난 지 얼마 안 된 1934년 소화불량으로 죽었다. 유이치는 1940년에 징용으로 상하이 방면으로 가게 되고, 중국에서 목격한 일본군의 잔학행위를 버스 안에서 지인에게 말했다 밀고를 당해 기소되었다. 후에 사다코는 유이치가 중국에서 본 것을 바탕으로 「전쟁이란 무엇인가(戰爭とは何か)」라는 시를 1942년 10월에 쓴다. 그러나 물론 전쟁 중에 일본군의 잔학행위를 쓴 이 시를 발표할 수는 없었다. 그녀는 이 시를 자신의 첫 시집 『검은 알(黒い卵)』(中国文化連盟叢書, 1946년 8월)'에 발표하려고 했으나 미군의 검열로 전행이 삭제되었다. 후에 그녀는 『검은 알(黒い卵)』(완전판, 人文書院, 1983년)'에 재수록 했다.

> 나는 전쟁의 잔학을 승인하지 않는다.
> 나는 아무리 아름답게 치장된 전쟁에서도
> 추악한 악귀의 의도를 알아챈다.
> 그리고 자기들 만은 전쟁의 울타리 밖에서
> 끊임없이 전쟁을 찬미하고 부추기는 속 검은
> 인간들을 미워한다.
> 성전이라 부르고 정의의 전쟁이라 부른들
> 일어나는 것은 무엇인가?
> 살인. 방화. 강간. 강도.
> 미처 도망가지 못한 여자들은 적병 앞에
> 스커트가 벗겨지고 빌고 있지 않은가?
> 수수가 가을바람에 버석버석 소리를 내는 수수밭에서는
> 여자에 목마른 병사들이 여자들을 쫓아

백귀야행을 일삼는 것이다.
고국에 있었다면 좋은 아빠, 좋은 오빠, 좋은 아들이
전쟁이라는 지옥세계에서는
인간성을 잃어버리고
금수와 같이 미쳐 날뛰는 것이다(17년, 10월).[19]

わたしは戦争の残虐を承認しない
わたしはどんなに美しく装われた戦争からも
みにくい悪鬼の意図を見い出す。
そして自分達だけは戦争の埒外にあって
しきりに戦争を讃美し、煽る腹黒い
人々をにくむ。
聖戦といい正義の戦いというところで
行われているのは何か、
殺人。放火。強姦。強盗。
逃げおくれた女達は敵兵の前に
スカートを除いて手を合わせるというではないか。
高梁が秋風にザワザワと鳴っている高梁畑では
女に渇いた兵士達が女達を追い込んで
百鬼夜行の様を演じるのだ。
故国にあれば、よい父、よい兄、よい子が
戦場という地獄の世界では
人間性を失ってしまって
猛獣のように荒れ狂うのだ。

구리하라 사다코는 전쟁의 잔학성을 비판한 반전사상 짙은 작품이
점령군에 의해 삭제된 것에 대해 다음과 같이 쓰고 있다.

전쟁 중에는 이런 작품을 원고노트에 기록하는 것조차 꺼려졌다. 그런
작품이 점령군에 의해 삭제를 당한 것은 의외이었다. 당시의 점령군은

일본을 전쟁으로 몰아간 극단적인 국가주의, 군국주의를 추방하고 일본
의 비군사화, 민주화를 이루려고 했기 때문이다.

　스스로 저지른 원폭범죄를 감추고자 하는 것은 이해할 수 있다 해도
어째서 일본군의 전쟁 선동에 대한 비판이나 중국대륙 점령지에서의 부
녀자에 대한 잔학행위를 삭제하고 감추지 않으면 안 되었을까? 내가 생
각하건대 그 이유는 일본군이 점령지역에서 행한 잔학행위, 부녀자에 대
한 폭행 같은 짓을 미군도, 오키나와를 비롯한 점령군의 주둔지에서 행
하고 있어서 그 이미지가 겹쳐지는 것을 두려워한 것일 것이다.[20]

　구리하라는 미군 주둔지에서 일어나는 범죄에 관해 예리하게 지적하
고 있는데, 이러한 범죄는 일본에 반환된 오키나와(沖繩)를 비롯해 많은
미군기지 주변에서 아직도 계속되고 있으며 군대의 폭력기구로서의 본
질을 드러내고 있다.

　또한 구리하라는 전쟁 중에 많은 단가(短歌), 시, 메모와 같은 문장을
썼고, 이를 「태양/전시편(太陽/戰中編) (1935-1943)/사다코(さだこ)」와
「일출일몰의 시(あけくれの歌) (1945·1)」라는 2개의 노트에 남겼다. 이
는 창작 당시에는 발표할 수 없었으나, 전후 바로 간행된 첫 시집『검은
알(黒い卵)』(주고쿠문화총서, 1945년 8월)에 수록된 것도 포함되어 있
다. 본고에서는, 주고쿠문화총서판인『검은 알(黒い卵)』에 발표하려고
하다가 미군의 검열에서 삭제되었으며 나중에 인문서원 판(人文書院版)
에 처음으로 수록된 「파리함락, 히틀러(陷落、ヒットラー)」의 연작 11
수를 인용해 보겠다.

　　　영국의 짓 비난하면서 그 나라와/ 다르지 않은
　　　개인이 저지르면 죄가 되고 나라/ 저지르면 칭송받는
　　　갖지 못한 독일이 가진 나라/ 침공할 때 사람들은 마찬가지로 동의했지만
　　　가지지 않은 나라가 계급전쟁 이론으로/ 가진 나라와 싸우고
　　　우습게도 방공이라고 연결된/ 나라들이 가진 나라에 도전하고

선이든지 악이든지 뛰어나면 좋다/ 종횡으로 신속하게 업적을 칭송하며
이익 앞에서는 자신이 외쳤던 일들도/ 가벼이 버리니 히틀러와 같이
방공과 불가침 협정은 모순되지 않는다고/ 가련한 히틀러의 혀에 휘둘려서
선인이 남겨준 보물을 지키려고 한/ 가련한 파리는 드디어 패하고
히틀러의 전격작전 무슨 소린가/ 피에 굶주려서
연달아서 여러나라들에 이기는/ 히틀러에 박수를 보내는 사람 많구나[21]

英国の業のゝしりつその国に/ 代わらんとする口はのごえど
個人が侵せし時は罪となり国/ 侵せしはたゝえらるゝも
持たざる国が持てる国/ 犯す時人等はなべてうべないにけり
持たぬ国が階級闘争の理論もて/ 持てる国と戦いつゞく
笑止なり防共と云いてつながりし/ 国等が持てる国に挑めり
善にても悪にてもよしすぐれたる/ 縦横迅速の業讃うらし
利益の前にはかつて己れ叫びしを/ 軽々すてぬさもしヒットラー
防共と不可侵協定は矛盾せずと/ あわれヒットラーの口舌に迷う
先人が残せし珠玉守らんと/ あわれパリーはついにくだりぬ
ヒットラーの電撃作戦何ものぞ/ 血に飢えてかくはいどみかゝれり
次々に小国ほうりて勝ちおごる/ ヒットラーに拍手送る人の多きも

　이러한 시의 마지막에는 「(15·6)」이라고 제작연월이 쓰여 있어 앞에
서 말한 나치독일의 폴란드 침입(1939년 9월)으로 시작된 제 2차 세계대
전의 개시와 이후의 대 프랑스 전쟁의 승리로 인한 나치독일군의 파리
입성(1940년 6월)을 날카롭게 비판하고 있는 것을 알 수 있다. 또한 그
비판의 칼날은 히틀러뿐 아니라 그와 손을 잡았던 동맹국인 일본, 이탈
리아에도 향하고 있었으며, 선진자본주의국가에도 향하고 있다. 이와
같이 이러한 시는 직접적으로 미국점령군을 비판하고 있는 것은 아니지
만, 밑바닥에 깔린 것은 전쟁을 비판하고 전승국을 비판하는 것이었기
때문에 미국 점령군은 자신들을 비판하고 있다고 생각했는지 모든 시를
삭제하도록 명령한 것이다.

이와 같이 구리하라는 전시 때부터 이미 전쟁에 대하여 비판적이었으나 이는 전후에 보다 더 명확해 진다. 그러나 자유로울 것이라고 생각했던 미국 점령군도 보도제한을 강요하며 언론의 자유를 빼앗았다.

구리하라 부부는 원폭투하 중심지(爆心)에서 4킬로미터 떨어진 지점에서 피폭 당했다. 또한 원폭 투하 후 동료와 이웃의 딸을 찾기 위하여 히로시마 시내를 걸어 다녔다. 이 때문에 피폭의 비참함을 자신의 체험으로서 깊이 심신에 새겼던 것이다.

구리하라 부부는 히로시마에 소개(疎開)해 있던 호소다 다미키(細田民樹, 1892-1972)를 고문으로 하여 1945년 12월에 「주고쿠문화연맹」을 결성하여 기관지로 『주고쿠문화(中国文化)』를 창간하였다. 창간호는 「원자폭탄 특집호」가 되어, 이 중에 구리하라 사다코의 대표작인 「꼭 태어나게 하리라(生ましめん哉) -원자폭탄비화-」가 게재되었다. 이 시는 지금은 일본 교과서에도 채용되고 초·중·고의 평화교재에도 널리 사용되고 있다. 또한 미국, 영국, 독일, 프랑스, 유고슬라비아, 스웨덴, 스페인어, 아라비아어, 포루투칼어로 번역되었다.

이 시는 사다코가 이웃사람들로부터 들은 이야기를 바탕으로 하여 실화에 시적 상상력이 부가된 것이다. 이 시는 몇 번이나 수정되었으나 전쟁 직후 피폭의 비참함을 묘사해서는 안 된다는 언론통제 지시를 어긴 역사적인 작품이므로 여기서는 초출(初出)을 그대로 인용한다.

> 부서진 빌딩 지하실의 밤이었다.
> 원자폭탄의 부상자들은
> 어두운 촛불도 없는 지하실을 가득 메우고 있었다.
> 피비린내, 시체의 냄새, 땀냄새와 울부짖는 소리
> 그 가운데 이상한 소리가 들려왔다.
> "아이가 태어난다"라는 것이다.
> 이 지옥의 밑바닥 같은 지하실에서

지금 젊은 여자가 산기(産気)가 있는 것이다.
성냥 한 개 없는 암흑 속에서 어떻게 해야 하나
사람들은 자신의 고통을 잊은 채 고심했다
그러자 "내가 산파입니다. 내가 낳게 해줄게요"라고 말한 것은
조금 전까지 울부짖고 있던 중상자다.
이렇게 암흑의 지옥의 밑바닥에서 새로운 생명은 태어났다.
이렇게 새벽이 되기 전에 산파는 피범벅인채 죽었다.
꼭 태어나게 하리라.
꼭 태어나게 하리라. 내가 생명을 버리더라도.[22]


こわれたビルデングの地下室の夜であつた。
原子爆弾の負傷者達は
暗いローソク一本ない地下室を埋めていつぱいだつた。
生ぐさい血の匂ひ、死臭、汗くさい人いきれ、うめき声。
その中から不思議な声がきこえて来た。
「赤ん坊が生れる」と云ふのだ。
この地獄の底のやうな地下室で、
今、若い女が産気づいてゐるのだ。
マツチ一本ない暗がりの中でどうしたらいゝのだらう。
人々は自分の痛みを忘れて気づかつた。
と「私が産婆です。私が生ませませう」と言つたのは、
さつきまでうめいてゐた重傷者だ。
かくて暗がりの地獄の底で新しい生命は生れた。
かくてあかつきを待たず産婆は血まみれのまゝ死んだ。
生ましめん哉
生ましめん哉。己が命捨つとも。


구리하라 사다코는 피폭자인 것에 비해서는 장수하였으므로(92세),
전후시대의 여러가지 문제를 거론하며 평론을 쓰고 시를 썼다. 예를 들
어 한국전쟁에서 원자폭탄이 사용될 것 같은 낌새가 보이자 '나는 히로

시마(広島)를 증언한다'를 『원자구름의 아래에서』(아오키쇼텐(青木書店), 1952년)에 발표하였다. 당시 일본은 아직 미국 점령군의 언론통제하에 있었기 때문에 야시마 후지코(八島藤子)라는 필명으로 발표된 이시는 히로시마에 대해 이야기해야 한다는 구리하라의 결의가 보통이아니었다는 것을 잘 알 수 있는 시로, 나중에 『原爆詩抄·나는 히로시마를 증언한다』(1959년 8월 간행)의 제목이 되었고, 또한 권두에 실렸다. 장문의 시이지만 전문 소개한다.

> 살아 남은 나는
> 무엇보다도 인간이고 싶다 바라며
> 또한 한 사람의 엄마로서
> 볼이 발그레한 어린아이와
> 많은 미래의 위에 걸릴 푸른 하늘이
> 어느 날 갑자기 찢어져
> 수많은 미래가 화형 당하려 할 때
> 그들 사체에 뿌려지는 눈물을
> 살아있는 것 위에 뿌리고
> 무엇보다도 전쟁에 반대하렵니다
> 어머니가 내 아이의 죽음을 거절하는 그것이
> 어떠한 이름으로 처벌되더라도
> 내 망막에는 그날의
> 지옥이 선명하게 새겨져 있습니다.
> 도망치지도 숨지도 않겠습니다.
>
> 1945년 8월 6일
> 태양이 빛나기 시작해 얼마 되지 않은 시간
> 사람들이 경건하게 하루를 시작하려고 하고 있을 때
> 갑자기
> 마을은 날라가고

사람들은 불타 버리고
7개의 강은 시체로 채워졌다
지옥을 본 사람이 지옥에 관해 말할 때
지옥 마왕이 불러들인다고 하는
이야기가 있다고 해도
나는 살아남은 히로시마의 증인으로서
어디 가더라도 증언하겠습니다
그리고 '이제 전쟁은 그만 해야 한다'고
목숨 걸고 노래하겠습니다.23)


生き残ったわたしは
何よりも人間でありたいと願い
わけてひとりの母として
頬の赤い幼子や
多くの未来の上にかかる青空が
或日突然ひき裂かれ
かずかずの未来が火刑にされようとしている時
それらの死骸にそそぐ涙を
生きているものの上にそそぎ
何よりも戦争に反対します
母がわが子の死を拒絶するそのことが
何かの名前で罰されようと
わたしの網膜にはあの日の
地獄が焼きついているのです
逃げもかくれもいたしません


一九四五年八月六日
太陽が輝き始めて間もない時間
人らが敬虔に一日に入ろうとしている時
突然

　　　街は吹きとばされ
　　　人は火ぶくれ
　　　七つの河は死体でうずまった
　　　地獄をかいま見たものが地獄について語るとき
　　　地獄の魔王が呼びかえすと言う
　　　物語があったとしても
　　　わたしは生き残った広島の証人として
　　　どこへ行っても証言します
　　　そして「もう戦争はやめよう」と
　　　いのちをこめて歌います。

　이 시의 배경에는 일본의 전쟁을 그만두게 하지 못하고, 미국의 원폭 투하로 인한 다수의 사망자를 내고서야 겨우 전쟁이 끝났다는 일본인으로서의 쓰라린 경험과 스스로 피폭이라는 지옥을 본 구리하라 사다코의 체험이 있다. 또한 다시 한국전쟁에서 원폭이 사용되려고 한 시대적인 절박감이 있었으므로 다양한 장소에서 인용되었다. 일본은 언론통제 하에 있었기에 '한국전쟁 반대'라고 직접 언급하고 있지는 않지만 '이제 전쟁은 그만 두자'고 말하고, '도망치지도 숨지도 않겠습니다'라고 한 강한 어조와 어린아이의 '어머니'로서 인간의 미래를 생각하는 절실함은 많은 사람의 심금을 울렸다.

　또한 베트남 전쟁 시절에 구리하라는 「히로시마라고 말할 때(ヒロシマというとき)」라는 시를 써서 진정으로 전쟁을 그만두지 않으면 히로시마의 비극은 끝나지 않는다고 표현하고 있다.

　　　〈히로시마〉라고 했을 때
　　　〈아아 히로시마〉라고
　　　상냥하게 대답해 줄 것인가
　　　〈히로시마〉라고 하면〈진주만〉

〈히로시마〉라고 하면 〈남경(南京) 학살〉
〈히로시마〉라고 하면 여자와 아이들을
참호 안에 가두고
휘발유를 부어 태운 마닐라의 화형
〈히로시마〉라고 하면
피와 화염 덩어리가 돌아오는 것이다.

〈히로시마〉라고 하면
〈아아 히로시마〉라고 상냥하게
돌아오지는 않는다.
아시아 나라들의 죽은 자와 무고한 백성이
일제히 당한 분노를
뿜어 내는 것이다
〈히로시마〉라고 하면
〈아아 히로시마〉라고
상냥하게 돌아오기 위해서는
버렸다고 생각한 무기를 정말로
버리지 않으면 안 된다
다른 나라의 기지를 철거해야 한다
그날까지 히로시마는
잔혹과 불신의 쓰디쓴 도시다
우리들은 잠재되어 있는 방사능에
불타는 천민이다

〈히로시마〉라고 하면
〈아아 히로시마〉라고
따뜻한 대답이 돌아오기 위해서는
우리들은
우리들의 더러워진 손을
정결하게 해야 한다(72년 5월).[24]

〈ヒロシマ〉というとき
〈ああ　ヒロシマ〉と
やさしくこたえてくれるだろうか
〈ヒロシマ〉といえば〈パール・ハーバー〉
〈ヒロシマ〉といえば〈南京虐殺〉
〈ヒロシマ〉といえば　女や子供を
壕のなかにとじこめ
ガソリンをかけて焼いたマニラの火刑
〈ヒロシマ〉といえば
血と炎のこだまが　返って来るのだ

〈ヒロシマ〉といえば
〈ああ　ヒロシマ〉とやさしくは
返ってこない
アジアの国々の死者たちや無告の民が
いっせいに犯されたものの怒りを
噴き出すのだ
〈ヒロシマ〉といえば
〈ああ　ヒロシマ〉と
やさしくかえってくるためには
捨てた筈の武器を　ほんとうに
捨てねばならない
異国の基地を撤去せねばならない
その日までヒロシマは
残酷と不信のにがい都市だ
私たちは潜在する放射能に
灼かれるパリアだ

〈ヒロシマ〉といえば
〈ああ　ヒロシマ〉と

やさしいこたえがかえって来るためには
わたしたちは
わたしたちの汚れた手を
きよめねばならない

　구리하라는 시집 『히로시마라고 말할 때(ヒロシマというとき)』(三一
書房, 1976년)를 간행했을 때, 그 「후기」에 다음과 같이 써서, '피해자이
면서 동시에 가해자이다'라는 시점에서 이 시를 썼다는 것을 인정하고
있다.

　　시집의 제목인 〈히로시마라고 말할 때〉는 1965년에 시작된 平連運動
　　이 '피해자이면서 동시에 가해자이다'라는 반전의 새로운 시점을 개척함
　　으로써 원폭피해자도 또한 군도(軍都) 히로시마의 시민으로서 침략전쟁
　　에 협력한 가해자로서의 자신의 책임을 묻는 같은 이름의 작품명을 그대
　　로 가져왔습니다.[25]

　종래 일본에서는 툭하면 피해자로서의 히로시마(ヒロシマ)가 강조되
곤 하였으나 구리하라는 가해자로서의 「군도(軍都) 히로시마(広島)」를
이야기함으로써 히로시마(ヒロシマ)의 문제를 확대하고 일반화 하였다.
즉 히로시마(ヒロシマ)의 문제는 단순히 원폭투하에 의해 피해를 입은
도시라는 것 뿐 아니라 그 원인(遠因)으로서의 일본의 전쟁 문제가 있
고, 나아가 인간이 일으킨 다양한 '가해자'로서의 문제가 있다는 점을
이 시는 시사하고 있다.

# 5. 나오며

　일단 전쟁이 시작되면 국민은 열광하고 이상한 심리상태가 되므로 전쟁을 반대하는 목소리가 있어도 지워져 버린다. 문학자는 전쟁에 가담하거나(유감스럽게도 많은 문학자는 적극적으로 전쟁에 가담하였다) 아니면 호리 다쓰오와 같이 상징적, 암시적으로 전쟁에 반대하는 마음을 담은 작품을 쓰거나, 하라 다미키와 같이 전쟁이 가져온 불안이나 인류, 지구의 운명을 그리는 일 이상은 할 수 없었다. 그런데 그들은 약육강식의 전쟁시대라고 자신을 약자라고 하거나 약자의 입장에 두면서 약자를 위한 문학을 구축하였다. 전쟁시대의 일본 문학의 대부분은 강자에 다가가고 강자의 변을 전달하는 것이었으나 이와 같이 약자를 위한 문학이 있었다는 것을 전하는 것은 전쟁이 끝난 현대에도 중요한 일이며 이러한 문학을 잊어버리는 것은 다시 강자를 위한 문학을 생산해 내는 시대로 나아가는 길을 닦는 것이 될 것이다.

　그렇다면 평상시에 문학은 전쟁에 대하여 무엇을 할 수 있을까? 구리하라 사다코의 문학과 그 전쟁에 대한 자세는 참고가 될 것이다. 구리하라의 문학은 남편(栗原唯一)의 사상에 공명하고 그 감화를 받아서 사회성을 띄어 간다. 이 아나키스트로서의 사상은 전시 중에는 위험한 사상이라고 간주되므로 문학으로서 표명할 수 없었지만 전후에는 사회적 약자에 대한 공명, 억압자에 대한 비판, 자유의 희구와 개인의 확립을 추구하고, 스스로 실천해 나간다. 그 근저에는 인류 최초의 원자폭탄의 피폭이 있었지만, 구리하라의 시점은 원폭 비판에 그치지 않고, 전전, 전후의 일본 부락문제, 조선인 차별 또는 공해환자 차별 등에도 이르러 '인간을 인간으로서 살 수 없게 하는 압제와 착취, 빈곤과 차별로부터의 해방[26]'을 목표로 한다. 또한 피폭자의 문제도 히로시마(広島), 나가사키(長崎)의 피폭자 문제 뿐 아니라 원자력 발전, 우라늄 광산의 개발, 핵

폐기물의 태평양 투기 등 핵 시대의 다양한 문제로 넓혀서 고찰하고 이를 시의 테마로 하였다. 구리하라의 시점은 '전쟁과 문학'의 문제를 중심으로 하면서 전쟁을 다시 일으키지 않도록 하기 위해 무엇을 해야 하나, 문학자는 어떻게 노력하면 좋은가 등과 같은 문제를 내던지고 있다. 구리하라 부부가 전후 얼마 되지 않아 설립한 주고쿠문화연맹(中国文化聯盟)의 「강령(綱領)」은 전쟁이전, 전쟁 중인 일본에 결여되어 있었던 것, 그리고 그들이 전후에 만들려고 했던 것이 항목별로 나열되어 있어 참고가 된다. 마지막으로 이를 소개한다.

一、 본 연맹은 문화의 중앙 편중에서 탈피하여 문예 부흥에 의하여 주고쿠문화의 건설을 꾀하고 또한 신 일본건설에 참여한다.
二、 문예를 중심으로 학술, 사상, 음악, 미술, 영화의 연구, 감상, 비평, 창작을 활발하게 하여 민중으로 하여금 미(美)와 진정한 생산과 소비를 자유롭게 하도록 한다.
三、 특히 여성의 교양을 높이고 그 해방에 박차를 가한다.
四、 자유에 대한 논의를 활발하게 하여 청년의 생활의욕을 높이고 창조적 혁신적이도록 한다.
五、 문화가 실생활에 침투하도록 생활의 과학화, 합리화를 제창한다.[27]

여기서 언급되고 있는 「주고쿠(中国)」란 국명이 아니고 히로시마를 중심으로 하는 서일본(西日本) 지방의 명칭이다. 도쿄를 중심으로 한 문화 뿐 아니라 지방에서도 문화를 발신해야 한다는 생각이 이 잡지 및 기관의 명칭에 나타나 있다. 전후 얼마 되지 않았기 때문에 문장이 딱딱하고 지금 보면 낡아 빠진 면이 있지만 문예를 중심으로 한 문화 일반을 특히 그 이선에는 별로 기회가 없었던 여성과 청년을 중심으로 하여 배우고 향유하며 받아들여서 창조하여 새로운 일본을 만들려고 하는 의지와 각오를 알 수 있는 내용이라고 할 수 있지 않을까

문학이나 문화도 또한 전쟁을 막기 위하여 중요한 것이라는 점을 구리하라 부부는 이론과 실천으로 보여준 것이다. 왜냐하면 문학에는 전쟁을 그만 두게 하는 즉효성은 없지만, '문학은 깊은 곳으로부터 먼 곳으로부터 사람들의 마음을 흔드는' 것이라는 점을 구리하라 부부는 믿고 있었기 때문이다.

이러한 선인들의 전쟁과의 투쟁을 어떻게 이어가야 하는지는 우리들에게 주어진 과제이다. 개인적인 사항이지만 나는 히로시마에 오래 살고 있으므로, 히로시마의 문학을 수집, 연구, 공개하기 위한 문학관을 창설하기 위하여 「히로시마에 문학관을! 시민회(広島に文学館を! 市民の会)」를 2001년에 시작하여 히로시마시와 교섭하고 있다. 유감스럽게도 아직 히로시마시는 문학관 건설에 움직이고 있지 않다. 그러나 원폭문학에 관해서만 생각해 보아도 이미 피폭 후 많은 세월이 흘러 작자는 물론 유족들도 고령화되어 있다.

2008년에 구리하라 사다코씨의 유족들이 구리하라 사타코의 자료를 제공하겠다고 하였다. 우리 '시민회'의 중개로 이 자료들은 히로시마조가쿠인대학(広島女学院大学)에 기증되어, 10월에 「구리하라 사다코 기념 평화문고(栗原貞子記念平和文庫)」가 조가쿠인대학 도서관에 오픈되었다. 서적 1901권, 잡지류 2331권, 반핵·평화·환경단체 발행 기관지·팜플렛류 46종의 대부분은 개가 열람실에 있다. 또한 친필원고 204점, 친필 노트·메모 132점, 기고 원고 26점, 서간(종이상자 8개분), 사진(종이상자 반상자 분), 신문류 307부(전후 구리하라 부부가 발행한 「히로시마 생활신문(広島生活新聞)」 등). 스크랩 류(종이상자 30상자분)은 폐가로 보관되어 있다. 모두 귀중한 것이지만, 이 중 구리하라 부부가 편집 및 출판에 관여한 『주고쿠문화(中国文化)』 및 『히로시마 생활신문(広島生活新聞)』 등은 일본 국회도서관에도 없는 것이다. 또한 『구리하라 사다코 전 시편(栗原貞子全詩篇)』(土曜美術社, 2005년)에도 수록되어 있지 않은 시가 발견되었다고 한다. 이러한 자료의 제목은 인터넷에서 공개할 것이라고 하며 앞으로 구리하라 사다코 연구는 이 「구리하라 사다코 기념 평화문고(栗原貞子記念平和文庫)」를 중심으로 진행될 것이다. 예를 들어 잘 정리된 신문기사 등의 많은 양의 스크랩은 일본에서는 잘 보기 힘든 시사문제를 다룬 시인으로서의 구리하라 사다코의 시가 성립 과정을 밝혀주는 것으로서 앞으로의 연구를 기대하게 되는 것이다.

　과거를 모르는 자는 미래를 잃어버린다고 하지만, 과거의 나쁜 것을 제외하고 좋은 것을 이어나가는 노력을 함으로써 문학자 및 문학연구자도 미래의 전쟁에 대한 저항에 참가할 수 있지 않을까.

## ┃주┃

〈초출〉 이 글은 2008년도 한국일본근대문학회 추계학술대회에서의
강연내용을 수정, 가필한 것임.

1) 栗原貞子「文学は何が出来るか—「広島通信」創刊によせて—」『どきゅめん
　　と・ヒロシマ24年　現代の救済』(社会新報、1970年) p.286

2) 原民喜より堀辰雄宛の葉書 (1949年9月15日)『堀辰雄全集』別巻一 (筑摩書
　　房、1979年) p.375

3) 原民喜「砂漠の花」(初出誌未詳)『定本原民喜全集』II (青土社、1978年) p.556

4) 堀辰雄 「木の十字架」(『知性』1940年7月号)『堀辰雄全集』第三巻 (筑摩書
　　房、1977年) p.85

5) 河盛好蔵「二つの思い出」(新潮社版『堀辰雄全集』推薦文、1953年)『堀辰雄
　　全集』別巻二 (筑摩書房、1980年) p.392-394

6) 堀辰雄「雪の上の足跡」(『新潮』1946年3月号)『堀辰雄全集』第三巻 (筑摩書
　　房、1977年) p.194

7) 神西清「プルウストの或る姿態」『文学』第2号 (第一書房、1929年) p.83

8) 堀辰雄「郭公」(『新女苑』1937年9月号)『堀辰雄全集』第一巻 (筑摩書房、
　　1977年) p.43頁

9) 堀辰雄「山茶花など」(『新女苑』1938年1月号)『堀辰雄全集』第一巻 (筑摩書
　　房、1977年) p.446

10) 「原民喜年譜」『定本原民喜全集』III (青土社、1978年) p.407

11) 原民喜「曠野」(『三田文学』1939年3月号)『定本原民喜全集』I (青土社、1978
　　年) p.226-227

12) 原民喜「曠野」同上 p.230

13) 原民喜より長光太宛て書簡 (1950年12月23日)『定本原民喜全集』III (青土
　　社、1978年) p.318

14) 荒敬「朝鮮戦争前後の在日米極東軍——戦争計画・沖縄「再軍備」計画・朝鮮
　　原爆投下計画を中心に」、赤澤史朗他編 『アジアの激変と戦後日本年報・日

本現代史　第4号』(現代資料出版、1998年) p.26

15) 同書、p.28

16) 原民喜「戦争について」(『近代文学』1948年9月号)『定本原民喜全集』Ⅱ (青
　　土社、1978年) p.597-598

17) 原民喜「死について」(『日本評論』1951年5月号に没後発表)『定本原民喜全集』
　　Ⅱ (青土社、1978年) p.602

18) 今堀誠二『原水爆時代』(三一書房、1959年) p.21
　　　栗原貞子氏の夫、唯一は、関東大震災に際し朝鮮人等が虐殺された事件
　　を契機に、平民社に入った生粋のアナーキストである。

19) 栗原貞子「戦争とは何か」(『黒い卵』人文書院、1983年)『栗原貞子全詩篇』
　　(土曜美術社、2005年) p.64

20) 栗原貞子「『黒い卵』と私の戦争・原爆・敗戦体験——解説にかえて」『黒い卵』
　　(人文書院、1983年) p.128-129

21) 栗原貞子「巴里(パリー)陥落、ヒットラー」(『ノート「太陽・戦中編」(一九
　　三五－一九四三)』) 1937年9月号『栗原貞子全詩篇』(土曜美術社、2005年)
　　p.43-44

22) 栗原貞子「生ましめん哉―原子爆弾秘話―」『中国文化』創刊号 (中国文化聯
　　盟、1946年3月) p.21-22

23) 栗原貞子「私は広島を証言する」『栗原貞子全詩篇』(土曜美術社、2005年)
　　p.177-178

24) 栗原貞子「ヒロシマというとき」(『ヒロシマというとき』三一書房、1976
　　年)『栗原貞子全詩篇』土曜美術社、2005年) p.317-318

25) 栗原貞子「あとがき」『ヒロシマというとき』(三一書房、1976年) p.193-194

26) 栗原貞子「国家悪を逆照射する被差別者たち―部落・朝鮮人・被爆者・公害患者
　　を軸に―」『ヒロシマの原風景を抱いて』未来社、1975年、p.156

27)「中国文化聯盟綱領」『中国文化』創刊号 (中国文化聯盟、1946年3月)、表紙裏

**【참고문헌】**

水島裕雅 「曠野への道―小説家堀辰雄の精神的発展―」『比較文学研究』第19
号 (東大比較文学会、1970年) p.19-49

＿＿＿＿ 「現代文学試論(2)―堀辰雄の 「曠野」 をめぐって遠藤周作論に及
ぶ―」『広島大学総合科学部紀要Ⅰ』 第3巻 (広島大学総合科学部、1976
年) p.99-125

水島裕雅 「堀辰雄の青空」『諸芸術の共生』(渓水社、1995年) p.269-284

＿＿＿＿ 「堀辰雄の女性像―文学的抵抗への軌跡―(1)」『広島大学日本語教育
研究』第14号 (広島大学教育学研究科日本語教育学講座、2004年) p.33-40

水島裕雅 「堀辰雄の女性像―文学的抵抗への軌跡―(2)」『広島大学日本語教育
研究』第16号 (広島大学教育学研究科日本語教育学講座、2006年) p.9-15

水島裕雅 「フランス文学と堀辰雄―プルーストの影響を中心として―」『広島
大学フランス文学研究』第24号 (広島大学フランス文学研究会、2006年)
p.428-439

＿＿＿＿ 「滅びのヴィジョン―原民喜とフランス象徴主義―」The Force of Vision
6, Inter-Asian Comparative Literature (国際比較文学会、2004年) p.240-254

水島裕雅 「原民喜と象徴主義」『広島大学総合科学部紀要Ⅰ』第17号 (広島大
学総合科学部、1992年) p.181-205

＿＿＿＿ 「原民喜の青空」『藝術研究』第8号 (広島芸術学会、1976年) p.23-36

＿＿＿＿ 「栗原貞子論―原民喜との比較を中心として―」『栗原貞子を語る―
一度目はあやまちでも―」(広島に文学館を！市民の会、2006年) p.8-36

# 다야마 가타이(田山花袋)의 전쟁체험 고찰

– 내면의 惡을 관찰, 표현하는 실행 –

이미경*

## 1. 들어가며

러일전쟁은 일본이 서양 최대 열강인 러시아와 맞선 싸움으로, 이 전쟁의 승리는 근대국가로서 일본의 나아갈 길, 사회의식과 국민의식을 크게 변화시켰다. 일본 문학사적인 장르의 구분인 자연주의와 고답파, 탐미파, 시라가바파 등의 문학유파도 이러한 시대변화의 반영이며, 러일전쟁 승리 후에 성립한 특정한 독자층의 존재가 있어서 비로소 가능했다고 볼 수 있다.

이런 시대의 흐름 속에서 일본 자연주의와 사소설의 방향을 결정지은 『이불(蒲団)』(「新小説」 1907. 9)을 발표한 다야마 가타이(田山花袋, 1871-1930 이하 가타이로 함)는 러일전쟁에 사진반 종군기자로 참전한

* 한국외국어대학교 일본어통번역학과 강사, 일본근현대문학전공

것을 계기로 문학에 있어서 새로운 길을 열어 가기에 이른다.

이때 기록한 가타이의 『제2군 종군일기(第二軍從征日記)』(博文館, 1905)가 진짜 전쟁 문학이라고 단정하기에는 일기라는 특성상의 한계가 있지만, 전쟁 이후 발표한 작품을 보면 러일전쟁 참전이 가타이 문학에 새로운 계기를 만드는데 큰 역할을 했음을 알 수 있다.

따라서, 본고에서는 러일전쟁이 가타이에게 미친 영향을 전쟁관련 작품인 『제2군 종군일기』와 『시골교사(田舍敎師)』(佐久良書房, 1909), 『한병졸(一兵卒)』(早稻田文學 1908. 1)을 통해 분석하고 가타이와 전쟁과의 관련성을 면밀히 고찰하고자 한다.

## 2. 전쟁 체험 전-묘사이론을 주장

일개 문학서생이었던 가타이의 문단적인 데뷔에 당시 대가(大家)의 위치에 있던 오자키 고요(尾崎紅葉, 이하 고요라고 함)의 영향이 컸다는 것은 『도쿄 30년(東京の三十年)』에서 알 수 있다. 가타이는 고요에 대해 "나보다 4, 5년 연상인 청년, 그러면서도 일본 문단의 권위적인 위치라고 생각하니, 나도 이렇게 가만히 있을 수 없다는 생각이 들었다. 부러움과 동시에 질투의 마음이 솟았다. 젊은 피가 끓었다"고 기록하고 있다.

그 후, 가타이는 고요에게 문단 데뷔를 부탁하는 편지를 썼는데 그 내용에 대해 "잘 기억이 안 나지만, 많은 문학생이 그러하듯 공허한 문구를 잔뜩 열거했을 것이다"라고 회상하고 있다. 또 고요의 첫인상을 "좋은 느낌이었고 너무나도 에도출신다운 쾌활하고 허물이 없는 말투, 젊은 문학생 조차도 그리 멸시하지 않는 태도였다"[1]고 쓰고 있다.

가타이는 고요와 나이 차이가 별로 없었지만, 가타이가 무명시절에 고요는 문단의 중심적인 존재였으므로 문단적인 지위의 차가 얼마나

컸는지 알 수 있다. 고요가 1903년 10월에 죽자, 19세기 서양의 자연주의 문학에 친숙해 있던 가타이는 기다렸다는 듯 「노골적인 묘사(露骨なる描写)」(「太陽」1904. 2)를 써서 전시대의 문학과 문장을 부정하기에 이른다. 그는 당대 문학의 거장인 모리 오가이(森鴎外), 오자키 고요(尾崎紅葉), 쓰보우치 쇼요(坪内逍遙)의 기교적인 문학을 '도금문학'이라고 비판하며 당시의 기교를 중시하던 기성문학의 작법에서 벗어나 소박하고 자연스런 미를 추구하겠다는 의지를 밝힌다.

> "어느 것이나 노골적으로 쓰지 않으면 안 된다. 어느 것이나 진실이지 않으면 안 된다. 어느 것이나 자연스럽지 않으면 안 된다", "자신의 생각으로는 이 노골적인 묘사, 대담한 묘사 — 즉 기교론자가 보고 조잡하며 지리멸렬하다고 말하는 것이 오히려 우리 문단의 진보이기도 하며, 또 생명이기도 하기 때문에 이것을 나쁘다고 말하는 비평가는 상당히 시대에 뒤쳐진 것이 아닌가 하고 나는 생각한다"(「露骨なる描写」『全集』26 pp.156-158).

가타이는 그동안 경외심을 품고 있던 당시 대가들의 기법을 정면에서 비판하며 '노골적인 묘사'를 주장했다. 그로부터 2개월 후에 러일전쟁에 종군하였고, 귀국 후에는 자신의 종군 체험을 작품화하고, 『이불』, 『한병졸』, 『생(生)』(「読売新聞」1908. 1)을 거듭 발표, 평면묘사의 이론을 확립했던 것이다.


## 3. 영탄적인 감성을 냉각시킨 종군체험

『제2군 종군일기』는 일기 형식으로 되어 있지만 일기라고 하기보다는 정확히 전쟁 다큐멘터리, 혹은 전쟁 리포트라고 해야 할 장대한 기록이다.

러일전쟁이 시작되자, 가타이가 소속해 있던 하쿠분칸(博文館)은 3월 18
일에 『러일전쟁사진화보』를 창간한다. 일본군은 제1군, 제2군, 제3군으
로 참전하고, 그는 제2군 종군반의 사진기자로 지원해서 중국의 랴오양
(遼陽)반도로 출발하게 된다. 제2군에는 모리 오가이(森鷗外 : 이하 오가
이로 함)가 의무부장으로 소속이 되어 있었는데, 가타이가 병으로 많은
신세를 지게 되어 빈번한 만남을 가졌다. 가타이는 오가이와의 만남은
『제2군 종군일기』의 서문에서도 다룰 정도로 영광스럽게 생각했던 것
을 알 수 있다.

　가타이는 『도쿄 30년』에서 그때의 만남을 "오가이 씨는 마음속에서
가장 존경하고 있었으며, 그의 글에서 굉장히 큰 도움을 받았다", "오가
이 씨의 개인주의를 나는 옛날부터 좋아했는데 그렇게 시원시원하며
주위에 개의치 않는 태도는 뭐라 말로 할 수 없는 인상을 젊은 나에게
주었다"고 쓰고 있다. 「노골적인 묘사」에서 '도금문학'이라며 비판한 작
가 중에 한사람이 오가이였지만, 오가이와 종군 중에 대화한 내용에는
외국문학에 대한 것 뿐, 「노골적인 묘사」에 대한 이론적인 언급은 찾아
볼 수 없다.

　또 『제2군 종군일기』의 서문에는 "세이난(西南)전쟁에서 전사한 부친
의 영전에 헌사한다"라고 있는데, 가타이는 종군하며 전사한 부친을 생
각하지 않을 수 없었다고 본다. 가타이는 7살 때 아버지가 전사했기 때
문에 가족의 생계를 위해 힘겹게 고생하는 어머니의 모습을 지켜보며
성장한다. 10살이라는 어린 나이에는 교바시(京橋)의 서점에서 가족을
위해 점원으로 일했던 경험도 있었기 때문에 가장의 죽음은 일가의 불
행으로 연결된다는 것을 실감하며 성장했던 것이다.

　　"항상 내 기억에서 잊혀지지 않는 것은 아버지가 남긴 많은 유품 중에
　하나인 수첩인데 그 수첩에는 전사한 날(4월 14일)이 정확히 적혀 있었

고 뒷장에는 맑음이라고 쓰여 있었다"2)(「第二軍従征日記」『明治文学全
集』67, pp.213-215).

가타이는 러일전쟁 관전기를 동경으로 보냈고 그 다음 해인 1905년
에 『제2군 종군일기』를 출간하게 되는데, 그 서문에서는 종군하게 된
심경을 더 없는 행운이었다고 기술하고 있다.

> 고금 미증유인 러시아 정벌 싸움에 자신이 종군한 것은 더 할 나위
> 없는 행운이었다. 포연탄우(砲煙弾雨), 그것이 나의 미숙한 사상에 큰
> 영향을 미친 것은 물론이며 인생 최대의 비극, 인생 최대의 사건을 경험
> 했다고 생각한다. … 그 부대에서 일어난 일은 거의 하나도 빠짐없이 지
> 켜볼 수 있었다. … 자신이 본 것, 들은 것, 느낀 것은 하나도 남김없이
> 기탄없이 썼다. … 종군한 183일간 적군에게 습격당해 당황한 적도 있었
> 고 포로가 될 뻔해서 황급히 도망친 일도 있었으며 총탄을 맞아 전사할
> 뻔한 일, 극심한 열병으로 죽음을 각오한 일, 생사의 갈림길에 선 때도
> 적지 않았다(「第二軍従征日記  緒言」『全集』25, p.4).

낭만시인 출신인 가타이는 종군 전에 『쥬에몬의 최후(重右衛門の最
後)』, 『들꽃(野の花)』 등 단편을 발표했지만, 작가로서는 아직 이름이 알
려지지 않은 상태였다. 가타이가 더할 나위없는 행운이었다고 한 것은
전쟁 경험이 자신의 미숙한 사상에 영향을 주었고, 죽음이라는 인생 최
대의 비극을 목격함으로써 서정적이며 영탄성이 강했던 감성을 조금이
나마 냉각시켰다는 것을 일컫고 있는 것은 아닐까.

그럼, 가타이는 183일간 어떤 전쟁체험을 했고 어떻게 기록하고 있는
지 살펴보고자 한다. 일기는 4월 21일부터의 사실을 그대로 기록하는
형식이다. 그를 포함한 사진반원 8명은 '제2군'이 몰래 데려왔기 때문에
충분한 대우를 받지 못하고 '그림자 같은 존재', '귀찮은 존재', '식충'3)
취급을 받았다.

그리고 중국으로 향하는 배안의 하등실 등에서 벌어지는 싸움을 유머러스하게 묘사하고 있는데, 예를 들면 군인 중에 나니와부시(浪花節), 죠루리(浄瑠璃)⁴⁾를 잘하는 예능인(芸人)의 연기를 보러 이등실의 선실로 구경하러 간 일, 녹차를 '말의 소변'⁵⁾, 적게 배급받는 물을 '고양이 세수하듯 해야 하는 양'에 빗대어 표현하고 있다.

또한, 랴오양이 보이는 지점에서 일장기를 봤을 때는 "누가 만세를 삼창하지 않을 수 있겠는가"⁶⁾라며 영탄적인 감성으로 표현하고 있다.

특히, 기행작가의 면모도 갖추고 있던 가타이에게 다른 나라는 새로운 지역에 대한 호기심을 자극했다는 것을 알 수 있다. 랴오양에 처음 도착했을 때의 그 주변 풍경의 묘사는 가타이의 기행작가 기질을 엿볼 수 있게 한다.

> 랴오양의 풍물. 바람이 심하게 불고 모래바람이 높이 일었다. 눈에 보이는 색깔은 바다의 파란색과 노란 하늘색, 육지와 산의 적갈색 뿐 이었지만, 그래도 새로운 것은 사람의 마음을 사로잡는 것인지 황량한 대륙적인 풍경이 호기심을 자극했다(「第二軍従征日記」『明治文学全集』67, pp.234-235).

본격적으로 전쟁이 시작되자 병사들과 같이 행동하던 가타이는 극도의 피로와 더불어 전운(戰雲)도 피부로 느낀다. 또, 겁쟁이처럼 왠지 마음이 가만히 있을 수 없을 정도로 극도의 불안감에 휩싸인다. 눈앞에서 펼쳐지는 전쟁과 공격으로 인한 총성은 더욱 불안감을 고조시켰고, 본격적인 전투로 인한 시체와 부상병들을 눈앞에서 생생하게 목격하게 된다. 전사한 동료를 화장하고 묻는 참상을 지켜보면서 사진반원인 자신은 총을 들고 싸우는 실행자가 아닌 단지 지켜만 보는 관찰자 입장이 될 수밖에 없음을 실감한다.

주변 지인의 죽음을 눈앞에서 지켜보고 자신도 죽을 고비를 넘긴 가타이는 그때까지 감정에 충실하며 기록하던 낭만적인 자세에서 벗어나 주위를 냉정하고도 객관적으로 봐야 하는 입장으로 6개월을 보냈다고 할 수 있을 것이다.

> 마을을 벗어나 난산(南山) 가까이 가자, 시체는 더 많았다. 생존한 병사들이 가는 곳마다 삼삼오오 무리를 지어 둘러싸고 어느 사람은 죽어가는 전우에 대한 이야기, 전쟁 당시 비참한 모습 등, 당시 여러 상황을 나중에 온 사람들에게 말했다(「第二軍從征日記」『明治文学全集』67 p.263).

난산에서는 전투가 대국면을 맞이해 적의 총탄인지 아군의 총탄인지 구분이 안 되는 긴박한 상황이 계속되고, 그때 가타이는 같이 지내던 병사가 한 명, 두 명 죽어가고, 총탄이 종횡무진으로 날아오는 사이를 두려움에 떨며 피해야 하는 등 전쟁의 비참함을 절실히 체험한다.

그런데, 아이러니하게도 전쟁의 가장 클라이맥스라고도 할 수 있는 랴오양 포위 공격이 시작되기 직전인 8월 20일, 그는 39도의 고열에 시달리며 장티푸스(나중에 장티푸스가 아니라고 판명 됨)로 병원에 입원하게 된다. 회복 후에도 설상가상으로 정류장에서 부상까지 당하는 불운이 겹친다.

> 전쟁터에서 장티푸스! 죽음을 각오하지 않으면 안 되는 지경에 이른 것이다. … 숙소에 누워 많은 생각을 했다 … 랴오양, 랴오양, 그곳은 내가 진저우(金州)에 있을 때부터 꿈꾸던 곳이다. 그런데 지금 이 처지가 되어 대전투를 볼 수 없게 되다니! 실로 원통하다. 그렇지만 어찌 할 수도 없다 …. 장티푸스 … 죽음 … 아버지의 일기 … 자신의 일기 … 과부 … 고아 … (「第二軍從征日記」『明治文学全集』67 p.308-309, 326).

가타이가 "적군의 얼굴도 제대로 보지 못했다"[7]고 말했듯, 실제로 적과 만난 적이 없는 제한된 전쟁 체험이었지만, 39도가 넘는 고열로 죽을 뻔한 고비를 넘긴 상황도 있었다. 랴오양에 가서 전투를 보고 싶었지만, 보지 못하고 병자가 된 자신의 처지를 한탄하며, 부인을 과부로 자식을 고아로 만들지도 모른다고 걱정한 부분은 좀 과장되기는 하지만, 죽음까지 각오한 가타이의 솔직하고 감성적인 성격이 잘 드러난 표현일 것이다.

## 4. 인간 내면의 '악(惡)'을 발견

가타이는 총을 든 군인과는 달리 무시당하며 제대로 먹지도 못하는 고통을 겪고, 실행할 수 없이 보기만 해야 하는 종군기자의 비참한 체험을 다음과 같이 회상하고 있다.

> 인간은 확실히 어디까지나 실행하는 동물이다. 실행 없이 보기만 하는 것은 실로 괴로운 일이다. 게다가 실행자 무리와 함께 있고 같은 인간으로 교류하면서도 한번 방관자로 인식되면 별종 취급을 받는다. 군사령부가 귀찮은 존재처럼 취급해서 때론 밥도 주지 않으려고 하는 종군기자도 마찬가지 취급을 받았다(「私の経験」『全集』26, p.242).

여기서 같은 인간이면서도 방관자 취급, 별종 취급을 받는 정신적인 고충, 실행할 수 없는 데에서 오는 괴로움을 엿 볼 수 있다. 생사의 갈림길에 이른 러일전쟁의 종군체험이었지만, 총을 갖고 싸울 수 없었던 그는 가능한 보고, 듣고, 느낀 것을 그대로 기록하려고 노력했고, 종군일기라는 형태로 전쟁터에서 펼쳐지는 인간의 명암의 양면을 작가의 눈으로 예리하게 관찰해서 자신의 체험으로 기록했다. 군인처럼 적과 맞서 싸우는 실행을 할 수는 없는 가타이였지만, 여기서 실행하는 작가로서의 의의를 자각하기 시작했다고 판단된다.

또, 처음 전쟁의 참상을 목격했을 때, 일기에서 가타이는 "수많은 시체를 보면 전쟁에 대한 죄악감을 인식하지 않을 수 없다"[8]며 전쟁의 죄악감에 대해 언급한다. 이에 대해 스에노부 요시하루(末延芳晴)는 가타이가 "여기서 확실히 전쟁 그 자체의 악을 꿰뚫어본 관점을 획득했다."[9] 하지만 "가타이 등이 쓰는 기사는 모두 제 2군의 검열을 받고 있었기 때문에 일본군의 시체를 보고 '전쟁의 악' 등이라고 쓸 수는 없었을 것이다"[10]고 주장하는데 전적으로 공감한다. 가타이가 관전기의 한계상, 악에 대해 더 이상의 언급은 하지 않았지만, 그가 철저히 눈앞에서 전쟁의 악, 죄악감을 피부로 느꼈다는 것을 위 문장을 통해 확인할 수 있다. 종군기자를 '그림자, 귀찮은 자, 식충'처럼 생각한 어느 참모에게 "전쟁이 끝날 때까지 없어도 되니까 돌아가고 싶으면 바로 돌아가라"며 비웃음을 당하기도 했다. 허울을 벗어 버린 인간의 적나라한 모습을 그는 "놀랍고 두려운 경험"[11]이라고 했다.

여기서 가타이는 인간이 극한의 상황에서 인간성을 상실한 모습을 '놀랍고 두려운 경험'이라고 표현하며 고발하고 있다. 그는 죽음이 목전으로 다가 왔을 때, 허울을 벗은 인간이 어떤 행동을 하는가를 냉정히 지켜보고 기록한 것이다.

하시가와 분소(橋川文三)는 일본근대 전쟁문학의 한계를 "전쟁이 인간을 생사의 극한 상황까지 몰고 간다는 것은 변함없는 사실이다. 그 잔혹함은 일반적이지만 대개 패전, 망국의 경험이 없이 진짜의 전쟁문학이 성립한다고 생각할 수 없기 때문이다"[12]라고 말했다. 그러나 가타이가 전쟁에서 경험한 인간의 '악'의 존재의 발견은 전쟁이라는 특수 환경이 있었기 때문에 가능했다고 본다. 인간의 '악'에 대한 발견은 가타이가 교바시(京橋)의 서점에서 일하던 10살 때, 도벽(盜癖)으로 해고당한 때로 거슬러 올라간다. 당시 "내적인 악의 자각은 가타이를 괴롭혔고 결과적으로 문학에 가까이 하게 했다"[13]고 할 수 있다.

가타이는 성장기에 있을 수 있는 작은 '악'에 대한 경험으로 괴로워한 것인데, 러일전쟁 때 타인에게서 발견한 '악'은 자신을 내부에서 괴롭혔던 '악'보다, 너무나도 큰 존재였기에 '놀랍고 두려운 경험'으로 표현했다고 본다. 그 인간의 '악'의 발견, 즉 전쟁의 '악'의 발견과 죽음까지 각오한 병의 극복은 그에게 사물을 좀 더 냉정하게 바라보게 했고, 그것이 남몰래 여제자에게 연심을 품은 '자신 내부에 존재하는 악'의 고백으로 이어져 『이불』이라는 작품으로 연결되었다고 볼 수 있다.

나쓰메 소세키(夏目漱石)는 1905년 "일본이 러일전쟁에서 유럽 제일의 완고하고 강한 러시아를 연전연승으로 이긴 것은 문학에도 다대한 영향을 미칠 것"[14]이라며 「전후문학계의 추세」를 「신소설」 지상에 발표했는데, 이처럼 러일전쟁의 승리는 가타이에게도 창작의 모티브가 되거나 주제 선택의 충동을 일으키는 계기가 되었다고 볼 수 있다.

## 5. 관찰자에서 실행자로

가타이가 병으로 랴오양 전투에 참전하지 못한 아쉬움은 『시골교사(田舍敎師)』와 『한 병졸(一兵卒)』의 주인공을 통해서도 잘 묘사되었다. 그는 사진기자였기에 실행하는 존재가 아닌 관찰하고 기록하는 존재였지만, 그 체험으로 얻은 것이 크다는 것은 앞에서도 언급한 바 있다. 요시다 세이치(吉田精一)가 "그는 총을 쥔 실행자를 원망하지 않고 방관자가 가진 의미를 깊이 체험했다"[15]고 했듯, 그의 체험은 두 편의 소설에서 생동감있게 그려지고 있다.

일본의 승리를 결정지은 랴오양 전투에 참전하지 못하고 죽어가는 주인공을 다룬 『시골교사』는 가타이의 평면묘사적인 수법으로도 높이 평가를 받았지만, 실행자가 아닌 방관자적인 주인공의 묘사로도 상당한 반향을 일으켜 신시대의 작품으로서 부족함이 없다는 평가를 받았다. 가타이 자신도 예상했던 바였다고 하며, "간토지방 사람들 중에 『시골교사』를 손에 든 사람이 여기저기서 눈에 띌 정도였다"16)고 했다.

그렇다면 『시골교사』가 평판이 좋았던 이유는 무엇일까. 『시골교사』는 가타이의 의형이 있던 절에서 폐병으로 죽어간 시골교사인 고바야시 세이조의 일기를 토대로 쓰고 있다. 가타이는 그의 일기를 처음 접한 감상을 다음과 같이 적고 있다.

> 일기를 보고 난 후에 고바야시 세이조 군은 이미 단순한 고바야시 세이조 군이 아니었다. 나의 고바야시 세이조 군이 되었다. 어디에 가도 고바야시 군이 살아서 곁에 있는 듯 했다(「東京の三十年」 『全集』15, p.649).

『시골교사』를 완성하기까지 5년의 세월이 걸렸다. 가타이는 주인공과 일체가 되어, 자신 속에 주인공이 들어와 숨 쉬듯 자신의 생생한 체험과 오버랩 시키면서 글을 썼고, 그것이 그의 작품에 생동감을 가져다 주었다고 할 수 있다. 가타이는 고바야시 묘에 처음 갔을 때의 감상을 다음과 같이 말하고 있다.

> 나는 제일 먼저 생각했다. 랴오양이 함락되던 날에⋯일본이 세계적으로 발전한 가장 영광스런 날, 만인이 열광하는 그날에 그렇게 쓸쓸하게 죽어가는 청년도 있다. 그럴 듯한 일도 하지 못하고 전쟁터에 병사로 나가지도 못하고⋯메이지 34년, 35년부터 37, 38년대의 일본 청년을 조사해 써보려고 했다. 그리고 그것을 일본의 세계발전을 향한 영광스런 날로 연결시켜야겠다고 생각했다(「東京の三十年」 『全集』15 p.648).

주인공 고바야시 세이조는 중학교를 졸업한 뒤 가난해서 진학을 단념하고 초등학교 임시교사가 되었는데 월급은 겨우 생활할 정도인 11엔이여서 빚을 갚기 위해서 절약에 절약을 거듭해야 했다. 그는 가난에 지지 않고 문학자로서의 꿈을 꾸지만, 잔혹하게도 폐병에 걸려 학교를 그만두고 고향에서 쓸쓸하게 죽어가야만 했다. 물론, 고바야시의 지인으로부터 "그렇게 쓰면 불쌍하다는 비난"[17]을 받았다고 했듯, 실제 인물보다 가타이의 의도적인 과장이 있었다는 것을 알 수 있다.

작중에서 한 시골의 임시교사는 하라 교카(原杏花: 가타이를 말함)의 애독자로 신문에 연재되는 『러일전쟁 관전기』를 흥미롭게 읽으며 전쟁을 간접 경험한다. 가타이가 기록한 작품이 주인공을 통해 읽혀지는 것이다. 어느 때는 시체가 나뒹구는 곳에서, 또 대포 소리가 무시무시하게 울려 퍼지는 벌판에서 느낀 감상과 광경의 묘사는 주인공 고바야시에게 전쟁터에 함께 있는 듯 공감을 주었음에 틀림없다.

> 훌륭한 국민의 일원으로 태어나서 그 명예로운 전쟁에 가담도 하지 못하고, 그 만분의 일도 보답하지 못하고, 다른 사람처럼 만세소리를 내며 기뻐하지도 못하고 이렇게 불쌍하게 병상에 누워 국민의 환호성을 듣는다고 생각하자, 세이조의 눈에는 눈물이 흘렀다. 시체로 들판에 쓰러져 있는 고통, 그 몸이라면 명예도 그 무엇도 필요 없을 것이다.(중략) <u>그러나 그 사람들도 나보다는 행복하다. 이렇게 희망도 없이 병상에 누워만 있는 나보다는</u>…. 세이조는 먼 만주의 쓸쓸한 평야에서 쓰러져 있을 동포를 생각했다(「田舎教師」『全集』2 p.589)(밑줄-논자).

밑줄에서 세이조가 "그러나 그 사람들도 나보다는 행복하다"고 했듯, 가타이는 주인공을 모두와 전쟁을 함께 하지 못해서 아쉬워하며 생을 마감하는 것으로 묘사한다. 메이지 시대의 최대 전쟁은 러일전쟁으로 1904년부터 다음 해까지 15만 명에 이르는 부상병이 나왔는데 청일전쟁과는 비교도 안 되는 숫자였다. 전후의 불황은 그들의 사회복귀를 더욱 곤란하게 했고, 정부는 상이병원을 만들어 중환자의 사회복귀를 지원했지만 결코 쉽지 않은 상황이었다. 생활고에 허덕이던 상이병 중에는 공갈 협박으로 돈을 뜯는 자마저 생겨나면서 상이병이 사회로부터 소외된 존재로 취급받게 된다. 당시 이러한 어두운 문제를 안고 러일전쟁 이후 상이병이라는 말이 자주 사람들의 말끝에 오르내리게 되었다. "상이병이라는 말투 그 자체에도 폐기물과 같은 비인간적인 울림이 있었다"[18]고 한다. 가타이는 이러한 당시의 어두운 시대상황을 반영하기 위해 1901년부터 1906년까지의 청년들을 철저하게 조사하면서 그들의 공감을 얻으려고 노력했기에 『시골교사』는 독자에게 좋은 반향을 얻었다고 판단된다.

　한편, 가타이는 『시골교사』(1909)를 발표하기 1년 전에 『한 병졸』을 발표했다. 가타이가 러일전쟁 당시에 현지에서 겪은 경험과 전쟁터에서 경험한 입원생활을 토대로 쓴 것으로, 랴오양 전투가 시작되기 전날 결정적인 승리를 같이 하지도 못한 채 각기병으로 홀로 죽어가는 병졸을 그린 것이다. 『한 병졸』에서는 전쟁시기의 더러운 병원, 화장실 등도 적나라하게 사실적으로 묘사하고 있다. 주인공은 처음에 유행성 장티푸스에 걸렸으나 극복했고 다음엔 각기병에 걸려 고통스러워 하지만 그래도 전쟁터에 나가고 싶은 심정에 랴오양을 향해 계속 걸어간다. 전쟁터를 향하는 마차를 타지만, 그것도 발견되자, 짐을 싣는 마차라며 하차당한다. 각기병의 고통 속에서도 랴오양으로 향하고 싶은 병졸은 가족도 없는 만주 벌판에서 마지막까지 고통을 호소하며 죽어간다. 만주의 광대한 자연을 배경으로 벌레와 같이 하찮게 죽어가며, 결국 실행자가 되지 못하고 방관자로 남을 수밖에 없는 한 병졸은 가타이 특유의 영탄적이고 감상적인 설명도 없이 객관적인 시선으로 사실적으로 그렸다는 점이 훌륭하다고 할 수 있다.

　『한 병졸』의 첫 문장은 "그는 걷기 시작했다"[19] 주인공이 전쟁터를 향해 걷는 것으로 시작된다. 주인공인 '그'는 당시 러일전쟁의 하이라이트라고도 할 수 있는 랴오양 공격에 동참하고 싶어서 그곳을 향해서

가는 도중에 죽는 병사이다. 주인공은 국가의 목적을 위해 죽어간다. 작품 속의 '그'는 죽고 나서 주머니에서 이름을 발견하기까지는 무명으로 이름이 밝혀지지 않는다. 여기서 '그'는 여러 사람의 이름으로 대입하는 것이 가능하며 당시 독자 자신의 가족의 이름으로도 바꿀 수도 있는 것이다.

가타이는 『한 병졸』에서 전쟁터의 더러운 병원을 다음과 같이 적나라하게 묘사하고 있다.

> 적이 버리고 간 더러운 서양식 마룻바닥, 8평정도 되는 방에 병에 걸린 병사, 부상병이 15명. 불결, 규환과 더러운 공기, 그에 더해 무시무시한 파리 떼들. 용케도 20일이나 견뎠다. 보리밥 죽에 약간의 소금, 어떻게 굶주림을 면했는지 모르겠다. 그는 병원 뒤 변소를 생각하면 소름이 끼쳤다. 급히 구멍을 판 것이 얕아서 악취가 심했고 그 냄새는 코와 눈을 찔렀다(「一兵卒」, 『全集』1 p.608).

이렇게 전쟁에서 경험해야 하는 불결함을 가타이는 실제로 눈앞에서 보고 감수해야 했던 것이다. 여기서 가타이가 주목한 것은 『시골교사』에서와 마찬가지로 랴오양 싸움이라고 할 수 있는데, 눈부신 싸움을 보지도 못하고 죽어가는 병졸은 작가 자신이 랴오양 싸움을 보지 못하고 병에 걸려 일본에 돌아와야만 하는 모습과 오버랩되지 않을 수 없다. 냉혹한 전쟁 체험을 통해서 특유의 영탄적인 감상을 자주 보인 가타이가 "근저에는 주관적이면서 태도에 있어서는 객관적, 방관적"20)인 방향으로 바뀌었다는 것은 『한 병졸』을 통해서도 알 수 있다.

『한 병졸』을 이와노 호메이(岩野泡鳴)는 "감상적인 면이 있다고 지적"21)하였지만, 요시다 세이치(吉田精一)가 말하고 있듯 "특유의 영탄조도 없이 당시 상황을 객관적으로 포착하고 있으며, 기술적으로는 『이불』이상"22)이라고 했는데 전적으로 공감한다.

　기무라 기(木村毅)는 "가타이가 전쟁에서 심각하고 침통한 상황을 지켜보고 지대한 암시를 얻어 자연주의 문학자로 다시 태어났다"[23]고 지적한 바 있다. 큰 전쟁을 앞두고 쓸쓸히 죽어가는 한 병졸의 죽음을 통해 가타이는 어떠한 인생이 참된 인생인지에 대한 의의를 독자에게 묻고 있다고 본다. 또, 가타이가 주장한 객관적 묘사의 좋은 표본으로 판단되어지는 작품이라고 할 수 있을 것이다.  가타이는 자신이 관찰자로서 랴오양 전투를 함께 하지 못한 아쉬움을 『시골교사』와 『한 병졸』에서 작가라는 실행자의 입장으로 쓰게 된 것이다.

## 6. 나오며

　이상으로 가타이의 러일전쟁 체험을 고찰했다. 가타이는 오자키 고요의 죽음을 기다렸다는 듯 「노골적인 묘사」를 발표해서 기존의 기교를 중시하던 문단의 거장들을 비판하며 "무엇이든 자연스럽게 노골적으로 쓸 것"을 주장한다. 그 2개월 후에는 러일전쟁에 종군해서 『제2군 종군일기』를 통해 전투장면을 기록할 뿐만 아니라, 전투의 전후에 부대에서 일어나는 일상을 상세히 기록하고, 전쟁이 가져온 무참한 죽음과 인간성의 상실의 모습을 철저하고 생생하게 쓰고 있다. 또 그 속에서 전쟁이 가져온 '악'에 대해서는 전쟁에 대한 '죄악감'으로 표현하고 있다.
　가타이의 전쟁체험은 『시골교사』와 『한 병졸』을 통해 생생하게 살려지고 있는데 장티푸스 때문에 랴오양 전투에 참전하지 못한 가타이 자신과 두 작품의 주인공은 오버랩되고 있다. 여기서 『시골교사』가 반향이 좋았던 이유 중 하나는 가타이가 실제 인물의 일기를 토대로 주인공 고바야시 세이조가 되어 생동감 넘치게 그려냈기 때문일 것이다. 또, 당시 전쟁에서 당한 부상으로 실업자가 된 사람들의 사회 복귀가 문제가 된 시대상황에서 참전조차도 못하고 쓸쓸히 죽어가며 자신의 신세를 한탄하는 모습은 많은 공감을 불러일으키며 위안이 되었다고 판단된다.

생사의 갈림길에까지 이른 러일전쟁의 종군체험이었지만, 총을 갖고 싸울 수 없던 그는 가능한 한 보고 듣고 느낀 것을 그대로 기록하려고 노력했고, 종군일기라는 형태로 전쟁터에서 펼쳐지는 인간의 명암의 양면을 작가의 눈으로 예리하게 관찰해서 실행자로서 자신의 체험으로 기록했다. 군인처럼 적과 맞서 싸우는 실행을 할 수는 없는 가타이였지만, 실행하는 작가로서의 의의를 자각하고 예술가로서의 정신, 사물을 있는 그대로 보고 냉혹하게 실체를 파악하려는 객관적 인식방법을 갖게 하여 평면묘사라는 작법을 만들어내는 계기가 된 것이다.

전쟁의 경험은 누구에게나 어떤 형태로든 상당한 의미를 갖겠지만 가타이 자신이 표현했듯이 그에게 '행운'이었으며 영탄적인 감상에서 벗어나 사물을 좀 더 객관적으로 볼 수 있는 계기를 만들어 주었다는 것은 중요한 사실이다.

요시다 세이치가 말했듯 "시대의 파도에 흔들리면서도 외국 문학 통으로 불렸고 항상 자아에 대한 관조와 영탄에서 벗어나지 못했던" 가타이는 러일전쟁 참전 후, 전쟁에서 발견한 '악'을 자신 내부의 '악'의 발견으로 돌려 자신 내부의 악을 고백하는 사소설 『이불(蒲団)』을 발표해 일본자연주의 작가로서 인정받기에 이른다. 전쟁 속에서 '악'에 대한 깊은 사색까지는 종군기자라는 한계로 어려웠지만 악의 발견은 분명히 있었으며 근저에는 주관적이면서 태도에 있어서는 객관적, 방관적으로 바뀐 것이 분명하다. 가타이의 종군은 단지 6개월이었지만 죽음을 목전까지 경험한 전쟁체험은 그의 감성적인 서정성을 냉각시켜 작가로서의 새로운 길을 열어 주었다는 것을 고찰할 수 있었다.

## ‖ 주 ‖

〈초출〉 이 글은 「시가 나오야(志賀直哉)의 군국주의에 대한 인식」이라는 제목으로 한국외국어대학교 일본연구소 『일본연구』 제35호(2008년 3월)에 게재됨.

1) 田山錄弥(1993) 「紅葉山人を訪ふ」 『定本花袋全集』15巻, 臨川書店, pp.483 -485. 이하 『定本花袋全集』의 본문 인용은 인용문 끝에 작품명, 전집권수, 페이지를 표시한다.

2) _____(1968) 「田山花袋集」 『明治文学全集』第67, 筑摩書房, pp.213-215 이하 『明治文学全集』의 본문 인용은 인용문 끝에 작품명, 전집권수, 페이지를 표시한다.

3) _____(1968) 위의 책 p.241

4) 샤미센 반주에 맞추어 특수한 억양과 가락을 붙여 엮어 나가는 이야기의 일종

5) 田山花袋(1968) 위의 책 pp.209-210

6) _____(1968) 위의 책 p.231

7) _____(1968) 위의 책 p.329

8) _____(1968) 위의 책 p.263

9) 末延芳晴(2005.6) 『論座』 「日露戦争と文学者 田山花袋」 毎日新聞社, p.230

10) _____(2005.5) 『論座』 위의 책 p.159

11) 田山錄弥(1993) 위의 책 「小説作法」 第26巻, p.245

12) 平野謙外4人(1971) 『戦争文学全集』3, 毎日新聞社, p.358

13) 末延芳晴(2005.6) 『論座』 위의 책 p.235

14) 安田武外編(1981) 『新批評・近代日本文学の構造 近代戦争文学』6, 國書刊行會, p.14

15) 田山花袋(1968) 위의 책 p.387

16) _____(1993)全集 第15巻, p.654

17) 片岡良一(1957) 「田山花袋」 『自然主義研究』 筑摩書房, p.190

18) 湯本豪一(1998) 『図説 幕末明治流行辞典』 柏書房株式会社, p.74

19) 田山錄弥(1993) 「一兵卒」 『全集』1, p.608

20) 吉田精一(1955) 『自然主義の研究』 上  東京堂, p.326

21) 田山花袋(1968) 위의 책 p.355

22) _____(1968) 위의 책 p.391

23) 木村毅(1969)「日本戰爭文学大觀」『明治戰爭文学集』97, 筑摩書房, p.394

## 【참고문헌】

片岡良一(1957)「田山花袋」『自然主義研究』筑摩書房

木村毅(1969)「日本戦争文学大觀」『明治戦争文学集』97 筑摩書房

末延芳晴(2004.9)『論座』「日露戦争と文学者 夏目漱石」朝日新聞社

_____(2005.5)『論座』「日露戦争と文学者 田山花袋」朝日新聞社

_____(2005.6)『論座』「日露戦争と文学者 田山花袋」朝日新聞社

田山花袋(1968)「田山花袋集」『明治文学全集』第67巻 筑摩書房

田山録弥(1993)「一兵卒」『定本花袋全集』第1巻 臨川書店

_____(1993)「田舎教師」『定本花袋全集』第2巻 臨川書店

_____(1993)『定本花袋全集』第7巻

_____(1993)「小説作法」『定本花袋全集』第26巻, 臨川書店

_____(1994)「東京30年」『定本花袋全集』第15巻, 臨川書店

_____(1995)「第二軍従征日記序文」『定本花袋全集』別巻,臨川書店

平野謙外(1971)『戦争文学全集』3 毎日新聞社

安田武外編(1981)『新批評・近代日本文学の構造 近代戦争文学6』國書刊行會

湯本豪一(1998)『図説 幕末明治流行辞典』柏書房株式会社

吉田精一(1955)『自然主義研究』上巻 東京堂

松本鶴雄(2005)  田山花袋と 『田舎教師』 周辺  http://www.gpwu.ac.jp/forum/
    sakka/katai1.html(2012.1.15)

# 시가 나오야(志賀直哉)의
# 군국주의 인식

최석재*

## 1. 들어가며

　일본은 메이지기(明治期)에 접어들면서 근대적 통일국가로의 일보를 내딛기 시작한다. 낡은 구제도를 타파하고 서구 문명을 급속하게 흡수하면서 한편으론 부국강병책을 도모한다. 그 영향으로 자유민권운동이 대두되고 역으로 국수주의가 일어난다. 이윽고 청일전쟁(1894)·러일전쟁(1904)을 거치면서, 자본주의의 점진적 발전과 더불어 정치, 경제, 외교 등의 눈부신 발전을 이룩하여 일본은 아시아의 강력한 안정 세력으로 부각된다. 그러나 급속한 발전에 수반되는 내부 모순을 안게 되어, 그로 인한 여러 가지 사회 문제가 발생하게 된다. 그리고 다이쇼기(大正期)에는 제1차 세계대전(1914-1919)의 특수(特需)에 따른 산업의 비약적 발전과 경제적 번영을 배경으로 민주주의가 점차 발전한다. 그러나

* 강릉원주대학교 여성인력개발학과 교수, 일본근대문학

한편에서는 노동자, 농민들의 생활 압박으로 인한 노동 운동이 대두된다. 일본은 전쟁의 승리로 국제적 지위가 상승하지만, 제1차 세계대전 이후의 불황과 관동대지진의 여파로 인해 쇼와기(昭和期)가 되자, 금융 공황이 시작되고 사회불안이 심각해진다.

시가 나오야(志賀直哉, 1883-1971)는 러일전쟁이 발발한 1904년(만21세)경부터 소설 창작에 뜻을 두기 시작한다. 1904년 5월에는 「유채꽃과 소녀(菜の花と小娘)」(『金の船〈児童雑誌〉』 1920.1)를 쓰고 문학 동우들과 접촉하면서 착실하게 문학 활동을 펼쳐 나간다. 시가(志賀)가 1904년 1월 1일부터 쓰기 시작한 일기는, 현재 볼 수 있는 그의 가장 젊은 시절의 기록인데 그 당시와 그 이후의 일기를 살펴보면, 자신의 징병 문제와 숙부 나오카타[1]와 연관된 전쟁에 대한 언급이 눈에 띈다. 시가는 자신과 자기 주변의 것들을 소재로 삼아 작품을 쓰는 폭이 좁은 사소설 작가로 말해지곤 한다. 그러나 그는 사는 것 자체가 문학적 소재가 될 수 있음을 누구보다 잘 알고 있어서, 내 것만 들여다보는 것이 아니라 남의 것도 들여다보며, 작품과 글 속에 자신이 겪고, 느끼고, 생각한 것을 숨기지 않고 털어놓고 있다.

본 논문은 시가 나오야의 군국주의에 대한 인식을 알아보기 위하여, 우선 시가 자신과 그의 주변 친구들이 겪은 군징병을 둘러싼 문제를 살펴보기로 한다. 그리고 전쟁에 직접 출정했던 시가와 아주 가까이 지낸 숙부 나오카타와 관련된 시가 나오야의 글들을 살펴보고, 의무징병제와 군대에 대한 그의 생각을 드러내고 있는 작품 「11월 3일 오후의 일(十一月三日午後の事)」(『新潮』 1919.1)과 「단편(斷片)」(『解放』 1919.11)을 분석 고찰해 보고자 한다.

## 2. 징병제에 대한 회의와 거부

시가(志賀)는 시라카바(白樺)파의 다른 동인들과 마찬가지로 병역제
를 싫어했다. 시가는 1910년『시라카바』2) 6월호 잡기(雜記)에 '금년 징
병검사를 받는 사람이 네 사람 있다. 그 가운데 두 사람은 이미 끝났는
데, 같이 "병종(丙種) 불합격"이 되었다. 나머지 두 사람 가운데, 한 사람
은 제2을(乙)이고, 나머지 한 사람은 미정(未定)이다'3)라고 적고 있다.
이 미정의 한 사람이 바로 시가 자신이었다. 피하기 어려운 병역을 면하
고 싶은 고민은 시라카바파 동인을 비롯하여 그 당시 청년들의 최대의
문제였다.

시가의 일기와 미정고(未定稿)「징병기피」(1912)를 보면, 시가의 징
병제에 관한 인식을 한층 명확하게 알 수 있다. 시가는 1910년 한해를
되돌아보며 다음과 같이 회상하고 있다.

> 금년 일년은 나에게 있어서는 많은 일이 있었던 한 해였다.
> 여자라는 것이, 정상적인 상태로 나의 인생에 들어온 해이다. 시라카
> 바를 일으켜 세상에 데뷔한 해이다, 아리시마(有島)의 귀국과 더불어 그
> 림에 대한, 테스트를 해 나아간 해이다.
> 여러 해 고심하고 있던 병역의 의무에서 벗어난 해이다. 아버지에게
> 화해한 해이다.
> 나라는 것이 분명해진 해이다.
> 내년이라는 해는 금년의 결과를 충분히 드러내지 않으면 안 되는 해이다.4)

당시의 병역령에 의하면, 일본제국 신민으로서 만 17세부터 만 40세
까지의 남자는 모두 병역의 의무를 지지 않으면 안 되게 규정되어 있었
다. 만 20세에 달하면 이의 없이 신체검사를 받고 현역 3년, 그 후 소정
의 병역에 편입되었다. 단 일정학교에 재학 중인 자는 본인의 희망에

따라 만 28세까지 징집을 유예 받을 수 있었다.

시가는 동경제국대학 국문과5)에 적을 두고 징병을 연기하고 있었다. 그런데 만 28세의 기한이 다가왔기 때문에 제대로 다니고 있지도 않는 대학을 그만두고 6월 25일에 징병검사를 받는다. 그는 갑종합격을 받아 10월 27일 1년 지원병으로 입영하기로 결정한다. 그때 마침 야나기 무네요시(柳宗悦)6)의 먼 친척뻘 되는 군의관이 부임해 있어서 그에게 입영시 재검사를 부탁하고, 12월 1일 지바(千葉)현 이치카와(市川)로 가서 포병 제16연대에 입영한다. 그리고 입영해서는 우연히 마주친, 숙부 나오카타(直方)와 아는 사이인 연대 부관을 만나 7일간의 입영 생활 후, 그의 도움으로 중이염 때문이라는 명목으로 징병면제가 되어 집으로 돌아오는데, 그것도 현역면제가 아닌 상후비역(常後備役)면제가 되어 영원히 병역면제가 된다.7) 시가는 그때의 소감을 일기에 다음과 같이 적고 있다.

> 드디어 돌아왔다.
> 이국의 긴 긴 여행에서 돌아온 날과 같은 기쁨과 피로를 느꼈다.8)

오랫동안 자신을 짓누르고 있었던 병역의무에 대한 압박감이 얼마나 컸었던가를 짐작할 수 있다. 시가는 이제 비로소 그것으로부터 자유로워져 홀가분한 기분이 되었다.

시가는 자신의 병역면제에 협력했던 야나기 무네요시도 역시 자기와 마찬가지로 병역면제가 되었다는 소식을 듣고, 함께 기뻐하며 다음과 같이 말하고 있다.

> 야나기는 검사에서 오늘 면제받았단다. 다행이었다.
> 병역이라는 야만스런 체형(體刑)을 받는 것은 받는 사람이 바보같다는 생각까지 든다. 어떤 속임수를 써서라도 벗어나지 않으면 자기를 오

히려 기만하는 것이라고 생각한다.9)

이와 같이 시가(志賀)는 메이지의 절대주의 속에서 대담하게 자신의 생각과 주장을 말하고 있다. 비록 특정계급의 특권을 이용한다고 할지라도 자기 자신의 요구에 충실하게, 그리고 부적절하더라도 거기서 벗어난 것에 대하여, 친구의 경우이지만 확신 있게 말하고 있다. 시가는 1910년 자신이 직접 징병검사에 임하기 이전부터, 자기와 자기 주변의 젊은이들이 받았던 병역령에 따른 압박감이 얼마나 컸는지 잘 알고 있었다. 시가는 개인의 의지여하에 관계없이, 국민 모두의 군대라는 미명 아래 병역에 징집되어 둘도 없는 생명을 위험에 처하게 하는 비인간적인 의무병 제도에 대하여, 강한 저항과 비판적 시각을 가지고 있었다고 생각된다.

시가의 절친한 친구인 아리시마 이쿠마(有島生馬)의 경우를 보면, 특정 지역 이외의 외국에 있는 자는 병역령에 의한 징집을 면제받을 수 있게 되어 있었다. 아리시마는 23세로 외국어학교를 졸업하고 이듬해 5월에 이탈리아로 유학을 떠나기로 결정하고 있었는데 그 때문에 의심을 받아, 어느 날 갑자기 헌병이 그를 찾아와서 외국 유학은 징병기피 수단이 아니냐고 하며 심문을 했다. 학생으로서 징집 유예를 받아 졸업을 늦추고, 또 무허가로 해외 유학수속을 취했기 때문에, 병역기피의 의심을 받았던 것이다. 아리시마는 다행히 아무 일 없이 떠나 유학을 마치고, 귀국 후에 징병검사를 받았다. 앞에서 말한 '병종 불합격' 중의 한 사람이 바로 아리시마 이쿠마였다.

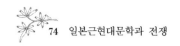

## 3. 전쟁과 권위에 대한 부정적 태도

작품 「야마가타(山形)」(『中央公論』1927.1)를 보면, 야마가타에는 소년 시절부터 함께 자란 네 살 위의 숙부가 살고 있었는데, 그는 '러일전쟁에서 한쪽 눈을 잃고, 지금은 퇴역대위로, M이라는 야마가타의 맹인선승 밑에 있다.'[10]

러일전쟁 전후의 시가의 일기를 살펴보면, 곳곳에 숙부 나오카타에 관한 얘기와 그의 우국 충성에 대한 불만, 그리고 인간생명의 존엄성을 주장하는 반전(反戰)사상을 엿볼 수 있다. 시가의 1904년(明治37) 1월경부터의 일기를 살펴보면 다음과 같다.

> 나오카타 씨로부터 편지가 왔는데 4일정도 시간을 내서 야마가타에 오라고 한다(1904.1.26)
> 드디어 전쟁이 시작될 것 같은데 그만 두면 좋은데 꽤나 바보네—아아 매우 어리석다, 매우 어리석다(1904.2.5)
> 이날 오후 5시 기차로 야마가타에 간다, 오후 8시 반, 나오카타 씨 마중하러 정거장에 와주어서 우선 안도, 밤 1시까지 이런 저런,(중략)
> 15시간 반의 혼자 여행길이어서 상당히 지쳤음에도 불구하고, 조용히 늦게까지 이야기할 수 있어서 기분 좋게 잤습니다(1904.2.11).
> 이날 아침 연대에 갈 때 작별했습니다만 이것이 이 세상에서의 작별이 되겠지 하는 것이 마음에는 조금도 와 닿지 않았습니다. 이 사람은 전투에 나가도 죽음이 함께 하지 않기를, 죽지 않기를 빕니다(1904.2.13).
> 이날 고시나카지마(越中島)에서 도주병 7명 사살했다고 사람이 사람을 신 앞에서는 죄가 되지 않는 일이라고 공공연하게 죽인다, 사람이 사람을(1904.3.9).[11]

그리고 시가의 1905년 3월 19일 일기에는

　　나오카타 씨로부터 편지가 와 7일 있은 전쟁에서 오른쪽 앞이마로부
터 눈을 지나 턱으로 빠진 것하고 오른쪽 위 허리하고 두 군데 상처를
입었다는 것인데 평소 왼쪽 눈이 잘 보이지 않는 사람이었다면, 이제부
터 앞으로 얼마나 괴로울 것인가 그런 것을 생각하니 참으로 불유쾌하다,
화가 난다, 전쟁은 커다란 죄악이다.12)

라고 적고 있다. 그는 직접 혈연관계에 있는 사람인 숙부가 전쟁에 출정
하여 중상을 입고 돌아온 것이 몹시 불쾌하고, 또 화가 났다. 시가는
이와 같이 직감적으로 직접적인 반응을 나타내고 있다. 그리고 러일전
쟁 중인 1904년 2월 9일 일기에는 군대에 대하여 다음과 같은 말을 하고
있다.

　　의무. 일본 혼. 충군(忠君). 애국. 이것들을 분명하게 설명하면 오히려
가치를 잃는 불가사의한 이름의 근원. 3년간의 고역을 치르고, 겨우 돌아
와 개인으로서 자유로이 날려고 날개를 펴자 바로 러일전 개시. 소집.
곰곰히 생각해 보면 아무래도 안 된 일이다.13)

　　개전 당초부터 대담한 견해를 피력하고 있다. 그러나 이것은 특별히
사회주의자류의 반전(反戰)과 같은 주의나 사상이 아니고, 저절로 내부
에서 넘쳐 나오는 감정이었던 것이다. 1904년 4월 14일 일기에는 '이날
호외(號外)에 의하면 마카로우 제독을 태운 페트로파브로브스크호가
침몰하여 장군을 비롯한 그 각료 전부 익사하다, 라고 정말 잔혹하지
않은가 신이여 이 초라함을. 전쟁을 하루라도 빨리 이 세계에서 거두소
서'14)라고 말하고 있다. 여기에도 간단명료하게 시가 자신의 확고한 생
각이 잘 나타나 있다. 1905년 1월 2일에는 여순함락(旅順陷落)에 관하여
조금 언급하고 있으며, 전쟁이 가까운 친척에게 다가왔다는 문귀가
1904년 9월 1일에 적혀 있다. 이듬해 2월 13일에는 '나오카타 씨도 우선

무사해서 무엇보다 다행이다 매우 격렬한 전투였다는데'15)라고 단 한 줄만 적고 있다. 그리고 3월 19일에는 마침내 '전쟁은 커다란 죄악'이라며 끓어오르는 노기와 혐오의 감정을 일으키며, 일기도 이날부터 중단한다.16) 이것은 어릴 때부터 형처럼 같은 집에서 자랐던 이 숙부의 중상에 크게 자극을 받았을 뿐만 아니라, 전쟁과 시대의 절망감을 뼈저리게 느꼈기 때문이라고 생각된다.

시가의 권위에 대한 반항은, 유소년기의 특이한 성장17)으로 인한 부모에 대한 반항으로부터 출발된다. 그리고 청소년기에는 '학습원(学習院)'18) 원장 노기(乃木)장군을 정점으로 하는 모교 '학습원'의 군국주의적 체재에 대한 반항의 자세를 보이기도 한다.19) 시가는 1912년 노기장군이 자살했을 때 '멍청한 녀석이다'라고 그의 생각 없음을 비판한다.20) 당시 그의 주위에 있었던 아리시마 다케오(有島武郎)나 무샤노코지 사네아쓰(武者小路実篤)등은 자신들의 부르조아적 생활을 실천적으로 개혁하려고 시도했다. 시가도 물론 거기에 정신적으로 동조하고 있었지만, 시가에게 있어서 최대의 쇼크는, 인간의 생명 그것이 폭압적 권력에 의해 부조리하게 짓밟혀지는 것이었다. 사상탄압이 나날이 거세게 부는 가운데에서도, 시가의 부당한 권력에 대한 반항적 자세는 일관되게 나타나 있다.


## 4. 작품에 나타난 군대의 모습

군대나 징병제에 대한 반감을 강하게 갖고 있었던 시가가 1918년 가을, 의무 징병제에 대한 반발을 작품을 통하여 표출시키게 된다. 시가는 1918년 10월과 11월에 계속해서 작품 「단편(斷片)」(『解放』 1919.11)과 「11월 3일 오후의 일」을 완성하는데, 이들 작품에는 의무 병역제에 대

한 비판과 부정이 강하게 나타나 있다. 작품 「단편」의 첫머리는 다음과
같이 시작된다.

　　어째서 이렇게 마음이 가라앉는 것일까. 의욕도 기운도 없다. 하긴 어
　제 활동사진을 보았는데, 제3사단병 출정 모습을 보고 눈물이 나왔다.
　한 사람 한 사람 불안해하는 공포가 떠올랐기 때문이다. 이 가운데에는
　이미 죽은 사람도 많이 있다, 그렇게 생각하니까 그것이 현재 눈앞에서
　움직이고 있다는 것 자체가 묘하게 강한 느낌이 들었다. 사형을 제일 무
　거운 형벌이라고 하면서, 전쟁에서의 죽음을 명예의 전사(戰死)라고 한
　다. 의용병만을 내보낸다면 괜찮지만, 지금의 제도로 가고 싶지 않은 사
　람을 강제적으로 징집하고, 그리고 죽었을 때 가족에게 명예라고 생각
　하라고 한다. 그것이 그 사람에게 닥치는 경우라면 사형은 제일 무서운
　형벌이 될 수 없다.[21]

　군대의 징병제에 대한 비판이 노골적으로 나타나 있는 대목이다. 군
대의 출정모습을 담은 활동사진이나, 노상에서 병들어 지친 병사를 본
우연의 인연으로 작품 「단편」과 「11월 3일 오후의 일」이 만들어진 것이
지만, 앞에서 살펴본 바와 같이 시가는 자신과 그의 친구들의 의무 병역
제 체험으로 인해 징병제에 대한 문제점을 충분히 인식하고 있었다. 그
리고 제1차 세계대전 끝 무렵인 1918년에 이들 두 작품을 통하여 그것
을 분출시키고 있다.
　작품 「11월 3일 오후의 일」을 집필한 것은 제 1차 세계대전이 한창
막바지에 이르렀던 1918년이었다. 1918년 10월 13일에 활동사진을 보다
가 제3사단병 출정 사진이 나오자, 전쟁과 전사자에 대한 국가의 대응
에 화가 나 '사형을 가장 무거운 형벌이라 하면서, 전쟁에서의 죽음을
명예의 전사라고 생각하는 사회의 모순을 지적한 「단편」을 집필하고,
이어서 「11월 3일 오후의 일」의 초고인 「산보(散步)」(1918)를 쓴다. 「산
보」에서는 병사 개인의 조건을 무시한 채, 훈련을 강요하는 군대의 실

제 모습을 그리고 있다. 그리고 인명을 존중해야한다는 것을 전혀 모르는 그 무지함을 맹렬히 비판하고, 또 거리를 행군하며 그에 상관하지 않고 병사를 교육하는 우매함을 격렬히 매도하고 있다. 그러나 「11월 3일 오후의 일」에서는 규율을 인간에게 맞추어 보려는 의지가, 도무지 없는 군대에 대한 작자의 비판이나, 주인공의 안타까움을 나타내는 행동 등의 구체적인 기술은 없다. 그저 군대의 무지에 대한 울분과, 그것을 모르는 사촌 동생이나 군대 교육의 틀에 묶여 전혀 융통성이라곤 없는 병사들의 무지함을 지적하고 있을 뿐이다. 이 작품은 오후에 산보 겸 오리를 사러 가다가 연습 중인 군대를 목격한다는 극히 짧은 스케치이지만, 사실(寫實)을 사진 이상으로 그 대상을 살려서 깊고 강한 이미지를 전해 준다. 과도한 행군 때문에 병사들이 하나, 둘 죽어가고 있는 것을 그저 목격한대로 나타내고 있다. 주인공은 그저 '이상한 생각이 들었다'거나, 얼굴을 외면하거나, 눈물을 흘리거나, 화가 나서 '어쨌든 너무나 분명한 일이다'라고 계속해서 말할 뿐이다. 그리고 '모든 것은 전적으로 무지에서 온 것이다'[22]라고 끓어오르는 울분과 답답함의 근원을 밝히고 있다. 그리고 주인공은 수없이 다녔던 길을 잘못 가고 만다. 초고 「산보」와 비교해 보면 오히려 작품 「11월 3일 오후의 일」 쪽이 구체적인 비판의 강도가 훨씬 줄어들어 있다. 그러나 상황의 변화가 아니라 구도의 변화를 주어, 병사와 오리의 중첩이라는 반복상황을 만들어 그 맛과 깊이를 달리하고 있다.

시가는 이 작품을 1919년 1월 『신쵸(新潮)』에 발표하고, 같은 해 4월에 「11월 3일 오후의 일」 후일담을 표제 없이 신쵸사(新潮社)판 대표명작선집 『화해(和解)』에 싣고 있는데, 그것은 다음과 같다.

　　이날, 한 병사가 고통을 이기지 못하여 회칼로 목을 찌르려다 실패하고, 군의관이 그 칼을 빼내려 하지만, 그것도 안 되어서, 끝내 혀를 깨물

고 죽고 말았다는 사건을 최근에 들었다.[23]

이 「11월 3일 오후의 일」은 이와 같은 병사의 견딜 수 없는 고통을 그 테마로 잡았는데, 1918년 11월 7일 쓴 초고에는 「산보」라는 제목이 붙여져 있고, 그 윗부분에 '11월 3일 일어난 일, 소감을 그날 〈바로〉가 아니고 4일 지난 〈11월 7일〉에 쓴 것이다'라고 밝히고 있다. 그리고 첨입한 곳과 삭제한 곳이 유난히 많이 눈에 띈다. 작품 「11월 3일 오후의 일」은 처음부터 무거운 분위기가 감돈다. '늦은 가을에는 드문 남풍이 불고, 이상하게 머리가 무겁고, 축축한 기분 나쁜 날이었다.'[24] 이런 날 식용오리를 사러 가는 도중에 우연히 병사들의 훈련 장면을 목격하게 된다. 고된 훈련을 견디지 못하고 낙오된 병사들의 반죽음 상태의 모습을 그리고 있는 이 작품은, 주인공이 사려는 오리가 또한 죽게 될 운명에 처해 있다는 반복적 상황을 설정하여 그 참담함의 깊이를 더해주고 있다.

오리를 사러 갔으나 주인은 마침 아침에 동경으로 모두 내어준 참이라 지금 있는 것은 원앙새 뿐 이라며, 근처 아는 집에서 오리를 가져오겠다고 말하지만, 주인공은 오리를 사 가지고 가는 것이 별로 대수롭지 않은 일이며, 아무렇게나 되어도 상관없다는 듯 별 반응이 없다. 방금 전에 지나쳐 온, 두터운 외투를 입은 병사들의 행군 모습이 쉽사리 지워지지 않는지 넋을 잃은 모습이다. 그리고 주인이 가지고 온 오리를 죽이려고 뒤쪽으로 가려하자,

　'어이 어이 죽이지 말아요'하고 큰 소리로 주인에게 주의를 주었다. '이대로 가지고 가시겠습니까?' 주인은 손으로 오리를 비틀어 잡은 채 토방으로 가지고 들어왔다.
　오리는 날뛰지도 않았지만 울지도 않았다. 우리들은 그것을 보자기에 싸가지고, 그곳을 나왔다.[25]

평소 무심히 죽은 오리를 사서 들고 갔던 주인공이, 오늘은 죽은 오리를 받아 가지고 집으로 간다는 것이 왠지 마음이 내키지 않았다. 즉 죽기 일보 직전인 병사들과 마주친 직후에 식용오리이지만 다시 오리의 죽음을 보고 싶지 않았던 것이다. 작자는 병사와 오리가 죽을 운명에 처해 있는 같은 신세라는 반복 구도를 만들어서, 병사가 죽음 직전의 상태임을 한층 두드러지게 강조하고 있다. 이와 같은 참극의 지속과 반복의 구성은 이 작품 이외에도 시가의 성숙기의 작품 가운데에서 많이 볼 수 있는데, 「모닥불(焚火)」(1920), 「호리바시의 주거(濠端の住まひ)」(1925), 「야마가타」, 「풍년충(豊年蟲)」(1929), 『암야행로(暗夜行路)』(1921-1937)등이 이에 속한다. 그는 이러한 작품 속에서 하고 싶은 많은 이야기, 또는 말을 반복적 상황을 설정하여 그것으로 그 효과를 극대화시키고 있다.26)

주인공 나는 오리를 사러 가고 오는 길에 몇 차례에 걸쳐서 계속해서 병사들의 무리한 행군 훈련을 목격한다. 과도한 행군으로 인해 탈진되어 거의 죽을 지경에까지 처해 있는 광경을 보고, 함께 있었던 사촌과 헤어진 뒤에 혼자서 다음과 같은 생각을 한다.

> 나는 혼자가 되자 또 흥분되었다. 그것은 너무나 분명한 일이라고 생각했다. 그것은 조만간 어떤 누구에게도 확실히 하지 않으면 안 되는 일이기 때문이다. 어쨌든 분명한 일이다, 라고 생각했다. 모든 것은 무지에서 온 것이라고 생각했다.27)

여기서 '너무나 분명한 일'에 대해서는 구체적으로 쓰여 있지 않다. 그것은 사온 오리와 중첩 이미지로 표현되어 있는데, 반사(半死)상태의 사람까지 내보내서 연습을 강행하는 군대의 비인간적 행위와 그 불합리한 조직기구, 나아가서 군대 그 자체의 존재 악을 암시하고 있는 것이라고 생각된다. 그리고 나의 '흥분'이란 '불쾌'의 연장에서 생긴 것이고, 이 작품을 뒤덮고 있는 기조는 '불쾌'이다. 이 「11월 3일 오후의 일」은 주인공의 '불쾌'에서 시작되어, 병사들의 비참한 모습과 반죽음 상태의 오리와의 그 중첩이미지에 의해 극도로 고양된 '불쾌', 그 '불쾌'를 해소하기 위해 오리를 다른 집에 줘 버리는 것으로 끝을 맺고 있다.

지금까지 살펴보았듯이, 작품 「11월 3일 오후의 일」에 나타나 있는 응축되고 절제된 구성과 표현은 시가(志賀)문학의 특색이며 정수이기도 하다. 또한 작품 속에 표출된 확실한 군대 비판은 그 시대를 살고 있었던 어느 작가도 감히 말하기 어려웠던 것으로, 스토 마쓰오(須藤松雄)가 말하는 것처럼 '당시의 작가로서는 드물고 용기있는 발언28)이었다.

## 5. 나오며

시가 나오야는 1910년 병역면제를 받아 고심해오던 병역의무로부터 자유로워진다. 그는 병역을 '야만스런 체형(體刑)'이라고 대담하게 말하고 있다.

러일전쟁 전후의 시가의 일기를 살펴보면, 개전 당초부터 확실한 견해를 피력하고 있다. 숙부 나오카타가 전쟁에서 중상을 입고 돌아오자 '전쟁은 커다란 죄악'이라며 직접적인 반응을 나타낸다. 이것은 특별히 사회주의자류의 반전(反戰)과 같은 주의나 사상이 아니고, 저절로 내부에서 넘쳐 나오는 감정이었던 것이다. 그리고 마카로우 제독을 태운 페트로파브로브스크호가 침몰해 여러 사람이 죽었다는 소식을 듣고는 '정말로 잔혹하지 않은가 신이여 이 초라함을. 전쟁을 하루라도 빨리 이 세계에서 거두소서'라고 말한다. 또한 1912년 노기장군이 자살했을 때는 '멍청한 녀석'이라고 그의 생각 없음을 비난하기도 한다. 이처럼 시가는 우국 충성에 대한 불만과 인간생명의 존엄성을 주장하는 반전사상을 확실하게 나타내고 있다.

시가는 창작에 뜻을 둔 시절부터 징병제와 군대, 전쟁에 대하여 확실한 생각을 갖고 있었으며, 인간생명의 소중함을 일찍부터 깨닫고 있었다. 이러한 것들이 「단편」과 「11월 3일 오후의 일」이라는 작품을 통하여 표출되어 나타난다. 메이지 천황의 탄생일은 11월 3일인데, 인상적으로 시가는 1918년 가을 「11월 3일 오후의 일」이라는 제목의 작품을 쓴다. 이 작품의 초고 「산보(散步)」를 보면, 시가의 비인간적인 군대의 무지에 분개하는 감정이 '그 병대는 1년 지원병이었다' 또는 '나는 무자비하게 으르렁거리며 꾸짖고 있는 조장에게도 화가 났다. 그러나 정말로 화가 난 것은 그게 아니었다. 무지(無知)에 대해서이다'[29]라고 한층 구체적이고 직선적으로 표현되어 있어 그의 반군국적 사상을 확실하게 엿볼 수 있다. 「11월 3일 오후의 일」은 군대라는 이름으로 행군하는 행렬의 한 장면을 부각시킨 작품으로, 이름도 없이 한 사람의 인간이 무의미하게 죽어가고 있는데 대한 시가의 분노이기도 하고, 누구도 책임을 지지 않고 모두들 방관하고 있는 데 대한 시가의 공포감이기도 하다. 시가에게 있어서 최대의 쇼크는, 인간의 생명이 폭압적 권력에 의해 부조리하게 짓밟혀지는 것이었다. 사상탄압이 나날이 거세게 부는 가운데에서도, 시가의 부당한 권력에 대한 반항적 자세는 일관되게 나타나 있다.

시가 나오야의 군국주의에 대한 인식은 가장 보편적 가치인 인간 생명의 존엄성에 그 밑바탕을 두고 있다고 생각된다. 삶이란 것이 모두 귀한 것인 만큼, 그 삶의 주체인 개인의 목숨 또한 함부로 다룰 수 없는 소중한 것임을 시가는 거듭 말하고 있다. 즉, 그는 사람의 목숨은 어떠한 경우에도 지켜져야 함을 잊지 않도록 강조하고 있는 것이다.

# 주

〈초출〉 이 글은 「시가 나오야(志賀直哉)의 군국주의에 대한 인식」이라는 제목
으로 한국외국어대학교 일본연구소 『일본연구』 제35호(2008년 3월)에 게재됨.

1) 1937년 11월 28일 59세로 타계했는데 구마타니 다쓰지로(熊谷辰治郎)의 「시
   가이사를 애도한다(志賀理事を悼む)」(『靑年』 1938.2)에 의하면, 나오카타는
   1922년(大正11)부터 청년단에 관계했다. 그는 젊은이들을 좋아해서 이들
   영혼에 정의감을 심어주기를 염원했다. 또 그는 죽는 날까지 한 때의 위안
   이나 타협을 배격하고 꿋꿋하게 산 사람으로 진실로 일관되게 살라는 커다
   란 가르침을 남겼다.
   시가에게 있어서 혈연상으로 말하면 정식 숙부가 아니고, 할아버지 나오미
   치의 형 세이사이(正斉)의 차녀와 양자사위 나오타카(直隆)와의 사이에서
   난 아들인데, 양친이 일찍 세상을 떠나서 이 나오카타를 할아버지는 자신
   의 아들 나오하루(直温)의 동생으로 키웠다.
2) 1910년(明治43) 4월 창간된 문예잡지. 대표 작가에는 무샤노코지 사네아쓰
   (武者小路実篤), 시가 나오야(志賀直哉), 아리시마 다케오(有島武郎), 사토
   미 돈(里見弴)등이 있다. 그들은 이상주의적 인도주의에 기초를 두어, 개성
   의 존중과 자유를 강하게 주장하며 다이쇼기(大正期) 문학 활동에 중심적
   역할을 했다.
3) 瀬沼茂樹, 『白樺派の若人たち』 日本文壇史19, 講談社, 1977, p.47 재인용.
4) 日記1910.12.31, 『志賀直哉全集』第十巻 岩波書店, 1973-1974, p.455. 이하 『志
   賀直哉全集』(全15巻)의 본문 인용은 작품명, 전집권수, 페이지만 표시한다.
   그리고 본문의 원문 인용에 있어서 한자 및 'かなづかい'의 표기는 일체
   위의 『志賀直哉全集』에 따른다. 본문 인용의 한국어역은 필자역임.
5) 시가는 1906년 '학습원' 고등과를 졸업하고 동경제국대학 영문과에 입학한
   다. 그러나 1908년 영문과에서 국문과로 전과한다.
6) 1889-1961, 종교철학자, 민예연구가. 아버지는 해군소장, 해군성 초대수로
   부장. '학습원' 고등과 재학 중에 무샤노코지 사네아쓰(武者小路実篤), 시가

나오야(志賀直哉), 사토미 돈(里見弴) 등과 알게 되어, 동인잡지 『시라카바』에 참가한다.

7) [未定稿231] 「徵兵忌避」 『全集』9, pp.687-691, 참조.

8) 日記 1910.12.9 『全集』10, p.499.

9) [未定稿231] 「徵兵忌避」, 앞의 책, p.687.

10) 「山形」 『全集』3, p.377.

11) 日記 1904.1.26/2.5/2.11/2.13/3.9 『全集』10, p21, 29, 33-34, 48.

12) 日記 1905.3.19 『全集』10, pp.198-199.

13) 日記 1904.2.9 『全集』10, p.31.

14) 日記 1904.4.14 『全集』10, p.68.

15) 日記 1905.2.13 『全集』10, p.190.

16) 이후 일기는 2년 정도 중단되었다가 1907년 1월 1일 다시 쓰기 시작한다.

17) 부모가 곁에 있었지만, 주로 조부모의 손에 의해 양육되었다.

18) 원래 귀족의 교육기관으로써 막부말(幕府末) 교토(京都)에 개설되었다. 유신후 「공경(公卿)·제공(諸公)」의 칭호가 폐지되고 「화족(華族)」이라고 개칭되었는데, 메이지(明治) 9년 그 화족들에 의해 도쿄(東京)에 화족회관이 설립되고 다음해 이 회관경영의 사립 화족학교가 개교되었다. 그때 메이지 천황이 임석하여 「학습원」의 칙액(勅額)을 하사하여 이 학교는 「학습원」이라고 명명되었다.

19) 시가는 1912년 2월호 『시라카바』의 6호 기사 「편집실에서」의 머리 부분에서, '학습원'에서는 시라카바는 평판이 나쁩니다. 노기 씨 등이 골치아파하시는 것 같은데요'하고 남자가 알려 줬을 때, '노기 씨 등이 안중에 있는가'라고 대답하니까 남자는 이상한 표정을 지었다고 말하고 있다(藤枝静男 「志賀直哉·天皇·中野重治」 『文藝』 1975.7 p.216 재인용).

20) 시가의 1912년 9월 14일 일기에 다음과 같이 적혀 있다. '노기 씨가 자살했다는 것을 후사코(英子)로부터 들었을 때, "멍청한 녀석이다"라는 생각이, 마치 하녀나 누가 생각 없이 뭔가 일을 저질렀을 때 느끼는 기분과 같은 느낌이었다'(日記 1912.9.14 『全集』10, p.636).

1912년(大正元) 9월 13일 메이지(明治)국왕 장래 당일에 육군장군 노기 마레스케(乃木希典)가 아카사카(赤坂) 자택에서 할복 순사(殉死)했다. 그의 행동은 성충무이(誠忠無二)의 군신(軍神)으로 받들어 모시게 된다. 시가 나오야, 아쿠타가와 류노스케(芥川龍之介) 등은 차가운 비판을 했지만, 모리 오가이(森鴎外)와 나쓰메 소세키(夏目漱石) 등은 깊은 감명을 표했다.

21) 「斷片」『全集』2, p.233.

22) 「十一月三日午後の事」『全集』3, p.10.

23) 「十一月三日午後の事」 後日談 『全集』8, p.99.

24) 「十一月三日午後の事」『全集』3, p.3.

25) 위의 책 7쪽.

26) 大石修平(1978) 「殺された范の妻」『志賀直哉Ⅱ』 日本文学研究資料叢書, 有精堂, p.148 참조.

27) 「十一月三日午後の事」『全集』3, p.10.

28) 須藤松雄(1976), 『志賀直哉の文学』, 桜楓社, p.182.

29) 草稿 「散歩」『全集』3, p.548.

## 【 참고문헌 】

志賀直哉(1973-1974)『志賀直哉全集』全十五巻, 岩波書店.

大石修平(1978)「殺された范の妻」『志賀直哉Ⅱ』日本文学研究資科叢書, 有精堂, p.148.

須藤松雄(1963)『志賀直哉の文學』, 桜楓社, p.182.

＿＿＿＿＿(1967)『志賀直哉』(近代文学鑑賞講座10), 角川書店.

瀬沼茂樹(1977)『白樺派の若人たち』(日本文壇史19), 講談社, p.47.

藤枝靜男(1975)「志賀直哉・天皇・中野重治」『文藝』, 河出書店新社, p.216.

町田栄 編(1992)『志賀直哉』(日本文学研究大成), 国書刊行会.

『志賀直哉』(一冊の講座 日本の近代文学3)(1982), 有精堂.

『國文學 解釈と教材の研究』(1988.6), 學燈社.

『国文学 解釈と教材の研究』(臨時増刊号)(1989.3), 学灯社.

『国文学 解釈と教材の研究(特集 志賀直哉-芸術家=小説家として)』(2002.4), 學燈社.

# 아리시마 다케오(有島武郎)에 있어서 '집(家)', '국가' 그리고 '조선'

## - 러일전쟁과 조선침략에 대한 태도를 중심으로 -

류리수*

## 1. 들어가며

　아리시마 다케오(有島武郎, 1878-1923)는 '개성'에 깊이 몰두한 작가이면서도 '사회'와의 관계 속에서 예술가의 의미를 찾고 있었다.[1] 그는 개성의 절대적 긍정을 근간으로 하는 시라카바파였지만, 다른 동인들과 구별되는 아리시마 작품의 가치는 바로 계급적(階級的) 고뇌에서 오는 소외된 계층에 대한 깊은 관심이었다.

　이러한 사회적 시선의 소유자임에도 불구하고 그의 작품이나 평론 등에는 전쟁을 통해 팽창해 나가려는 일본의 제국주의적 양상에 대해서는 전혀 언급되어 있지 않다. 이로 인해 다른 시라카바 동인과 마찬가지로 사회를 외면하고 이상세계만을 추구한 관념적 작가였다는 오해를

* 한국외국어대학교 일본어대학 강사, 한일비교문학

받기 쉽다. 그러나 그가 대외적으로 밝히지 않은 일기문이나 서간문 속에서 일본의 군국주의적, 제국주의적 행태에 대해 격렬하게 고뇌하고 그 같은 사실에 분노하고 있음을 알 수 있다.

근대 일본인의 국가관을 논할 때 천황제를 제쳐두고는 생각할 수 없다. 일본인은 태어나면서부터 천황의 은혜(恩)를 받았고 이를 갚기 위해 충성을 다 바쳐야하는데 이는 부모에 대한 효보다 앞서는 모든 것의 절대가치였다. 그러나 아리시마는 이러한 천황중심 세계관2)에서 벗어나 있었는데 이렇게 당시 일반적인 지식인들과 달리 국익에 타협하지 않는 자신의 사상을 본격적으로 형성하기 시작한 것은 미국 유학 시절(1903.9.-1907.4.)이었다. 독실한 기독교 신자였던 아리시마는 이때 문학과 사회주의 사상에 눈뜨면서 자본주의와 제국주의를 부정하고, 예술로써 자아를 완성한다는 '개(個)'의 사상을 확립하기에 이른다.

아리시마는 유학을 마치고 귀국하는 배안에서 '나는 고국을 가지고 있지 않다'(「일기문(1907.4.3.)」 十一, p.343)라고 말하고 있다. 이때 아리시마는 전통과 인습의 굴레인 '아버지(父) – 집(家) – 일본(國家)'을 부정하고 독립된 인간으로 자기를 확립할 수 있다는 확신에 차서 일본을 향하고 있었다. 그런데 막상 배가 고베(神戸)항에 닿자 일본의 자연에 강한 그리움을 느끼고 그의 사상과는 정반대로 아버지를 존경하는 마음으로 굳게 악수하게 된다(「일기문(1907.4.11.)」 十一, p.346).

귀국을 기점으로 일본이라는 국가에 대한 아리시마의 태도가 이렇게 돌변하게 되므로, 그의 국가관에 대해 의문을 품지 않을 수 없게 된다. 아리시마의 국가관을 염두에 둔 많은 연구가 이루어져 왔는데 그 중 다카야마 료지(高山亮二)는 미국 유학을 전후로 한 아리시마의 사상 형성과정을 무정부주의자인 크로포트킨을 중심으로 상세히 연구하고 있다. 또한 니시가키 쓰토무(西垣勤)는 톨스토이로부터의 영향에 중점을 두고 기독교도로서 그에 공명한 아리시마의 반전의식을 논하며, 같은 톨스토이의 영향을 받은 동시대 작가와 대비시킴으로써 아리시마를 부각시키고 있다.[3] 다만 선행연구에서는 아리시마의 국가에 대한 태도에 몇 차례 나타나는 흔들림이 간과, 혹은 미화된 부분도 없지 않다. 아리시마가 국가에 대해 처음부터 끝까지 부정적이었던 것을 전제로 하고 있기 때문이다.

따라서 본고에서는 아리시마의 국가관에 초점을 맞추어 그 형성과 변화과정을 철저히 파악하고 그 저변에 흐르는 본질을 명확히 하는데 목적을 둔다. 그 방법으로서 아리시마의 사상이 형성된 미국유학을 전후로 한 일기문이나 서간문을 냉철하게 분석하고자 한다. 따라서 선행 논문들과 연구대상 시기의 중첩을 피할 수 없음을 밝혀둔다.

먼저 아리시마가 기독교도로서 군대를 바라본 시각을 통해 국가에 대한 인식을 알아보고, 이후 미국 유학 시 접한 러일전쟁 소식에 대한 아리시마의 입장변화 요인을 살펴보고자 한다. 다시 귀국 후 변화를 보이는 아리시마의 국가관을 바탕으로 일본의 대조선 정책에 대한 그의 태도를 살펴보겠다. 이 연구를 통하여 아리시마의 작품과 인생 전반에 걸쳐 작용하게 되는 사상의 중심축에 보다 접근하고자 한다.


## 2. 군대체험과 미국 유학을 통해 본 러일전쟁

아리시마는 미국 유학시절 헤겔의 『역사철학(*Philosophy of History*)』을 읽고 '국가는 인류 최종의 이상을 달성하기 위한 최적의 기관으로서, 일개인의 사상 감정은 어느 정도까지 희생되어야 한다'고 한 헤겔의 주장을 비판하고 있다(「일기문(1905.8.15)」 十, p.489). 이와 같이 국가를 부정하는 성향은 이미 아리시마가 일본에서 군대생활을 했을 때 구축된 것이었다. 또한 러일전쟁에 대한 아리시마의 태도변화는 톨스토이, 크로포트킨의 영향 측면에서, 그리고 주변 인물들과의 관계 속에서 확인할 수 있을 것이다.

## 1) 크리스찬의 군대체험

아리시마는 입영 하면서 지은 단가(短歌)에서부터 군대 생활을 '저주'라고 표현하고 있다.

> 울지 말아야지 웃지도 말아야지 돌이 되지 않고서
> 　한 해의 저주 무엇으로 견디리 이내 몸(「재영회상록(在營回想錄)」 十,
> p.223).

아리시마는 두 차례 입영생활을 했는데(1901.12.1.-1902.11, 1907.9.-1907.12.) 첫 제대 후 「재영회상록」(1902.11.13.-12.31.)을 썼다. '참으로 1년의 과거를 회고하며 나의 신에게 슬픈 참회를 바친다'(「재영회상록」 十, p.222)며 기독교도의 입장에서 군대생활을 통렬히 비판하고 있다.

> 　허영심과 이기심으로 가득 찬 태고 이래의 습관에 따라 성립된 소위 국가라는 것은 지금도 역시 두려워해야 할 권위의 채찍을 쥐고 있다. 그가 한 번 그 손을 들면, 부모를 가지고 자식을 가지고 친구를 가지고 그리고 신을 가진 인류는 몇 십명 몇 천명, 마치 베어지는 벼이삭과 같이 쓰러진다.(중략) 무슨 권위국가라고 잘도 이와 같이 할 수 있단 말인가. 물러가라 악마야! 사람의 아들을 없애려는 자! 국가에 대한 의무란 이 국가가 명하는 바의 것을 행하는 것을 말한다. 환언하면 〈무(無)〉가 명하는 바의 것을 행하는 것을 말하는 것이다.(중략) 나에게 필요한 유일한 능사는 파리를 죽이는 것보다도 용이하게 나의 형제의 목을 베는 것이다. 나는 신의 얼굴을 두려워할 필요가 없다. 상관의 명령에 그저 따르면 족하다. 오오 나는 입술을 깨물지 않을 수 없다(「在營回想錄」 十, pp.223-224).

　입영하는 날 새벽까지 우치무라 간조(內村鑑三)가 간행하는 『성서의
연구』를 편집하는 등 신의 섭리에 충실했던 아리시마에게 있어서, 신
앞에 한 형제인 이웃나라 사람을 죽이는 것을 목적으로 살상 훈련을
하는 군대생활은 부정되어야만 할 세계였음에 틀림없다. 따라서 국가를
'두려워해야 할 권위'에서 '악마'라고 부르다가, 마침내 '나는 〈무(無)〉에
의해 명령받는 대일본제국의 명예로운 이등병이 되었다'(「재영회상록」
十, p.224)라고 비꼬며, 국가를 '무(無)'라고 부정하기에 이른다.

　당시 러일전쟁을 2년 앞두고 있던 일본인들은 부국강병의 필요성을
믿어 의심치 않았다. 이러한 시대에 24세의 아리시마가 스스로의 자각
에 의해 국가를 비판하고 있다는 것은 사회적, 정치적 분석이라기보다
는 윤리적 비판으로서, 이는 아리시마가 기독교를 통해 얻은 휴머니즘
에 기인한다.[4] 그리고 아리시마의 반국가주의적, 반군국주의적 사상은
후일 그의 아나키즘 사상으로 이어지게 된다.

　군대에 관한 아리시마의 견해는 「『리빙스턴전』의 서(『リビングスト
ン伝』の序)」에서도 발견할 수 있다. 언제든지 살인자가 될 준비를 해두
지 않으면 사람과 사람이 살아갈 수 없다는 것, 이유를 도외시하고 명령
하나로 생명을 버릴 각오를 해야만 하는 몇 십만 명을 국가가 양성하는
것 등에 대해 회의를 품고 있다. 아리시마는 군대생활을 함으로써 '점점
군대를 싫어하고 무슨 의미에 있어서도 사람과 사람이 서로 죽이는 행
위를 부정'(「第四版序言『리빙스턴전』의 서」 七, p.370.)하게 되었다.

　아리시마는 미국 유학기(1903.8. - 1907.4.)에 군대에서 받은 살상훈련
이 실제로 활용되는 러일전쟁 소식을 듣게 된다. 이미 일본은 1902년
2월 제정러시아와 대결하도록 미국의 중개 하에 영국과 동맹을 맺었다.
조선과 만주를 둘러싼 러일 간의 대립은 날로 격해졌고, 군비확장에 박
차를 가하고 있던 일본은 미국과 영국의 재정적, 군사적 원조를 받아,
1904년 여순과 인천항에 정박 중인 러시아 함대를 선전포고도 없이 공

격한 것이다. 러일전쟁이 개시되면서 전쟁소설이 대량생산되었는데, 그
중에서도 전쟁터의 처참한 육체파괴 광경을 묘사한 사쿠라이(櫻井忠溫)
의『육탄(肉彈)』(1906)은 전쟁 직후 1천판을 찍을 정도로 큰 인기를 얻
었다.[5] 아리시마는 유학을 마치고 일본으로 돌아오는 귀국선에서 어느
선승(禪僧)으로부터 이 책을 빌려 러일전쟁의 기록을 괴로운 심정으로
읽고(1907.4.1.- 4.2.) 더욱 전쟁의 부당성을 확신하게 된다.

> 국가에는 국민을 죽게 만들 권리 따위는 없다.(중략) 공허한 허영심,
> 용서하기 어려운 이기심 때문에 전쟁하는 거다. 그리고 이 목적을 달성
> 하기 위해서 국민에게 협량의 애국심을 가르치고 반인도주의적 인생관
> 으로 선동하는 거다(「일기문(1907.4.1.)」十一, p.342).

열광하는 다른 일본 독자와 달리 아리시마는 이 책을 읽고 국민의
목숨을 선동하는 국가의 이기심에 분개한다. 러일전쟁에 대한 아리시마
의 이러한 태도는 군대 체험과 미국 유학생활 속에서 변화를 겪으며
형성된 것이다.

## 2) 일본인으로서의 러일전쟁

미국유학중이던 아리시마의 서간 47통 중 반절이 러일전쟁에 관한
것이다. 다카야마(高山亮二)는 이 서간의 하나의 특색으로서 '러시아의
응징'과 '고국의 필승을 염원'하는 대부분의 일본인과 달리, 아리시마는
러일전쟁에 대해 전쟁을 회피하길 바라고 빨리 평화를 회복하기를 바랬
다고 이해하고 있다.[6] 그러나 아리시마의 초기 서간을 엄밀히 살펴보
면, 다른 일본인들과 마찬가지로 러일전쟁을 의전(義戰)으로 인식하고
있었음을 알 수 있다.

이번 여름방학에는 어쩌면 모리모토와 함께 환등을 가지고 일러전쟁
의 이야기를 하며 지방을 돌런지도 모릅니다.(중략) 이렇게 된 바에는
아무쪼록 빨리 수습되어 우리나라가 전쟁을 해서 기실 - 조선 중국의 독
립을 러시아에 승인케 합니다 - 수행하게 되어 극동의 어디에도 그 승냥
이 같은 놈들의 발호를 다시 일어나지 않게 하기만을 기원합니다(「有島
家宛書簡(1904.2.28.)」十三, p.82, 「有島家宛書簡(1904.4.1.)」十三, pp.83-84).

이와 같이 아리시마는 러일전쟁을 방만 불손한 러시아로부터 중국과
조선을 독립시키기 위한 전쟁처럼 합리화 시키고 있다.7) 여기에 '러시아
응징'의 필연이 있는 것이다. 그리고 '일러전쟁이 변함없이 상황이 좋고
운이 있는 모습은 참으로 하늘의 도움이라고 해야 할까'(「1904.6.15.」十
三, p.97)라고 하며 전쟁이 일본에게 유리한 형세인 것에 감사하고 있다.
여기에 '고국의 필승 염원'이 담겨 있다고 볼 수 있다. 니시가키는, 사실
은 아리시마가 러일전쟁이 조선과 중국침략을 목적으로 한 전쟁임을
알고 있었을 것이라고 추측하고 있는데8) 이는 지극히 당연한 추론이다.
아리시마가 러일전쟁을 중국과 조선 독립을 위한 의전(義戰)으로 인식
하고 있든 일본의 야욕에 의한 것으로 알고 있든, 군대제대 직후 국가와
군대를 절대적으로 부정하던 태도와는 거리가 멀어져 있다.

이처럼 전쟁과 국가에 대해 혼들리던 아리시마의 가변적 태도는 다
음 두 가지 계기로 인해 변화하게 된다. 그 하나는 톨스토이의 비전론에
접한 것이고 다른 하나는 사회주의 사상 특히 크로포트킨의 무정부주의
에 심취하게 된 것이다.

## 3) 톨스토이의 '비전론'과 크로포트킨의 '상호부조'

아리시마는 1904년 프랭크포드의 정신병원에서 두 달간 일하면서,
미국인이 러일전쟁을 흥미본위로 지켜보는데 대해 기독교 국가에 대해

실망한다. 이때 「Colier's Weekly」(1904.7.26.)에 실린 톨스토이의 비전
론을 처음 접한다.[9] 톨스토이는 러일전쟁에 대해 6월 27일 「London
Times」에 게재하여 세계를 괄목하게 했다. 「Colier's Weekly」가 이를 옮
겨 실은 것을 아리시마가 보았을 것으로 추정된다. 또한 아리시마는
1904년 9월 7일, 고토쿠(幸德秋水)가 발간하는 『平民新聞』(1904.8.7.)에
서 톨스토이의 비전론을 번역한 「너희들 회개하라(*Bethink yourselves*,
爾曹悔改めよ)」를 읽었다.

　톨스토이는 이 글에서 황제, 과학자, 법률가, 외교관, 신문기자, 군인,
실업가, 정부, 교회목사의 위선과 전쟁으로 인한 광우(狂愚)를 적나라하
게 비판하고 있다. 그리고 예수의 '회개하라'는 말을 인용하며 일개의
인간으로서의 신의 사업에 힘쓸 것을 환기(喚起)시켰다. 이렇게 제12장
에 이르는 긴 논문을 다 쓴 후, 하루 전 일본함대의 침몰소식을 듣고
러시아의 소위 상류층 사람들이 양심에 아무런 느낌도 없이 1천명이나
되는 생명의 소멸(消滅)에 대해 환호한 사실을 거론했다. 그리고 톨스토
이는 그 러시아 상류층과 대비되는 최하층인 수부(水夫)로부터 받은 편
지를 첨부하고 있다.

　　우리들은 지금 전쟁 상태에 있습니다. 우리들의 지휘관이 우리들에게
　살인을 다그치는 것은 신의 뜻에 맞는 건가요 아닌가요. 바라건대 저에
　게 알려주십시오.(중략) 교회에서는 기도도 행해지고 있고 신부는 예수
　애호군에 대하여 설명하고 있습니다. 신은 전쟁을 사랑한다는 게 정말인
　가요 아닌가요(레오 톨스토이, 「너희들 회개하라(爾曹悔改めよ)」, 『平民
　新聞』(6面), 1904.8.7).

　톨스토이는 신의 뜻과 진리를 갈망하는 최하층민의 목소리를 빌어
국가의 이익을 신의 뜻으로 받아들이고 싶어 하는 자들의 오류를 날카
롭게 지적하며 강렬한 평화의 메시지를 전하고 있다. 이를 읽은 아리시

마는 '그의 호의를 감사하면서 의자에 기대어 숙독하고, 새삼스럽게 강한 인상을 받았다'(「일기문(1904.9.7.)」 十, p.496)고 한다. 아리시마는 그 동안 자신이 세상의 신학과 공리주의에 헤매고 있었음을 깨닫게 된 것이다.10)

변화의 또 하나의 계기는 1904년 9월 하버드 대학 청강생이 된 아리시마가 사회주의자 가네코(金子喜一)를 만나면서 시작된다. 당시 일기 속에 빈번히 등장하는 가네코와 함께 강연회에 참석하는 등 사회주의에 대해 연구하게 된다. 또한 아리시마는 신앙 속에서 찾아 볼 수 없었던 진정한 자기의 인간다운 모습을 문호의 작품 안에서 발견하는데, 톨스토이 외에도 '입센도 크로포트킨도 다른 의미에서 나에게 커다란 양식을 주었다'(「第四版序言『리빙스턴전』序」(1919) 七, p.377.)고 밝히고 있다. 그 중에서도 크로포트킨(Peter Kropotkin; 1842-1921)11)의 자서전 『어느 혁명가의 추억(Memoris of a Revolutionist)』(1903)을 읽고, 영토와 작위 따위를 버리고 사상과 실생활을 일치시키려 고투해 온 크로포트킨에게 머리를 들 수 없을 정도로 감탄하고 경의를 품게 된다(「크로포트킨」 七, p.104).

크로포트킨의 대표적 저서인 『상호부조론(Mutual Aid)』(1902)은 다윈의 「진화론」에서 '적자생존'의 본능만을 취하여 이용하려는 정치가들의 오류를 지적하며, 동물의 본능에 오히려 '상호부조'의 본능이 있음을 부각시켜 주장하고 있다.12) 그리고 국가에 대신하여 개인의 자유를 기반으로 한 조합을 주장하고 있는데, 그 연합조직은 인간 본래의 '상호부조' 본능에 기인하는 무정부공산제라고 말하고 있다. 아리시마는 『탕탕벌레(かんかん虫)』의 전신인 『파트너(合棒)』집필시(1905-1906)의 상태에 대해, '나의 크로포트킨에 대한 경의는 이때…그리움으로 변해가고'라고 고백하고 있다.(「크로포트킨」 七, p.104.)13) 이러한 아리시마의 아나키한 정치적, 사회적 사상의 바탕에는 먼저 크로포트킨도 특권계층

출신이라는 신분상의 공감대가 깔려 있다고 볼 수 있다. 즉 신분을 초극한 크로포트킨에 대한 깊은 존경과 그리움이 내재하고 있는 것이다. 결국 아리시마는 크로포트킨의 영국 자택에까지 방문하게 된다.

> 나는 무엇보다도 먼저 자기가 뜻밖의 겁쟁이로 암중모색에 신음하고 있는 정신적 거지 상태임을 알아주시길 바래서 먼저 그것부터 말씀드렸더니, 씨는 호의를 담아 미소 지으며 나의 상처를 친절하게 어루만져 주셨습니다.(중략) "나는 음악에 대해서 열렬한 애착심을 갖고 있다. 하다못해 한 대의 피아노를 얻으려고 바란지 몇 년인가.(중략) 나의 두뇌와 지식은 한 대의 피아노를 얻어 생을 즐기는 것조차 이렇게 고심해야할 정도로 열등하다고는 스스로도 생각지 않는데"라고 말하며 웃음을 흘리셨습니다. 저의 등은 갑자기 식은땀에 움츠러들었습니다(「크로포트킨」 七, pp.106.-108).

아리시마는 자신의 사상과 동떨어진 생활 사이에서 처절하게 갈등하고 있었기 때문에 그 해답이 가장 시급했던 것이다. 그밖에 문학, 일본과 러시아의 정세에 대해 이야기 나누고, 질박한 집안 풍경 속에서 화목한 가족과 함께 식사한다. 아리시마는 자기처럼 특권층의 신분이면서도 자신의 사상대로 꿋꿋이 살아가는 크로포트킨을 직접 접함으로써 귀국 후 생활 속에서 자신의 사상을 굳건히 지켜갈 수 있는 희망을 얻게 되었을 것이다.

아리시마가 투쟁을 전제로 하는 공산주의보다도 생물계의 질서에 '상호부조'가 작용하고 있다는 크로포트킨의 사상 쪽에 기운 것은, 이토(伊藤整)가 주장했듯이 그의 내면에 기독교적 사고방식이 흐르고 있기 때문이라고 생각할 수 있다.14) 그의 결벽적인 성실함은 이제 기독교를 대신하여 크로포트킨의 삶과 상호부조 실천을 생애의 과제로 짊어지게 되는 것이다.

마침내 1922년 7월 18일, 자신의 농장을 해방시킬 때 아리시마는 소작인에게 다음과 같이 고별인사를 했다.

> 끝으로 제군의 장래가 협력일치와 상호부조의 관념에 의해 인도되어, 현대의 악제도 속에 있더라도 거기에 동요되지 않을 만큼의 견고한 기초를 만들고 제군의 정신과 생활이 자연스럽게 주위에 작용하여 주위의 상황까지도 변화시키는 결과가 되도록 기원합니다(「소작인에게의 고별」
> (『泉』1922.10.) 九, p.90).

아리시마는 「소작인에게의 고별」에서 생산의 근본인 자연물을 공유해야 한다는 순리에 따르기 위해 농장을 해방하는 것이라고 하며, 소작인들에게 상호부조할 것을 당부하고 있다.

군대생활을 경험하며 국가를 '무(無)'라고 부정했던 아리시마에게 있어서 크로포트킨의 무정부주의는 인류동포애로 함께 살아갈 수 있는 이상세계였을 것이다. 크로포트킨의 사상은 귀국 후 아리시마 사상의 주류를 이루어 작품뿐 아니라 말년 재산처분과 농장해방 등 그의 생활 속에 관통되고 있는 것이다.

## 4) 국가를 부정하는 자유인

미국 유학중 아리시마에게 일어난 이와 같은 사상적 변화는 가족(부친)과 그를 기독교로 이끌었던 친구 모리모토(森本厚吉)와 니토베(新渡戸稲造)에 대한 태도에도 변화를 보인다.[15]

먼저 아리시마의 변화는 집에 보내는 편지(1904.9.21.)에서 발견할 수 있다. '일러전쟁의 정황을 듣는 것도 지극히 참담하고, 국민의 고심 새삼스럽게 생각됩니다. 다만 하루라도 빨리 적당한 종국을 보기를 기도드립니다'(十三, p.111)라고 쓰고 있다. 이렇게 전쟁소식을 들으면서도 기

독교도로서 명확히 아는 바를 실행하지 못하는 자신에 대해 고통의 눈
물로 기도하며 잠들지 못한다(「일기문(1904.9.21)」十, p.498).

　앞서 서술했듯이 아리시마도 유학 초기에 러일전쟁 중 일본의 이해와
원조를 미국민에게 호소하는 환등기 순회강연을 모리모토와 함께 다닐
까 생각한 적이 있었다(「有島家宛書簡 1904.2.28」十三, p.82). 이것은
전쟁과 기독교 사이의 모순에 눈감고 고뇌하지 않은 보통 일본인의 모습
이라 할 수 있다. 그러나 이때(1904.9.21.)는 이미 아리시마가 톨스토이의
글을 읽고 다시 철저한 비전주의자가 되어 있었다. 한편 유학비 조달을
위해 러일전쟁에서 일본 지지를 호소하러 환등기 순회강연을 다닌 모리
모토로부터의 편지(1905.2.)를 받게 된다. 한때 아리시마도 함께 다니려
했던 순회강연을 아리시마는 비전주의자가 되면서 그만두었지만 모리모
토는 보통 일본 지식인과 마찬가지로 순회강연을 다닌 것이다.

　　　"우리들은 전쟁과 평화에 관한 논의에서는 서로 의견이 일치하는 일
　　은 결코 없는 것같다.(중략) 우리들은 어떠한 것에도 영향 받지 않고 결
　　과를 위해서가 아니라 그것 자체를 위해서 행하지 않으면 안된다. 만일
　　그것이 선한 것이라면 그 결과가 어찌되든 해야하지 않는가.(중략) 이
　　점에 관해 우리들 크리스찬은 공리주의자와는 멀리 떨어져 있다"(「영문
　　일기번역본(1905.2.)」十, p.609).

　아리시마는 가장 친한 친구 모리모토와 전쟁과 평화에 관한 논의에
서 서로 의견이 결코 일치하지 않는 것을 안타까워하며 크리스찬은 공
리주의자일 수 없다고 하는 자신의 신념을 확고히 한다. 그리고 폭악한
국가 권력에 의해 양국 국민을 살상하는 전쟁 자체가 '악'이라고 주장하
고 있다.

　한편 아리시마는 일본에서 보내온 『성서의 연구(聖書之硏究)』에서 그
의 정신적 스승이었던 우치무라(內村鑑三)가 쓴 「비전주의자의 전사」를

읽는다.

"전쟁도 많은 비전주의자의 무참한 전사를 가지고서만이 끝내 폐지할
수 있는 것이다.(중략) 만약 세상에 〈전쟁미〉라는 것이 있다면 그것은
생명의 가치를 모르는 전쟁을 좋아하는 용맹한 자의 죽음이 아니라 생명
의 고귀함과 평화의 즐거움을 충분히 잘 알고 있는 평화주의자의 죽음이
라고 생각한다"(內村鑑三, 「非戰主義者の戰死」, 『聖書之研究』第57号,
1904.10.20(複製版 第七巻, 1969), pp.60-61).

징병을 거부하지 말라는 우치무라의 글은 평화주의자의 희생을 촉구
하며 역설적으로 평화를 강조하고 있다. 이처럼 복잡한 논조에서 우치
무라의 애매한 태도를 지적할 수도 있을 것이다. '나는 일본을 위해, 일
본은 세계를 위해, 세계는 그리스도를 위해'라는 유명한 묘비명을 스스
로 지었을 뿐 아니라, 일본해군이 러시아군의 군항 여순(旅順)을 함락시
켰을 때, 우치무라는 제국만세 삼창을 외쳤다고 제자 야마가타 이소(山
縣五十雄)에게 편지로 밝히고 있다(高山亮二, 같은 책, p.153, 재인용).
그러나 아리시마는 「비전주의자의 전사」를 읽고 '선생의 열렬한 집념에
는 경복'(「일기문(1905. 1.1.)」十, p.515)한다고 순수하게 받아들이며 감
명을 받고 있었다. 또한 아리시마가 삿포로(札幌)농학교 시절 현실생활
에서뿐 아니라 정신적인 면에서도 절대적으로 신뢰하고 있었던 사람으
로 외가 친척인 니토베가 있다. 그런데 유학중 집에서 보내 온 『태양(太
陽)』(1904.12.)에서 일본제국의 팽창을 지지한 니토베의 「일본제국(日
本帝國)의 팽창(膨脹)」을 읽고 충격과 고독을 느낀다.

한 사람의 믿고 있던 사람을 잃은 것은 나에게 있어서 무상의 고통이
라면 고통이다. 그래서 나의 가슴은 조용할 수 없다. 한기를 무릅쓰고
외출해서 어디라고 할 것 없이 헤매 다녔다(「일기문(1905.1.5.)」十, p.518).

러일전쟁을 기하여, 아리시마는 자신을 기독교로 인도한 친구 모리모토와 스승 니토베와는 다른 정신세계에 있음을 인정해야 하는 고통을 겪는다. 권력을 통해 전교를 도모하는 니토베16)에 대해 아리시마는 기독교와 국가가 양립할 수 없음을 느낀다. 그리고 때마침 엥겔스(Engels)의 『*Utopian to Socialism*(공상에서 과학으로)』에서 그 격렬한 글을 접하고 관념에 마음을 사로잡혀 잠들지 못한다.

> 먼저 근본적으로 기독교와 모순되는 국가를 제거하라. 전 지구의 주민으로 하여금 일체하게 하라.(중략) 애국심과 박애심을 일치시키려 하는 자는 물과 기름을 일치시키려 하는 자이다(「일기문(1905.1.8.)」十, p.519).

인정과 사상 사이의 괴리로 인하여 공허한 아리시마에게 엥겔스의 이 글은 바로 그의 신념을 대신해서 명쾌하게 대변해 주고 있는 것이다. 이미 아리시마는 사랑에 기반을 둔 기독교와 사회주의 사상에 철저했기 때문에 이에 모순되는 국가를 부정할 수밖에 없었다. 그리고 자신과 다른 노선에 있는 친구와 스승과의 정신적 결별로 인한 슬픔과 외로움을 감내해야 했다.

이상 러일전쟁을 지켜 본 아리시마의 전쟁과 국가에 대한 고뇌와 태도를 확인할 수 있었다. 이러한 그의 고뇌는 작품의 배경이 아리시마의 미국 유학 당시와 거의 일치하고 있는 작품 「미로(迷路)」에 잘 나타나 있다. 이때 주인공 A의 뇌리를 스친 단상은 다음과 같은 것이었다.

> 일본이 러시아와 싸우고 있는 동안에 너는 너대로 싸워야 할 싸움이 있는 것이다. 너는 국적이 없는 부랑아일 뿐 아니라 어느 계급에도 속하지 않는 벌거숭이 인간인 것이다(「迷路」三, p.327).

그리고 A는 자신의 적은 러시아도 아니고 유산계급도 아닌 '생활 그 자체'라고 부르짖는다. 그는 러일전쟁을 치르는 나라 사람이면서도 국가에 대한 집착도 사회주의 사상에 대한 편집도 없다. 이렇게 국가와 계급을 초월한 '벌거숭이 인간'은 이미 크로포트킨의 무정부주의마저 넘어서고 있다. '주의자'가 아닌 '자유인(loafer)'으로서 대자연의 의지에 따라 사는 '본능적 생활'을 의미한다.17) 즉 본능적 인간의 삶을 희구하는 아리시마의 사상이 투영되어 있는 것이다.

기독교도로서 박애사상을 갖고 있는 아리시마는 군대 체험을 통해서 국가를 부정하게 되었고, 그것은 유학 시 톨스토이, 크로포트킨 등에 의해 심화되고 러일전쟁을 겪으면서 더욱 확고하게 구축되었다.18) 이러한 사상의 변화는 본능적 생활을 지향하는 '자유인(loafer)'사상으로 발전시켜 나가는 기초를 이루게 된다.


# 3. 귀국과 조선

독실한 기독교도였던 아리시마는 미국유학을 통해 자본주의와 제국주의를 부정하는 한편, 상호부조에 의한 무정부주의적 사회를 동경하게 된다. 개인적으로는 문학 등 예술을 통해 〈신(神)〉 중심에서 〈자기〉 중심의 사고로 바꾸게 된다. 또한 개인을 부정하고 인습을 강요하는 일본 사회를 부정하게 된다.

이러한 사상을 가지고 귀국한 아리시마는 이때 조선을 침탈하고 있는 일본에 대해 분노하고 조선을 동정하며 그 구제책을 생각한다.


## 1) 고국에 대한 부정과 애정

자기 사상을 굳히고 일본으로 향하는 귀국선에서 고국에 대한 아리

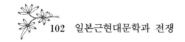

시마의 심경은 점차 변화되어 간다.

> 나는 고국에 시시각각 다가가고 있다. 고국! 고국은 나를 받아들일지
> 도 모르겠다. 그렇지만 아아, 나는 고국을 갖고 있지 않은 것이다(「영문
> 일기 번역문(1907.4.3.)」 十一, p.343).

귀국 후의 자신의 장래에 대해 생각해 보면서, 사상 면에서는 '한 사
람의 독립된 인간으로서 자기를 확립하기에 충분한 능력을 가지고 있다
고 확신'(「일기문(1907.4.3.)」 十一, p.343)하고 있다. 그의 사상은 자본
주의, 제국주의를 추진하며 인습과 전통으로 '개(個)'를 속박하고 지배
하려는 일본과는 공존할 수 없는 것이다. 그러한 일본이 가까워짐에 따
라 아리시마는 초조함을 보이며 '상당한 관심과 존경과 불쾌와 슬픔과
증오'(「일기문(1907.4.4.)」 十一, p.344)등 복잡한 심경을 적고 있다. 마
침내 고베(神戶)항에 도착해서 눈에 들어온 일본 특유의 자연에 대한
감격은 자기를 낳고 기른 고국에 대한 강한 애착으로 바뀐다. 그가 일본
에서 대결해야 할 부르주아지이자 인습을 강요하는 부친과 굳게 악수하
기에 이른다.

> 아무리 지성으로는 반대하더라도 자기가 태어난 나라의 아름다움과
> 훌륭함을 칭찬하지 않을 수 없다.(중략) 이 나라의 타락에 내가 완전히
> 진절머리를 내던지 나의 행위가 이 나라로부터 배척당하던지 하는 날까
> 지는 나는 자신에게 솔직해지고 이 나라를 계속 사랑해야만 한다(「영문
> 일기 번역문(1907.4.11.)」 十一, pp.346-347).

이와 같이 '아버지', '집(家)'으로 대표되는 '국가'와 격렬하게 대립하는
사상을 품는 한편 '집(家)'을 사랑하는 모순을 안은 채 자기 확립을 위한
집요한 고투를 시작하게 된 것이다.[19] '이 나라를 계속 사랑해야만 한다'

고 결심하게 되는데, 이것은 보통 일본인과 다른 자기 사상에 따른 방식
으로 사랑할 것을 뜻한다.

## 2) 조선침략에 대한 태도

귀국 후, '금세기의 제 일등 국민'을 향해 달리는 일본 위정자의 행태
는 그의 눈에 부끄럽기 짝이 없는 비열한 모습으로 비치었다. 그것을
그가 평생 격렬한 열정을 기울인 스위스의 아가씨 틸디에게 편지로 다
음과 같이 적고 있다.

> 우리나라와 조선과의 관계에 대해서는 상세하게 말하는 것도 부끄럽
> 습니다. 조선을 돕는다는 구실 하에 일본은 그 나라를 강력히 지배하고
> 그 내각을 괴뢰로 만들어 버린 것입니다.(중략) 그러나 이를 돕는 것이
> 아니라 죽이고 있는 것입니다. 조선의 존재는 위태로워지고 있습니다
> (「틸디宛 書簡 번역문(1907.7.18.)」十三, p.765).

여기에서 '부끄러움'이라는 것은 국가를 부정하는 사람에게는 의식할
필요가 없는 감정이다. 아리시마는 국가를 부정한다고는 했지만 언제나
그 틀 안에 있었던 것이다. 따라서 일본의 조선에 대한 정책을 서구 제
국주의의 약육강식의 행태로 보편화시키면서, 일본만을 부정하는 것이
아니라 '제국주의의 성향'을 부정하고 있다.

즉 아리시마는 사랑스러운 자연과 혈육의 땅, 일본은 긍정하고 있지
만 이를 좌지우지하는 '무(無)'인 국가자체를 부정하고 특히 침략적 제
국주의의 '국가'를 비판하고 있다.

며칠 후, 아리시마는 조선에서 일어난 헤이그밀사 사건에 대해 3,500
여자의 긴 일기를 쓴다. 한국 왕이 일본정부가 한국에 휘두르는 폭위를
호소하는 밀사를 헤이그 평화회의에 파견했는데 이것이 발각된다. 한국

왕은 그 책임을 지고 새벽에 아직 어린 황태자에게 왕위를 물려주게 되었다. 아리시마는 그로 인해 분노한 한국 백성의 봉기와, 그 봉기세력 진압을 구실로 일본이 한국에 더욱 위세를 부리고 권위를 증강시킬 것을 우려하고 있다. 그리고 한 국가의 쇠망을 동정하지 않고 오히려 이를 돕는다는 명목 하에 철저히 압제하고 약탈하는 일본의 위정자, 군인, 실업가의 위선을 불의라고 날카롭게 지적했다.

> 그 정치가, 실업가, 군인인 자들이 기도하는 바는, 가장 공평한 심정을 가지고 조차 자국의 이익을 위해서 눈을 감고 군이 타국의 쇠망을 방관하는데 있을 뿐.(중략) 본래 한국의 쇠망은 아국의 이익이다(「일기문 (1907.7.26.)」 十一, p.163).

아리시마는 인류애로써 조선의 쇠망을 깊이 동정했을 뿐 아니라 조선 지도층의 부패상도 정확히 파악하고 있었다. 그리고 조선 폭도 진압을 위한 출병에 대해 마음 아파한다.

> 카미가와 사단은 조선에서의 폭도진압을 위해 그곳으로 떠났다. 조선 사람의 생사와 관련된 투쟁은 불쌍하고 또한 마음 아프다. 아무도 주의를 기울이지 않고 동정도 하지 않는다. 이렇게 무시되고 각국은 번영하고 서로의 영화를 다투고 있는 사이에 조선은 어딘가로 가라앉아 버릴 것이다(「영문일기 번역문(1908.5.13.)」, 十一, p.380).
>
> 일한합병, 합병이라는 허울 좋은 이름을 어떻게 생각해 내었을까. 당국자의 고심, 그 이름만 보더라도 대단했으리라고 생각된다. 문제가 너무 크기 때문인지 너무나 드문 일이기 때문인지 나는 뭐라 말해야 할지 모르겠다(「有島壬生馬宛 書簡(1910.10.8)」 十三, p.229).

이와 같이 아리시마의 마음은 조선인의 고통을 놓치지 않고 동정하고 있었지만, 그 표현이 점차 감상적이고 소극적으로 되어가고 전체 일기나 편지 중에 다루고 있는 비중도 극히 적어졌다. 그것은 아리시마가 구제책을 개개인의 내면세계에서 찾으려 하기 때문이라고 해석된다.

## 3) 내면적 구제책

조선을 동정한 아리시마는 조선의 민중에 대한 구제책을 고안하게 된다. 그리고 그것은 바로 일본이라는 국가가 아닌 일본 민중의 구제책이기도 한 것이다.

> 그렇다면 한국의 목하 궁상을 구하려면 어떻게 해야 할 것인가?(중략) 나는 더 한층 나의 인격을 양성하고, 나의 지식을 발달시키고 신앙을 강고히 하고 보다 많이 사람을 사랑하고 보다 많이 악을 증오할 것이다. 나는 또한 나의 생애를 순수 고결한 것으로 만들어 나의 주위 사람을 선화하는데 힘쓰겠다(「일기문(1907.7.26.)」十一, p.165).

자신의 인격양성으로 주위를 선화하겠다는 생각은, 그의 말년에 까지 일관되고 있다. 1922년 「소작인에게의 고별」에서도 '제군의 정신과 생활이 자연스럽게 주위에 작용하여 주위의 상황까지도 변화시키는 결과가 되기를 기원한다'(「소작인에게의 고별(小作人への告別)」九, p.90) 고 말하고 있는 데에서도 알 수 있다.

한편 조선을 구하기 위해 그가 제시한 조선 구제책은 매우 아득하고 소극적인 것으로 보인다.[20] 그 표현 방식에 있어서도 조선에 대한 자신의 생각을 대외적으로 밝힌 적이 없고 일기나 외국 친구에게 편지로 보내는 것에 그치고 있다.

그 이유를 두 가지로 생각해 볼 수 있다. 그 하나는 국가의 극심한 '사회주의 탄압'이다. 사회주의자로서 러일전쟁과 조선의 식민화정책을 비판하고 노동운동을 주장한 고토쿠 슈스이(幸德秋水)[21]는 사회주의자

를 탄압한 대역사건(1910)에 연루되어 사형 당했다. 무정부주의자로서 생디칼리즘22)을 주창한 오스기 사카에(大杉榮)도 관동대지진의 혼란기에(1923) 부부가 암살당하는 비극을 맞는다.23) 아리시마의 경우 사회주의 연구회를 이끌었을 뿐 대외적으로 자신의 사상을 표출하지 않았음에도 불구하고 경찰의 감시가 따랐을 정도로 당시 탄압이 심했다. 그것은 아내의 죽음 전후의 상황을 알 수 있는 작품『죽음과 그 전후(死とその前後)』에도 잘 묘사되어 있다.

다른 한 가지는 아리시마가 밝히고 있듯이, 정치적 구제보다 '심령의 구제'가 더욱 가치 있는 방법이라는 것이다. 예수나 공자가 정치적으로는 그 백성을 구하지 못했지만 그들의 가르침은 수 천년이 지난 지금까지도 많은 사람들을 구해주고 있는데 반해, 세계를 제패했던 알렉산더 대왕은 그 흔적을 찾아보기 어렵다는 것을 예로 들고 있다.

아리시마는 고통 속에 있는 조선인의 현실적인 구제보다도 '심령의 구제'(「일기문(1907. 7. 26.)」十一, p.165)에 의한 방법이 조선의 구제와 더불어 '일본의 구제'가 될 수 있고, 이것이 인류의 구제에 닿아있다고 생각했다. 이것은 사회주의자도 문학자도 저널리스트도 아닌 종교인의 태도이다. 귀국 후까지도 아리시마의 정신의 저변에 기독교의 '사랑'이 흐르고 있는 것이다.24) 일본의 러일전쟁과 조선정책에 대한 아리시마의 일본 부정은 '예수의 가르침에 모순된다'는 것에서 출발한 것이다.

그는 「휘트먼에 대하여(ホイットマンに就いて)」(1921. 3.)라는 강연25)에서 '개성'의 내면적 요구를 전제로 할 때에 비로소 진정한 공동체 사회가 이루어질 수 있다는 주장으로 발전시킨다.

개성이 실재의 기초이고 거기에서 출발하여 개성의 요구인 사랑 그것이 환경에 작용하여 혹은 연애가 되고 혹은 우정이 되어 거기에 내재적인 공동생활의 바탕이 성립되므로, 환경이 고정화된 소산인 협회가 개성의 실질을 만드는 것은 결코 아니다(「휘트먼에 대하여」八, p.561).

이것은 개개인의 개성의 확립이 사회주의 운동에 전제되어야 한다는 「선언 하나(宣言一つ)」(1922.1.)의 주장과도 상통하는 것이다.

> 진정한 개개의 제4계급으로부터 발생하지 않은 사상 혹은 동기에 의해 성취된 개조운동은, 당초의 목적 이외의 곳으로 가서 정지할 수밖에 없을 것이다(「선언 하나」九. p.9).

무정부주의자의 성격, 생명의 방향을 지지하지만 어떠한 '주의(主義)'도 부정하는 아리시마는, 그 무정부주의의 생명의 방향의 중심에 있는 자를 'loafer'라 했다. 개성의 요구, 내부충동을 가장 소중하게 생각하는 사람이라 했다. 따라서 아리시마는 「휘트먼에 대하여」(1922)에서, 원래 부랑자라는 뜻의 'loafer'를 '인생의 무정부주의자'(「휘트먼에 대하여」八, 558쪽,)'상습적 반역자'(같은 책, p.542)라고 정의하며, loafer의 삶을 지향하고 있다. 이것이 작품 속에서는, 시대를 잘못 타고난 여성 반역자 요오코(『어떤 여자』)와 규율과 권위에 반역하는 자연인 닝에몽(『카인의 후예』)으로 표현된 것이다. 특히 『어떤 여자』의 전신(前身)인 『어떤 여자의 환상』이 대역사건과 때를 같이 하여 집필되고 있다.26)
　자신의 신념과 역행하는 국가에 대해 철저히 고뇌하고 부정하면서도 사랑한 아리시마는, 정치적 사상적 방법이 아닌 내면적 차원에서 이상적 해결책을 모색했다. 그것은 그의 작품 속에 직접적으로 표현되지 않고 은유적으로 스며 있으며 말년의 농장해방에까지 미치고 있다.

## 4. 나오며

아리시마에게 있어서 '국가'는 '무(無)'로서 부정되어야 할 권위적인 국가와 '사랑해야만'할 아름다운 자연과 혈육의 정(情)을 담고 있는 국가로 나누어진다. 독실한 기독교 신자인 아리시마가 군대생활을 체험하면서 국가를 부정하게 되지만 미국 유학중 러일전쟁 소식을 듣고 보통 일본인과 크게 다를 바 없이 고국의 전황(戰況)이 유리해지길 바란다. 그러나 톨스토이의 비전론(非戰論)과 크로포트킨의 무정부주의(無政府主義)에 심취하면서 그의 순수한 기독교 정신은 환기된다. 박애심과 애국심은 양립할 수 없음을 깨닫고, 약소국을 침탈하는 제국주의와 자본주의의 일본, 인습과 전통을 강요하는 일본을 부정하는 사상을 굳히고 귀국한다. 그러나 귀국하여 일본의 국토를 접하고 감격에 찬 아리시마는 그가 부정해야할 제국주의, 인습을 대표하는 '일본-부친'과 굳게 악수한다. 그리고 자기 방식대로 사랑하겠다고 결심한다. 아리시마의 국가에 대한 격렬한 부정과 사랑의 기록을 통해 아리시마가 언제나 국가를 의식하고 있었고 남다른 관심을 기울이고 있었음을 알 수 있다.

아리시마를 맞이한 일본은 조선을 침탈하고 있었다. 이에 대해 아리시마는 조선을 동정하는 한편, 이를 서구 열강의 제국주의와 같은 것으로 보편화시킨다. 아리시마의 국가에 대한 이처럼 복잡한 심경은, 이후 부친과 완전히 다른 사상을 품으면서도 부친을 경애하고 그 기대를 거스르는 것을 두려워하는 양가성(ambivalence)에 고뇌하는 것과도 같은 것이다. 그리고 조선의 구제책으로 '심령구제'를 생각하고 있는데 이것은 곧 일본의 구제책이기도 하다. 권위적인 국가를 부정한 것이 기독교와 모순된다는 데서 출발했듯이, 그가 제안한 '심령 구제책'의 저변에도 기독교적인 교의가 흐르고 있다. 그러나 그것은 적극적인 해결책이 될 수 없었다.

이상 고찰한 바와 같이, 아리시마는 국가에 대한 격렬한 애증으로 인해 고뇌했으며, 그 국가 구제의 방법으로서 개개인의 개성 확립이 전제되어야 한다고 주장했다. 그 정신은 상습적 반역자, 인생의 무정부주의자라는 loafer사상으로 발전하여 그의 인생과 작품의 축을 이루게 된다.

즉 개개인의 '개성'을 확립해야만 '사회'를 개조해나갈 수 있다는 신념으로 아리시마는 생활 속에서 철저하게 고뇌하고, 펜에만 의지하는 생활, 재산처분, 사유농장 해방 등으로 실천해 나간 것이다.

| 주 |

　〈초출〉 이 글은 한국일어일문학회, 『일어일문학연구』 제45집, 「아리시마 다케오에 있어서 '국가의 의미'」, 2003.5. 173-197를 수정 가필했음.

1) 호카오 도시미(外尾登志美)는 아리시마의 작품세계를 〈개성〉을 그리는 시대에서 〈사회〉를 그리는 시대로 옮아간다고 보았지만, 본고는 〈개성〉을 그리는 시대의 작품에도 〈사회〉에 대한 시선이 깔려있음을 전제로 하여 논하고자 한다.
　(外尾登志美, 『有島武郎-「個性」から「社会」へ』, 右文書院, 1997, p.240)
2) '천황을 고금에 걸친 중심으로 우러러 모시는 군민일체의 일대가족국가다. (중략) 천황께 충성을 다해서 받드는 것은 바로 나라를 사랑하고 국가의 충성을 도모하는 것이다' 1937. 〈국체의 본의〉(김후련, 『일본신화와 천황제 이데올로기-신화와 역사사이에서』, 책세상, 2012, p.302)
3) 高山亮二, 『有島武郎の思想と文学』, 明治書院, 1993. 西垣勤, 「有島武郎と近代文学ートルストイ、ゴーリキー、ラスキン、ラパ　アエル前派啄木、志賀、漱石ー」, 『有島武郎と作家たち』有島武郎研究書 第8集, 右文書院, 1996. 이밖에 다나베 겐지(田辺健二)는 대역사건 당시 집필한 아리시마의 작품을 분석하여 그의 문학적 출발에 있어서의 반역성을 주장하고 있다(田辺健二, 「明治四十三年の有島武郎ーその文学的出発ー」, 『有島武郎試論』, 渓水社, 1991).
4) 아리시마의 군대에 대한 강렬한 저항감에 대해 야스카와(安川正男)는, 기독교 입신 후 길러진 인간존중의 이념, 자유, 정의, 사랑 등 근대 휴머니즘에서 생겨난 것이라고 말하고 있다(安川正男, 『有島武郎論』[増補版], 明治書院, 1978, p.45).
5) 朴春日, 『増補 近代日本文学における朝鮮像』, 未来社, 1985, p.69.
6) 高山亮二, 『有島武郎の思想と文学』, 明治書院, 1993, pp.133-134.
7) 중국의 독립을 보전하기 위해 전력을 다하고 뒤로는 러시아의 저의를 파악하여(중략) 이번 싸움이 일본의 승리로 끝나서 일본이 당당히 조선의 독립을 보전하는 것은 소자가 밤낮으로 기도하는 바입니다(「有島家宛書簡

(1904.2.28.)」十三, pp.81-82).

8) 西垣勤, 같은 책, p.13.

9) "Tolstoy가 그 열렬한 펜을 휘둘러 자기 국민과 전쟁이 좋다는 사람들을 공격하는 글을 봤다"(「일기문(1904.7.26.)」十, p.464).

10) "나는 진실한 기독교신자로서 단순 명백한 입장에 서있다. 나는 세상의 신학과 공리주의에 휘둘려 헤매이지 않을 것이다"(「일기문(1904.9.7.)」十, p.496).

11) 러시아 굴지의 명문가에서 태어난 크로포트킨 공작은 출세 길이 보장된 군인생활을 버리고 지리학자가 되었다. 그리고 학자에 안주하지 않고 혁명가라는 험난한 길을 택하여 마르크스파, 바쿠닌파 등을 만나고 쥬라 산맥지방의 노동자들과 생활을 하면서 아나키스트로서 마음을 굳혔다. 체포된 그는 극적으로 탈출하여 스위스, 프랑스, 영국 등에서 활동했다. 1917년 러시아 혁명 후, 40여 년 간의 망명생활을 마치고 고국으로 돌아왔으나 다시 독재를 휘두르는 레닌 정권의 박해에 대해 최대한 항의했다(크로포트킨 저, 하기락 역, 『상호부조론』, 형설출판사, 1983, pp.3-10).

12) 아리시마는 말년 미완작인 『星座』에서도 '이 책의 서문에서 보면 다윈파 생물학자가 극력주장하는 생존경쟁 외에, 동물계에는 이 상호부조(mutual aid) …(この本の序文で見るとダーウヰン派の生物學者が極力主張する生存競爭の外に、動物界にはこのmutual aid …)' (『성좌(星座)』(1922)五, p.289) 라고 하며 『상호부조론』에 대해 언급하고 있다.

13) 이밖에 아리시마의 크로포트킨에 대한 글로 「크로포트킨의 인상과 그의 주의 및 사상에 대하여(クロポトキンの印象と彼の主義及び思想に就いて)」(『讀賣新聞』1920.1.25.), 「초라한 집을 방문하여 나눈 굳은 악수와 심각한 기억(侘住居を訪ねて固い握手と深刻な思ひ出)」(『東京朝日新聞』1921.1.31.)가 있다.

14) 伊藤整, 「有島武郎がクロポトキンに逢ふ」, 『群像』, 1960.4, p.244.

15) 니시가키(西垣勤)는 모리모토(森本厚吉), 우치무라(內村鑑三), 니토베(新渡戶稻造) 등의 전쟁에 대한 내셔널리즘적 태도를 언급함으로써 그것을 넘어선 아리시마의 위상을 더욱 부각시키고 있다.(西垣勤, 같은 책, p.17) 그러나 본고에서는 주변 지식인과의 전쟁관, 국가관을 비교하려는 것이 아니라, 주변인물에 대한 아리시마의 태도변화에 주목하여 그의 국가관의 변화추

이를 확인하고자 한다.

16) 高山亮二, 같은 책, p.156

17) "본능이란 대자연이 지니고 있는 의지를 가리키는 것이라고도 생각할 수 있다"(「아낌없이 사랑은 빼앗는다」八, p.172)

18) 『時事新報』(1921.11)에 게재한 「軍備制限問題に就て」(八, p.629)에서 자신의 팽창을 위해 개인의 자유와 권리를 희생시키는 국가가, 군비 제약이라는 속임수를 쓴다고 지적하며 전승국의 위선을 격렬하게 비난했다.

19) 신분상의 이유로 코오노(河野信子)와의 결혼을 반대당하고, 농장경영에 대한 자신의 사상을 진언하다가 부친과 마찰을 빚고 자살용 권총을 구입하지만 부친 위독 사태에 부딪혀(1908.5.10.) 결국 부친에게 순종하는 자세를 취한다.

20) 가령 같은 시라카바파 동인인 야나기 무네요시(柳宗悅)는 「조선인을 생각한다(朝鮮人を想ふ)」(讀賣新聞, 1919.5.20-24)를 비롯한 많은 대외적인 글을 통해, 한국인들에게 돈, 정치, 군대가 아닌 정(情)을 주고, 예술을 통해 타국의 내면을 깊이 이해할 것을 촉구했다.

21) 고우토쿠(幸德秋水)는 「경애하는 조선(敬愛する朝鮮)」(『平民新聞』1904.6.19.)에서, 러일전쟁이 조선독립을 위한 의전(義戰)이 아님을 폭로하고 열강의 제국주의 성격에서 출발한 것임을 지적했다. 조선인민이 부패정권에서 해방되어야함을 주장하고 한일의 올바른 관계를 위한 방법으로서 조선인민과의 연대를 표명했다(朴春日, 같은 책, p.68 참고).

22) Anarcho-Syndicalisme(혁명적 노동조합주의): 노동조합을 자본주의에 대한 투쟁의 주체로 세우고 보이코트, 사보타지 등 직접 행동을 촉구하는 성향이 강했다(김채수, 『일본사회주의운동과 사회주의문학』, 한국컴퓨터산업(주), 1997, p.57).

23) 미야기와 토루(외 1명)/이수정역, 『일본근대철학사』, 생각의 나무, 2001. p.253.

24) 타카야마는 아리시마의 미국유학을 통한 사상의 변용에 대해 기독교 신앙의 동요, -톨스토이, 가네코(金子喜一)를 거쳐-크로포트킨의 무정부주의로 옮아갔다고 주장하고 있다(高山亮二, 같은 책). 그러나 아리시마의 기독교

가 사라진 빈 자리에 사회주의 사상이 들어 선 것이 아니라, 사회주의 사상
의 저변에는 종교적 사랑이 흐르고 있는 것이다.

25) 요시노 사쿠조(吉野作造)가 주관하던 동경대 사회주의 연구회「新人會」에서
한 강연

26) 다카야마(高山亮二)는 이에 주목하여 대역사건 추이와 작품내용의 집필 시
기를 대조 분석하여, 『어떤 여자의 환상』의 집필이 사회주의를 탄압하는
국가에 대한 아리시마식의 반항이라고 해석하고 있다.(高山亮二, 같은 책.
246쪽.) 또한 전술한 바와 같이 다나베(田辺健二)도 대역사건 해에 집필된
작품들을 분석하여 아리시마 문학의 반역성을 주장하고 있다(田辺健二, 같
은 책).

## [참고문헌]

김채수(1997), 『일본사회주의운동과 시회주의문학』, 한국컴퓨터산업(주)

김후련(2012), 『일본신화와 천황제 이데올로기-신화와 역사사이에서』, 책세상

미야기와 토루(외 1명)/ 이수정 역(2001), 『일본근대철학사』, 생각의 나무

크로포트킨 저, 하기락 역(1983), 『상호부조론』, 형설출판사

有島武郎(1980-1984), 「有島武郎全集」, 筑摩書房, 三, 七, 八, 九, 十, 十一, 十三

外尾登志美(1997), 『有島武郎-「個性」から「社会」へ』, 右文書院

高山亮二(1993), 『有島武郎の思想と文学』, 明治書院

西垣勤(1996), 「有島武郎と近代文学ートルストイ、ゴーリキー、ラスキン、
    ラパアエル前派啄木、志賀、漱石ー」, 『有島武郎と作家たち』 有島武郎
    研究書 第8集, 右文書院

田辺健二(1991), 「明治四十三年の有島武郎ーその文学的出発ー」, 『有島武郎
    試論』, 渓水社,

安川正男(1978), 『有島武郎論』[増補版], 明治書院

朴春日(1985), 『増補 近代日本文学における朝鮮像』, 未来社

高山亮二(1993), 『有島武郎の思想と文学』, 明治書院

レオ.トルストイ, 「爾曹悔改めよ」, 『平民新聞』(6面), 1904.8.7.

伊藤整(1960), 「有島武郎がクロポトキンに逢ふ」, 『群像』

内村鑑三, 「非戦主義者の戦死」, 『聖書之研究』第57号, 1904.10.20(複製版 第七
    巻, 1969).

柳宗悦, 「조선인을 생각한다(朝鮮人を想ふ)」, 讀賣新聞, 1919.5.20.-24.

# 우국(憂國)의 시인과 전쟁(戰争)

## - 태평양 전쟁기의 미요시 다쓰지(三好達治) -

박상도*

## 1. 들어가며

　미요시 다쓰지(三好達治, 1900-1964))에게는 태평양 전쟁기간에 쓰여진 3권의 전쟁시집이 있다. 모두 80여 편의 작품이 수록되어 있다. 이 전쟁시집은 태평양 전쟁 발발로부터 전세의 확장기간을 거쳐 패전 직전에 이르는 그야말로 태평양 전쟁과 궤(軌)를 같이 한 것이다. 태평양 전쟁에 의해 만들어졌고 태평양 전쟁에 의해 종료된 시집이라고 할 수 있다. 발표되었을 당시에는 일본공동체 안에 아무런 문제없이 수용되고 확산되었지만 패전 이후 이 시집으로 인해 시인은 시단 공동체로부터 많은 고초를 겪어야 했다.1)

　하지만 비판이 주류를 이루는 가운데 시인의 전쟁시 자체에 대한 연구는 그리 활발히 이루어지지 않았다. 전쟁시에 대한 연구는 방대한

---

* 서울여자대학교 일어일문학과 부교수

미요시 연구의 분량에 비해보면 극히 적은 부분을 차지하고 있다고 말할 수 있다. 비판과 옹호를 떠나서 전쟁시 자체의 내용을 한번 진지하게 살펴볼 필요가 있을 것이다. 이에 본고에서는 태평양 전쟁기의 미요시의 전쟁시를 그의 세 편의 전쟁시집을 중심으로 고찰해 보고자 한다.

특히 각 전쟁시집의 구체적인 양상을 확인하여 시인의 시적가치의 전도(轉倒)가 어떻게 이루어졌는지에 초점을 맞추고자 한다. 무엇보다 이러한 전쟁시집의 저변에 흐르는 시인의 사상적 축에 해당하는 것이 무엇인지도 함께 살펴볼 것이다.

## 2. 태평양 전쟁기 전쟁시의 양상

### 1) 승전보 이르다

1937년 중일전쟁을 시작한 일본은 15년 전쟁의 마지막 정점이라 할 수 있는 태평양 전쟁에 돌입하지 않으면 안 되었다. 국제연합에서 탈퇴하여 고립되고 있었던 일본에게 있어서 4년 이상을 끌어온 중일전쟁은 큰 부담이었다. 1941년 4월부터 미국과 협의를 하고 있었지만 진전은 보이지 않았고 오히려 일본군이 프랑스령 인도지나에 진출하는 것을 계기로 미국은 일본을 더욱 압박했다. 미국 내 일본자산을 동결하고 석유의 대일 수출을 전면 금지한 것이다. 미국, 영국을 중심으로 한 연합국이 경제포위망으로 일본을 압박하였다. 1941년 12월 8일 진주만을 기습함으로 시작된 태평양 전쟁은 벼랑 끝에 몰린 일본의 위기적 국면을 타개하고자 한 일본군부의 극단적 선택이었다고 말할 수 있다.[2]

『승전보 이르다(捷報臻る)』는 1942년 12월 8일 공격으로 기선을 제압한 일본군의 승리를 전하기 위한 내용으로 편집되었다. 시집에 수록된 작품들의 제목3)만 대충보아도 그 내용을 충분히 짐작할 수 있다. 예를 들면 「12월 8일(十二月八日)」「승전보 이르다(捷報臻る)」「미국 태평양 함대는 전멸했다(アメリカ太平洋艦隊は全滅せり)」「어제 홍콩이 함락 되었다(昨夜香港落つ)」「너 어리석은 괴뢰여!(汝愚かなる傀儡よ)」「영국 가로 윈스턴 처칠씨에 대한 사언(ジョンブル家老差配ウインストン・チャーチル氏への私言)」등이다. 이러한 제목들은 이미 문학의 작품성을 논하기에는 일정한 선을 넘어선 듯한 인상을 준다. 개인으로서의 시인 은 없고 제국 일본의 입장에 선 공인으로서의 모습만이 부각된다.

이 시집에 실린 20편의 시는 모두 특정한 국가를 겨냥하거나 등장시 키거나 하고 있다. 「너 어리석은 괴뢰여!」라는 작품은 중국에 대한 내용 이고 나머지는 모두가 미국과 영국에 대한 내용이 주류를 이루고 있다. 시집의 제목이 「승전」이라고 하는 단어를 포함하고 있으니 그 내용은 대상국가가 등장하기 마련이고 일본이 「승전」을 해야 하는 대상국은 미국과 영국인 것이다. 그러므로 이 양국은 본문 중에서 일본의 적국으 로 등장하지 않을 수 없게 된다. 일본이 진주만을 습격함으로 초기의 승기를 잡았을 때 4)이에 대한 감격을 미요시는 「승전보 이르다」라는 제목의 시에서 다음과 같이 노래하고 있다.

> 승전보 이르다/ 승전보 이르다/ 이른 겨울 하늘 영롱하게/ 맑은 야마 토 섬나라에/ 승전보 이르다 / 진주만 앞에서 미전함 전복되고/ 말레이 해안에서 미전함 전멸시켰다/동아백세(東亞百歲)의 적/아 홍모벽안(紅 毛碧眼)의 천박한 상인들/ 너희들의 물욕과 공갈의 왕성함이 무엇이며/ 너희들의 몽롱하고 시시하며 보잘 것 없음은 무엇이냐/ 그래도 내일은 홍콩이 함락 된다.5)

적국을 모욕하고 조소하는 내용들로 가득차 있는 것을 보고 놀라지 않을 수 없다. 「천상(賤商)」이라 함은 「천한 상인」이라는 의미이다. 근대화과정의 동아시아의 역사를 조망해 볼 때 영국은 중국에 아편을 수출함으로 이득을 취하고 있었고 이에 반발한 중국에 아편전쟁(1840-42)을 일으킴으로 중국을 굴복시켰다. 이 때 난징조약을 통해 홍콩을 이양하게 되었다. 이러한 근대사를 생각할 때 미요시의 눈에 그들은 「홍모벽안의 천박한 상인」이며 일본뿐 아니라 「동아」의 적인 것이다. 「물욕과 공갈로 협박」해 오던 그들을 향한 적개심을 보여주는 시라고 할 수 있다. 『승전보 이르다』 가운데서 「적」을 지칭하여 사용하고 있는 신랄한 시어(詩語)들은 이 밖에도 무수히 많다.[6]

이 가운데 「홍모적자(紅毛賊子)」, 「미국놈(めりけんばら)」[7]을 사용한 것과 관련해서 요시모토 다카아키(吉本隆明)는 다음과 같이 말하고 있다.

> 구미(歐美)인의 실체를 「홍모적자」「미국놈」라고 하는 말로 표현하고 있는 미요시 다쓰지가 메리미의 번역자이며 보들레르의 번역자이며 서구 근대문학의 쇼와에 있어서의 대표적인 이식자의 한사람이라고 하는 사실에 주목하지 않으면 안 된다. 서구근대사회의 특질과 서구적 발상에 대해서 무지하지도 않을 지식인이 태평양 전쟁에 있어서 봉쇄적인 무지한 배타의식과 동등한 지점으로 아무렇지도 않게 이동할 수 있었다고 하는 것은 놀랄만한 사실이다. [8]

동경대 불문과를 졸업한 미요시는 서구와 전통을 조화롭게 아우르는 시인으로 평가받아왔다. 그의 처녀시집 『측량선』만 보더라도 프랑스 상징주의의 영향 아래 완성된 주지주의적 경향의 많은 작품들이 있다. 미요시 다쓰지 전집 제12권은 그의 번역 시집만으로 편집된 것인데 메리미, 보들레르 이외에도 파브르, 졸라를 비롯한 다양한 작가의 작품이 수록되어있다. 그 방대한 양만을 놓고 볼 때도 그가 프랑스문학에 얼마만큼 관심을 가졌는지를 알 수 있다. 『측량선』을 평가하면서 사카모토 에쓰로(阪本越郎)는 미요시가 받은 프랑스 정신에 대해서 「그의 뛰어난 감성을 마음속에서 배양시킨 것은 프랑스 시인들의 과업에 의한 바가 적지 않았다고 생각한다. 왜냐하면 그는 하기와라 사쿠타로(萩原作太郎)의 영향을 받았다고 하면서도 별종의 새로운 감성을 개척했기 때문이다. 프랑스의 환상주의자들이 열어 보인 밝고 새로운 감성이 있었고 그의 예민한 움직임이 초기의 서정적 작품으로부터 탈출한 것은 이 때부터이다」9)라고 지적하고 있다.

요시모토의 말대로 그는 「서구적 발상」「서구 근대사회의 특질」에 대해 무지하지 않은 사람이었다. 오히려 서구의 문화적 혜택을 입을 뿐 아니라 쇼와에 있어서 「서구문학의 대표적 이식자」 중 하나였다. 이러한 그가 손바닥 뒤집듯이 서구의 실체에 대한 인식을 바꾸고 과격하고 단순한 어조로 비판을 하고 있다는 것이다. 시인이 오랜 기간 익혀왔던 서구적 소양은 일순간에 없어진 것처럼 보인다. 요시모토는 이러한 미요시의 변신에 대해 날카로운 통찰을 보이고 있다. 시인의 내부의식에 「서구적 근대의식과 일본적 전통의식」이 「모순과 갈등, 갈등을 거치지 않고 병존하고 있었다」10)라고 하는 견해이다. 전통적 기반위에 서구사상이 덧붙여지려고 할 때 모순과 갈등을 일으키는 것은 일반적인 사상의 경향이라고 할 수 있다. 특히 미요시와 같이 누구보다도 전통의식이 강한 사람에게서는 그러한 현상이 더더욱 심하게 나타나야 한다. 하지만 시인에게는 이런 현상이 없었다는 것이다. 대신 두 요소가 병존한 가운데 「전통적인 것을 감각 윤리적으로 깊이 파고 들어간 결과 미의식상에서 반서구적」11)경향이 이르렀다고 요시모토는 말하고 있다. 이러한 그의 지적에는 시인의 가치전도가 단순한 것이 아님을 말해준다. 서구에 대한 열등의식에서 비롯되었다거나 아니면 대중 일반이 파시즘적 지배체제에 순응한 것 같이 그가 순응한 것이 아니라 시인의 이러한 복잡한 내면체계에 기인한 점이라는 것이다.

요시모토가 사용하고 있는 말은 다소 혼동을 초래할 수 있는 표현이다. 하지만 이 표현은 궁극적으로 미요시가 전통적 가치기반 위에 자신의 정서를 형성하고 있었다는 말이라고 할 수 있다. 서구적 가치가 병존하고 있었다고 하더라도 전통적 가치와 같은 핵심의 테두리 안으로는 들어올 수 없는 것이었다고 할 수 있다. 서구적 교양에 대한 이해가 반서구적 정서를 역행하도록 하도록 하는 어떠한 역할도 할 수 없었다. 이러한 측면에서 미요시의 내면적 가치체계는 독특한 것이었다고 말할 수 있다.

승전보가 전해지고 이후 12월 25일 일본군은 홍콩을 함락시킨다. 홍콩은 전쟁초기의 영국의 식민지였던 곳이다. 이에 대해 시인은 다음과 같이 노래한다.

> 멋있게 홍콩 대륙위로/ 동해의 용맹한 독수리 날아드니/ 큰 포난 비되어 쏟아지고/만물을 정화시키는 맹렬한 화염 연일 악의 근원을 불태워/ 그 간악과 기만과 교만함의 분통터지는 한 세기 지난 후에/아아 저 뻔뻔스런 도적들의 숨은 집은[12]

미요시는 영국이 식민지화하여 홍콩을 지배했던 그 시기를 「간악과 기만과 교만의 한 세기」로 규정하고 있다. 이어지는 본문에서 장개석을 가리켜 「어리석고 완고한 자」라고 비판하기도 한다.[13] 당시 장개석은 1937년 국공(國共)합작 이후 육·해·공군의 총사령관의 책임을 맡고 전면적인 항일전을 개시하고 있었다. 미국, 영국이든 아니면 중국이든 일본의 반대편에 있는 나라들은 이분법 구도 안에서 적국으로 간주되고 있다.[14]

「너 어리석은 괴뢰여(汝愚かなる傀儡よ)」(『승전보 이르다』)라는 시에서 시인은 영국을 괴뢰사(傀儡師)로 중국을 괴뢰(傀儡)로 표현하고 있다. 영국·미국으로부터 조정당해 온 중국의 비참한 현실을 부각시키는 기법을 전개하고 있는 것이다.

　이러한 과격하고도 적개심이 드러난『승전보 이르다』의 표현과 관련해서 오노 다카시(小野隆)의 다음과 같은 지적이 있다.

　　적국에 대해 매도하고 욕하는 말(罵詈雜言)이 심하여 품격을 운운할 작품이 아니다. 이 작품뿐 아니라 적에 대해서 다루는 모든 작품이 그러하다. 이러한 입에 담기 힘든 비방은 단지 그들이 적이라고 하는 사실에 이유가 있다. 더구나「지방과다」라고 하는 육체에 대한 표현이나「노체(老體)」라는 연령을 나타내는 표현을 씀으로 비방일색이 되어버린 부분은 어린 애들 싸움보다도 못한 것이지만 문제가 되는 것은 그렇게 노래하는 측의 추함을 깨닫지 못하는 시인의 의식은 본심으로부터「귀축미영(鬼畜米英)」이라고 할 수 있는 상태였을 거라는 점이다.[15]

　미요시는『승전보 이르다』중「미국 태평양함대는 전멸했다」에서 루즈벨트 대통령을 거론하여「지방 과다의 데모크라시 대통령」이라고 비방하며 미국 태평양함대가 전멸된 것을 들어 비꼬고 있다.[16] 이뿐 아니라 윈스턴 처칠에 대해서는 윈스턴 처칠에게 직접 들려주는 형식을 취하며 제목을「영국 가로 윈스턴 처칠씨에 대한 사언(私言)」으로 하여 모든 내용을 처칠을 염두에 두고 그리고 있다. 이 중에 미요시는 처칠의 고령을 거론하며 늙은 몸으로 앞으로 어떻게 될지 걱정이 된다는 식으로 비꼬고 있다. 이렇듯 과격하고 모욕적인 시어의 구사는 적국에 대한 비하라고 하는 기본적 영역을 형성하고 나아가 자국 일본에 대한 찬양의 양상을 띠고 나타나게 된다.

## 2) 대동아 공영권의 이상

　전술한 1941년 12월 8일의 상황을 좀 더 구체적으로 보면 이날 새벽 미명에 일본은 미국을 침략한다. 태평양 함대의 요새인 하와이 진주만을 공격한 것이다. 일본은 이 때 전함 5척을 침몰시키는 것을 비롯하여

순양함 2척, 비행기 4백대 이상을 격파하는 전과를 올렸다. 국민은 이 승전보에 모두 열광하였다. 미요시의 전쟁시집 『승전보 이르다』는 이때의 감격을 전하고자 기획된 결과물임은 전술한 그대로이다. 이 시집은 「12월 8일」이라는 제목의 2행시로 시작되고 있다. 「나라의 적을 물리쳐 버리는 것이야말로/ 1억 신민의 정해진 길이나니」시인은 일본이 미국을 침략함으로 시작된 그 날에 의미를 부여하고 있는 것이다. 미·영을 「나라의 적」으로 규정하고 있으며 모든 국민이 이 전쟁을 수행해야 함을 말하고 있다. 그리고 이어서 전쟁시집의 제목이 된 「첩보 이르다」라는 시가 시작되는데 첫 부분은 다음과 같다.

> 신국(神國)의 대장부들 뛰어나 적의 본거지 바다 끝까지 퍼져나가 싸운다.[17)

적에 대해서는 모욕적이고 노골적인 표현을 쓰고 제국 일본에 대해서는 찬양의 수식어를 사용하고 있는 것이 이 시집의 특징이다. 「신국」은 자국 일본의 역사적 근원에 정통성과 신성성을 부여하는 제국 일본의 신화적 이데올로기를 뒷받침하는 단어이기도 하다. 이러한 맥락에서 일본을 지칭하는 단어들은 「성(聖)」, 「신(神)」, 「천손(天孫)」과 같은 표현과 결부되어 나타나고 있다. 성스러운 국가 일본이 수행하는 이 전쟁은 미·영 제국으로부터 아시아를 수호하는 지극히 타당한 전쟁이라고 하는 전쟁수행의 이데올로기를 공고히 해 준다.

제국일본에 대한 이러한 신화에도 가까운 신격화가 현저하게 나타난 것이 바로 「낙하산 부대(落下傘部隊)」라고 하는 작품이다.

> 낙하산 부대 ! / 낙하산 부대 ! / 보라 이 날 홀연히 푸른 하늘 그들의 머리위가 부서지고/ 신국의 정예부대 그들의 진두(陣頭)로 여기저기 내려간다/ 낙하산 부대 ! / 낙하산 부대 ! / 이것은 진정으로 대동아성이상

도(大東亜聖理想図)의 첨병/ 십백천만 폭탄과 총검과 왕성한 함성으로/ 보라 지금 흰 구름 사이로 비내리는 것은/ 이것은 진정으로 대동아의 민초 10여억의 머리 위 아득히/ 구름위 바깥 세상의 광명을 가져오는 자/ 어리석게도 이곳에 멸시받아온 자유와 희망과/ 내일의 평화를 가져올 성스런 천사/ 실로 그것은 하나의 상징으로 하늘로부터 내려 오는도다/ 낙하산부대!/ 낙하산부대!/ 구천(九天)의 밖에서부터 이르는 신국의 정예/ 우리들 천손민족 후예의 남아들/ 우리들 원대한 이상을 짊어지고/ 우리들 아세아의 지주(支柱)를 떠받치고.18)

「낙하산 부대」는 「신국의 정예부대」이며 「신국」 일본은 「대동아」의 성스런 이상을 실현시키는 첨병으로 묘사되고 있다. 대동아의 성스런 이상은 미·영을 비롯한 유럽 제국주의 세력으로부터 보호되어야 할 「민초 10여 억」의 번영을 약속하는 것인데 이러한 중요한 사명을 감당하는 일본제국의 첨병은 위대하다는 것이다. 그들은 「자유」와 「희망」과 「평화」를 가져오는 「성스런 천사」로 묘사되어지고 있다. 성스런 천사이기에 그들이 본래 거처하는 곳은 「하늘」이다. 하늘은 성스런 곳이며 세속적이고 욕심에 가득찬 속세와 구분된 그들은 「신국」의 「천손」19)이 되는 것이다. 이러한 위치를 부여받은 일본이 수행하는 전쟁은 「도의적 세계질서」를 새로 세우는 성스런 전쟁인 것이다. 그들이 볼 때 미영은 자기의 이익만을 중심으로 하는 공리주의적 권력질서 가운데 있는 제국주의 전쟁을 수행하고 있으며 이러한 제국주의에 맞서서 싸우는 「대동아전쟁」은 제국주의 전쟁이 아닌 것이 된다. 20) 전쟁 수행의 주체인 군대와 국가, 그리고 전쟁수행의 이념이 모두 성스런 경지에 이르러 아시아 유일의 리더국가가 되는 논리의 순환구조를 형성시키고 있다.

흔히 「대동아 공영권」으로 불려지는 전쟁수행의 논리는 당시의 일본제국이 전쟁의 정당성을 주장하기 위해 개발한 것이었다. 아시아 민족을 해방하고 인류 구제의 이상을 실현시킨다는 원대한 이 이상을 개발

한 마쓰오카 요스케(松岡洋右)[21]는 그의 저서 『홍아의 대업(興亞の大業)』이라는 글에서 일본의 아시아 리더론을 말하고 있다. 「동아신질서의 지도자」로서 일본은 「대동아공영권의 사실상의 맹주」로서의 역할을 수행하여 「동아의 방위」를 완수하지 않으면 안 된다고 말한다.[22]

이러한 「대동아」라고 하는 논리의 틀은 전쟁의 대립구도를 일본과 미국·영국의 구도에서 아시아와 미·영을 중심으로 한 연합국으로 확대시켜 버렸다. 그리고 이 전쟁이 서구 제국주의로부터 아시아민족을 해방시키는 성전(聖戰)이라고 하는 인식을 갖게 했다. 무엇보다 「대동아공영」이라는 말은 태평양 전쟁을 미화하고 정당화하는 이데올로기의 중심적 관념으로서 사용되고 선전되었다. [23]

미요시는 전쟁시집 3편에서 일관되게 이러한 일본정부의 관념적 이데올로기였던 「대동아 공영권의 이상」을 대변하고 선전하고 있다. 3개의 시집에서 이와 관련된 표현들을 쉽지 않게 찾아볼 수가 있다.[24] 세 번째 전쟁시집 『간과영언(干戈永言)』(1945년 6일)에 수록된 「대동아공영권의 푸른  하늘은 우리들의 하늘(大東亜共栄圏の青空は僕らの空)」이라고 하는 작품을 잠시 인용해 보자.

> 대동아공영권의/푸른 하늘은 우리들의 하늘/ 히노마루(日の丸)펄럭이는 하늘/히노마루를 날개에 물들인/ 거친 독수리 여기저기 날아다니는 하늘/ 그들의 침범함을 용서하지 않는/대동아 공영권의/ 푸른 하늘은 우리들의 하늘.[25]

이어지는 2연에서 시인은 「적기가 100기 공격해 온다면」, 「푸른 하늘 구름 위에서」, 「격추시켜 떨어뜨려 버리겠다」라고 결연한 의지를 보이고 있다. 이 작품이 간행된 시기는 일본의 패전을 예감하는 시기였다. 하지만 여기서 보여지는 시인의 태도는 조금도 뒤로 물러가지 않는 것이었다. 「대동아 공영」의 이상을 꿈꾸며 마지막까지의 결사항전의 태도를 유지한 일본 군부의 신념을 그대로 대변하고 있다.

## 3. 전쟁 시집의 저변

전술한 바 요시모토의 미요시 비평을 다시 생각해 볼 때 우리는 시인의 「전통적 가치체계」라고 하는 부분에 주목하지 않을 수 없다. 이는 이러한 전쟁시를 써 가는 시인의 내면구조를 좀 더 체계적으로 파악하기 위함이다. 태평양 전쟁이라고 하는 비상시에 3권의 전쟁시집 80여 편을 써 내려간 시인의 저변을 관통하고 있는 심정은 어떠한 것이었을까? 여기서는 잠시 그의 유년시절과 태평양 전쟁시기의 기질적, 시적 특성을 연관시켜 생각해 보기로 하겠다.

### 1) 서정시인의 일탈

미요시 다쓰지는 청소년기에 7년간의 군사 교육을 받았다. 아버지는 인쇄업을 하고 있었는데 가계 사정이 악화되어 생활이 어려워지자 장남임에도 불구하고 시인은 잠시 동안 양자로 다른 집에 맡겨졌다고 한다. 중학교에 진학한 후에도 어려운 가계사정으로 공부를 계속하지 못하고 미요시는 아버지의 뜻에 따라 학교를 중퇴하고 1915년에 학비걱정이 없는 오사카 육군 유년학교에 입학하게 된다. 이후 1921년 퇴학하기까지 사관학교에 재학을 했다. 26) 청소년기의 미요시의 각별한 군인정신을 말해주는 2가지 에피소드가 있다.

첫 번째는 사관학교 재학 중에 미요시가 자주 사촌형의 하숙집에 군복차림으로 나타나 「천황폐하를 위해서라면 지금 이 자리에서도 할복을 해 보이겠다」라고 말해 사촌형이나 주변 친구들을 놀라게 했다고 한다. 두 번째는 당시 시베리아에 출병해 있던 일본군이나 일본의 민간인들이 빨치산에 의해 피해를 당하고 있다는 것을 듣고 「러시아를 쳐야 한다」며 학교의 규율을 어기고 연해주로 향하던 중 체포된 적이 있다고 한다.27) 이러한 다소 극단적으로 보이는 에피소드를 통해 우리는 미요시의 유전적인 일본주의자의 면모를 확인할 수가 있다. 가장 감수성이 예민할 시기의 7년간을 군사교육을 받았다고 하는 사실은 미요시가 서정 시인의 이미지와 상반되는 전쟁시를 썼다고 하는 사실을 이해하는 바탕이 될 수 있다. 일본주의자의 면모가 군국주의 일본을 위해 전쟁시를 쓸 수 있게 했다는 견해도 성립될 수 있는 것이다.

이러한 「일본적」「전통적」 가치관이 자연스럽게 나타났다고 할 수 있는 것이 태평양 전쟁기를 전후한 그의 시관(詩觀)이라고 할 수 있다. 태평양 전쟁이 발발한 이듬해 발표한 「일본인의 향수(日本人の鄕愁)」(『文藝春秋』 1942年 9月)는 전쟁시를 쓰는 미요시 시인의 내면의 논리 구조를 밝히는데 참조가 된다. 이 가운데서 그는 서구의 뛰어난 문학은 이완되고 피폐되며, 퇴폐한 국민도덕을 배경으로 생겨난 것이라 말하고 있다. 윤리나 도덕의 관점에서 보면 선진국의 문학은 열등한 것으로 부정되어야 하며 이러한 현실 가운데 국민도덕을 함양하고 진작시키는 것이 시인의 사명이라고 말한다.

좀 더 구체적으로 그는 국민시(國民詩)라고 하는 것에 대한 견해를 밝히고 있다. 「국민 시가의 참된 목적」은 「새로운 국민 도덕의 탐구-라고 하는 한 마디로 수렴된다」라고 하며 또 「그 도덕 중의 도덕이라고 할 수 있는 하나의 통일적 감정이 강하게 요청되는 것은 공고한 단체생활을 희망하는 민족으로서 가장 당연」한 욕구이며 나아가 이에 부응하는 것이야 말로 민족 중에서 선별된 시인의 역할이며 영광이라고 말하고 있다.28) 미요시 다쓰지가 국민 시인으로서 전쟁시를 쓰는 저변의 논리는 여기에 있는 것이다.29)

이 밖에도 이 시기 시인의 시적 가치관을 알 수 있는 문장에 1942년 9월에 발표된 「풍영12월(諷詠十二月)」30)이 있는데 여기에서 「솔직한 의지의 표시」와 「간단 명료」한 것이 아름답다고 말하며 그 구체적인 예로 명치천황을 따라 순사를 했던 노기 마레스케 장군이 세상을 떠나기 전 남긴 마지막 구를 소개하며 시가에 있어서의 행위의 중요성을 말하고 있다.

하지만 미요시의 그때까지의 시적경향은 이러한 것과는 거리가 먼 것이었다. 표현과 행위의 일치를 원하는 시적가치관은 그의 것이 아니었다. 태평양 전쟁 발발이후의 이러한 문장들에는 과거의 자신의 경향성으로부터 벗어난 일단의 흔적을 발견할 수 있는 것이다. 하지만 또 다른 측면에서 보면 몰개성적인 경향이 드러나야 하는 전쟁시의 경우 군인 교육을 받은 일본주의적인 그의 내적 가치관이 자연스럽게 씩씩한 시적경향을 받아들였다고 할 수 있다. 적어도 전쟁시를 쓰는 시인의 일관된 심정은 국민도덕을 진작시키는 것이고 그렇기 위해서는 남성적인 시적기법을 사용해야 한다는 것이었다.

이러한 측면에서 시인이 쓴 전쟁시 80여 편의 거의 모든 내용은 몰개성적인 특징위에 꾸밈없고 솔직하며 간단명료한 씩씩한 시적전개를 보이고 있다고 할 수 있다. 이 중에서 다소 예외적으로 시인의 고독한 면모를 느끼게 해주는 것 같은 작품이 있기는 있다. 예를 들면 두 번째 시집 『한탁(寒柝)』에 수록된 「적풍요초(賊風料峭)」, 「한탁(寒柝)」과 같은 것들인데 하지만 이 또한 서정적이고 부드러운 과거의 기법을 버리고 남성적인 씩씩한 분위기를 자아내고 있다.

예를 들면 「적풍요초(賊風料峭)」는 모두 19행으로 되어있다. 이 시는 한밤중에 거친 바람이 불어와 잠을 이루지 못하는 시적화자를 등장시키고 있다. 1행부터 10행까지의 묘사를 보면 미요시의 서정성이 발휘되고 있는 듯이 보인다. 하지만 이후의 내용전개를 살펴볼 때 시인이 베갯머리에서 잠을 못 이루고 있는 것은 적기(敵機)가 일본의 수도 동경의 상공을 통과했기 때문이다. 시적화자가 「밤을 새워가며/ 괴로움을 참고/ 차가운 베개를 지키는」 이유는 그가 고독하기 때문이 아니라 전세의 불리함을 걱정하기 때문으로 그려지고 있다.[31]

3편의 시집 속에 그때까지 축적해 온 서정시인 미요시의 면모를 찾아볼 수 있는 곳은 없다. 그는 전쟁의 「비상시」가운데 그의 시관(詩觀)에 역행하는 작품들을 쏟아내었다고 할 수 있다. 그의 엄격한 시적 가치관 중 하나인 시정(詩情)[32]이라고 하는 측면에서 볼 때도 이러한 전쟁 시집의 간행은 일탈 행위였다고 말할 수 있다.

## 2) 우국(憂國)의 정(情)과 전후 비평

미요시의 이러한 일탈 행위에 대해 고노 히토아키는 다음과 같이 지적한다.

> 태평양 전쟁은 화학병기의 싸움이고 사상 선전의 싸움이었다. 후자에 의해 희생된 한 전형을 미요시에서 볼 수 있다고 한다면 가혹한 것일까? 하지만 그의 전시하의 시의 발상은 전시권력이나 그 선전주의자들의 그것과 조금도 다른 것이 아니다. 그들의 말은 거의 그대로 시인의 시어(詩語)가 되었다. 설령 그것이 전시국가권력에 대한 영합이 아니었다하더라도 시인으로서는 부끄러워해야 할 타락이다. 당연히 거기에는 리얼리티나 개성은 물론이거니와 20년 가까운 경력을 가진 시인으로서의 자립성, 주체성도 볼 수 없다.[33]

「그들의 말」즉「선전주의자들의 선전용어」가 시인의 「시어」가 되었다는 지적은 그의 말대로 시인에게는 「가혹한 것」임에는 틀림없다. 그리고 그것이 「부끄러워해야」할 일이었다는 지적도 전후의 미요시의 행보를 통해 이해가 가는 부분이다. 미요시 다쓰지 전집 「해제(解題)」에서는 전후 『현대 일본문학전집』(筑摩版)을 발간할 때 시인이 스스로 이 세 권의 전쟁시집을 수록에서 제외시켰다고 밝히고 있다.[34] 이는 시인 스스로가 전시의 그의 과업에 대해 떳떳하지 못했다고 하는 것을 말해 주는 것이다. 하지만 이러한 전쟁시를 씀으로 「주체성」과 「자립성」을 상실했다는 지적은 비단 미요시 개인에게 국한된 것이 아니다. 당시의 문학자들의 전반적인 양상이었다고 할 수 있다. 그러므로 본고에서는 이러한 전쟁시집의 과업에 대해 또 다시 어떠한 평가를 내리기를 원치 않는다. 다만 여러 비평의 무리 가운데 숨겨져 있던 전쟁시집의 실체를 확인함으로 시인의 험난했던 굴곡의 순간을 확인해보고자 하는 것이다.

그렇다고 하더라도 전후가 되어서 시인은 전쟁시에 대한 비평의 화살을 피해갈 수 없었다. 아레치(荒地)의 대표시인 아유가와 노부오(鮎川信夫)는 그의 전쟁협력 자세를 「그릇된 애향심(愛郷心)」이라고 하며 「전쟁을 자연현상과 같이 긍정해서 노래한 반사상적 자연시인」으로 비판한다. 아유가와의 미요시 비판은 단순히 그가 전쟁시를 씀으로 시인으로서의 시적가치를 전도시켰다고 하는 것에 있지 않다. 미요시가 전쟁시를 쓴 것은 「강제된 것」이 아니라고 말한다. 시인이 전쟁시를 쓰게 한 주요 원인은 「애향심」 즉 「애국심」[35]인데 그것이 「그릇된 것」이라고 하는 것이 그의 주장의 요지이다. [36]

대체적으로 이 부분에 있어서만큼은 그를 비판하는 것이 대세를 이루지만 그의 입장에서 옹호하는 자들도 있다.[37] 예를 들면 그를 비판하는 의견 중 다음과 같은 것이 있다.

　　정치의 한 현상, 한 수단이며 가장 비인도적이고 비인간적인 근대전쟁의 실체를 냉정하게 보는 주체성 윤리성을 결여한 채 단지 오로지 〈우국〉의 정에 이끌려 나르시스화한 것이다. 물론 그것은 그 혼자만의 일이 아니었지만, 그러한 소박한 〈우국〉 지사를 기다리고 있었던 것은 최대한

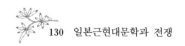

으로 그를 이용하고자 하는 국가권력이 설치한 함정이었다. 38)

이러한 비판의 기반위에서 그의 태평양 전쟁기간 중의 시의 내용을 살펴볼 때 자연과 생활의 소박한 부분에서 감동하고 면밀히 관찰하여 시를 써 왔던 서정시인, 자연시인으로서 그의 내면세계는 붕괴되었다고도 할 수 있다. 특히 그는 중일 전쟁기간 중 전쟁시와 관련해「비시악시」라며 시가의 본연의 가치를 버린 것을 비판해 온 사람으로서 〈국가권력〉의 요구에 응하는 형태로 쓰여진 그의 시는 본질적 가치를 평가하기 어려운 선전수단으로 전락한 부분이 있다. 하지만 미요시 연구의 난점이라고 할 수 있는 부분이 있는데 그것은 이러한 전쟁 시집의 발간과 거의 비슷한 시기에 그의 대표작들이 발표되었다는 것이다.

예를 들면 그의 대표작이라 할 수 있는『일점종(一點鐘)』39)은 발간 년도가 1941년 10월이고 다른 어느 시집보다 높은 평가를 받고 있는『풍영십이월(諷詠十二月)』는 1942년 9월에 간행되었다. 그러므로 그의 시적가치가 전도된 것처럼 보인다고 해서 그의 내면세계가 붕괴되었느니 하고 말하는 것에 신중을 기해야 하는 측면도 있는 것이다.

하지만 적어도 여기서 말할 수 있는 것은 앞에서도 언급한 것처럼 그의 이 시기의 전쟁시 제작의 저변을 흐르는 논리가「국민도덕」의 진작을 위해 시가의 제작이 필요하다고 생각했다는 점과 다음으로 이러한 시가 제작을 간단명료하고 씩씩한 기상으로 이루어야 했다는 점, 그리고 그러한 목표를 달성하는 것은 저변에 흐르는 그의「애국심」이었다는 것이다. 이러한 복합적 요소들이 전쟁시를 써 내려가는 시인의 저변의 심정을 형성하고 있었을 것으로 추측된다. 고노 히토아키는 미요시의 전쟁시 제작이「젊은 날부터 가슴 깊이 억압하고 감추어왔던 그러한 정감이 분출구를 얻어 분출한 것이며 그것이 그에게 카타르시스였을 것이다」라고 하면서 전쟁시가 그의 내면적 논리에 반하지 않는 형태로

제작된 것임을 말하고 있다.[40]

하지만 이러한 「애국심」이 아유가와의 지적대로 「그릇된 것」으로 평가받는데 이 시기 시인의 과업의 불행이 있다고 할 수 있다.


## 4. 나오며

본고에서는 태평양 전쟁기에 쓰여진 미요시 다쓰지의 전쟁 시집 3권을 중심으로 고찰하였다. 전쟁시를 썼다는 이유로 전후 시단의 매몰찬 비평의 뭇매를 피할 수 없었던 시인이 쓴 전쟁시집이 구체적으로 어떠한 것이었는지에 대해 살펴보았다. 이는 전쟁시 자체에 대한 평가에 앞서 시인이 어떠한 시국인식을 가지고 또 어떠한 시적가치를 가지고 시를 썼는지를 확인하는 작업이었다. 내용적으로는 미국, 영국을 중심으로 한 서구제국주의에 대한 과격한 표현이 일색을 이루었다. 이것은 시인이 그동안 축적해 온 서구문학의 교양이 아무런 도움이 되지 못한다고 하는 사실을 보여주는 것이었다. 무엇보다 이러한 국책선전 수단으로써 자신의 작품을 전락시킨 것은 당시의 제국일본이 대동아공영이라고 하는 목표를 이루기 위해 내세웠던 관념적 이데올로기를 대행하는 것에 지나지 않는 것이었다. 그러므로 이러한 성격을 지니는 전쟁 시집의 문학성은 논외로 처리되기 쉬운 경향을 지니는 것이다.

다음으로 전쟁시집을 집필해 가는 시인의 저변을 관통하는 것에 대해 살펴보았다. 시인은 유년시절부터 군사교육을 받아 일본주의자의 면모를 가지고 있었으며 이러한 기질적 요소가 태평양 전쟁기의 전쟁시 제작에도 이어졌음을 확인하였다. 시인은 간단명료하며 씩씩한 시가를 제작하여 국민도덕을 진작시키는 것을 시인으로서의 자신의 사명으로 인식하고 있었다. 전쟁시를 쓸 수밖에 없었던 시인의 내면은 자신의 명확한 시관(詩觀)과 전후 그릇된 애향심으로 비판받았던 나름의 국가관 (國家觀)을 가지고 있었다. 결국 이 양자가 결부되고 비상시라고 하는 시국을 맞이함으로 전쟁시의 제작에까지 이르렀다고 할 수 있다.

미요시의 전쟁시에 대한 평가가 다른 시인의 경우와 다르게 다소 복잡한 양상을 띠는 이유는 전후 비평가들의 비평의 혹독함과 무관하게, 전전과 전후의 시인의 내면이 일관된 논리를 갖고 있기 때문일 것이다. 하지만 논을 마무리하면서 「정치의 한 현상, 한 수단이며 가장 비인도적이고 비인간적인 근대전쟁의 실체를 냉정하게 보는 주체성 윤리성을 결여한 채 단지 오로지 〈우국〉의 정에 이끌려 나르시스화한 것이다」라고 비평한 고노의 지적이 이 시기의 시인의 본질을 정확하게 꿰뚫는 것이라고 하는 것을 강조하고자 한다.

**┃ 주 ┃**

〈초출〉 이 글은 『일본학연구』 Vol.59, 한국외국어대학교 일본연구소, 2014년
에 게재된 것을 다소 수정 보필한 것임.

1) 대표적으로 미요시의 전쟁시를 비판한 것에는 鮎川信夫(1947.10) 「三好達治
論」 『現代詩』、吉本隆明(1958.4) 「四季派の本質ー三好達治を中心にー」 『文
学』、그리고 옹호한 것에는 桑原武夫(1946.1) 「詩人の運命ー三好達治への
手紙ー」 『新潮』가 있다.

2) 大門正克(2009) 『戦争と戦後を生きる 15』 小学館、p.119.

3) 이 시집에는 모두 20편의 시들이 수록되었는데 다음과 같은 것들이다. 제목
이 주는 상징성이 있으므로 그대로 게재된 순서대로 열거해 보기로 하겠다.
이 중에 시집 전체의 제목에도 해당되는 「승전보 이르다」는 같은 제목으로
두 편이 수록되어 있다. 「十二月八日」 「捷報臻る」 「捷報臻る」 「アメリカ太
平洋艦隊は全滅せり」 「汝愚かなる傀儡よ」 「馬来の奸点」 「新嘉坡落つ」 「こ
の夕べ」 「ジョンブル家老差配ウインストン・チャーチル氏への私言」 「化
け銀杏」 「一陽来」 「第一戦勝祝日」 「あたうちて」 「落下傘部隊！」 「九つの真
珠のみ名」 「三たび大詔戴日を迎ふ」 「陽春三月の空 」 「春宵偶感」 「アメリカ
はいづれの方よ」

4) 세계 최강의 미국, 영국과 전쟁을 개시한 1941년 12월 8일부터 1942년 6월
5일 미드웨이 해전에서 참패하기까지 일본군의 진격은 걷잡을 수 없는 파
죽지세였다. 이때까지의 태평양 전쟁 진행상황을 간략히 적어보면 다음과
같다. 1941년 12월 10일 말레이 해전, 미국 고유영토 괌 점령, 식민지이던
필리핀 북부상륙. 12월 25일 영국 조차지 홍콩 공격. 1942년 1월 2일 필리핀
수도 마닐라 점령. 2월 14일 육군 낙하산부대가 수마트라 섬의 파렌반을
급습. 2월 15일 영국의 아시아 침략거점이던 싱가폴을 점령. 3월9일 랭군
점령, 네덜란드 식민지 자와 섬 점령, 버마 만다레 점령(塩沢実信(2012) 『昭
和の戦時歌謡物語』 展望社、p.267).

5) 「捷報臻る」 『全集』 第2巻、p.29.

6) 적에 대한 모욕과 증오를 표출한 적나라한 시어를 정리해 보면 다음과 같다. 「紅毛賊子」,「めりけんばら」,「海賊の子」,「紅毛碧眼の賤商」,「漂海の賤買」,「東亜一百歳の蠹賊」,「麻薬阿片の押売行商」,「あまつさへ強請取り騙り取りたる」,「今その奸悪と譎詐と驕慢との一世紀の理不尽の後に」,「ああかの図々しき流賤ども」,「死太く厚顔ましき陰謀搾取の足溜まり」,「汝愚かなる者」,「傀儡師」「だんかつ」,「賊」,「奸点賊」,「老醜賊」,「醜賊」,「狡獪老英帝国」,「十万のしこの夷ら」,「海賊旗」,「羶羯不倫の徒」。

7) 미국인을 비하하여 부르는 말이다.

8) 小田久郎篇(1979)「四季派の本質」『現代詩読本 7 三好達治』思潮社, p.121.

9) 畠中哲夫(1984)『詩人三好達治』花神社, p.150 참조.

10) 吉本隆明, 前掲書, p.121.

11) 吉本隆明, 上掲書, p.121.

12) 「昨夜香港落つ」『捷報臻る』(『全集』第2巻, p.33).

13) 장개석 외에도 시인은 당시의 전쟁수행의 지도자들에 대해 과격한 단어로 비판하고 있다. 예를 들면 루즈벨트 대통령에 대해서는 「脂肪過多デモクラシー大統領」 처칠에 대해서는 「御老体には行先お心細きことのみ繁からんか」등으로 말하고 있다.

14) 태평양 전쟁 개전 초기에 중국은 미국, 영국, 네덜란드와 같은 진영에서 일본을 압박하는 위치에 있었다. 일본의 입장에서는 중국 또한 당연한 적국이 되는 셈이다.

15) 小野隆(1983.9)「三好達治―戦時体制下において」『専修国文』第3号, 専修大学国語国文学会, p.43.

16) ああその恫喝/ああその示威/ああその経済封鎖/ああその ABCD 線/笑うべし/脂肪過多デモクラシー大統領が飴よりもなお甘かりけん/昨夜の魂胆のことごとくは/アメリカ太平洋艦隊は全滅せり!「アメリカ太平洋艦隊は全滅せり」(『全集』第2巻, p.31).

17) 「捷報臻る」『全集』第2巻, p.27.

18) 「落下傘部隊!」『全集』第2巻, p.50.

19) 「천손」이라고 하는 표현은 일본의 우월의식을 뒷받침하는 개념으로『고지

기』의 신화성에 그 기반을 두는 것임은 말할 나위가 없다.

20) 高山若男(1943.3)「総力戦と思想戦」『中央公論』中央公論新社, p.3.

21) 제2차 고노에(近衛)내각에 외상(外相)으로 취임한 마쓰오카 요스케는 1940
년 8월 1일에 일본의 외교방침으로「대동아공영권의 확립」이라는 점을 분
명히 하고 그 범위는「仏印(현재의 베트남, 라오스, 캄보디아), 蘭印(현재의
인도네시아)기타지역을 포함」한다고 발표했다.

22) 栄沢幸二(1995)『大東亜共栄圏の思想』講談社現代新書, pp.94-95. 再引用

23) 栄沢幸一, 上掲書, p.14.

24) 각각의 전쟁시집에 표현된「대동아」관련 표현들을 대략 열거해 보면 다음
과 같다.「一ああ東亜百歳、われらの聖理想圏は夜明け」,「かくて新しき亜
細亜は誕生し、かくて新しき大東亜は我らの前に夜明けたり」,「われらが
明日の日の聖理想圏、大東亜共栄圏の関頭、東亜十億の民」,「東亜聖理想圏
の尖兵、大東亜の民艸十有余億」(이상은『승전보 이르다』),「大東亜の一万
海里、10億の蒼生今日より」,「大東亜さかゆくかぎり」,「亜細亜の柱日の本」,
「大東亜聖なる境」,「大東亜万里の海、汝が聖理想圏」,「東亜十億蒼生の総意」,
「大東亜聖理想圏の空、十億蒼生の栄光」(이상은『한탁』),「大東亜共栄圏の
空は僕らのそら」,「大東亜広袤万里、大いなる亜細亜の朝」,「大東亜さかゆ
く、八紘を宇となさむ、大東亜共栄圏」,「おほみいくさに勝たずん亜細亜
は亡ぶ、大東亜十億の民」(이상은『간과영언』)

25)「大東亜共栄圏の青空は僕らの空」『全集』第2巻, p.263.

26) 이에 대한 내용, 미요시의 유년기의 군사교육과 인격형성이 사상적 특성으
로 어떻게 이어지는 지에 대해서는 졸고「三好達治の戦争概念」(『일어일문
학연구』65권 2008년)에서 다루고 있다.

27) 河野仁昭(1978)『四季派の軌跡』白川書院, p.115.

28)「国民詩について」『全集』第4巻, pp.108-109.

29) 태평양 전쟁 발발 전후하여 미요시의 사회적 활동을 상징해 주는 것에 대정
익찬회(大政翼賛会)산하의 문화부에서의 활동을 들 수 있다. 詩歌의 朗読을
통해 詩歌翼賛을 하고 이를 통해 나라에 힘을 보탠다는 취지의 이 활동에
미요시는 이 활동의 주요한 목적으로 시정신의 고양과 보급에 대해서 말하

고 무엇보다 〈사변(事變)하의 국민정신을 진작하고 혹은 위로하고 함양〉하기 위함이라고 말하고 있다. 이를 통해 미요시는 이 활동에 적극적인 의지를 갖고 있었음을 알 수 있다(「詩歌の朗読について」『全集』第4巻, pp.95-96).

30) 『全集』第7巻, p.176.

31) 미드웨이 해전을 기점으로 연합군이 기선을 잡지만 일본본토에 대한 첫 공습은 그에 앞서 1942년 4월에 있었다. 1943년 12월에 발간된 『한탁(寒柝)』의 발행시점을 생각해 볼 때 전쟁의 양상의 추이에 따라 다루는 내용도 다소 달라진 것임을 알 수 있다.

32) 그는 시사적인 것만을 늘어놓는 전쟁시를 가리켜 「시정이 결여된 졸열」한 것이며 「시적형태를 무시한 악시비시(惡詩非詩)」라고 신랄하게 비판한 적이 있다(「言葉·言葉·言葉」『全集』第4巻, p.84).

33) 河野仁昭(1978)「三好達治とその戦争詩」『四季派の奇跡』白川書院, p.136.

34) 「解題」『全集 2』p.503.

35) 이 애국심에 대해 적국으로 여기지던 미국, 영국이라고 하는 나라에 대한 열등의식에서 비롯된 것이라고 하는 이들도 있다. 이러한 관점을 수용한다면 문명적으로는 앞서있을지 모르지만 국민 도덕적 측면에서 열등한 적국에게 승리를 하는 것은 도덕적 우월감을 성취하는 것이며, 그의 중심에 시가의 제작이 있다고 하는 것이 그의 논리라고 할 수 있다.

36) 小田久郎篇(1979)「三好達治」『現代詩読本7, 三好達治』思潮社, p.179.

37) 이에 대해서는 졸고 「미요시 다쓰지의 전쟁시 제작배경에 대한 고찰」(『일어일문학연구』)에서 망라하여 다루고 있다.

38) 河野仁昭, 전게서, p.134.

39) 이 작품에 대해서 가와이 데쓰이치로(亀井徹一郎)는 「메이지 다이쇼 쇼와를 통틀어 최대의 시집이다」라고 극찬한 바가 있다(小田久郎篇(1979), 전게서, p.260).

40) 河野仁昭, 전게서, p.134.

## 【 참고문헌 】

大門正克(2009)『戦争と戦後を生きる 15』小学館, p.119

小田久郎篇(1979)『現代詩読本7 三好達治』思潮社, p.121

小野隆(1983)「三好達治─戦時体制下において」『専修国文』第3号, 専修大学国語国文学会, p.43

河野仁昭(1978)『四季派の軌跡』白川書院, p.115

栄沢幸二(1995)『大東亜共栄圏の思想』講談社現代新書, pp.94-95

塩沢実信(2012)『昭和の戦時歌謡物語』展望社, p.267

高山若男(1943)「総力戦と思想戦」『中央公論』中央公論新社 3月号, p.3

畠中哲夫(1984)『詩人三好達治』花神社, p.150

三好達治(1964)『三好達治全集』第2巻, 第4巻, 第7巻, 筑摩書房

# &lt;전쟁&gt; 담론과 여성

### - 『부인공론(婦人公論)』의 「전우」와 중일전쟁을 중심으로 -

오성숙*

## 1. 들어가며

본 논문은 1939년 9월 1일 여성잡지 『부인공론(婦人公論)』에 실린, 무명의 나카타 고지(中田弘二)가 쓴 전쟁체험소설 「전우(戰友)」와 미디어 담론을 시야에 넣어 일본의 중일전쟁이 어떠한 양상을 띠고 전개되었는지를 살펴보고자 한다. 구체적으로 「전우」라는 작품을 통해, 일본의 &lt;전쟁&gt;이 어떠한 형태로 형상화되어 남성들의 &lt;전쟁&gt;을 다루고 있는지를 보고자 한다.

또한 더 나아가 왜 남성들의 &lt;전쟁&gt;이 여성잡지에 실렸는지에 대해서도 생각해보고자 한다. 여기에는 &lt;전쟁&gt;과는 무관하게 한 발 물러나 있는 후방(銃後) 여성들에게 &lt;전쟁&gt;에 대한 '어떠한' 표상을 심어주고자

* 서울신학대학교 일본어과 강사, 일본근현대문학, 문화, 미디어 전공

한 의도가 보이는데, 본 논문은 이에 대한 고찰이기도 하다.

「전우」와 관련된 선행연구는 찾지 못했다. 하지만 중일전쟁을 계기로 나카타니 이즈미(中谷いずみ)가 지적했듯이, 군보도부원으로 종군한 히노 아시헤이(火野葦平, 1907-1960)의 『보리와 병사(麦と兵隊)』(1938)의 작품이 발표되면서 전쟁체험소설은 진실성을 획득[1]하게 되는데, 이러한 맥락 속에서 「전우」도 존재한다. 그 이외의 전쟁 관련 연구는 전쟁의 선동이나 참혹함, 전쟁책임, 반전에 대한 메시지 등의 논문이 다수를 차지하고 있다. 하지만 본 논문은 전쟁과 관련, 일본의 전통적인 담론과 연결하여 파악함으로써 어떠한 논리 안에서 전쟁이 논해지고 있는가를 살펴볼 것이다.

한편 '여성과 전쟁'에 관련된 선행연구는 크게 종군여성작가 요시야 노부코(吉屋信子), 하야시 후미코(林芙美子)의 전쟁협력 관련 논문과 후방의 여성단체인 애국부인회 등의 활동을 분석한 논문[2]이 있다. 또한, 종군위안부 문제를 중심으로 '내셔널리즘과 젠더'를 다룬 우에노 지즈코(上野千鶴子)[3]의 논문은 '전쟁'과 약자인 식민지 여성의 성(性), 즉 종군위안부 문제 그리고 국민국가와 여성의 전쟁 가담과 전쟁 책임을 적극적으로 문제시하고 있다. '전쟁이 만드는 여성상'이라는 전시 하의 여성잡지를 통해 여성의 이미지를 분석한 와카쿠와 미도리(若桑みどり)[4]의 연구도 존재한다. 본 논문은 와카쿠와와 문제의식을 공유하고 있다. 하지만 와카쿠와가 전시 하의 여성 역할과 그 표상에 주목한데 반해, 본 논문은 이러한 역할과 표상이 어떠한 논리 안에서 설득력을 얻고 있는가에 대한 분석이라고 할 수 있다.

따라서 본 논문은 먼저, 여성잡지 『부인공론』에 실린 작가의 전쟁체험소설 「전우」와 미디어의 〈전쟁〉 담론을 중심으로 남성들의 〈전쟁〉에 대해 논해보고자 한다. 그리고 중일전쟁을 시작으로 장기전, 총력전의 총동원 체제에 돌입하면서 '생활화하는 전쟁'이 일본에서 어떠한 담론을 형성하고, 여성들에게 어떠한 <전쟁>으로 각인시키고 있는지를 살펴보고자 한다. 더 나아가 앞으로 전개되는 태평양 전쟁으로 어떻게 연결되어 가는지의 첫 단추로서 '어떠한 전쟁'으로 전개시키고자 하였는지에 주목하여 그 논리를 파헤쳐 보고자 한다.

## 2. 새로운 전쟁과 여성

근대 일본 정부는 부국강병을 모토로 내걸고 징병제를 실시, 모든 남성들의 무사화, 병역화를 달성하였다. 하지만 1937년 7월 7일 노구교(蘆溝橋)사건을 계기로 시작된 중국 침략전쟁인 중일전쟁은 '거국일치(擧國一致), 진충보국(盡忠報國), 견인지구(堅引持久)'라는 슬로건을 중심으로 10월에는 국민정신총동원 중앙연맹을 결성, 여성까지 포함하는 총동원 전시체제를 구축하였다.

이는 전쟁과 무관해 보였던 여성들이 여성의 국민화와 맞물려 적극적인 전쟁참여로 내몰리는 형국이었다. 예를 들면, 1937년 대일본연합부인회(大日本聯合婦人會)의 여성청년단은 '여성의용대(女性義勇隊)'의 결성운동을 개시하고, 여성 사이에서 종군지원자가 속출했다5)고 밝히고 있다. 하지만 여성과 전쟁의 관계는 후방에서 연결되어야 바람직하다6)는 방침 아래, 여성의 병역화 보다는 후방에서의 '전쟁'을 수행하기에 이른다. 1937년 11월 『제국교육(帝國敎育)』에 기고한 「부인을 통한 국민정신총동원(婦人を通しての国民精神総動員)」에서는 이러한 후방 여성의 전쟁과 관련지어, 국민정신의 강건(剛健)한 발양(發揚)과 국민생활의 통제7)가 요청되었다. 그 이듬해인 1938년 7월에는 식민지민까지 적극적으로 동원하고자 국민정신총동원 조선연맹을 결성하였다. 이후 전쟁은 결과적으로, 일본 남성뿐만 아니라 일본 여성, 그리고 식민지

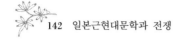

민을 총동원한 총력전으로 전개되었다.

> 재작년 어느 신문의 신년호에 한 군인은 일본의 백년전쟁을 선언했다.
> 일부 선견의 눈을 가진 인사를 제외하고는 이번 전쟁이 길어지지 않기를
> 바라고 있었던 차에, 이 폭탄적인 선언은 분명히 국민 대중을 놀라게 했
> 다. (중략) 나는 그 보다도 일보 전진하여 일본의 영원전쟁을 선언하고
> 끝없는 우리들의 전쟁이야말로 우리들로 하여금 진실로 살아갈 수 있는
> 길을 걷게 하는 것이라고 주장한다.8)

육군중장(陸軍中將) 가와시마 레이지로(川島令次郎)를 비롯한 군인
들은 언제까지 계속될지 모르는 장기전을 선포하고 있다. 더 나아가 우
에다 다쓰오(上田龍男)는 '영원한 전쟁-가치전환론 서론-(永遠の戦ひ-
価値転換論序論-)'이라는 글을 통해, 장기전이라는 가치전환을 역설하
고, 중일전쟁을 '백년전쟁(百年戰爭)', '영원전쟁(永遠戰爭)'이라고 선언
하기에 이른다.

이러한 '끝없는' 전쟁을 계기로, 일본은 가정부인을 '후방부인'이라고
부르면서 여성들로 하여금 '전쟁'과 '여성의 삶'을 직결시키는 한편, '백
년전쟁'이라는 장기전·총력전에 돌입하는, 생활화하는 〈전쟁〉을 자각
시키고자 하였다.

> 지금까지의 전쟁과 금후의 전쟁은 전쟁 그 자체가 상당히 다르다. 그
> 새로운 전쟁은 이미 시작되었다. 전쟁은 전선(戰線)에만 국한된 것이 아
> 니다. 공습방호라는 커다란 역할이 후방의 여성에게 주어졌다. 후방이라
> 해도 사실은 무기를 갖지 않은 방어전이다. 멍하니 있을 수 없다. 국제관
> 계가 복잡해짐에 따라 전쟁은 단순히 무력전에 머물지 않고, 경제전, 정
> 략전, 사상전으로까지 확대되어, 평시와 전시와의 구별조차 어렵게 되었
> 다. 전쟁의 의미를 바르게 파악하는 것이 남성에게도 여성에게도 공통
> 의 선결조건이다. 그러한 의미에서 새로운 전쟁은 진정한 새로운 전쟁

이 된다.9)

　'새로운 전쟁'으로 규정된 중일전쟁은 '전선(前線)'의 남성뿐만 아니라 '후방'의 여성이 함께하는 '진정한 새로운 전쟁'을 강조하고 있다. 그 안에서 여성은 후방의 방어전을 담당하며, 남성들의 '무력전'과는 다른 '경제전, 정략전, 사상전'이라는 〈전쟁〉을 맞이하게 된다. 더 나아가 '끝없는' 〈전쟁〉은 '평시=전시'라는 후방여성들의 '전쟁생활'로의 전환을 도모하기에 앞서 '전쟁의 의미를 올바르게 파악하기를 희망하며, '새로운 전쟁'으로 여성을 적극 끌어들이고 있다.

　이러한 분위기 속에서 『부인공론』에는 당시 소녀소설로서 인기를 끌었던 소설가 요코야마 미치코(橫山美智子, 1895-1986)의 질타와 격려에 의해, 전쟁체험자인 무명의 나카타 고지(中田弘二)가 쓴 「전우」라는 작품이 실리게 된다. 이 작품이 창작임과 동시에 실화이고 전장의 기록(全くの創造であると同時に、総てが実話であり、戰場の記錄)10)이라고 밝히고 있다.

　좀 전에 언급한 종군작가 히노 아시헤이의 『보리와 병정(麦と兵隊)』 (1938)이 당시 전쟁의 생생한 문장을 학수고대했던 전쟁의 '진정성', '실상의 파악'(豊島與志雄(1938.8.1.) 『東京朝日新聞』 「文芸時評」)이라는 평을 얻게 되면서, 전쟁체험 소설은 감상이 배제된 진실성을 획득11)하게 된다. 이러한 맥락에서 여성잡지 『부인공론』에 실린 「전우」도 '진정성'을 확보하게 된다. 뿐만 아니라, 무명의 나카타 고지(中田弘二)가 '전쟁체험', '실화'를 바탕으로 한 '창작'임을 밝혔지만, 유명작가 또는 종군작가와는 다르게 소집당한 한 개인의 전장 기록물로서 허구성을 배제하는 역할에도 일조하였으리라 생각된다. 그렇게 볼 때, 「전우」는 전쟁의 실상을 온전히 전하는 전장의 기록으로 현실과 맞닿게 된다.

　전쟁체험의 실화인 「전우」는 여성들이 경험해 보지 못한 '남성들의 죽느냐 사느냐의 투쟁인 〈전쟁〉의 기록을 고스란히 보여주게 된다. 여성잡지에 실린 이 작품은 여성들에게 막연한 중일전쟁에 대한 '어떤' 이미지를 심어주는 한편, 전장과 후방의 〈전쟁〉 즉, 남녀의 〈전쟁〉, 생활화하는 〈전쟁〉으로의 체제 전환을 호소하고 있다고 할 수 있다. 따라서 다음 장에서는 「전우」라는 작품을 통해, 〈전쟁〉에 대한 '어떤' 표상이 강조되고 있는지를 살펴보고자 한다.

## 3. 가타키우치(敵討): 복수로서의 〈전쟁〉

「전우(戰友)」의 주인공 '나'는 친구들과 요코하마의 후토(埠頭)에 놀러 갔다가 돌아오는 길에 시나가와(品川)에서 출정군인들의 환송식을 보게 된다. '국가를 위한다고는 하지만, 이 불볕더위 아래 몇 개월 계속될지 모르는 쓰라린 고통(辛苦)과의 싸움, 그 생명조차도 기약할 수 없는 용사(国家のためとはいへ、この炎暑のもとに、幾月続くか判らない辛苦と戦ひ、その生命さへも約束出来ない此等の勇士, p.58)'를 보면서 행복을 기원하고 돌아오던 날 '나'는 소집영장(召集令狀)을 받는다. 전부터 각오했던 '나'는 억지웃음을 짓고 태연하게 휘파람을 불려고 했지만 바짝 바른 입술은 냉정해질 수 없는 '나'를 그대로 표현하고 있었다.

'나(班長)'는 출정하기 전부터 한 부대에 소속된 이름이 생소한 오키나와현 출신의 이국적인 일등병(一等兵) 시마부쿠로 겐포(島袋憲法)에게 마음이 끌린다. 그리고 출정 후 친하게 지내며 두 번의 여름을 북중국의 임분성(北支臨汾城)에서 보내고 북경성에 입성한다. 그리고는 중국의 고안성(固安城)을 탈환하기 위한 절박한 시기에 겐포 일등병은 수송대의 특수병으로 출정한 동생 니요(ニーヨー)를 우연히 만나게 된다.

겐포는 일전에 동생을 가리켜 '착실한 놈으로, 성실하며, 일 좋아하

고, 형에 대한 우애와 부모님에 대한 효성이 지극한, 여하튼 일본 제일
의 동생(しつかり者で、真面目で、働き好きで、兄貴思ひの、親思ひ、
兎に角、日本一の弟, p.60)'이라고 치켜세웠던 참이었다. 하지만 명령을
수행하던 중 형 겐포를 만난 감격의 눈물을 흘리는 동생에게 '우는 바보
가 있냐'며 책망하는 사이, 어느 새 헤어져 버리고 만다. 그렇게 동생과
헤어진 형은 동생의 부대이름 조차 묻지 못한 아쉬움에 식사, 휴식 시간
에도 수송병만 보면 동생 찾기에 혈안이 되곤 했다. 헤어진 며칠 후 북
중국의 철옹성으로 악명 높은 바오딩(保定)을 함락시킨 형 겐포에게 느
닷없이 동생 니요 이등병(二等兵)의 '장렬한 전사(戰死)'가 전해진다.
  '명예롭게' '일본을 위해 기쁘게 목숨을 바친' 니요는 같은 전장(戰場)
에 있는 형에게 부탁해 아버지와 함께 묻어달라며 죽음을 맞는다. 동생
의 유골 한 조각을 건네받은 형은 공병(工兵) 대신에 적을 사살하는 포
수를 자원하기에 이르고, 니요의 원수(仇敵)를 죽이는(とって) '가타키
우치(敵討, 복수)'를 결심한다.

> "반장님, 크게 싸웁시다. 저에게 제발 포수를 시켜 주십시오. 크게 싸
> 우겠습니다. 그리고 니요의 복수를 훌륭하게 해내겠습니다. 전쟁이 여전
> 히 계속됨을 알게 되니 갑자기 의욕이 생겼습니다"라며 결의로 가득찬
> 눈동자로 나에게 강하게 어필하였다.12)

  이러한 과정에서 일본과 중국의 전쟁이 겐포에게는 동생에 대한 '가
타키우치'로 둔갑한다. '그토록 젊고, 희망에 빛나고, 일꾼이고, 모범청
년(あんなに若くて、希望に輝いて、働き者で、模範青年, p.72)이었던 니
요가 '살해당했다'고 믿는 형은 살기에 가득 찬 결의로 전쟁에 대한 강한
'의욕'을 불태운다. '동생의 몫까지 싸우고자(弟の分まで働いてやろう,
p.72)' 무리하게 '포연탄우' 속으로, 적을 향해 돌진한다.
  여기에서 '가타키우치'는 본래 에도시대에 존재했던 것으로, 무사계

급에 한해 주군과 부모, 형제의 '가타키우치'가 허용되었다. 요컨대 '죽여도 좋다'라는 것으로, 법적으로 인정되는 '도덕적인 행위'였다. 이렇게 볼 때, 「전우」에서의 '가타키우치'는 '적(敵)'이라는 막연한 상대인 '중국군'을 동생의 복수를 위해 반드시 죽여야 하는 '적'으로 규정할 수 있었으며, 살인을 정당화하는 기제로서 작용했다고 할 수 있다. 후방의 독자, 특히 여성 독자들에게 '가타키우치'야말로, 중일전쟁의 모토인 동양의 영원한 평화라는 피상적인 전쟁이 아니라 형제를 죽인, 일본인을 죽인 '적'으로 그 명분을 획득하게 할 뿐 아니라, 적극적, 능동적으로 〈전쟁〉에 동참하게 만들고 있다.

중일전쟁 이후 뚜렷해진 것은 형제들의 출정과 그 죽음, 전사에 대한 미디어 담론이 속출한다는 점이다.

『도쿄아사히신문(東京朝日新聞)』의 경우, '○○에서 ○○특파원 ○○일 발'이라는 조간 10면(길면 11면)과 석간 2면에는 전사자(戰死者)와 부상자, 그리고 그 가족들의 이야기로 가득하다. 예를 들면, 일등병, 이등병, 상등병 등 일반병사들의 이야기가 주를 이루고, 그 활약상, 공적을 비롯하여 가족관계와 부모님, 자식들의 이름과 나이, 특징에 이르기까지 열거하며, '전사(戰士)' 또는 '부상자(戰傷者)', '전사자(戰死者)'의 증명사진과 함께 그들에 대한 정보가 낱낱이 공개된다. 20대의 젊은 청년은 부모의 자식, 홀어머니의 자식으로, 어린 자녀의 아버지, 젊은 처의 남편으로 등장하고 있다.

『도쿄아사히신문』(1937年 10月 16日)에는 하라시마(原島) '형제 모두 명예로운 전사(兄弟そろつて名誉の戰死)'가 보도되었다. 1937年 10月 21日, '동생의 가타키우치다(弟の敵討だ)'에서는 동생의 전사를 전해들은 형의 '가타키우치'의 '결의'가 보도되었다. 1937年 10月 22日에는 '내가 전사하면 축하해 주게…라고 혼쾌히 출정했던 시마다군(「俺が戰死したら祈つて呉れ…と勇躍出征した島田君」)'의 전사가 보도되며, '아직 세

명의 아들이 있으니까 원수는 죽일 거예요(仇はとらせますよ)'라는 어머니의 비장한 기대가 전해진다. 여기에는 언제 끝날지 모르는 <전쟁>에 대해 어머니는 남아있는 삼형제의 출정과 함께 형들의 '가타키우치'에 대한 염원과 비통함이 서려 있음도 엿볼 수 있다. 이러한 형제의 '가타키우치'와 함께 '복수'가 등장한다. 1937年 10月 16日에는 '복수의 포탄(復讐の砲弾)'이 보도된다.

한편, 『도쿄아사히신문』(1938年 2月 5日)에서는 '대장의 가타키우치를 맹세(隊長の復仇を誓い)', 그리고 『요미우리신문(読売新聞)』(1937年 10月 25日)에는 '죽은 전우에게 눈물의 보고 "가타키(원수)는 갚았다' 결사대의 맹격(なき戦友に涙の報告 "仇はとったゾ" 決死隊の猛撃)'이라는 제목의 기사들이 보도되었다. 동신문 1937年 11月 6日에서도 '목숨을 버리고 친구의 가타키우치(命捨てて友の敵討)'를 행한 두 명의 상등병의 이야기가 전해진다. <전쟁>은 형제의 '가타키우치'에서 더 나아가 전우의 '가타키우치'로 확대된다. '전우'는 전장에서 생사를 함께하는 '가족'이었기 때문에, 형제와 전우의 '가타키우치'는 자연스럽게 연결된다. <전쟁>은 '전우'라는 새로운 가족 공동체를 탄생시키고 형제와 전우의 복수극으로 전개하고 있다. 여기에는 가부키의 불멸의 흥행작 '추신구라(忠臣蔵)'의 주군에 대한 '가타키우치'를 전통적인 기제로 사용함으로써, 후방 여성들에게 지금의 <전쟁>이 어떠한 전쟁인가를 쉽게 각인시키고 있다고 할 수 있다.

따라서 형제들의 출정이 많아진 중일전쟁 때부터 <전쟁>은 형제들, 더 나아가 전우들의 '가타키우치'로 둔갑하며, '죽여도 좋다'는 도덕적인 근거와 정당성을 부여받고, '가타키우치'를 위한 격렬한 전장(戦場)에서 명예로운 '전사(戦死)'를 열망하게 만들고 있다.

## 4. 전사(戰死)의 열망 對 귀환(歸還)의 열등: 왜곡된 〈전쟁〉

　여기에서는 '전사(戰死)'를 열망하는, 일본을 위해 기꺼이 목숨을 바치는 '일본 전사(戰士)'에 대해, 어떠한 담론들이 구성되어 있는지 살펴보고자 한다. 「전우」에서 동생 니요는 형에게 '나는 일본을 위해서 기쁘게 목숨을 바쳤다고 전해 주십시오(私は日本のために悦んで命を捧げましたと伝へて下さい。p.64)'라는 말을 남기고 전사한다. 하지만 동생의 전사에도 불구하고 형 겐포는 의연하기만 하다.

> 저는 결코 동생의 죽음 슬퍼하지 않아요. 자, 할 수 있다면 죽지 않고 있어 준다면 더할 나위 없지만, 군인으로서 전쟁에 나온 이상, 누구라도 죽을 각오를 하지 않으면 안 되는 일입니다. 니요도 훌륭하게 각오는 하고 있었다고 봅니다. 오늘 밤도 동생 놈의 대장이 나에게 말하네요. 시마부쿠로 니요는 특무병으로, 아니 일본의 군인으로서 실로 훌륭한 최후를 마쳤다. 자신은 그의 대장으로서 진정으로 명예롭게 생각한다.13)

　동생 니요는 죽음으로써 '일본의 군인'으로, '훌륭한 최후를 마친' 명예로운 전사자(戰死者)가 된다. 하지만 형은 '죽음을 각오한 전사(戰士)'이기에 동생을 잃은 슬픔에도 슬퍼할 수 없는 처지에 놓인다. 왜냐하면 동생의 죽음은 '개인'의 죽음을 초월하는 '일본의 군인'으로서의 의무, 충성과 맞물린 '일본을 위한' '일본을 짊어진 명예로운 전사(日本を背負って名誉の戰死, p.72)'의 죽음이기 때문이다.

　'명예'는 무사에게 가장 중요한 덕목이자 최고의 선(善)이다. '일본의 사무라이는 죽는 것을 두려워해서는 안 된다. '언제든지 죽을 각오를 하라'는 무사의 정신이 쇼와의 일본국민에게도 널리 퍼져있었다.14) 이

렇게 볼 때, <전쟁>에서 무사인 황군(皇軍)의 최고 '명예'는 '전사'였던 것이다. 전쟁에 나간 남성, 황군들은 무사로서 '나라를 위해 바친 몸(「国のために捧げた身」『東京朝日新聞』1937年11月10日)'으로, 출정 전부터 '훌륭하게 싸운다…라고 죽음은 각오한 바(立派に戦ふ…と死は覚悟の上, 『東京朝日新聞』1937年10月16日)'라는 '기쁘게 죽는' 전쟁문화를 형성하고 있었다.

　　　조국을 위해서다. 나는 일본을 위해서라면 언제라도 기쁘게 목숨은 바치겠습니다. (중략) 소중한 일본, 일본의 천황폐하를 위한다면 이것이 진정한 의무라고 생각해요. 나를 일본에 낳아준 조국에 대한 당연한 의무, 이것을 창피하지만 지금 분명히 깨달았습니다.15)

　이는 결국, 1937년11월25일 『도쿄아사히신문』에서 '전사로 (천황의) 은혜 갚기(戦死で御恩返し)'에서 말하는, 무사로서의 '명예'인 전사는 황민(皇民), 국민의 의무인 '봉공'과 '보은'이기도 했다.

　　　나를 이번 토벌대에 꼭 넣어 주세요. 지금 한 번이라도 최후의 봉공을 해보고 싶어졌습니다.16)

　이러한 전쟁문화를 형성하는데, 「전우」에 나오는 '노영의 노래(露営の歌)'와 같은 '진군의 노래(進軍の歌)'는 중일전쟁의 전의(戦意)를 불태우고, 연대감과 귀속감으로 똘똘 뭉치게 만들었다.
　'노영의 노래'는 1937년 중일전쟁이 촉발하고 머지않아 오사카마이니치신문사(大阪毎日新聞社)와 도쿄니치니치신문사(東京日日(現毎日)新聞社)가 공동으로 전의 고양을 위해 가사를 공모하였는데, 여기에서 가작으로 입선한 야부우치 기이치로(薮内喜一郎)의 가사에 고세키 유지(古関裕而)가 곡을 붙여 탄생되었다. 이 곡은 황군과 민간인들 사이에 대히트를 기록하며 불과 반년 만에 60만 장이 팔리는 인기를 얻었다[17]고 한다.

'노영의 노래'가 「전우」에서도 불리는데, 귀환을 앞둔 시마부쿠로 겐포가 전장 최후의 향연(島袋憲法戰場最後の饗宴, p.88)에서 술기운에 제창(齊唱)하자고 권하면서이다.

(1절) 이기고 오리라' 씩씩하게
　　　맹세하고 나라를 떠난 바에는
　　　공적을 세우지 않고는 죽을까 보냐
　　　잠깨어 노려보는 적의 하늘
　　　(중략)

(3절) 탄알도 탱크도 총검도
　　　잠시 노영의 풀베개
　　　꿈에 나온 아버지께
　　　'죽어서 돌아와라' 격려 받으며
　　　(후략)[18]

작품 속에서는 생략된 '노영의 노래' 4절에는 죽어가는 전우가 웃으면서 외친 '천황폐하 만세(天皇陛下万歳)'의 목소리를 잊을 수 없다는 내용과 5절에는 '전쟁에 나선 몸 전부를 버릴 각오'로 '동양평화를 위한다면 어떤 목숨도 아깝지 않다'라는 구절이 들어 있다. 그 뿐만 아니라, 위의 인용에서도 보면, 〈전쟁〉의 가치는 '공적(功績)'의 유무에 있다. 더 나아가 '공적이 없으면 죽어서 돌아가는' 즉, '전사'가 공적을 대신하고 있다. 다시 말해, '공적' 내지는 '전사=공적'이 〈전쟁〉의 최고의 가치가 되고 있었다. 〈전쟁〉은 '명예'라는 이름으로 '전사'를 부추기는 한편, 죽음을 일상화하고 있었다.

이렇게 〈전쟁〉의 '전사'는 국민, 남성의 죽음을 담보로 하여, 최고의 '명예'로 받아들여졌다. 전장으로 향하는 황군이나 가족에게 '전사'는 각오된 '전쟁문화'로 형성되어 갔다.

1937年 10月 21日 『도쿄아사히신문』에는 '장하다 군국의 아버지는 슬퍼하지 않고(よくやった　軍国の父は嘆かず)'라는 제목으로, 출정 시 '두 번 다시 이 땅을 밟지 않겠습니다(二度とこの土地を踏みません)'라는 각오로 전장을 향한 아들의 전사가 보도되었다. 이에 아버지 요네키치(米

吉)는 '전장에 간 자식의 무사를 기도한 것이 아니라, 황군의 무운장구를 기원했습니다(戰地に行つた息子の無事を祈つたのでなく、皇運の武運長久を祈つたのです)'라고 말해 이웃을 감동시키고, 아들 이나바 키요시(稲葉清)의 전사(戰死) 비보를 받고도 '장하다. 잘 싸워 주었다(よくやつた、よく働いてくれた)'라며 기요시의 전공(戰功)을 기뻐했다고 전하고 있다.

뿐만 아니라, 그 익일(1937年10月22日,『東京朝日新聞』)에도 '내가 전사하면 축하해 주게…라고 설렌 마음으로 출정했던 시마다군(「俺が戰死したら祝って呉れ…と勇躍出征した島田君」)'의 전사가 보도되며, 죽으면 불당에서 경사 때 올리는 팥밥(赤飯)을 차려 축하해 달라던 이야기가 전해진다.

이러한 미디어의 기사는 '전쟁문화'로서의 '전사'가 황군과 후방의 가족, 여성들에게 어떻게 각인되어 있었는가를 잘 보여주고 있다. 이러한 미디어 담론은 신문 지면에서 계속 유통되면서 '전사'라는 죽음을 열망하게 만들었다. 여기에서 '전사'는 슬픔과 담담함을 넘어 기쁨의 '축제' 분위기를 자아내고 있었다. '용맹과감성전(勇猛果敢聖戰, p.87)'이라는 중일전쟁에서 '전사'는 '개인'의 명예가 아닌, 가족의 명예, 부대의 명예, 일본의 명예로서 추모된다.

이러한 '전사' 관련 미디어 담론은 후방 여성들에게 가족을 잃은 슬픔과 애통함이기 이전에 천황과 일본을 위한 '명예'로서 새겨지게 된다. 한편 목숨을 건 사투의 전장에서 4만 명이라는 '전사자'가 속출하는 가운데, 후방의 여성들의 슬픔, 그리고 현실에서의 고통과 희생은 일본 국민 누구나가 감내해야 하는 꿋꿋한 여성의 덕목으로 규정된다.

다른 한편으로, 생활화된 장기전은 승리의 개선과는 다른 '귀환자'를 생산해 낸다. 젠포는 귀환 명령을 받고 '왠지 돌아가는 것이 정말 싫어졌다(何だか還るのが本当に嫌になつてきた。p.91)'고 고백하며, 군대로 돌아가고 싶다고 말한다. 또한 급하게 귀환 명령을 받은 겐포 부대원들은 어젯밤 많은 전우로부터 격려를 받고, 환호성을 받으며 전쟁터로 향했는데, 오늘은 빨리 귀환해야 한다는 것을 창피하게 생각하면서(我々は昨夜多くの戦友に激励され、歓呼の声に送られて出陣したのに、今日は早、帰還せねばならなくなつたことを恥かしくおもひながら、p.87) 돌아오는데, 그때 겐포는 귀환명령을 받는다. 전쟁에서 전진했다가 '귀환'하는 자체에 '창피함'이라는 감각이 있다. 뿐만 아니라 '실은 돌아가기 직전이 되어도 상처 하나도 입지 않으면 우습다(p.84)'라는 겐포의 말은 무사귀환에 대한 열등감도 엿보인다.

귀환자의 '나이는 숨길 수 없는, 저마다 맘 좋은 영감 같은 얼굴(年齢は隠せなく、それぞれいゝ親爺面 p.90)'이라는 표현에서 보면, 이들은 출정 전부터 젊지 않은 사람들이라고 할 수 있다. 더욱이 귀환하는 시점에서는 병력으로서의 가치를 다했다고도 볼 수 있다. 일반적으로 현역에서의 징병을 '징집(徵集)'이라고 하는 반면 예비역(予備役), 민방위(後備役) 등 재향군인의 징병을 '소집(召集)'이라고 할 때, 「전우」의 겐포나 '나'는 소집명령으로 출정하였기에 재향군인이라고 할 수 있다. 1943년 10월 병역법 개정을 통해, 병역의무가 만 45세까지[19]로 확대되는 가운데, '새로운 전쟁'은 현역뿐만 아니라 재향군인들까지 모두 전쟁터로 내몰리는 형국을 만들고 있었다.

대장은 '귀환자'에 대한 안타까운 표정을 지으며, 귀환자에게 훈시(訓示)를 시작한다. 공적을 치하한 후, '전쟁은 아직도 진행 중(戦ハ猶酣ナリ p.87)'이며, 전우는 여전히 전투 중이고 적을 완전히 굴복시킨 후의 개선(凱旋)이 아닌 것을 깊이 명심해 둘 것과 귀환 후의 언동에 유의할 것을 요청한다. 당시 '유골도 없는 무언의 개선(「東京朝日新聞」1939年1月30日)'[20]으로 환영 받았던 '전사자(戦死者)'와는 달리 귀환자들은 「전우」의 작가의 고백처럼 '불명예의 타락', '정신의 타락', '전쟁병'(p.56)이라는 무기력함에 빠져들었다. 후지이 다다토시(藤井忠俊)에 의하면, 실제 중일전쟁에서 귀환했던 재향군인 병사는 열렬한 환송을 받고 출정했던 것과 사뭇 다른 '지극히 냉담한 맞이(きわめて冷たい出迎え)'를 경험했다는 것이다. 이는 징발과 강간 등의 문제를 공적인 양 떠벌려, 후방의 전의앙양에 찬물을 끼얹는 듯한 실전담이 되서는 곤란했기 때문(銃後の戰意昂揚に水を差すような実戰談をされては困るから)²¹⁾이었다. 이러한 취급을 받은 '귀환자'들은 〈전쟁〉에서의 '전사(戰士)'로서의 삶과 어찌 보면 전쟁에서의 '전사(戰死)'를 명예로 여겼을지도 모른다. 끝나지 않는 '새로운 전쟁'은 귀환자(還る者)와 전사(残される者, 戰士)를 양산하고, 일상과 전쟁의 구분을 없애버렸다.

## 5. 마이너리티의 〈전쟁〉

앞에서 살펴보았듯이, '성전'이라는 이름으로 언제 끝날지 모르는 '백년전쟁' '영원전쟁'으로 옮겨간 중일전쟁은, 전시 상황이라는 특수한 비일상적인 전쟁에서 장기전, 총력전에 돌입함에 따라 생활화(일상화)하는 〈전쟁〉으로 급변하고 있었다.

그렇다면 여기에서는 「전우」에서 보이는 마이너리티에 대해 살펴보고자 한다.

앞에서 언급했듯이, 겐포는 「전우」라는 작품 속에 오키나와의 류큐 헨나섬(琉球平安名島) 출신으로, 류큐 사투리와 낯선 이름, 이국적인 분위기를 풍기는 병사이다. 아버지, 조부, 증조부가 모두 불렀다는 류큐의 옛민요를 부르고 오키나와의 시마부쿠로(島袋)라는 성을 가진 겐포는 류큐민족의 피가 흐르는 오키나와인으로 볼 수 있다. 겐포는 중일전쟁을 계기로 소집되어 오키나와인으로 일본의 중일전쟁에 참가하게 된다.

이러한 〈전쟁〉을 통해, 그들은 일본을 '조국(祖国 p.84)'이라 부르며 '천황 폐하의 적자(天皇陛下の赤子)'인 일본 공동체의 구성원이 되고, 일본인으로서의 연대감과 귀속감도 느꼈을 것이다.

한편 〈전쟁〉은 무학(無學)의 오키나와인 겐포를 일본인으로 포용해 주었다. 그래서 '나를 일본에 낳아준 조국에 대한 당연한 의무(俺を日本に生んで呉れた、祖国へ対する、あたりめへの義務, p.84)'로서 '언제라도 기쁘게 목숨을 바치겠다(何時だつて喜んで、命は捧げますよ, p.84)'라는 각오 아래, 겐포는 섬멸전을 향한 토벌대에 들어가기를 희망한다. 〈전쟁〉은 '사나이들만의 영광스런 무대'라는 겐포의 말처럼, 남성, 사나이들만의 특권적인 전유물이다. 전쟁에 참여했던 병사들은 '계급의 차는 있어도 가문, 직업, 빈부의 격차는 전혀 없고, 의식주 등 모든 평등했던 것이 가장 좋았다'22)고 기억하고 있다. 이렇게 볼 때, 〈전쟁〉의 공간은 명령체계상 계급의 차는 있을지언정 사회적인 격차와 관계없이 평등하고 차별이 없는 공간이기도 하다. 더 나아가, 사회적인 약자의 위치에 있었던 남성들에게도 〈전쟁〉은 '천황의 적자'라는 이름으로 개인을 천황과 연결시켜 '황군(皇軍)'이라는 영광도 안겨주었다. 〈전쟁〉에서는 민족적 차별도 존재하지 않았다. 이러한 전쟁 참여가 가능했던 것은 메이지 시대 이래 일관되게 유지된 '방언을 사용하는 사람은 모두 범죄자로 간주하고 밀고자를 육성한다'라는 방침과, 특히 1930년대에 이루어진 오키나와어에 대한 억압과 함께 일본어 사용의 강압23) 정책 때문에 의사소통의 문제가 없었기 때문이었다. 결과적으로, 태평양 전쟁은 식민지의 국어로서의 일본어 교육이 중요성을 띠게 되고, 식민지민의 강제 징병, 강제징용으로 이어졌다.

「전우」에는 남성들만의 전쟁에 여성으로는 중국인 과부 요란쿄쿠(楊蘭玉)와 시어머니, 5살 난 딸이 등장한다. 일본인으로 오해를 살 만큼 친근한 얼굴의 란쿄쿠는 남편이 사변(事變)으로 강제 징발되어 생사를

알 수 없는 전쟁의 피해자였다. 일본 군대의 잔반(殘飯)을 얻고 마구에
서 말똥에 섞인 곡식을 가려서 끼니를 때우는 그녀의 생활은 매우 비참
했다. 이런 그녀를 '나'는 연모의 정을 느끼며 마음이 끌리고 있었다.
매춘부라는 소문이 도는 가운데 공산제8로대(共産第八路軍)의 참모인,
란쿄큐의 남편 요교(楊尭)의 특사가 잡히면서, 그녀의 정체가 발각된다.
그녀가 임분성 내외에서 일본군의 상황을 탐색하면서 세밀한 스파이망
을 뻗어 적색공산지도대(赤色共産指導隊)를 조직하고, 임분성의 탈환을
기획, 주도한 수장이자, 적장 요교의 아내였다는 사실이 밝혀졌다. 그녀
의 매춘은 중국을 위한 전술이었다는 것이다. 이러한 사실이 적발되면
서 결국 총살을 당하게 된다. 그녀는 중국동포와 남편, 딸에게 자신의
시체를 넘어 조국을 위해 싸워 달라는 말을 남기고 의연한 죽음을 맞는
다. 그저 평범한 중국인 여성으로 보였던 그녀는 중국의 충성된 여성으
로 그려지고 있었다.

한편, 그녀의 중국을 위한 대담하고도 의연한 죽음을 계기로, 젠포는
전의(戰意)가 고양되고, 전사를 열망하게 된다. 이러한 전의, 전사의 촉
매제가 중국인 여성 란쿄큐였다. 이 이야기는 후방의 여성들에게도 시
사하는 바가 크다. 란쿄큐에 대해, 전쟁체험과는 달리, 창작되었다고 밝
힌 작가는 의도적으로, 조국 중국을 위한 전쟁에 중국인 여성을 적극
활용하고 있다.

> 실은 돌아가기 직전이 되어도 상처 하나도 입지 않으면 우습다고 생각
> 하지 않은 것도 아닙니다만, 그 란쿄큐(蘭玉)의 훌륭한 최후를 보고 나서
> 는 중국에도 그런 멋진 여자가 있구나 생각하니, 왠지 창피해졌어요. 가
> 령 탄알에 맞아도 상관없어요. 고향에 돌아가지 않아도 괜찮아요. 군인
> 이 전장에서 적탄에 쓰러진다면 이만큼 감사한 일은 없어요.[24]

전쟁에 직접 투입된 중국인 여성 란쿄큐와는 다르게, 일본 여성들은

전쟁에서 보이지 않는다. 일본의 여성들은 전쟁에 직접 참가하기 보다는 내지(內地) 일본에서 다음과 같은 두 가지의 임무를 부여 받는다. 주지하듯이 하나는 '낳아라 번식해라(生めよ增やせよ)'라는 장래의 병사인 아이를 낳고 기르는 일이 모성과 관련되어 강조되는 한편, 전장에 남성을 내보낸 탓에 여성들이 남성을 대신하여 노동 현장으로 내몰린 것이 또 하나이다. 이를 잘 표현하고 있는 것이 여성잡지 『후방부인(銃後の婦人)』(1939年6月)의 '낳아라, 번식해라'라는 표어와 이미지이다. 여기에는 '인적자원'과 '낳아라'라는 문구와 함께 여성이 아이를 안고 있는 이미지가 등장, 여성의 임신, 출산, 육아가 강조되는 한편, 농어촌에서 일하는 여성, 광산에서 석탄을 선별하는 여성, 산에서 나무를 심는 여성 등,25) 여성의 노동이 표현되어 있다.

지금까지 일본의 청일전쟁과 러일전쟁이 1년, 1년 반이라는 비교적 짧은 기간에 치러진 전쟁인데 반해, 새로운 전쟁은 결과적으로 만주사변으로부터 14년, 전쟁의 전면전이 시작되는 중일전쟁으로부터 보면 8년이라는 긴 기간 동안 계속되었다. 「전우」의 작품이 쓰인 당시만 해도 〈전쟁〉은 끝나지 않는 전쟁, 백년전쟁이라는 장기전을 예상하였다. 이에 대한 준비로서 후방 여성들의 각오와 고통, 희생은 불을 보듯 뻔한 것이었다. 『쇼와의 역사(昭和の歷史)』에서 보면, 중일전쟁은 100만 명이라는 병력을 중국에 보냈다. 전비에 있어서도 중일전쟁만으로도 280억엔, 대동아전쟁 전체로 보면 2,220억 엔에 달하는 거대한 자금을 사용하였다. 즉 전쟁은 엄청난 병력과 돈을 먹는 하마와 같은 형국이었다. 당연히 국민들의 생활은 빠듯해질 수밖에 없었다. 일상생활의 식료, 의료라는 기본적인 필요물자조차 턱없이 부족한데다가 전비(戰備)마저 고스란히 모든 국민에게 전가되는 상황이었다.26) 남성들이 전장으로 징병되고 없는 상황에서 모든 국민은 후방여성이 될 수밖에 없고, 결국 후방여성에게 모든 것이 전가되는 꼴이었다.

여성잡지 『주부의 벗(主婦の友)』에서 보면, '직업여성의 좌담회(職業婦人の座談会, 『主婦の友』1938年3月)', '내직(內職, 『主婦の友』1937年7月)', '사변 하에 일하는 여성(事変下の働く女性, 『主婦の友』1940年5月)'의 담론이 유통되면서, 후방 여성들은 산업전선의 '전사(戰士)'로서 그녀들의 노동이 찬양되고 당연시되었다. 그 결과 여성이 공장에서 '증산보국(增産報國)'이라는 미명 하에 국민복을 입고 군수산업 인력으로 투입된 것은 잘 알려진 사실이다.

이러한 과정에서 '직업여성'이라는 부정적 이미지를 해소하고자 하는 노력도 있었다. 『부녀신문(婦女新聞)』(1939年7月2日)에는 직업에 종사하는 여성이 장래의 이상적인 현모양처가 될 수 없다는 생각은 '실상무시'이고 '시대착오'임을 피력하고, 여성에게 직업은 '시국봉사(時局奉仕)' '국가공헌'임을 강조하고 있다. 전쟁이 계속되는 가운데, 일하는 여성들이 '여성생활의 혁명아(革命兒)', '후방 제일선의 장병(將兵)'이라고 칭해지며 전장의 병사와도 같은 동등한 위치를 점하게 된다. '전시생활은 우선 일하는 사람들로부터'(『婦女新聞』1941年1月1日)라는 표어를 제시, 여성들의 노동을 더욱 강조, 강요하기에 이른다.

한편 '단순화' '생활전'이라는 말이 빈번이 사용되고, 생활의 개선을 통한 근검절약이 강조되었다. 더 나아가 근검절약을 최선의 봉공이라고 부르짖으며, 전시와 같은 소비가 '징병을 기피하는 비국민과 동죄(同罪)라는 것을 기억해야 한다'고 하면서 여성의 근검절약이 '국민의 본분'이자 '애국자'(『婦女新聞』1940年1月28日)가 되는 길임을 역설하고 있다.

또한 가정생활에서의 개선이 중시되는데, 이는 가정의 노동을 감소시키는 한편, 가정부인을 내직으로, 직업여성으로, 나라의 노동을 떠맡기는 꼴이었다. 이러한 전시 하의 후방 여성들은 결과적으로 전장에 나간 남성들의 몫을 온전히 떠맡으며, 육아, 산업전선, 가정의 노동뿐만 아니라 근검절약에 이르기까지 강인한 여성, 인내하는 여성, 희생하는 여성으로 강요받고 있었다. 앞에서 살펴보았던 여성을 대상으로 한 미디어 담론들은 헌신, 희생을 강도 높게 요구하고 있었다.

이러한 시기의 전후에 여성잡지『부인공론』에 실린 전쟁체험소설「전우」는 후방 여성들에게 중일전쟁, 지속될 〈전쟁〉에 대한 현실 감각과 함께 인내, 희생, 각오를 다지는 '여성공동체'를 형성시키고 있다고 할 수 있다. 앞에서 살펴보았듯이, 지금까지의 전쟁이 최상의 전투력을 가진 일본 남성들의 특권적인 영역이었다면, 중일전쟁을 시작으로 백년전쟁, 영원전쟁이라는 새로운 〈전쟁〉은 일본 남성을 초월하여, 식민지민, 여성들을 포함한 마이너리티들의 총력전을 예고하고 있었다. 또한 오키나와인과 중국인 여성의 전쟁 참여를 보여줌으로써, 후방의 여성들이 전쟁의 주체로서 그 역할을 수행할 것을 암묵적으로 강요받고 있다고 볼 수 있다.

## 6. 나오며

본 논문은 여성잡지『부인공론』에 실린 전쟁체험소설「전우(戰友)」와 미디어담론이 장기전에 돌입하는 새로운 전쟁(중일전쟁=〈전쟁〉)을 일본 남성들의 '가타키우치'로 표상하고 있음을 논했다. 그리고 〈전쟁〉이 무사도의 정신인 '명예로운 전사(戰死)'로 말미암아, 전사를 열망하게 되고 귀환을 열등으로 내몰고 있음도 분석하였다. 이러한 표상들이 일반 국민에게, 특히 후방 여성들에게 중일전쟁, 지속될 〈전쟁〉의 주체로서 이해시키고 참여시키는데 한 몫하고 있다고 보았다.

한편「전우」가 전쟁과 무관해 보이는 여성잡지에 실린 것에 주목함으로써, 〈전쟁〉이 타지의 전장에서 싸우는 현역의 병사, 재향군인 그리고 식민지민뿐만 아니라, 후방 여성들의 총력전임을 여성들에게 각인시키고자 하였다고 결론지었다.

구체적으로 정리해 보면 먼저, 본 논문은 중국과의 〈전쟁〉이 가족과 전우의 '가타키우치(복수)'로 변질되었음을 지적하였다. 이는 동양의 영원한 평화라는 피상적인 이유로 시작된 전쟁보다, 일본인이 열광하는 가부키 추신구라의 주제인 '가타키우치'가 중국이라는 적을 반드시 죽여야 하는, 승리의 명분을 제공하고 있다고 보았다.

한편 무모한 '가타키우치'와 함께 언제든지 죽음을 두려워해서는 안 된다는 무사의 정신이 명예로 받아들였던 죽음은 '전사'를 부추기고 열망하게 만들었음을 논하였다. 더 나아가 형제와 전우의 '가타키우치'에 의한 '전사'는 죽음을 계기로 일본을 위한 죽음, 천황을 위한 죽음으로 급변하며 '명예'라는 타이틀로 변질되었다.

마지막으로, 「전우」가 류큐민족의 겐포 형제, 중국인 여성 란쿄쿠 등, 마이너리티들의 〈전쟁〉으로 형상화하고 있음에 주목함으로써, 마이너리티로서의 일본 여성을 주체로 부상시키면서 〈전쟁〉에 적극 끌어들이고 있음도 지적하였다.

새로운 전쟁은 남녀의 〈전쟁〉으로 단순히 환원시켰을 때, 남성들의 전쟁이 생사의 사투라고 한다면 그와 무관한 여성들은 〈전쟁〉에 필요한 병력의 생산자로 그리고 남성들의 노동력을 대체하는 노동자로, 희생을 강요받았다. 이러한 희생이 여성의 〈전쟁〉이었다. 따라서 여성잡지 『부인공론』에 실린 「전우」는 일본 남성들의 특권적인 영역이었던 전쟁에 오키나와인과 중국인 여성의 전쟁 참여를 보여줌으로써, '당신들은 전쟁의 참여한 이들보다는 훨씬 편안한 생활을 영위하고 있다'는 의식을 심어주는 한편, 육체적인 생산력과 노동력의 착취를 정당화하며 전쟁의 주체로서 부상시키고 있다. 뿐만 아니라 지금의 힘든 슬픔, 고통, 희생을 감수하게 하는 선전 매체로서 그 역할을 충실히 하고 있었다고 할 수 있다.

## 주

〈초출〉 이 글은 중앙대학교 일본연구소 『일본연구』(2014.4.30.)에 실린 내용을 수정, 가필한 것임.

1) 中谷いずみ(2012)『昭和文学研究』「1938年、拡張する＜文学＞ー火野葦平「麦と隊」にみる仮構された＜周縁＞の固有性ー」第64集 昭和文学会 p.41.
2) 早川紀代, 鈴木裕子, 任展慧, 呉聖淑 등의 논문들이 있다.
3) 上野千鶴子(2012)『ナショナリズムとジェンダー新版』岩波書店 pp.2-357.
4) 若桑みどり(2000)『戦争がつくる女性像』ちくま学芸文庫 pp.7-297.
5) _____ 위의 책 p.93.
6) 島影盟(1937)『戦争と貞操』大東京出版社 pp.36-37.
7) 岡野幸江(2004)「十五年戦争と女性」『女たちの戦争責任』東京堂出版 pp.24-25.
8) 一昨年の或新聞の新年号に一軍人は日本の百年戦争を宣言した。一部分の先見の目ある人士を除いては今度の戦争が長びかぬことを望んでゐた時に、此の爆弾的な宣言はたしかに国民大衆を驚ろかした。(中略) 私は彼よりも一歩前に進み日本の永遠戦争を宣言するものであり限りなき我等の戦こそ我等をして真に生き得る道を歩ましめるものであると主張する。(上田龍男(1940.6)「永遠の戦ひ―価値転換論序論―」『緑旗』緑旗聯盟 p.26)
9) これまでの戦争と今後の戦争では戦争そのものがずいぶん異なつてくる。その新しい戦争はもう始まつてゐる。戦争は戦線ばかりに限られない。空襲防護といふ大きな役割が銃後の女性に課せられる。銃後といつても、その実は武器を持たない防禦戦だ。うつかりしてゐられない。国際関係が複雑になるにつれて、戦争は単に武力戦にとゞまつてゐないで、経済戦、政略戦、思想戦にまで拡大され、平時と戦時との区別さへつけ難しくなつてきた。戦争の意味を正しく掴むことが男子にも女性にも共通しての先決条件である。それによつて新しい戦争がほんとうの新しい戦争になる。(島影盟(1937)『戦争と貞操』大東京出版社 pp.42-43)
10) 田中弘二(1939.9)「戦友」『婦人公論』p.57, 이하 인용은 페이지 수만을 기입함.
11) 中谷いずみ 앞의 책 p.42.

12) 「班長、大いにやりませう。俺をどうか砲手にして下さい。大いに働きます。
　　そして、仁王の仇敵を立派にとつてやります。戦争が尚も続くことが判つ
　　て、急に体に張りが出て来ました」 といつて、決意の瞳を強く私に示した。
　　(p.66)

13) 俺は決して弟の死を悲しんではゐませんよ、そりや、出きる事なら死なね
　　えでゐてくれるに越した事はねえが、軍人として戦争に来た以上、誰だ
　　つて死ぬ事覚悟しなくつちやあならねえ事だ。仁王も立派に覚悟はして
　　ゐたと思ふんです。今夜も奴の隊長さんが俺に言ふんです、島村仁王は特
　　務兵として、否日本の軍人として実に立派な最後を遂げられた、自分は彼
　　の隊長として実に名誉に思ふ。(p.64)

14) 半藤一利(2013)『あの戦争と日本人』文春文庫 p.243.

15) 祖国のためだ。俺は日本のためなら、何時だつて喜んで、命は捧げますよ、
　　(中略) 大切な日本、日本の天皇陛下の為なら、これが本当の義務だと思ふん
　　です、俺を日本に生んで呉れた、祖国へ対する、あたりめへの義務、これが
　　恥かしながら、今はつきり判りやした。(p.84)

16) 　俺を今度の討伐隊に是非入れて下さい。今一度最後の御奉公がしてみたく
　　なりました。(p.84)

17) 兼清順子(2012.8.24.)「レコード 「露営の歌」」『国際平和ミュージアムだよ
　　り』Vol.20-1 立命館大学, p.2.

18) youtube를 통해 확인 가능함으로 원문은 생략한다(http://www.youtube.
　　com/watch?v=lzpjBdxz5io, 검색일: 2013년 8월 1일).

19) 大蔵省印刷局編『官報』第5042号, 1943年11月1日 p.1.

20) 이에 대한 내용은 가와무라 구니미쓰가 자세히 논하고 있다. 이하의 책을
　　참고하기 바란다(가와무라 구니미쓰 저, 송완범 외 역(2009)『성전의 아이
　　코노그래피』제이앤씨).

21) 藤井忠俊(2009)『在郷軍人会-良兵良民から赤紙・玉砕へ-』岩波書店 p.291.

22) 大牟羅良(1978)「軍隊は官費の人生道場」『近代民衆の記録 8 兵士』新人物往
　　来社(渡部彬子(2012.3)「日本軍兵士たちの軍隊観」『早稲田大学打学院教育
　　学研究科紀要』19-2 p.33 재인용).

23) 김후련(2012)『일본 신화와 천황제 이데올로기』책세상 p.397.

24) 実は還る間際になつて、傷の一つも負つちやあつまらねえ、と思はぬでも
　　なかつたですが、あの蘭玉の立派な最後を見てからは、支那にも、こん
　　なえれい(ママ、筆者)女が居やがるかと思つたら、何だか自分が恥かしくな
　　つちやつたよ、仮令弾丸に当つたつてかまはねえ、国へ帰れなくつたつ
　　て本望でさ、軍人が戦場で敵弾に仆れりやあ、これ程おめでたいことは
　　ないと思ひますよ。(p.84)

25) 若桑みどり 앞의 책 pp.143-144.

26) 藤原 彰(1982)『昭和の歴史　日中全面戦争』第5巻　小学館 pp12-13.

**【참고문헌】**

가와무라 구니미쓰 저, 송완범 외 역(2009)『성전의 아이코노그래피』제이앤씨
　　p.254.

김후련(2012)『일본 신화와 천황제 이데올로기』책세상 p.397.

上田龍男(1940.6)「永遠の戦ひ―価値転換論序論―」『綠旗』綠旗聯盟 p.26.

上野千鶴子(2012)『ナショナリズムとジェンダー新版』岩波書店 pp.2-357.

岡野幸江(2004)「十五年戦争と女性」『女たちの戦争責任』東京堂出版 p.7-297.

兼清順子(2012.8.24.)「レコード「露営の歌」」『国際平和ミュージアムだより』
　　Vol.20-1 立命館大学 p.2.

国民精神総動員[委員会]新竹州支部編(1940)『時局美談集』第3輯 国民精神総動員
　　[委員会] 新竹州支部 p.3.

島影盟(1937)『戦争と貞操』大東京出版社 pp.36-37.

田中弘二(1939.9)「戦友」『婦人公論』pp.56-92.

中谷いずみ(2012)『昭和文学研究』「1938年、拡張する<文学>―火野葦平「麦
　　と兵隊」にみる仮構された<周縁>の固有性―」第64集 昭和文学会 p.41.

半藤一利(2013)『あの戦争と日本人』文春文庫 p.243.

藤原 彰(1982)『昭和の歴史　日中全面戦争』第5巻 小学館 pp.12-13.

若桑みどり(2000)『戦争がつくる女性像』ちくま学芸文庫 pp.143-144.

渡部彬子(2012.3)「日本軍兵士たちの軍隊観」『早稲田大学打学院教育学研究
　　科紀要』19-2 p.33.

大蔵省印刷局編　『官報』第5042号, 1943年11月1日 p.1.

# 아베 코보(安部公房)의 『손(手)』 연구

## - 파시즘과 우의성을 중심으로 -

김용안*

## 1. 들어가며

우리의 육체를 유기적인 하나의 조직사회라고 가정했을 경우 조직을 이끌고 명령하는 수뇌부는 「머리」일 것이고 정보를 수집·전달하는 분야는 「5감」, 수행하는 행동조직은 「손」과 「발」, 공감하고 어루만지는 감성분야는 「가슴」일 것이다.

아베 코보의 『손(手)』(1952)[1]은 인간 신체의 일부를 우화의 소재로 쓴 파격적인 소설이다. 시기적으로 전후 처리문제가 여전히 핫이슈였을 때 등장한 소설로 작가의 물오른 변신담과 시대를 꿰뚫어보는 통찰력과, 현실과 환상을 넘나드는 현란한 사유 등이 곳곳에서 광휘를 발하는 작품이다. 명불허전의 작가답게 작가는 메타포로서 「손」을 발견해냈고 「손」이 갖고 있는 다양한 이미지들이 작가의 의도를 완벽하게 수행한

* 한양여자대학교 일본어 통번역학과 교수, 일본근대문학.

덕에 일본의 전후처리가 엉뚱한 방향으로 흐르는 것에 대한 작가의 우회적인 질타를 성공적으로 담아낸 수작이라 할 수 있다.

본 작품에서는 「손」의 수많은 역할 중에 「머리」의 명령을 맹목적으로 행동에 옮기거나 사리분별력이 결여된 「손」들의 네거티브적인 면모가 클로즈업 되며 그것이 만들어내는 비극적 서사가 매우 냉소적이고 풍자적으로 묘사되고 있다.

바로 이점에 착안하여 본 논문에서는 소설의 우화적 구조를 파헤쳐 보고자 한다. 이 우화적인 시선으로 소설에 등장하는 손들의 역할을 분석, 조명해보면 좀 더 명확하게 작품의 전모가 밝혀질 수 있을 것이며 작가를 이해하는데 또 하나의 심오한 단서가 제공될 수 있을 것으로 기대한다. 그러므로 전자는 연구방법이고 후자는 연구목적이라 할 수 있다. 이 소설에 대한 선행연구는 발견할 수 없었다. 하지만 『빨간 누에고치(赤い繭)』(1950)로 제2회 전후 문학상, 『벽-S·칼마씨의 범죄(壁-S·カルマ氏の犯罪)』로 제25회 아쿠타가와상을 수상하면서 반리얼리즘과 변신담을 통해 전쟁과 자본주의 등의 사회비판을 통렬하게 해대고 연구도 주로 그런 방면에서 이루어지고 있다. 본 연구는 육체의 일부에 포커스를 댄 작가의 미시적인 의도를 천착하고자 한다. 이것은 본 논문의 의의가 될 수 있을 것이다.


## 2. 현실의 환유(換喩)

일본은 스스로도 전쟁 참화를 처절하게 겪었고 한국을 비롯한 이웃나라에 말로 표현할 수 없는 많은 피해를 입혔음에도 불구하고 그에 대한 진정한 참회나 역사 청산의 자세를 보인 적이 없다. 나치정권과 그것의 막대한 폐해를 척결하려는 독일의 다음과 같은 자세와는 좋은 대조를 이루고 있다.

　나치의 범죄정치와 국민이 그 출현을 허락한 역사를 마음으로 새겨둠
과 함께 전쟁피해자에게 나라의 책임으로 사죄하고 국민 사이에 전쟁피
해의 부담의 형평화를 꾀할 필요가 있었다. 내외의 피해자에 대하여 진
지한 사죄의 뜻을 표명하고 그 구체화로서 피해에 대하여 가능한 한 보
상하는 것이었다. 전후 독일의 재건에는 이들의 실행이 무엇보다 필요했
고 그와 성의의 피력에 의해서만 근린 여러 나라의, 독일 및 독일 국민에
대한 신뢰가 회복되는 것이었다. 독일의 전후보상을 위한 법제화는 1949
년에 시작되어 58년까지 사이에 집중적으로 행해졌다. 그 후도 보충적인
조치가 연이어 행해졌다.2)

　나치의 척결을 전제로 삼은 전후 독일의 재건과는 달리, 전후처리를
어물쩍 넘기려는 일본의 시국상황에 작가가 수수방관할 수는 없는 것이
었다.

　예술은 순수라는 이름을 빌어 역사에 무관심하게 되고 사상이나 정열
이나 무구함마저 상실하고 있다. 이것은 사태를 단순히 객관적으로 보려
는 오류에서 비롯된 자기 상실에 다름 아니다. 그렇다면 어떻게 그 자기
상실에서 회복할 수 있을 것인가? 쉬르리얼리즘의 문제는 여기에 있다.
그러나 우리들은 더 전진하지 않으면 안 된다. 혁명이다. 먹거리를 로마
귀족의 토사실(吐瀉室)로부터 해방시켰듯 예술을 감정의 토사실에서 해
방시키고 스스로 역사로의 책임에 복귀 시키자.3)

　인용한 에세이에는 순수라는 이름을 빌어 역사에 무관심하게 된 나
머지 고유의 정열이나 무구함마저 잃어 가는 예술현실에 대해서 개탄하
고 있는 아베의 예술관이 잘 나타나 있다. 그는 예술의 자기상실에서
벗어나기 위한 혁명을 통해 예술을 그저 감정이나 토사하는 존재로부터
해방시켜 역사적 책임을 갖는 존재로 복귀 시켜야 한다고 역설하고 있다.

소설가란 존재는 진정으로 영혼의 기술자가 되지 않으면 안 된다. 현실을 깊이 추구하여 상식의 눈으로 포착되지 않았던 것을 발견함으로써 독자의 시선에도 새로운 관점, 사고방식 등을 얼마든지 부가하는 것이 바로 소설가의 역할인 것이다. 소설가는 현실과 영혼의 전문가가 되지 않으면 안 된다.[4]

앞의 인용과 동일한 맥락으로 작가의 현실 참여 역할에 대한 의지가 강하게 드러나는 부분이다. 영혼의 기술자가 되어 심미안을 가지고 현실을 깊이 추구하여 상식의 눈으로 포착되지 않았던 것을 발견하여 독자들에게 새로운 관점과 사고방식을 일깨워주는 것이 소설가의 사명이라고 천명하고 있는 것이다. 현실참여를 강력하게 주장하는 아베의 눈에 비친 일본의 전쟁과 전후처리의 뒤틀린 현실은 묵과할 수 없는 영역이었던 것이다.

일상성이라는 좁은 틀에 갇혀서 좀 더 멀리 내다보지 못하는 사람들은 거짓말 같은 진짜보다도 오히려 진짜 같은 거짓말에서 진실을 느낀다. 이것이 얼마나 위험한 일인지는 지각변동의 문제를 사회변동으로 바꾸어 보면 곧 알 수 있을 것이다(「이변」 『전집009』 p.445).

일상성에 갇혀있는 고정관념의 위험성을 지적한 말이다. 거짓말 같은 진짜보다 진짜 같은 거짓말을 진실로 믿는 어리석은 대중은 동서고금을 막론하여 존재한다. 현실 이면을 파헤쳐서 제시하며 경종을 울리는 역할이 작가에게 절실함을 지적한 말이다.

일상성이란 말 그대로 겉으로 드러난 현상적인 사실과 지나치게 유착된 나머지 사람들에 의해서 그대로 진실로 믿어진다. 이 견고하게 지탱되는 바로 그 현실에 혁명적인 자극으로서의 가설이 필요함을 작가는 다음과 같이 주장하고 있다.

일상성이란 예컨대 가설을 갖지 않은 인식이라고 할 수 있을 것이다.
아니 가설은 있지만 현상적인 사실과 유착되어버려 이미 그 기능을 상실
해 버린 것이다. 그곳에 새로운 가설을 들이대면 일상성은 순식간에 안
정을 잃고 이상한 형상을 취하기 시작한다. 일상은 활성화되고 대상화
되어 당신의 의식이 강하게 휘둘리지 않을 수가 없을 것이다(「SF의 유행
에 대하여」『전집016』p.380).

일상성에 매몰되거나 타성에 젖어 현실의 이면에 세계를 보지 못하
고 있는 우중들에게는 말 그대로 겉으로 드러난 현상적인 사실에 대한
절대적인 신뢰 탓에 현상이 그와는 전혀 다른 얼굴을 은폐하고 있다는
가능성마저 의심하지 않는다. 작가는 바로 이 부분을 개탄하며, 대중들
이 현실에 가설을 들이대고 그 응고된 고착성을 해체할 수 있는 통찰력
을 갖도록 해야 한다는 사명감에 불탄다. 이것이 바로 작가와 예술의
존재 이유라는 메시지가 숨겨져 있는 것이다.

아베가 이 소설을 집필할 당시 가장 절대절명의 과제는 독자들이 일
본의 전쟁과 전후처리에 대한 올바른 인식과 사태의 적확한 파악을 갖
도록 하는 것이었다. 이 과제수행을 위해서 들이댄 가설이 바로 작가가
흔히 말하는 보조선의 발견인 것이다.

예컨대 피타고라스 정리를 증명하기 위해서는 직각의 꼭짓점에서 밑
변에 수선을 내려서 그것을 연장한 보조선을 그으면 된다. 어려운 것은
증명 그 자체보다도 오히려 보조선의 발견에 있다. 보조선 발견의 비결
은 외형에 휘둘리지 않고 그곳에서 크게 비약하는 것이다. 나는 자주 이
방법을 소설 상에도 응용해왔다. 죽은 사람이나 유령에게 즐겨 등장을
원한 것도 그 때문이다. 이 미래를 예언하는 기계라든가 물에 사는 인간
들도 〈오늘〉의 정체를 규명하기 위한 보조선의 일종에 다름 아닌 것이다
(「오늘을 찾는 집념」『전집015』p.436).

외형, 즉 일상성에 휘둘리지 않고 현상에서 크게 비약하는 것, 바로 그것이 보조선의 발견인데 작가에게 본 소설에서의 보조선은 바로 「손」의 발견이라고 할 수 있다. 작가의 말처럼 '발견이 봉쇄되어 있는 세계'[5]를 돌파하려면 가설이 필요할 것이고 그 가설을 증명하기위해서는 보조선이 필요한데 그것이 이 소설에서는 「손」이었던 것이다.

> 미지의 자연계를 탐구하는 것이 탐험가나 자연과학자인 것처럼 영혼의 미지의 영역을 탐구하는 것이 소설가인 것이다. 소설가의 재미는 그 발견의 재미인 것이다(「나의 소설관」『전집004』 pp.282-283).

영혼의 미지의 영역을 열기 위한 키와 같은 존재인 보조선, 즉 손의 발탁은, 변신담으로의 진행이라는 소설의 방향은 물론, 일본의 파시즘의 실체를 우화로 그려내는 소설의 방법까지 담보해준 말 그대로 대사건이었다. 그 발견은 소설가의 재미뿐만 아니라 그대로 독자의 재미가 되었으며 작가는 손의 환유를 통해 우화로 그려냄으로써 대단한 문학적 수확을 거두고 있다.

역사적으로 「손」은 문화나 종교 등에서 관습화된 이미지로 다양하게 정착[6]되어 있는데 문학에서는 카프카의 소설이 독보적이다. 그의 작품에서는 「손」이 몸으로부터 분리되어 방황하는 이야기라든가 왼손과 오른손이 자신과 관계없이 싸움을 시작하는 줄거리도 있다.

시모야먀 도쿠지(霜山德爾)는 인간에게 있어 손의 역할을

> 역사적으로 볼 때 직립보행이라는 인간특유의 체위로 인해 손은 발에서 완전히 독립하여 자유를 얻고 이 자유는 기적적인 진화를 야기한다. 손이라는 이름의 별개의 신체가 완전히 새로운 과업을 수행하면서 인간은 뇌의 발전은 물론, 개안의 경지까지 도달하게 되었으며 다른 동물과의 차별화에도 완전한 성공을 거두게 되었다. 칸트는 손을 「외부의 뇌」

라고 까지 명명하기에 이른다.[7]

　면서 「손」의 「발」에서의 독립이 궁극적으로는 인간 뇌의 발전은 물론 개안의 경지까지 도달하게 되었음을 소개하면서 심지어는 '손이 외부의 뇌'라고 말한 칸트의 예까지 들며 손과 뇌의 밀접한 관계는 물론, 「손」의 능력 덕분에 인간이 동물과의 차별화에 성공하고 있음을 평가하고 있다.

　본 소설에서는 전쟁 때 전서구(傳書鳩)로 혁혁한 공을 세웠던 「나」가 내레이터로 등장하며 「나」를 사육하던 병사를 「나」는 손이라 부르고 있다.

　모진 눈보라가 치는 어느 날 「손」이 쇠톱으로 「나」의 양발을 잘라 절도하는 장면에서 소설은 시작된다. 비둘기는 발을 절단당하는 와중에서 지금까지의 자신의 삶의 여정을 밝힌다. 「손」은 전쟁이 끝나고 한참이 지난 후 초췌한 몰골로 나타나 낯선 곳으로 「나」를 데려가서는 생활수단으로 「나」를 서커스에 이용한다. 그러던 어느 날 그가 「나」를 화가에게 팔아넘기고 이윽고 「나」는 박제가 되고 껍질속의 「나」의 육체는 탕으로 끓여져 먹히고 만다. 거기서 「나」는 다시 로터리의 평화의 비둘기상으로 재탄생되지만 「손」에 의해 다리를 절단, 절도 당한다. 여기까지가 첫 장면이고 이어서 「나」는 평화를 혐오하는 익명의 남자들에게 팔아넘겨진다. 평화의 비둘기상 때부터 구리로 바뀐 「나」는 다른 구리들과 섞여 총탄으로 새롭게 태어나지만 저격자의 총 속에 장전되었다가 마지막으로 발사된다. 「손」을 향해 발사된 「나」때문에 「손」은 쓰러지고 「나」의 일부는 나무줄기에 박히고 「나」의 변형은 완료된다는 것이 이 소설의 줄거리이다.

　현실의 이면에서 전쟁을 사주하거나 전쟁 후에도 끊임없이 술수를 쓰고 있는 이데올로기로 무장한 가해자[8]는 처벌은커녕 또 다른 가해자로 둔갑하는데 그 영향으로 별상관도 없는[9] 「손」과 「나」가 살해당하거나 산산이 분해당하는 어처구니없는 현실의 우화인 것이다. 드러난 소설의 결말은 「손」이 죽고 「나」는 변형은 완료했다고 담담하게 묘사되어 있지만 독자들에겐 이런 현실에 대한 작가의 분노의 규탄이 읽혀지고 있다.

## 3. 비둘기의 변형 이력

이 소설에서 화자인 「나」는 변신을 거듭하는 신세이지만 연원은 비둘기 신분이었다. 비둘기인 「나」는 전쟁터에서는 서류를 전달하는 전서구였으며 많은 공을 세워 훈장까지 받았지만 「나」는 그런 사실은 고사하고 전쟁에 참가하고 있다는 사실마저 전혀 인식하지 못하고 있다. 이른바 본능만을 좇는 자아의식이 전무한 캐릭터이다. 이 소설의 행간에 숨어 있는 전쟁광들은 그런 의식이 전혀 없는 그를 맘껏 유린한다.

> 내가 전서구였을 무렵 나는 혈통이 잘 보존된, 뛰어나게 아름다운 비둘기로 영리하기도 하고 많은 공을 세워 다리에는 통신관 외에 알루미늄으로 만든 붉은 「영웅훈장」을 달고 있었다. 그러나 물론 나는 그런 것을 몰랐다. 나에게는 푸른 하늘과 동료를 좇아 하늘을 나는 날개 감각의 유쾌함과 식사 때의 부산함과 띄엄띄엄 확대된 시간의 다발이 존재하는데 불과했다. 형용사도 없고 간단히 설명도 할 수 없는 나였다. 나는 단순하고 유일한 나였다. 지금이니까 이런 설명이 가능하지만 당시에 나는 나라는 사실 조차 의식하지 않았다.[10](필자 번역. 이하 같음)

「나」는 「나」라는 사실조차 의식하지 못하는 하나의 부화뇌동(附和雷同)의 전형적인 존재이다. 그저 친구들과 창공을 날아다니고 부산하게 먹이를 쪼아대는 본능에 충실한 자신, 그이상도 그이하도 아니다. 따라서 전쟁 수행도 영웅훈장도 「나」에겐 아무런 의미가 없다. 여기서 비둘기는 단순한 한 마리의 새를 뛰어 넘어 사용자의 의도에 맹종하는 도구이미지의 완벽한 반영이며 주체성이 결여되어 좌충우돌하는 다수의 군중을 환유하고 있는 것이다.

다케야마 모리오(竹山護夫)는 이것을 다음과 같이 진단한다.

> 사회의 성원이 타자인지가 곤란할 때 그와 동시에 자기감정 판단 행위를 이끄는 준거를 상실하고 자기인지도 어려워져서 대부분은 퇴행으로 이 사태에 대응하게 된다.11)

타자에 대한 인지가 불가능하게 되고 자기감정 판단 행위를 이끄는 준거를 상실하여 자기인지도 어려워지게 되는 인간은 대부분 퇴행으로 이 사태를 대응하게 된다는 분석이다. 위인용의 퇴행적인 사회성원은 그저 본능만을 좇는 비둘기의 모습과 완전히 오버랩 된다. 이것이 그대로 일본의 군국주의의 발호의 원인을 제공한 단초이다. 도구의 이미지를 갖는 무개념의 다수의 군중들은 확고한 자의식을 장착한 타자들의 집합과는 달리, 다루거나 조정하기 쉬어 파쇼자의 타깃이 되고 군국파시즘이 배양될 온상의 최적의 조건이 된다.

자아의식이 공고한 타자로서의 개체가 아니라 본능에 따라 우왕좌왕하는 비둘기는 전쟁이 끝난 후에도 자신을 도구로 이용하러 나타난 초췌한 「손」에 대해서도 적대심은커녕 그의 어깨에 앉아서 향수에 젖고 있다.12)

> 몇 개월쯤 되던 날 나의 책임자였던 비둘기반의 병사가 불쑥 나타났다. (중략) 돌연 습관이 안개처럼 나를 적시고 무의식중에 「손」의 어깨에 앉아 나는 불안한 향수를 느꼈다. (중략) 나는 손의 생계의 도구가 되고 물론 나는 자각하지 않고 새로운 습관에 녹아 들어갔다(p.46).

과거의 관습대로 「손」의 어깨에 앉아 불안한 향수를 느끼는 나의 모습은 의식 있는 타자가 아니라 도구로서의 완전한 포즈이다. 결국 「나」는 아무런 자각도 없이 그의 도구가 되었다고 담담하게 밝히고 있다. 도구는 손의 연장13)이라고 하는데 바로 이 비둘기는 손의 연장으로서 도구의 메타포인 것이다.

　　나는 지금 「평화의 비둘기」상이다. 나는 명확한 의미를 갖고 있으며 의미 그자체이지만 그러나 나는 단순히 나 스스로 나일 수는 없다. 간단히 말하면 나를 지탱해주는 사람의 행위에 의해서만 나는 존재할 수 있는 것이다. 그런 사정으로 나는 거리의 로터리에 세워졌다. 그것은 또한 정치 역학의 사거리이기도 했을 것이다(p.48).

전쟁을 수행하며 훈장까지 받았던 자신이 현재는 평화의 상으로 로터리에서 선전용으로 이용되고 있는 것도 패러독스이지만 자신 스스로가 의미 그 자체라면서도 그것은 그를 지탱해주는 사람의 행위에 의해서만 존재한다는 것도 역설이며 비정치적인 그가 정치 역학의 현장을 파수하고 있는 것도 아이러니이다. 이런 모순투성이의 현장14)에서 비둘기는 분라쿠의 인형이나 노오의 가면과 같은 존재이다.15) 이런 소도구적인 특징은 철저한 그의 수동형의 생태로도 에스컬레이트되고 있다.

　　크고 어두운 건물의 약품냄새 진동하는 방이었다. 그곳에서 나는 반듯이 뉘어져 가슴 털이 헤쳐지고 날카로운 메스로 절개되었다. 나의 몸은 도려내어지고 마치 셔츠를 벗듯 가죽으로만 남겨졌다. 내 몸은 곧 냄비에 담아져 끓여 먹히고 말았다. 그리고 가죽은 안쪽이 채워져 철사로 만든 뼈대로 지탱되어 박제가 되었다. 그리고 다시 상자에 넣어져 다음으로 운반된 곳이 예의 그 남자의 아틀리에였다. 남자는 나를 모델받침에 얹어 날개상태나 목의 위치를 고쳤다. 이미 나는 당하는 채였다. 남자는 나를 응시하고는 점토를 반죽하거나 깎거나 했다.

　　大きな暗い建物の、薬品臭い部屋だった。そこではおれは仰向けに
　　寝かされ、胸の毛をかき分けられ、鋭いメスで、切り開かれた。おれ
　　の中身はえぐりだされ、まるでシャツをぬぐように、皮だけにされ
　　た。おれの中身は、すぐ鍋に入れられ、煮て、食べられてしまった。
　　そして、皮のほうは、中に詰物をされ、針金の骨組で支えられて、は
　　くせいになった。それから箱のおさめられ、次にはこばれたのは例の
　　男のアトリエだった。男はおれをモデル台にのせ、翼の具合や首の位
　　置をなおした。もはや、おれにはされるままだった。男はおれを見つ
　　めては、粘土をこねたりけずったりした。(p.47) (수동형을 확실히 나
　　타내기 위하여 필자 임의로 하선 처리하고 이 부분만 원문을 게재함.)

　자신의 생명이 깡그리 유린, 해체당하는 현장이지만 감정을 발산하
는 흔한 형용사 하나 없으며 그 행위가 철저하게 자의식이 배제된 채
기계적인 수동형으로 매끄럽게 진행되고 있다. 예외 없이 도구속성이
유감없이 발휘되는 장면이다. 비둘기의 이렇듯 거듭된 변형은 고스란히
이용당하고 착취당하고 해체당하는 이력이다. 이 변신은 총탄이 되어
손을 죽임으로써 완료되지만 그것도 자신의 의지와는 아무런 상관없이
변함없는 수동의 이력의 소산이다. 아베는 이런 유형을 일본사회에서
읽어내고 있다.

　　특히 그러한 사회적 의식을 포착하는 일이라든가, 이 능동성이라는
　　것이 일본문화사 속에서 매우 약한 것을 통감했다.[16]

　일본인의 능동성의 허약함을 통감하고 있다는 작가의 언설이 본 소
설쓰기와 비슷한 시기에 나온 것은 매우 주목할 만한 일이며 비둘기가
종순(從順)하는 일본인의 상징이자 은유라는 것을 방증한다.
　다케야마(竹山)는

　나치즘이나 이탈리아의 파시즘의 경우와는 달리, 일본에 있어서는
〈대중자신에 대한 대중의 독재〉는 실현되지 않고 주체가 되는 대중운동
의 존재는 부재한 채 「서서히」 「위로부터」(마루야마 마사오) 위 두 나라
와 흡사한 체제가 만들어졌다. 전시체제 구축 추진자에게 있어 최대의
어려움은 한 측면, 특히 정치 분야에서 대중으로부터의 자발성이 없고
국민의 저변이 이 체제를 수용하면서도 항상 수동적이었던 부분이다.17)

라고 밝히며 이 일본인의 이런 수동성 때문에 이탈리아의 파시즘과는
다른 양상의 파시즘18)이 일본에서 야기되고 있다고 주장하고 있다. 당
시 아베가 일본인의 능동성 결핍, 나아가서는 수동적인 자세에 대해 예
의주시하고 있는 것과 같은 맥락의 말이다. 소설 속에는 자아의식의 결
여와 수동으로 일관하는 보통사람들을 은유한 비둘기의 무심한 자세가
예기치 않은 역사를 초래하게 되고 비극이 야기될 수밖에 없다는 경고
성 메시지를 담고 있다.

　파시즘에서는 무엇보다도 〈뿌리 뽑힘〉의 요소가 부각된다. 이는 아무
런 계급적, 사회적 귀속의식도 없는 이들이 파시즘의 주된 지지자였음을
강력히 시사한다.19)

　위 인용은 아무런 계급적, 사회적 귀속의식이 없는 비둘기와 같은 존
재를 파시즘에 빠지기 쉬운 위험한 존재로 꼽고 있다. 이런 양상의 비둘
기라는 캐릭터는 작가의 정교한 창조문법과 치밀한 계산에 의한 산물임
은 재론의 여지가 없다.

## 4. 손의 운명

본 소설 속에서「손」은 비둘기와는 달리 약간의 자율과 의식이 얼마간 허용되어 있는 존재이다. 그러나 그도 이름이「손」인만큼 그의 모든 존재가치는 작가가 소설에 임하던 당시 품었던 손의 이미지에 국한된다.

시모야마는「손」의 부정적인 작용을 언급하며

> 그러나 손에 의해 비로소 과오 많은 인생이 만들어진다. 혹시 인간에게 손이 없다면, 즉「4개의 다리」였다면 가령 아무리 보기 흉하고 짐승 같아도 얼마나 악행이나 고뇌로부터 자유로울 것인가? 또한 손을 잃은 비너스가 오히려 그것 때문에 정신성을 얻을 수 있게 된 것이다. 혹시 비너스에게 손이 있었다면 F·라벳슨처럼 그것이 폭력에 대한 설득의 우위를 상징하고 있다는 이념을 발상할 수는 없었을 것이다(주 6과 같은 책, p.75).

라며 즉「손」이 발에서 독립하지 않았다면 인간은 현재만큼 악행과 그에 따른 고뇌가 없었을 것이고 심지어는 비너스 상에「손」이 없기에 그것이 폭력에 대한 설득의 우위를 상징하는 이념일 수 있었다는 설까지 등장할 수 있게 되었다며「손」이 갖고 있는 과오와 죄의 일면에 대해 언급하고 있다.

본 소설의 내용상「손」이 갖는 과오의 측면은 위인용과 궤를 같이 하면서도「손」의 과오의 측면보다는 명령이행성과 맹목적성, 그리고 미시적 단견만이 부분 강조된 캐리커처[20]로 손을 등장시키고 있다. 따라서 본 소설에서「손」이라는 존재는 머리의 지시를 받아 전쟁을 수행한 행동대이지만 전쟁이 끝나자 부도난 수표처럼 오히려 무기력하게 망가지고 무너지는 역설을 겪는「손」으로 등장한다.

> 손은 여전히 군복을 입고 있었지만 전처럼 견장도 밴드도 하고 있지
> 않았고 주름은 찌부러져 쪼글쪼글 했다. 모자는 쓰고 있지 않았고 윤기
> 없는 머릿결이 먼지를 폭 뒤집어쓴 채 자라있었다. 손은 반가운 듯이,
> 동시에 얼마간 뒤가 켕기는 듯이 나를 보았다(p.46).

종전 후 전쟁을 사주했던 「머리」는 온데간데없고 전쟁에 동원되었던
「손」만이 전쟁의 폐허처럼 초췌한 몰골로 유기되어 있다. 철저한 전쟁
소모품의 누추한 모습으로 삶의 근거를 잃어버린 그가 방황하는 곳은
철지난 전쟁주변21)이고 그곳에서 비둘기와 조우하게 되며 생존을 위하
여 그를 이용할 수밖에 없다. 따라서 그는 뒤가 켕기듯이 비둘기를 바라
보는 것이다. 일말의 양심은 남아 있는 모습이다.

> 손은 내 목숨을 지폐 몇 장에 팔아넘긴 것에 매우 후회하고 있는 것이
> 틀림없다. (중략) 손은 생활에 쪼들리고 있었다. 그는 매일 매일의 불행
> 이 뭔가 나에 대한 죄의 탓이거나 한 것처럼 망상에 사로잡히기 시작한
> 듯 했다. 물론 그것은 단순한 망상에 불과했다. 그러나 그로서 보면 그것
> 은 현실의 의미와 같았다. 그는 이 비밀을 혼자서 간직하는 것을 견딜
> 수 없어 했다. 그리고 만나는 사람마다 나의 운명에 대해서 말하는 것이
> 었다. 나를 「평화의 상징」에서 손의 운명으로 끌어 내리기 위하여(p.48).

「손」은 현재 자신의 불행이 비둘기를 헐값에 넘긴 것에 대한 죗값이
라는 망상에 빠진다. 그리고 자신의 불행을 야기했던 평화와 그 평화의
상징으로 비둘기가 존재하는 현실을 용납할 수 없었다. 그래서 그는 역
시 이름에 걸맞게 손으로 행동을 보여준다. 평화의 비둘기 상을 절도하
는 것이다.

> 어깨에 걸친 자루에서 60센티 남짓의 쇠톱과 줄을 꺼내고 남자는 다른
> 손으로 내 발목을 확인하듯 만졌다. 그러자 그때 나는 남자가 누구였는

지 곧 생각해냈다. 그 남자이다. 이것은 그 남자의 손놀림이고 그 남자밖
에 할 수 없는 손놀림이다. 아니 그 이상으로 나를 변형시키고 내게 운명
을 준 바로 그 손이다. 나에게 있어서 그 남자는 그 손의 부속물에 지나지
않았다(pp.44-45).

자신에 대해서는 거의 무지에 가까운 비둘기가 '그 남자는 손의 부속
물에 지나지 않았다'는 가혹한 평가를 타자에 퍼부어대는 장면에서는
실소가 터져 나올 만큼 골계적이다. 결국은 「손」의 이 절도행위는 종말
의 서곡이 된다.

　　방아쇠가 당겨지고 회극적인 에너지가 폭발하고 나는 일직선으로 터
널을 미끄러져 나갔다. 그것은 유일하고 필연적인 길이었다. 다른 길은
없었다. 나는 손을 향해 똑바로 달려 얼마간의 살과 피를 뜯어내고 그대
로 관통하여 가로수 줄기에 박혀 찌그러졌다. 내 배후에서 손이 신음하
고 쓰러지는 소리가 났다. 그리고 나는 마지막 변형을 완료했다(p.49).

머리가 실종된 곳에 행동의 상징인 「손」이 처참하게 쓰러지는 현장
이고 「손」의 말로를 비극적으로 묘사한 장면이다. 불과 6개의 문장이지
만 여기에는 작가의 섬뜩한 의도가 숨겨져 있다. 우선 심판받아 마땅한
저격자가 익명인데다가 문장에서 주어로 존재해야하지만 행간에 숨어
드러나지 않은 채 방아쇠가 당겨지고 회극적인 에너지가 폭발하며 총알
인 「나」는 총구인 일직선의 터널을 미끄러져 갔다는 묘사이다. 이것은
가해자인 주체가 오리무중이라는 말이고 총탄이 발사되는 엄청난 에너
지를 회극적이라고 묘사한 것 자체가 광기적인 현실을 희화화한 것이
다. 또한 총구의 외형처럼 총알인 내가 달리는 터널길이 유일하고 필연
적이라는 묘사는 「손」의 죽음이외에는 다른 선택지가 전무한 운명을
상징한 것이다. 도구로서 마지막 행위인 「나」의 질주가 「손」을 파쇄 하

는 데도 동요는 없고 철저히 감정이 배제된 묘사는 철저하게 희극적이기에 더욱 참을 수 없는 비극인 것이다. 결과적으로 「나」의 그런 무저항, 무대응이 삶을 위해서 비둘기를 이용하고 절도할 수밖에 없었던 힘없는 피해자인 손을 죽이는 결과를 초래했다는 소설속의 허구로서의 교훈인 것이다. 더구나 엉뚱한 결과에 일말의 책임마저 부담해야할 변형을 「완료」했다고 담담하게 심정을 밝히는 장면도 뒤틀린 현실의 은유인 것이다.

작가는 이런 현실에 대해

> 우선 전범(戰犯)이라는 말의 의미를 나는 여기에서 재고하지 않을 수 없다고 생각한다. 스가모(巣鴨)에 복역하고 있는 B·C급 전범들을 만나서 이야기 한 결과 그들의 대부분은 거의 전범이라는 이름에 어울리지 않는다. 그들이 오늘날 전범이 된 것은 그들의 죄 때문이라거나 인류의 문명과 평화라는 이름에서가 아니라 오히려 일종의 정치적 음모의 희생자라는 편이 어울린다. 그 대부분은 극단적으로 말하면 정족수를 채우기 위하여 수의를 입힌 것뿐이다. 날조된 희생자들로 인권문제까지 있다고 생각한다(주 16과 같은 책, p.64).

라고 밝히고 있다. 이런 전후의 사정을 파악해보면 「손」이 맞는 최후의 장면은 전후처리 당시의 저주의 굿판과 같은 현실을 패러디한 우화임이 확연히 드러난다. 그것은 날조된 희생자들이 필연적이고 유일하게 개죽음 당하는 현실에 대한 문학적인 탄핵이다.

작가의 전후 처리에 대한 진정한 바람은 아래와 같은 것이었을 것이다.

> 게다가 그것은 국민 스스로의 손으로 재판하고 전쟁범죄를 범한 사실을 어떻게 처리할 것인가 하는 것도 국민자신이 결정해야할 사항이다. 전쟁범죄를 사죄하려고 하는 자에게는 그 길을 가게하고 전쟁범죄를 자각하지 않는 자들에게는 그것을 자각시키지 않으면 안 된다(「벽 두꺼운

방에 대하여」『전집004』 p.64).

재판하고 전범자들에게 사죄시키거나 자각시키는 것도 모두 국민의 손으로 이루어져야 함을 역설하는 작가의 언설이다. 하지만 소설 속에서는 손이 전범자들에게 살해당하고 있다. 심판받아야할 전범자들이 삶에 쪼들리는 무고한 시민22)인「손」을 살해함으로써 심판23)하는 것이다. 비둘기인「나」는 그동안 줄곧「손」의 도구에서 어느새 전쟁범죄자들의 도구인 흉탄의 신분이 되어「손」을 향해 질주하는 것이다. 그렇기 때문에「손」을 향해 날아가는 흉탄은 역설적인 역주행이다. 작가가 이런 현실을 개탄하면서 희극적이라고 표현하고 있기에 현실은 더욱더 비극적인 것이다.

## 5. 막후의 손들

본 소설은 고위직 공무원이나 정부의 첩자들의 무대 뒤편에서의 암약을 비둘기를 통해서 밝히고 있다. 그들은 온갖 술수와 책략으로 자기들의 범죄행각을 서민들에게 뒤집어씌우며 관철시킨다. 본소설의 다른 부분에서는 에둘러 표현하는 것으로 일관하고 있지만 이곳에서는 직설법이 거침없이 사용되고 있다. 이것도 묘사에 힘을 싣는 방법의 일환이다. 완곡어법으로 일관하기보다는 한번쯤의 직설법은 아무래도 임팩트가 훨씬 강하기 때문이다. 문제는 이들이 얼핏 보아서는「머리」인 것처럼 보이지만 그들도 역시 명령을 받아 행사하는「손」의 다른 버전일 뿐이다24). 이른바 음지에서 암약하는 보이지 않는 은폐된「손」들이다.

작가는 독자들에게 이면에서 이루어지고 있는 역사에 대해서 알았으면 하는 바람으로 이런 류의 소설을 썼다고 밝히고 있다.

다만 나는 이것을 쓰면서 역사라는 것, 혹은 사회라는 것이 인간을 꿰뚫고 나오는 것을 그 개인의 배후를 봤으면 하고 생각했다. 또한 역으로 인간의 의식이 이 사회에 어떻게 관련되어 있는가 하는 것이 매우 난해하다고 생각했다(「벽 두꺼운 방에 대해서」『전집004』, p.64).

겉으로 드러난 역사가 아닌 개인의 배후에 은폐되어 암약하는 또 하나의 역사를 독자들이 보았으면 하는 염원이 집필 배경25)임을 고백하고 있는 것이다.

그것은 피부라는 일상성을 절개하여 그 속의 암흑을 보여 준 것이다. 피부의 내부를 파헤침으로써 비로소 외부의 합리적인 모든 관계가 파악되고 경험주의적 의학이 과학적인 의학으로 첫발을 내디딘 셈이다(「우선 해부도를-르포르타쥬 제창과 사족에 따른 그 부정」『전집005』, p.283).

작가는 피부라는 일상성을 절개하여 그 속에 숨겨진 암흑을 발견하는 일이 곧 외부의 합리적인 모든 관계26)를 파악하는 것이라고 자신의 견해 속에서 피력하고 있다.

고위 공무원들은 그를 이용하여 나를 훔치게 하고 다음으로 그를 죽이려고 획책했던 것이다. 게다가 나를 사용해서! 거리를 두 블록 정도 지난 어느 모퉁이의 불탄 빌딩 지하실 입구에서 손은 발걸음을 멈추고 안에서 4,5명의 사나이가 나타났다. 한 사나이가 나를 받아들고 다른 사나이가 손에게 무언가 봉투를 건네고 탁하고 어깨를 치며 웃었다. 그리고 넋을 잃고 한참을 서있는 손을 뒤로 하고 사나이들은 재빠른 걸음으로 사라졌다. 사라지면서 사나이 하나가 말했다. "잘됐어, 미친놈도 쓰기 나름이야. 그놈은 그놈대로 돈을 받은 데다가 액막이로 생각할 테고 이쪽은 이쪽대로 액막이를 한 셈이니까 말야." 다른 사나이가 말했다. "현실이 공상을 이용한 거야." "놈이 이동상을 훔치고 싶었던 것은 알고 있는 사람도 많고 놈이 범인이라는 걸 누구도 의심하지 않을 거야." "게다가 미친놈으로

통하고 있잖아." "알리바이가 우리를 은닉해주기 위해서 그쪽에서 온 셈
이지." 이 남자들은 정부의 첩자였다. 그들은 내가 눈엣가시였다. 나를
존재시키는 자들이 눈엣가시였던 것이다. 그래서 좁은 현실에 눈이 멀어
미친 손을 사주한 것이다(pp.48-49).

정부나 고위 공무원[27]들이라고 확실하게 대상을 밝히긴 했지만 그들
은 어떤 한사람의 특정한 인물이나 확인할 수 있는 대상이 아니라 다수,
혹은 그룹이란 익명으로 얼버무려지고 있다. 제대로 된 전후처리였다면
마땅히 처벌당했어야 하는 그들은 처벌은커녕 어리석은 민중을 유린하
며 새로운 도발을 감행하고 있는 것이다. 평화의 도래에 대한 자신들의
혐오를 서민들을 희생의 제물로 하여 자신들은 조그만 혐의조차 입지
않은 채 완벽한 알리바이 위에 뚝딱 해치우고 있다. 이른바 정치공학의
귀재들의 행태이다.

　　진정한 전범은 어물쩍 사라지고 없다(「벽 두꺼운 방에 대해서」『전집
　　004』, p.65).

본 소설은 이 한마디로 수렴된다고 해도 과언은 아니다. 작가는 이 한
마디를 하고 싶어서 본 소설을 쓰고 싶었는지도 모른다. 문제는 전후처리
에는 종적을 감추었던 그들이 불사조처럼 부활하여 막후에서 새로운 만
행을 일삼고 있다는 점이다. 이것은 과거나 현재처럼 미래도 암울할 것이
라는 우울한 전망이다. 그들은 평화가 도래한 시기조차도 과거 전쟁 시기
에 푹 젖어 살다보니 현재의 평화와 평화의 상징이 척결대상인 것이다.
그것은 오로지 그들이 벗어날 수없는 습관적 관성에서 기인한다.

　　인간이 갑자기 비운을 당해 손을 잃었을 경우, 그 손은 재생된다. 물론
　　실제가 아니라 오랜 기간 마치 존재하는 것 같은 체험의 형태인데 이것
　　은 일반적으로 「환영지」라고 부른다. 그 사람들은 언제나 손의 존재감을

확실히 느낀다. 예컨대 주먹을 쥔 것 같은 느낌 속에서 5개의 손가락의
존재도 알고 때로는 가려운 느낌이나 저리는 느낌도 들고 음주나 날씨가
바뀌는 부분이나 쌀쌀할 때에는 그것에 통증을 느끼기도 한다. 그것은
인조 손을 달아도 없어지지 않고 오히려 방해로 느끼기도 한다(주 6과
같은 책, pp.86-87).

　비운을 당해서 손을 별안간 잃었을 때 손이 부재하는 현실 속에서도
실재했던 과거이상으로 확실한 존재감을 느끼는 것은 과거의 습관이
야기한 고정관념의 집요함 탓이다. 마찬가지로 전쟁에 모든 것을 걸었
던 「머리」들은 어느 날 갑자기 전쟁이 끝났음에도 이런 환영지(幻影肢)
와 동종의 유사체험 속에서 벗어나지 못하는 것이다.
　소설 앞부분에서 「손」의 연이은 불행이 비둘기를 돈 받고 팔아넘긴
것에 기인하고 있다고 스스로 생각하는 「손」의 망상과는 비교도 안 될
메가톤급 망상이 이미 행동개시에 나서고 있음을 막후의 「손」들은 생생
하게 증명하고 있는 것이다. 자의식이 없이 우왕좌왕하는 우중들에게
파시즘은 죽지 않았으며 변함없이 우리의 빈틈을 노리고 있다는 현실에
대한 경고나 교훈까지 함의하고 있다고 볼 수 있다.


## 6. 나오며

　아베 코보의 변신담 중의 하나인 소설 『손』에 은유된 내용을 우의성
을 중심으로 연구한 결과 다음과 같은 결론을 도출할 수가 있었다.
　전쟁이 끝나자 오히려 이유를 알 수 없는 무규율과 혼란이 도래하는
역설적인 상황 속에서 전쟁 책임자의 처벌이라는 역사적인 단죄는 고사
하고 명령에 따라 전쟁을 수행했던 자들끼리 물고 물리는 현실과 책임
을 회피했던 자들의 날조에 의해 「손」이 희생되는 또 하나의 패러독스

를 작가가 포착해낸 것이 본 소설이다. 전쟁을 사주하고 조정했던 전범들, 즉「머리」의 부재 속에 그 명령을 수행했던「손」들만이 발호하는 본 소설은 제목처럼 데포르메된 손의 이미지가 회화적이다. 뒤틀린 현실을 신체구조의 일부인 손에 상감하여 변신담으로 그려낸 것은 작가의 가공할만한 솜씨의 반증이었다. 평화의 도래와 함께 그동안 숨어 지내던 실체 없는, 전쟁으로 회귀하고 싶은 관성에 젖은「머리」와 그와 영합한 일부「손」들의 망상과 파탄을 은유하는 본 소설은 현대판 우화임에 틀림없다.

완벽한 구성과 절제의 미학이 돋보이는 짧은 단편임에도 세태를 완전히 풍자해낸 아포리즘이자 알레고리인 것이다. 이것들을 가능케 했던 것은 사회구조를 인체에 빗대서 만든「손」의 다양한 메타포들 덕분이다. 우선 비극의 최후를 맞이한 소설제목인「손」을 중심으로 그의 도구역할을 했던 비둘기와 그의 잦은 변형, 그리고 전쟁광들의 무대뒤편의 암약 등 마치 장편에서나 있을 법한 내용이 압축파일처럼 펼쳐지고 있는 것이다.

이들은 모두「손」과 연루된 이미지들이다. 비둘기는「손」의 도구로서 이용되고 있는데 도구가「손」의 연장이라는 상식을 감안하면 또 하나의 손인 셈이다. 그리고 무대 뒤에서 암약하는 그들은 마치 자기들이「머리」인 듯 행동하지만 그들도 하수인으로 또 다른「손」의 존재에 다름 아니다. 게다가 소설 제목인「손」의 비참한 운명은 전쟁 후 어처구니 없이 단죄를 당했던 수많은 행동대원들을 환유하고 있다. 그리고 그「손」들의 여러 양상을 빌어 이 소설은 정의란 진정으로 존재할 수 없는 것이가에 대한 작가의 근원적인 회의와, 자의식이 없이 부화뇌동하는 우중들에게 파시즘은 죽지 않았으며 변함없이 우리의 빈틈을 노리고 있다는 현실에 대한 경고나 교훈까지 함의하고 있다고 볼 수 있다.

## 주

1) 安部公房, 「手」『安部公房全集003』 株式会社 新潮社.

2) 日本弁護士連合会,『日本の戦後補償』, 明石書店, p.225.

3) 安部公房, 「偶然の神話から歴史への復帰」, 『安部公房全集002』, 新潮社, p.337.

4) 安部公房, 「私の小説観」,『安部公房全集004』, 新潮社, pp282-283.(이하 전집 은 인용문에 표기함)

5) 「익명성과 자유의 원점의 발상- 청춘과 폭력과 성」, 『전집026』, p.267.

6) 손의 이미지로 대표되는 것이 불교의 자비나 구원이다. 그 외 동서양에는 「손」의 수많은 이미지가 등장하는데 시모야마(霜山)는 '기도드리는 손만은 합장의 형태로 동서양이 동일하다. 그 모습은 움직임을 멈추고 자신을 포기 하는 손이며, 손안의 잡독(雑毒)의 발호가 눈에 보이지 않도록 포개고 간절 한 지향을 가슴 앞에서 넘치도록 하는 행위이다'라며 기도의 성스러움에는 손의 모양새를 똑같이 하고 있음을 주장하고 있다(霜山徳爾, 「手のいとな み」, 『人間の限界』, 岩波新書, p.76).

7) 주6과 같은 책, p.74.

8) 소설에서 「손」의 대립항으로 「머리」라는 존재의 유추가 가능하지만 언급이 철저하게 배제되어 있다는 점에서 전쟁에 대한 직접 책임자나 가해자가 부재하는 현실을 은유하고 있다. 이른바 집요한 「무언의 은유」인 셈이다.

9) 소설 내용상 삶에 쫓기는 「손」의 거듭된 악행으로 변신을 전전하게 된 「나」 가 「손」을 징벌한 결과가 되고 말았지만 그동안 「나」는 「손」의 행위를 단한 번도 원망하거나 죄라고 생각하지 않았으므로 독자에게 읽혀지는 진정한 내용은 「손」과 「나」가 모두 전쟁피해자라는 범주 안에서의 동료일뿐이라 는 것이다.

10) 安部公房, 「手」『安部公房全集003』新潮社, p.45 (텍스트, 이하 인용에 페이 지만 기록함.

11) 竹山護夫, 『近代日本の文化とファシズム』名著刊行会, p.182.

12) 도구의 이미지의 충실한 반영이긴 하지만 생물체로서의 최소한의 물증이기 도 하다.

13) '도구는 손의 연장이고 말은 또 그것의 연장이다'(주 6과 같은 책,p.78).

14) 이것도 작가의 치밀한 배치를 통해 온갖 모순이 난무하는 현실을 그리고
　　있음은 두말할 나위가 없다.

15) 수많은 세월의 축적을 통해 정형화된 이미지로 장착된 이미지로 고착화된
　　고정관념의 의미.

16) 安部公房,「壁あつき部屋について」,『安部公房全集004』株式会社 新潮社,
　　p.65.

17) 竹山護夫『近代日本の文化とファシズム』名著刊行会, p.225.

18) 일본의 군국주의를, 조장된 대중적 열광이나 격렬한 에너지, 나아가 국민의
　　단결과 순수성 및 힘이라는 목표를 위해서 자유주의 제도를 포기해야 하는
　　것을 주된 양상으로 하는 본래의 파시즘으로 보기에는 다소 무리가 따르긴
　　하지만 마루야마 마사오(丸山真男)가 지적하고 있듯이 일본 군국주의의 형
　　성과정이 아래로부터의 동인을 좌절시키고 마침내 위로부터의 전체주의로
　　나아가 전시동원체제로 간 것은 유럽과는 다른 동아시아 파시즘의 한 양상
　　이다. 한편 다케자와는 "일본의 초국가주의는 파시즘의 하나로서〈천황제
　　파시즘〉이라 불리고 있다"고 밝히고 있다(竹沢尚一郎,『宗教とファシズム』,
　　精興社 p.58)

19) 片山杜秀, 김석근 역,『미완의 파시즘』, 가람기획, p.62.

20) 이것은 작가 나름의 역사인식이 철저히 상감된 이미지로서의「손」의 재탄
　　생을 의미한다. 더구나 여기에서 손은 두뇌의 이항대립으로 쓰이고 있다.
　　뇌가 시키는 대로 여과 없이 수행하는 이미지이다.

21) 사회에서 통용되지 않는 군복을 여전히 입고 있다는 사실에서 전쟁에 향수
　　를 느끼며 전쟁주변을 기웃거리는 모습이 연상된다.「손」도 역시 하나의
　　전쟁 잔해물에 불과한 것이다.

22) 내용상 비둘기인「나」를 마구 유린하거나 기물파손 등의 악행을 저지르는
　　「손」을 무고하다고 표현하는 데에는 무리가 뒤따를 수도 있겠지만 적어도
　　소설속의 현실에서「손」의 행위는 필요악으로「나」가 전혀 그를 비난하지
　　않는 점에서도 그것을 읽을 수 있다.

23) 물론 당시의 현실에서는 전후 심판을 담당한 것은 GHQ였지만 소설 속에
　　서는 은폐된 전범들이 피해자를 살해하는 심판의 결과를 야기한다. 이 부분

도 위정자들과 GHQ의 야합에 의한 잘못된 현실을 은유한 작가의 패러디가 행간에서 읽힌다.

24) 일견 「머리」와 「손」의 중간존재처럼 비쳐지기도 한다. 본 소설의 정서상 「머리」는 은폐된 모습으로 더 윗선에 따로 존재한다는 느낌이 강하므로 역시 그들도 또 다른 「손」에 가까울 수밖에 없지만 획책을 일삼는 행위는 머리와 결이 같으므로 머리와 손의 절충적, 타협적 존재라 볼 수 있다.

25) 본 소설 집필시기에 집필된 작가의 창작노트이다.

26) 물론 합리적인 관계란 과학적 관점의 언설이고 사회적, 정치적 관점으로 보면 온갖 비리와 만행 등으로 얼룩진 묵계적 현실이라 여겨진다.

27) 소설 속에서 유일하게 「손」보다는 「머리」의 하부소속이라는 느낌이 드는 집단이다.

## 【 참고문헌 】

安部公房(1951) 「手」『安部公房全集 003』新潮社

_____(1950) 「偶然の神話から歴史への復帰」,『安部公房全集002』, 新潮社

_____(1954) 「壁あつき部屋について」『安部公房全004』新潮社

_____(1954) 「私の小説観」『安部公房全004』新潮社

_____(1959) 「異変」『安部公房全009』新潮社

_____(1962) 「今日をさぐる執念」『安部公房全015』新潮社

_____(1962) 「SFの流行について」『安部公房全016』新潮社

_____(1954) 「私の小説観」『安部公房全004』新潮社

_____(1978) 「匿名性と自由の原点の発想−青春と暴力と性」『安部公房全
    026』新潮社

구모룡 외(2009)『파시즘 미학의 본질』, 예옥

이상경(2009)『일제 말기 파시즘에 맞선 혼의 기록』, 역락

장문석(2010)『파시즘』, 책세상

会田雄次(1972)『日本人意識構造』講談社

池上嘉彦(2010)『記号論への招待』岩波新書

片山杜秀(2013)『미완의 파시즘』김석근 역, 가람기획

鯖江秀樹(2011)『イタリア·ファシズムの芸術政治』水声社

霜山徳爾(2002) 「手のいとなみ」『人間の限界』岩波新書

竹沢尚一郎(2010)『宗教とファシズム』精興社

日本弁護士連合会(1993)『世界に問われる日本の戦後処理』明石書店

_____(1994)『日本の戦後補償』明石書店

野村雅一(2002)『身ぶりとしぐさの人類学』中公新書

竹山護夫(2009)『近代日本の文化とファシズム』名著刊行会

茂木健一郎(2006)『ひらめき脳』新潮新書

山口昌男(1985)『身体論とパフォーマンス』(別冊国文学25号) 學燈社

일본근현대문학과
전쟁

2부

# 도덕적 정서를 통해 본 아시아태평양 전쟁
### - 오오카 쇼헤이(大岡昇平)와
### 이병구의 1950년대 전쟁소설을 중심으로 -

장지영*

## 1. 도덕적 정서로서의 죄책감과 수치심

전쟁이란 집단 간에 무력을 행사하여 행하는 투쟁으로, 국가 간의 이해가 충돌하고 그것을 폭력으로 해결하려고 할 경우에 발생한다. 평화시에는 법률에 의해 처벌을 받는, 타인의 생명을 해치는 일도 전쟁터에 한해서는 공식적으로 허용된다. 그러나 이렇게 면죄부를 받았다고 해서, 실제로 전쟁을 수행한 개개인의 병사들이 전쟁터에서 자신이 행한 살인이나 폭력 등에 대해 도덕적·심리적인 죄의식으로부터 자유로울 수는 없다. 그러한 죄의식이 전쟁문학에 녹아든 것은 당연한 결과일 것이다. 특히 참전 체험을 갖고 있는 작가들이 전후에 발표한 전쟁소설은 전쟁이 끝난 시점에서 과거의 사건을 되돌아보게 하므로, 자기반성과

* 한국외국어대학교 일본어대학 강사, 한일비교문학 전공

비판의 시각에서 접근할 때 죄의식을 배제하기는 힘들다. 이러한 죄의식은 전후에 발표된 전쟁 관련 문학작품 속에서 인물의 심리묘사와 사건에 대한 분석, 작품에 개입된 작가의 내러티브 등을 통해 수치심(恥)과 죄책감 등 도덕적 정서의 형태로 형상화되고 있다.

본고에서는 한국의 이병구와 일본의 오오카 쇼헤이(大岡昇平)가 1950년대에 발표한 작품을 중심으로, 아시아태평양 전쟁을 배경으로 한 전쟁소설에 묘사된 도덕적 정서를 분석함으로써, 전후라는 시간 속에서 한국과 일본이 아시아태평양 전쟁을 어떻게 기억하고, 문학적으로 형상화하고 있는가를 비교해보고자 한다.

## 2. 오오카 쇼헤이의 전쟁소설에 나타난 살아남은 병사의 '수치심(恥)'

『포로기(俘虜記)』(1952)는 1940년대 초·중반 암호병으로 필리핀의 전쟁터에 파견되었던 작가의 전쟁체험에 기초한 기록형식의 장편소설이다. 이 작품에 등장하는 '수치(恥;羞恥)'라는 말에 주목한 논문에서 하나자키(花崎育代)는 쇼와(昭和) 20년대(1945-1954)의 '수치' 부정의 풍조 속에서 오오카는 왜 '수치'에 대해 계속하여 썼던 것일까라는 문제를 제기한다. 그리고 『포로기』에서 '수치'가 갖는 의미를 포로의 '수치'를 뛰어넘어 인간으로서의 '수치'의 고찰에까지 이른 점에서 찾고 있다. 동시에 '수치'에 대한 집착에서 출발한 작가 오오카의 집요함은 관찰에 의한 '죄'의 인식에까지 도달하고 있다고 보았다. 여기에서 하나자키의 연구는 주로 포로 집단의 생태를 분석적으로 파악함으로써 전시하·점령하 일본의 현실 비판으로 나아갔다는 평가를 받고 있는 포로수용소에 대한 이야기를 다룬 부분에 초점이 놓여있다. 그런데 포로수용소에서 주인공 '나(私)'가 느끼는 '수치'는 병사로서의 체험에 기인한다는 점을 생각할 때, 포로가 되기 전 필리핀 파견과 주둔 중에 겪은 사건과 인물의 심리 묘사 및 분석에 주목할 필요가 있다고 보인다.

『포로기』의 주인공인 '나(私)'가 처음으로 수치심을 느끼는 것은 퇴각 도중 홀로 낙오되었을 때나 미군에게 포로로 붙잡혔을 때가 아니라, 산호세의 야전병원으로 이송되어 처음으로 다른 일본군 포로들을 만났을 때이다.

> 나는 느릿느릿 진흙탕 위에 걸쳐놓은 널빤지를 건너 문 앞에 이르렀다. 안쪽 텐트에 낯익은 일본 병사들의 까까머리가 줄지어있는 것이 보였다.
> 나는 심한 수치심을 느꼈다. 이것은 붙잡힌 이후로 내가 처음 보는 동포들이었다. 그리고 그들 또한 포로였다. 나의 수치심은 공범자의 수치심이었다.[1]

포로가 되는 것을 일본 군인이 가르치는 것만큼 수치스러운 것이라고는 생각하지 않았음에도 불구하고, 같은 포로의 신분인 동포를 보았을 때 '나'는 '살아서 붙잡힌 수치심'을 느낀다. 그런데 여기에서 느낀 수치심은 자신이 저지른 어떤 특정한 행위로 인해 직접 느낀 감정이 아니라, 다른 사람을 통해 상대적으로 느낀 것이었다. 그 감정의 원인을 다수의 동포들 사이에 혼자서 뒤늦게 합류한 상황에서 찾은 '나'는 그들 또한 스스로를 부끄럽게 여기지 않을까라는 상상에서 '그들이 나를 수치스러운 인간으로 생각하지 않을까 두려웠다'고 고백하고 있다. 그렇다면 '나'로 하여금 수치심을 느끼게 한 것은 무엇이었으며, '나'는 왜 동포들을 처음 만났을 때 그러한 감정을 느꼈던 것일까?

1987년에 발표한 「왜 전기를 쓰는가(なぜ戦記を書くか)」에서 작가 오

오카는 '군대는 현역병이라면 훈련으로 얻은 습성에 의해, 보충병이라면 스스로에게 부과한 도의에 의해 싸운다'고 한다. 그렇다면 30대 중반의 보충병인 『포로기』의 주인공 '나'가 이국의 전쟁터에서 스스로에게 부과한 '도의'는 무엇이었을까? 김기범과 김양하는 규칙위반에 따른 수치심으로 인해 부끄러움을 경험한다고 보고, 그 준거로써 타인에게 피해를 주었을 때, 사회 규범을 위반했을 때, 자기 통제를 하지 못할 때를 들고 있다. 이렇게 볼 때, 앞에서 살펴본 '수치심'은 '나'가 자신을 통제하지 못하고 스스로에게 부과한 도의를 위반하여 타인에게 피해를 준 것에서 기인한다고 볼 수 있다.

『포로기』에서 '나'의 도의는 전쟁터의 군인으로서 지녀야 하는 국가의 명령에 대한 복종 및 투철한 사명감, 적에게 붙잡힌 포로로서 지켜야 하는 마음자세 및 생활 태도 등의 형태로 나타나고 있으며, 이에 따라 '나'가 느끼는 수치 또한 다른 양상을 보인다.

## 1) 타인과 동화할 수 없는 수치심

『포로기』의 주인공 '나'에게 있어 첫 번째 도의는 전쟁터의 병사에게 주어진 의무인 국가의 명령에 대한 순응이라고 볼 수 있다. 그런데 '나'가 아시아태평양 전쟁의 격전지 중 한 곳인 필리핀에 온 것은 군인으로서의 투철한 사명감에 의한 것이 아니었다. 조국을 절망적인 전쟁으로 끌어들인 군부를 저지할 어떤 조치도 취할 수 없었던 이상 그들에 의해 부여된 운명에 항의할 권리는 없다고 생각하여, 자신의 의지와는 상관없이 국가의 명령에 순응하여 이국의 전쟁터에 오게 된 것일 뿐이었다.

따라서 주둔지에서의 '나'는 전쟁 수행 중의 병사임에도 불구하고 마치 남의 일처럼 전투가 일어나지 않기를 바란다. 산 속에 가만히 있으면 주둔지가 잊혀진 戰線으로 남겨질 가능성이 있었기 때문에, 상륙 도중 행방불명이 된 대대본부의 잠입대는 '환영해야할 손님'으로 생각되지 않았고, 잠입대를 찾기 위한 수색대 파견 또한 '그러나 불행하게도 우리들은 역시 "가지 않을"수가 없었던' 일이었다. 그리고 수색 도중에 민가를 약탈한 것도 '나'에게는 적에게 '소탕되어야 할 원인'을 만든 일이었을 뿐이다.

그런데 '나'는 확실한 죽음을 눈앞에 두고 있는 자신의 운명에 순응하고자 하면서도 다른 한편에서는 전쟁터에서 겪은 위기의 순간마다 삶에 대한 의지를 굽히지 않는 모순된 태도를 보인다. 미군의 공격을 받기전, 동료와 함께 범선을 구해 필리핀을 탈출할 계획을 세우기도 하고, 그것이 불가능할 경우 산에서 생존하기 위해 토착민들로부터 대나무로 불 지피는 법을 배우기도 한다. 또 말라리아에 걸렸을 때에는 스스로 강구해낸 치료법에 따라 식사량을 조절하고 '물'을 마셔, 이를 금지했던 군의관과 대립한다. 이러한 生死에 대한 모순적인 태도로 인해, 生의 범람을 보여주는 필리핀의 열대 풍물은 '나'에게 자신의 죽음이 다가온 확실한 증거로 느껴지고, 미군의 습격 직후 자신이 살아남은 것에 대해서도 '나'는 안도감보다는 '이상한(不思議な)' 기분을 느끼는 것이다. 이는 반복해서 죽음을 각오하고 있다고는 하지만, 인간으로서의 본능-'살고 싶다'는 '生'에 대한 갈망을 보여주는 것이라고 해석된다. 그리고 '나' 스스로도 자신의 이러한 모순적인 태도를 어느 정도 인식하고 있었다고 보인다.

그렇기 때문에 '나'는 자신과 마찬가지로 죽음에 초월한 듯한 태도를 보이면서도 행동으로써 자신의 확실한 죽음을 직시하며 맡은 바 임무에 충실했던 직업군인인 중대장에게 주목하고, 일종의 공감을 느낀 '나'는 이 젊은 장교에게 은근히 애착을 느끼게 된다.

『포로기』는 주인공 '나' 스스로 '포로명부와의 전쟁'이라고 밝히고 있는 것처럼 등장인물에 대해 최대한 감정을 배재하고 서술하고 있다. 그런데 주관적인 서술이 엿보이는 것은 직업군인으로서 자기 임무에 철저했던 중대장과 에고이즘의 전형으로 묘사된 하사관에 대한 부분이다.

전쟁을 수행하는 국가를 지지하고 싶지는 않지만 일개의 개인으로서 반발할 수도 없었기 때문에, '나'는 국가의 명령에 순응하여 군인으로 전쟁터에 온다. 그러나 맡은 바 의무를 다할 뿐 투철한 군인이 될 수 없었던 주인공에게 있어, 자신의 임무에 충실한 중대장은 중요한 관찰 대상이 될 수밖에 없었던 것이다. 그리고 이와 연장선상에서 군대라는 조직에 순응하는 다른 병사들에 대해서도 '나'는 자신이 그들과 같은 식으로 조국을 사랑하지 못한 것을 부끄러워하면서도, 다른 한편에서는 실은 그들이 스스로를 속이고 있는 것이 아닐까라는 공상을 하게 된다.

그런데 이러한 관찰과 공상은 방관자적인 전쟁터의 병사였던 주인공 '나'가 다른 병사들과 동화되지 못함을 보여주는 것이라고 볼 수 있다. 그리고 진심으로 국가의 명령에 순응하지 못하고 보이는 '나'의 방관자 적인 태도는 '수치'의 원인이 되고 있으며, '타인과 동화할 수 없는 수치' 의 형태로 나타나고 있다. 이는 포로수용소에서 다른 일본인 포로들을 만난 후, 그들의 시선 다시 말해 '타인의 비평'을 의식하기 시작하면서 '수치'라는 감정으로 표출된 것이라고 볼 수 있다. 그리고 이러한 모습은 포로인 '나'에게서도 찾아볼 수 있다.

야전병원에 도착하여 포로가 된 후 처음으로 다른 일본군 포로-동포 들을 보았을 때 '나'가 느낀 것은 '심한 수치심'이다. 자신이 포로가 된 것에 대해 여러 가지 정황을 들어 스스로를 합리화시킴으로써 수치심에 서 벗어나고자 했던 '나'가 미군의 포로가 된 다수의 동포들을 만나는 순간 처음 느낀 감정이 수치심이었던 것이다. 그런데 이 수치심은 먼저 병원에 와있던 동포들의 모습에서 마찬가지로 포로인 자신의 모습을 인식하고 느낀 감정으로, 어떤 특정한 행위로 인해 느낀 직접적이고 절 대적인 것이 아니라, 다른 사람을 통해 상대적으로 느낀 것이었다고 할 수 있다.

처음 포로가 되었을 때, '나'는 일본 군대에서 말하는 것처럼 포로의 신분이 부끄러운 것이라고는 생각하지 않았고, 포로에 대한 미군의 대우도 그러한 예상을 뒷받침해주었다. 그리고 무엇보다 지금 눈앞에 있는 동포들도 '나'와 마찬가지로 포로인 이상 내가 부끄러울 이유는 없었다. 그럼에도 불구하고 병원에 와서 포로가 된 동포들을 보고 처음 느낀 감정이 격렬한 수치심이라는 것은 '나'에게 있어 의외였다. 이에 '나'는 자신의 수치심의 원인을 찾기 시작한다.

> 내 수치심의 원인은 어디까지나 내가 이때 동포들 사이에 혼자, 뒤늦게 끼어들었다는 상황에서 찾아야 할 것이다. 그들을 다수이고 나는 혼자였다. 나는 그들이 나를 수치스러운 인간으로 생각하지 않을까 두려웠다. …중략…
> 새로운 감정이었다. 이때 나는 이해했어야 했다. 이때의 나의 충동은 군대에 있으면서도 내가 그들과 같은 식으로 조국을 사랑하지 못한 것을 부끄러워하고, 도리어 그들이 실은 자신을 속이고 있는 것이 아닐까 공상하며 자신을 달랬던 그런 마음의 움직임과 마찬가지라는 것을(p.57).

그 결과, '나'는 수치심의 원인을 자신만이 '혼자, 뒤늦게' 동포들 사이에 끼어들었다는 상황에서 찾게 된다. 그런데 그 감정은 포로라는 신분으로 인해 느낀 수치심이 아니라 다수인 그들이 자신을 수치스러운 인간으로 생각하지 않을까라는 두려움에서 생겨난 사회적인 감정이었고, '나'는 그 근거를 그들 또한 스스로를 부끄럽게 생각할 것이라는 공범자의 수치심에서 찾고자 한다. 그러나 먼저 병원에 와서 그곳의 생활에 익숙해져있던 일본인 포로들에게서 수치심이라는 감정은 찾아보기 힘들었다. 그럼에도 불구하고, '나'는 그들이 포로로 잡혀온 자신을 부끄럽게 생각할까봐 두려워하며, 그들이 '나'를 부끄럽게 생각하는 것은 그들도 스스로를 부끄럽게 여기기 때문이라고 생각하고자 하는 것이다. 그런데 그 생각은 전쟁터에서 지휘관의 명령에 따라 전투를 수행하면서도 마음속으로는 조국의 신념과 승리를 믿고 따르지 못했던 자신을 부끄러워하고, 오히려 사실은 그들이 스스로를 속이고 있는 것이 아닐까라고 생각하며 자신을 달랬던 것과 다르지 않은 것이었다.

이렇게 볼 때, 일본인 포로들이 스스로를 부끄럽게 여길 것이라는 '나'의 생각은 실제로는 '나' 스스로가 자신을 부끄럽게 생각하고 있었다는 것을 의미한다고 볼 수 있다. 그렇게 때문에 '나'는 스스로를 불명예스럽게 생각하는 포로들을 인간 취급하는 미군의 대우와, 조국이 전쟁에서 고전하고 전우들이 계속하여 전사하고 있는 동안임에도 수용소에서의 안일한 생활에 익숙해져가는 포로들의 모습 사이에서 모순을 느낄 수밖에 없었던 것이다.

## 2) 살아남은 병사의 수치심

『포로기』제1장 「붙잡힐 때까지(捉まるまで)」의 중심 에피소드 중 하나는 주인공 '나'가 우연히 마주친 미군병사를 쏘지 않은 사건에 대한 묘사와 분석이다. 민도르섬에 상륙한 미군에 쫓겨 퇴피하던 중 산 속에 홀로 남겨진 '나'는 미군이 나타나도 총을 쏘지 않겠다고 결심한다. 이러한 사전의 결의에도 불구하고, 실제로 미군병사들이 나타나자, '나'는 자신도 모르게 총의 안전장치를 풀고 만다. 하지만 '나'는 자신을 발견하지 못한 눈앞의 미군병사를 쏘지 못하고, 갑자기 들려온 총소리에 그들이 떠나 사건은 일단락된다. 그 후, '나'는 이 사건에 대해 오랜 시간에 걸쳐 다각도로 분석을 한다. 그런데 그러한 분석 과정에서 발견할 수 있는 것은 주인공이 살아남았다는 사실에 대해 죄의식을 가지고 있다는 점이다.

　　어쨌든 미군병사는 나를 발견하지 못한 채 떠났고, 나는 그 청년을 '살려줬다'는 '선행'과 함께 남겨졌다. 물론 이 도취에는 씁쓸한 맛이 없었던 것은 아니다. 나는 바로 내가 놓친 병사가 진지 정면의 전투에 가담하여 그만큼 동료들의 부담을 가중시켰다는 사실을 깨달았기 때문이다.
　　이 반성은 괴로웠다. 그러나 미군이 이토록 우세한 이상 동료들은 어차피 죽게 된다. 그리고 나도 오랫동안 살아 있지는 못할 것이다. 이 생각이 여전히 내가 내세우는 만능 구실이었다(p.27).

　　'나'가 눈앞에 미군이 나타나도 쏘지 않겠다고 결심한 이유는 자신이 미군을 한 명 쏘고 말고 하는 것은 동료들의 운명이나 자신의 운명에 아무런 변화도 주지 못할 것이라고 생각했기 때문이었다. 그러나 막상 눈앞에 미군이 나타나자, '나'는 자연스럽게 총을 쏠 준비를 한다. 결국 사전의 결의대로 자신을 발견하지 못한 미군병사를 쏘지 않지만, 그것은 '나'의 의지에 의한 것이 아니라 우연에 의한 것이었다. 사전의 결심과 달리 실제로 미군 병사들을 마주했을 때 '나'가 총을 겨누었던 것은 적에게 자신이 발견되었을 때를 대비하기 위한 것이었다. 그리고 자신을 발견하지 못한 다수의 적을 쏘지 못한 이유는 불리한 상황 하에서 발포를 하면 자신의 위치를 노출시키는 결과가 되므로, 이는 적의 반격으로 인한 자신의 죽음의 가능성을 높이는 일이었기 때문이다. 다시 말해, '나'가 미군병사를 쏘지 못한 것은 사전의 결의나 부성애, 휴머니즘, 신의 섭리 등에 의한 것이 아니라, 결국 자신이 살아남기 위한 것이었던 것이다. 그렇기 때문에, 그 사건 직후 '나'가 느낀 감정은 선행의 도취에 이어진 씁쓸함이다. 그런데 그 씁쓸함은 자신이 살아남기 위해 했던 선택이 다른 동료들의 부담 가중, 즉 그들의 죽음을 초래할 것이라는 사실의 자각으로 인한 것이었다. 그리고 이 반성은 '나'에게 괴로움으로 남는다. 그 후 미군의 포로가 되어 이송된 포로수용소에서 살아남은 동포들을 만났을 때, '나'는 그들이 스스로를 부끄러워할 것이라고 생각한다.

이는 '나' 자신의 감정이 투영된 것으로, 이때 '나'가 마주한 것은 바로 전쟁터에서 자신의 임무를 다하지 못하고 살아남은 병사, 바로 부끄러운 자기 자신이었을 것이다.

1960년에 발표한 「전쟁과 나(戰爭と私)」에서 오오카는 군대가 자신에게 준 것은 여러 계층의 사람들과 사귈 기회를 준 것이라고 한 후, '연대감은 존재했다. 우리들은 역시 옆 사람을 위해, 자기 희생할 생각이었다'2)고 밝히고 있다. 이러한 언급과 연결시켜 볼 때, 『포로기』에서 '나'가 스스로에게 부과한 또 하나의 도의는 자기희생을 전제로 한 동료와의 연대감이라고 볼 수 있다. 따라서 '나'는 자기가 살아남기 위해 도의를 어김으로써 동료들에 피해를 주고, 이로 인해 부끄러움을 느끼는 것이다. 이는 동료들에 대한 '나'의 죄의식이 살아남은 병사의 수치라는 형태로 표출된 것이라고 해석해볼 수 있다.

## 3. 이병구의 전쟁소설에 나타난 전쟁 가담자로서의 '죄책감'

이병구 작품 속에 나타난 죄의식은 잘못된 행위에 대한 심리적 후회의 현상으로, '죄책감'3)에 해당한다고 볼 수 있다. 그리고 그 감정은 함께 전쟁에 참여했던 동료와 현지의 무고한 사람들 그리고 고향에 두고 온 연인과 현지에서 결혼한 원주민 아내 등을 대상으로 하여 나타나고 있다.

### 1) 이상과 현실의 대립

학병으로 남방의 전쟁터에 온 두 친구 상설과 현수의 패잔병과 포로

체험을 그린 「두개의 회귀선」에서 그들의 죄책감은 패잔병으로 산속을
방황하던 중 서로에게 느낀 미안하다는 감정과 포로수용소에서 해방된
조국을 둘러싼 이상과 현실의 대립, 그리고 전쟁을 수행한 군인으로서
피해자인 민간인에게 느끼는 가해자로서의 감정으로 표출되고 있다. 그
것은 먼저, 다리에 부상을 입어 패잔병으로 도망치는 동안 친구에게 신
세를 질 수 밖에 없었던 상설을 통해 나타난다.

　산 속에서 '미운 현실을 분풀이'하는 기분으로 잔인하게 뱀을 죽이는
현수를 보고, 자신을 돌보느라 고생하는 친구에게 미안함을 느낀 상설
은 죽여 달라고 부탁한다. 이 말을 들은 현수는 뱀을 죽인 것은 현실을
분풀이해본 것이라며 오해하지 말라고 하지만, 상설은 어차피 부상 때
문에 죽을 텐데 더 이상 친구를 고생시키기 싫다는 생각에서 죽고자
한다. 결국 현수의 설득으로 자살을 포기하지만, 이후 상설의 감정은
친구에 대한 미안함뿐만이 아니라, 주변의 다른 사람과 동물에게까지
확대되어 간다.

　미군의 포로가 되어 수용소로 가는 도중, 상설은 자동차에 치어 죽은
동물을 보고 슬픔을 느낀다. 그리고 미안하다는 생각을 한다. 이것은
이후 수용소에서 서로 다른 길을 가게 되는 친구 현수와 달리 감상적인
상설의 성격을 보여주는 일화로, 상설이가 자신이 죽지 않았음에도
불구하고 차에 치어 죽은 들짐승에게 미안하다고 느끼는 것은 인도주의
적인 감정에 의한 인간으로서의 죄책감이라고 해석할 수 있다.

　포로수용소에 도착한 후 현수는 다시 평범한 일상으로 복귀하지만,
부상을 입은 상설은 환자의 거처에 머물며 그 모습을 지켜볼 뿐이었다.
그런데 그곳에서 조국 분단의 소식을 들은 현수가 사람들을 선동하여
공산세포의 조직을 시도하면서, 산 속에서 서로 의지하던 두 친구는 갈
등을 일으키기 시작한다.

　한국인 포로에 대한 미군의 대우에 대해서도 현수는 불만을 보이며

사람들을 선동하려고 하지만, 상설은 적이었던 자신들에게 일본인들에게보다 배액이나 더 사용하여 대우하는 미군에게 감사하는 차이를 보인다. 또 현재 자신들의 상황에 대해서도 전쟁이 끝나 더 이상 일본군이 아니라는 사실과 조국이 해방된 기쁨을 즐기고자 하는 상설과 달리 현수는 사상을 앞세워 공산세포를 조직하고자 한다.

그리고 이러한 의견의 대립에 대해서도 대화를 시도하는 상설과 달리, 현수는 자신의 의견에 반대하는 상설에게 불쾌한 빛을 띠며, 그와의 우정을 거부한 채 떠난다. 그 후, 현수가 다시 상설을 만나러 오는 것은 상설의 임종이 가까웠다는 소식을 듣고 나서이다.

현수는 친구의 죽음 앞에서야 비로소 사상에 쫓겨 우정을 저버렸던 자신의 잘못을 깨닫는다. 그리고 친구가 떠난 자리에서 사상이라는 인위에 의해 갈기갈기 찢어진 폐허를 발견한다. 이는 함께 학병으로 전쟁터로 보내져 생사의 위기를 겪었던 두 친구의 이념 대립의 결과를 의미한다고 해석해 볼 수 있는데, 현수는 친구의 죽음을 통해 '인위는 부질없'고 '인간 본연만이 어길 수 없다!'는 것을 깨닫게 되는 것이다. 그리고 부질없는 사상을 위해 친구와의 우정을 거부하고 아픈 친구의 곁을 지키지 못했던 자신의 행동을 후회하면서, 잘못했다고 외치며 눈물을 흘리는 것이다. 이러한 현수의 행동은 잘못된 행위에 대한 심리적 후회이자, 가해자의 경험이라는 점에서 죄책감이라고 볼 수 있다.

「두개의 회귀선」에 보이는 죄책감은 전쟁 중 자신이 부상을 입어 친구에게 짐이 되고 있다는 사실의 깨달음에서 오는 미안함과 후회 등의 감정으로 나타난다. 그리고 이러한 감정은 생존 자체가 위협을 받았던 전쟁터에서 군인임에도 불구하고 전투에 충실하지 못했던 전장의 이방인으로서 느낀 살인에 대한 혐오 및 전쟁이 끝난 직후 살아남았다는 사실에서 오는 안도감과 조국 해방의 환희에 넘친 포로수용소에서의 대중 교화와 사상 추구라는 '이상'과 '현실'의 대립을 통하여 표출되고 있다. 이러한 이상과 현실의 대립 속에서 주인공들은 자신을 가해자로 서 인식하고 자신의 행동에 대해 죄책감을 느낀다는 공통점을 보인다. 그런데 이 두 작품에 보이는 죄책감은 상대방에게 미안함을 느끼거나, 자신의 행동에 대한 후회라는 감정으로 나타나고 있을 뿐, 그 죄책감을 극복하려는 시도는 보이지 않는다.

## 2) 도덕과 본능의 갈등

이병구의 작품 중, 산속을 방황하는 패잔병의 이야기를 그린 「후조의 마음」, 「기로에 나선 의미」, 「해태이전」은 공통적으로 원주민 여인과의 관계를 다루고 있다. 「후조의 마음」의 경우 주인공이 원주민 여인과 정 식으로 결혼식을 올리며, 「기로에 나선 의미」와 「해태이전」에서는 일본 인 패잔병들이 나타났을 때 주인공이 자신과 관계를 맺었던 원주민 여 인을 그들로부터 지키고자 아내라고 소개한다. 그 중 「후조의 마음」과 「기로에 나선 의미」의 경우, 주인공들이 아내와의 첫날밤에 공통적으로 생각하는 것은 고향에 두고 온 연인이다.

친구에게 들려주는 과거 자신이 보르네오의 산 속에서 겪은 이야기 를 중심 내용으로 하는 「기로에 나선 의미」에서 주인공 '나'는 홀로 산 속을 방황하던 중 식인종인 시메부족의 마을을 발견, 유일한 생존자인 '스가리'를 만난다.

> 마당에 추녀 그늘이 폭을 느려 나오며, 오늘 또 하루 적도 하의 긴 해가 저물어 갔다. 언제 죽을 지도 모르는 신세요, 인생이 지금 막 됐다 하는 생각이 있어서, 나는 더구나 본능을 억제치 못하며 「스가리」 손목 을 잡고 일어섰다.
> 방으로 들어서며 선희 생각을 하고 미안한 마음이 좀 있었다. 허나, 선희도 시방 내 경우를 이해한다면, 나를 탓할수는 없을 거라고 스스로

　　변명해 보는 것이었다.[4]

　오랜 패잔병 생활에 지쳐 본능을 억제하지 못하고 스가리와 관계를 맺으려 할 때, '나'에게 떠오른 것은 고향에 두고 온 연인 '선희'이다. '나'는 선희에게 미안함을 느끼지만, 그녀도 현재 상황을 이해한다면 자기를 탓할 수는 없을 거라고 스스로 변명을 한다. 그런데 원주민 아내를 통해 고국에 두고 온 연인을 떠올리는 장면은 「후조의 마음」에도 등장한다.

　「후조의 마음」에서 주인공 동수는 첫날밤에 신방으로 들어서는 신부를 마주하며 고국에 두고 온 연인의 환영을 본다. 자신의 아내가 된 원주민 여인 쌔리마를 보고 고향에 두고 온 연인 순희를 떠올린 동수는 그녀와의 결혼을 상상하지만, 쌔리마가 건넨 이국의 언어에 현실로 돌아온다. 원주민 여인과의 결혼은 고향에 두고 온 순희에 대한 배신을 의미한다. 따라서 도덕적인 관점에서 볼 때, 결혼식 날 아내를 앞에 두고 순희를 떠올리는 것은 그녀에 대한 죄책감이 반영된 것이라고 볼 수 있다. 그런데 고향에 대한 그리움과 회귀의지를 주제로 한 「후조의 마음」에서 그 죄책감은 강하게 나타나지는 않는다. 오히려 여기에서 순희의 등장은 죄책감을 유발한다기보다는 같은 피지배국가의 여인이라는 공통점에서 쌔리마로부터 불우한 운명과 가냘픈 생명을 보게 하는 작용을 하고 있다. 이렇게 볼 때, 이 순간 동수에게 있어 쌔리마는 순희의 다른 모습이었다고 볼 수 있는데, 그로 인해 이 작품 안에 순희에 대한 죄책감이 강하게 나타나지 않은 것이라고 생각된다. 동수는 결혼을 할 때 그곳의 예법을 지켜야 한다는 생각에서 아내 쌔리마에게 쓰하족의 결혼 예법을 물어, 이에 따른다. 이것은 같은 피해자라는 동질감에서 그들의 문화를 존중하고자 하는 것임과 동시에 동수가 필리핀에 오게 된 이유 다시 말해 '시범'이라는 트라우마가 도덕적 기준으로 작용한 것이라고도 볼 수 있다.

주인공 동수는 신랑 지명식에서 선택되어 원주인 여인 쌔리마와 결혼을 하게 되었지만, 일본인 패잔병들에게 선발된 동수가 '반도인'이기 때문에 지명식을 다시 해야 한다는 비난을 받는다. 그 과정에서 동수는 같은 일본군으로 전쟁터에서 목숨을 걸고 싸웠지만, 결국 자신은 식민지인 조선 출신에 지나지 않는다는 현실을 깨닫는다. 그러나 질서 유지를 우선시한 대장의 주장으로 지명식은 인정되고, 동수가 신방에서 떠올린 것은 자신이 이러한 고달픈 현실에 처하게 된 경위였다.

동수가 학병으로 필리핀에 오게 된 이유는 중학교장의 권유에 의한 것으로, 체격이 좋기 때문에 간부후보생에 합격하여 시범을 보이기 위해서였다. '시범'이라는 것은 '본받아 배울 만한 본보기'라는 의미로, 동수는 타의 모범이 되기 위해서 간보후보생을 지원하게 되었고 그 결과 이국의 전쟁터에 보내졌던 것이다. 실제로 '시범'이라는 것은 학병을 동원하기 위한 수단의 하나였지만, 이병구의 소설에서 '시범'은 「해태이전」의 김순만이 일본인 병사보다 더 높은 훈장을 따려고 하는 것이라든지 「기로에 나선 의미」에서 결투를 통해 일본인 패잔병으로부터 원주민 여인을 지키려고 하는 것 등에서 보이는 것처럼 일본인들에게 지지 않으려는 경쟁 심리로 작용하고 있다고 볼 수 있다. 그리고 「후조의 마음」의 동수에게 있어 '시범'은 필리핀에 보내진 이후에도 그의 행동과 사고를 지배하는 하나의 기준이 되고 있다. 결혼식 선서의 마지막에 동수가 덧붙여 외친 '누가 뭐란대두 꺾이지 않고 살아갈 것을 맹세함!'(p.17)은 그들에게 굴복하지 않겠다는 의지가 표출된 것이고, 결혼식 때 쓰하족의 예법을 지키고자 그들의 결혼 절차에 따랐던 것은 다른 문화의 존중이라는 점에서 '시범'이 도덕적인 측면에서 작용한 것이라고 볼 수 있다.

이러한 과정을 거쳐 동수는 쌔리마를 정식 아내로 받아들이게 되는데, 이것은 동수와 다른 도덕관을 지닌 일본인 패잔병들과 갈등을 일으키게 하는 원인이 되고 있다.

일본인 패잔병과의 갈등을 통해 그들과 다른 식민지국가의 백성으로서의 자기 자신을 인식한 동수는 이후 그들로부터 아내 쎄리마를 지킴으로써 자신의 의지를 보인다. 그런데 동수의 자기인식은 자기중심적이며 쓰하족과 똑같은 일본군의 피해자로서 자신을 인식한다는 점에서한계를 보인다. 다시 말해, 식민지 조선 출신 일본군이라는 동수의 자기현실에 대한 인식은 그로 하여금 같은 식민지 국가의 백성인 쓰하족과자신을 동일시하는 데 머물 뿐, 일본군으로서 행한 자신의 행동에 대한반성으로는 나아가지 못하고 있다. 그렇기 때문에 이 때 동수는 자신의불행한 운명이 밉고 억울했고, 이를 거부하지 못한 자신이 어리석게 느껴질 뿐이었다. 따라서 고향의 연인을 배신하고 결혼하면서도 그녀에게죄책감을 느끼기 보다는 오히려 아내 쎄리마에게서 연인을 떠올리고고향을 그리워하는 것이다. 그런데 동수가 처음으로 자신의 행동에 죄책감을 느끼는 것은 아내 쎄리마를 죽였을 때이다.

> 푸스스 깨나며 동수는 이미 절명한 쎄리마를 품고 있었다.
> 「쎄리마! 저승에서 혼자냐구 묻거든 뒤에 동수가 온다구 해라!」
> 시체 앞에 경건히 끓고 앉아서 동수는 흐느껴 울었다. 그 눈물이 쎄리마에 대한 사과이며 또한 사람을 죽여야만 하게 미욱한 내 운명에 대한감정이었다. 그러며 동수는 거기 제가 앞에 두고 있는 시련의 가열한 자태를 보았다.[5]

쎄리마를 죽였을 때조차도 사람을 죽여야만 하는 자신의 운명을 슬퍼하지만, 그와 동시에 동수는 쎄리마에게 사과의 눈물을 흘린다. 일본인 패잔병들과의 갈등과 유일하게 친구라고 믿었던 미야다에 대한 실망으로 더 이상 그곳에 머물러 있을 수 없게 되었지만, 종족을 이탈해서도망하는 자는 끝까지 추적을 당하고 남은 가족들도 죽임을 당하는 쓰하족의 풍습 때문에 아내 쌔리마와 함께 도망칠 수 없었다. 그렇다고 동수는 자신의 아내를 일본인 패잔병들에게 농락을 당하도록 남겨 둘 수도 없었다. 그래서 그녀를 죽일 수밖에 없었던 것이다.

이러한 「후조의 마음」의 결말에 대해 이내수는 '그의 강렬한 생명의 갈구는 아이러니컬하게도 그를 가해자가 되도록 하고 만 것이다. 그러나 그것은 전쟁이라는 상황이 저지른 죄악이지 한 인간이 저지른 죄악이 아니'라고 보고, '피해자의 입장에 있던 주인공을 마지막에 가서 어쩔 수 없는 상황에서 가해자가 되도록 함으로써 전쟁이 갖는 비극성의 의미를 효과적으로 전달하는데 성공하고 있다'[6]고 평가했다. 반면에 김우종은 동수가 쌔리마를 사랑하게 된 근본적인 동기가 수난에 차 있는 약한 민족으로서의 상호간의 이해와 동정에서 비롯된 것이라면 그도 그곳을 떠나지 말고 그 여인과 죽음을 같이하며 일본인과 최후의 대결이라도 해야 하지 않았을까?라는 의문을 제기하고, 그런 의미에서 '사랑하는 여인을 죽이고 자기만이 고국을 찾아 떠난다는 것이 동수의 그전까지의 착하고 진실한 성격에 비추어 보아 약간 석연치 않은 느낌이 있다'[7]고 보았다.

그런데 「후조의 마음」이라는 제목에서 알 수 있듯이 이 작품이 고향에 대한 '회귀 의지'를 주제로 하고 있으며[8], 주인공 동수가 한국인으로서의 자신을 인식함으로써 다른 민족의 풍습에 대해 인정하고 그것을 존중하게 되었다는 점을 고려할 때, 쌔리마를 죽이고 홀로 고향을 향해 떠난다는 결말은 이 두 가지를 효과적으로 표현하는 설정이라고 볼 수 있을 것이다.

쌔리마를 죽일 때의 동수는 의지를 지닌 개인으로서 자신을 인식하고 이를 실천하고자 한다. 따라서 인간으로서의 도덕성을 회복한 그는 자신의 행동에 대해 책임의식을 느끼고 있었고, 어쩔 수 없는 상황으로 인해 쌔리마를 죽일 수밖에 없었지만 그러한 자신의 살인행위에 대해 죄책감을 느끼는 것이다. 따라서 동수가 쌔리마에게 사과의 눈물을 흘리는 것은 자신이 죽인 아내에 대한 죄책감이 표출된 것이라고 해석할 수 있다.

원주민 여인과의 결혼 등을 둘러싼 도덕과 본능의 갈등을 그린 「후조의 마음」과 「기로에 나선 의미」에서 고향에 두고 온 연인에 대한 죄책감은 미안함이라는 감정을 통해 소극적으로 표출되고 있다. 그중, 「후조의 마음」의 주인공 동수는 고향의 연인과 자신이 죽인 원주민 아내에 대해 미안함을 느끼기는 하지만 자신의 행동에 대해 후회를 하지는 않는다. 이는 동수가 결혼을 통하여 일본군에서 벗어나 한국인으로서의 자신을 인식했고, 아내인 쌔리마를 죽인 것도 처가 식구들을 부족의 관습으로부터 보호함과 동시에 자신이 떠나고 남겨진 쌔리마가 일본인 패잔병들에게 농락당하지 않도록 보호하기 위해서였기 때문이라고 생각된다.

### 3) 전쟁가담자의 책임의식

「두개의 회귀선」에서 일본이 전쟁에서 진 것을 알고 산에서 내려와 처음 만난 일본인 병사가 상설과 현수에게 건넨 첫 마디는 '혼자서 항복하고 나서기가 서먹한 마음이더니 잘됐습니다'(p.366)이었다. 그동안 어떻게 살았는지를 묻는 현수의 질문에 대한 대답도 '우리가 나가면 어느 정돌까요?'(p.366)로, 그의 관심사는 오로지 포로에 대한 미군의 대우가 어떨지에 있었다.

투항한 상설과 현수에게 미군이 던진 질문은 그들이 학병인지, 그렇다면 전공은 무엇이었는지, 그리고 국적이 무엇인지이었다. 그들은 포로가 되고 나서야 비로소 전쟁터에서 적이었던 미군에 의해 한국인이라는 자신의 정체성을 확인받은 것이다. 그렇기 때문에 본고의 「3-1 이상

과 현실의 대립」에서 살펴본 차에 치어 죽은 들짐승과 관련된 에피소드
에서 알 수 있듯이, 포로수용소로 이동하는 도중 상설이 죽은 들짐승에
대해 미안하다고 느끼는 것은 전장의 군인이라는 강요된 신분에서 벗어
나 인간으로서 느끼는 인도주의적인 감정에 의한 죄책감이라고 볼 수
있다. 그런데 이것은 운전자가 아닌 제삼자의 입장에서 바라보았기 때
문에 느낄 수 있었던 것으로, 이때 그가 본 '자동차불빛을 보고 달려들다
가 치어 죽은 생명들'은 국가라는 집단의 구성원으로서 의무에 의해 징
집되어 전쟁터에서 싸우다 죽어간 사람들일지도 모른다. 그리고 강제에
의한 참전이었지만 군인으로서의 상설은 가해자이기도 했기 때문에, 그
는 '바보'라는 말에서 보이는 것처럼 자신의 어리석음을 자각하고 슬픔
과 함께 미안함이라는 복합적인 감정을 느끼게 되는 것이다. 따라서 마
닐라 시내에서도 그는 해방에 의한 사람들의 환희와 함께 무너진 고층
건물을 통해 전쟁이 남긴 무참한 흔적을 동시에 본다.

> 꽃불, 꽃차, 네온, 환성, 거리의 인파, 그 속에서의 춤 - 고층건물들이
> 무참히 으스러져버린 전쟁의 기억이 군데 군데 보여도, 이 도시는 실로
> 일대 환희의 과정에 있었다.
> 길목을 따라 추력의 가는 걸음마다에서 시민들이 사납게 욕지거리를
> 퍼부며 달려 들었다. 신호를 기다릴 제면 술병과 구두와 상점의 물품들
> 이 풀 풀 나라왔다.
> 「맞세.」
> 「맞세.」
> 상설이와 현수는 오도마니 앉아서 모욕을 받았다. 그러며, 만일 중국
> 으로 보내만 줬더라면 거기는 땅이 넓으니까, 일본에 항거하며 도망도
> 했을 것이다고, 똑같이 심중에서 그런 생각을 했다(「두개의 회귀선」,
> p.368).

미군의 포로가 된 일본군 패잔병들에게 마닐라의 시민들은 사납게

욕지거리를 퍼부으며 달려든다. 포로들 중 하나인 상설과 현수는 이를 당연하게 받아들이고자 하지만, 그러한 태도와는 대조적으로 마닐라 시민의 행동을 '모욕'이라고 표현한다. 이는 이어지는 '만일 중국으로 보내만 줬더라면' '일본에 항거하여 도망도 했을 것'이라는 생각과 연결시켜 볼 때, 전쟁의 주도자 일본인이 아니라, 그 곳 시민들과 같은 피해자인 한국인으로서 느끼는 감정이라고 볼 수 있다. 하지만, 대륙으로 조국과 이어진 중국과 달리 고립된 섬 필리핀에서 일본에 항거하지 못하고 일본군으로서 전쟁을 수행한 이상 그들은 가해자일 수밖에 없었다. 그렇기 때문에 마닐라 시민의 모욕을 가만히 앉아서 받고자 했던 것은 침략자인 일본군의 일원으로서 행했던 행위에 대한 후회의 감정, 다시 말해 전쟁가담자라는 가해자로서의 죄책감에 의한 것이었다고 해석된다.

그 후 포로수용소에 도착한 상설과 현수는 일본인들과 구별되어 다른 곳으로 보내져, 먼저 포로가 된 동포들과 만나게 된다. 그런데 미군의 포로가 되어 처음 만난 동포들은 상설과 현수의 눈에 하나의 '메시꺼운 찌꺼기 같은 뻘건 덩어리'로 보였고, 동포들의 눈에 비친 상설과 현수도 크게 다르지 않았다. 그것은 생존이 위협받는 산속의 극한 상황에서 벗어나 일상으로 돌아왔을 때, 조국이 해방된 것을 알게 되고 그와 동시에 그동안 자신들이 일본군으로 전쟁을 수행했다는 사실을 자각했기 때문이라고 해석해 볼 수 있다. 그러한 자각에서 자신들과 같은 포로가 된 동포들이 그들의 눈에는 '메시꺼운 찌꺼기'처럼 보였던 것이다. 따라서 동포에 대한 부정적인 시각은 그들의 내면에 숨어있던 조국에 대한 죄책감이 외부로 표출된 결과라고 볼 수 있다. 그리고 패잔병으로 산속에서 지내는 동안에도 여전히 일본군의 장교 계급장을 달고 있었다는 것을 비꼬는 동포들의 말을 들었을 때, 상설과 현수는 일본군으로 전쟁을 수행했던 자신의 현실을 더욱 확실히 인식하게 된다.

이러한 일본군으로 전쟁에 참전했던 한국인으로서의 자신에 대한 인

식은 아시아태평양 전쟁을 배경으로 한 이병주의 작품에서도 찾아 볼
수 있다. 중국에서 학병체험을 한 이병주의『관부연락선』(1970)은 1940
년 초에서 한국전쟁까지를 시간적 배경으로 하여 학병으로 중국전선에
끌려갔던 일본 유학생 유태림의 이야기를 그리고 있는데, 이 작품에서
주인공은 중국인을 충직한 애국자로 보는 반면, 일본군인 자신은 용병
으로 인식한다. 그리고 종전 후에는 일본군으로 포로수용소에 수감되는
것을 거부하고, 탈영하여 중국에서 생활하다 고향으로 돌아온다. 따라
서 이병주 작품의 한국인 일본군들은 독립운동과 조국을 위해 무슨 일
을 해야 할 지를 고민할 뿐, 일본군으로 전쟁에 참전했다는 점에 대한
죄책감을 보이지는 않는다. 그런데 이병구와 이병주의 작품 속에 보이
는 주인공들의 자기 인식과 행동의 차이를 생각할 때 고려해야할 점은
한국과 대륙으로 이어져 탈출이 가능한 중국과 고립된 필리핀의 섬이라
는 공간적 배경의 영향이다. 그러한 공간적 한계로 인해, 이병구 소설의
한국인 일본군들이 살아남기 위해서는 더욱 치열하게 일본군으로 행동
하여 일본인들과 일체화되어야만 했다. 그러나 다른 한 편에서는 고향
을 그리워하며 회귀의지를 보인다.9)


## 4. 전후 아시아태평양 전쟁문학에 나타난 도덕적 정서

이상으로, 오오카 쇼헤이와 이병구의 아시아태평양 전쟁을 다룬 소
설에서 주인공들이 전쟁 중 자신들의 행위와 관련하여 보이는 도덕적
정서-죄의식으로서의 수치심과 죄책감이 어떠한 양상으로 나타나고 있
는 지를 비교 분석해 보았다.

오오카와 이병구가 1950년대에 발표한 아시아태평양 전쟁소설에서
주인공들이 표출하는 도덕적 정서는 南方이라는 지역과 그곳의 원주민

에 대한 인식 및 주인공의 자기인식과 밀접한 관련을 지닌다고 보인다. 오오카의 작품에서 전쟁터가 된 국가의 원주민 필리핀인들은 작품 안에서 비중이 있는 인물로서 어떤 주제를 이야기하는 것이 아니라, 배경적인 요소로 위치한다. 주인공인 '나'가 자신이 처한 현실을 인식하기 위한 매개로 작용하여, '나'로 하여금 필리핀인들과의 만남 또는 그들의 존재를 인지함으로써 살아남기 위해 방법을 모색하는 등 생존 욕구를 직접 행동으로 표출하게 한다. 뿐만 아니라 개인적으로는 싸워야 할 이유가 없음에도 불구하고, 전쟁을 일으킨 국가의 일원이라는 이유로 낯선 이국에 보내져 싸우는 자신을 피해자로 인식하게 하는 매개체로 작용하기도 한다. 이병구의 전쟁소설에서도 현지의 남방 민족들은 작품 내에서 주체적인 중심인물로서 기능한다고 보기는 힘들다. 그러나 주인공인 한국인 일본군들이 이들 남방 민족에 대한 응시를 통해 같은 약소국가인 조국의 운명을 느끼고, 그 과정을 통해 한국인으로서의 정체성을 확립하게 함으로써, 작품 속에서 이들은 주요인물로서 독립적으로 작용한다.[10]

이러한 차이에서 오오카의 경우, 작품 속의 주인공 '나'는 전쟁 중 또는 포로가 된 후에 과거 자신의 행동을 되돌아보며 부끄러움을 느끼지만, 그것은 전쟁의 최종희생자인 필리핀인이 아니라 같이 싸운 동료인 일본 병사에 대해 느끼는 감정이었다. 따라서 그것은 병사로서의 도의에서 오는 타인과 동화할 수 없는 수치심과 죽은 동료들에 대해 살아남은 자로서 느끼는 수치심의 성격을 띠고 있었다. 반면에 이병구의 작품에서 한국인 일본군인 주인공들은 전쟁 중 자신이 저지른 행동에 대해 죄책감을 느낀다. 그런데 그 죄책감은 동포를 대상으로 한 자신의 행동에 대한 가해자로서의 죄책감과 연인에 대한 배신과 아내를 지키지 못한 것에 대한 죄책감, 조국을 식민지로 지배한 제국 일본의 군인으로 전쟁을 수행했다는 사실로 인한 조국에 대한 죄책감 등이 '이상과 현실

의 대립', '도덕과 본능의 갈등', '전쟁가담자의 책임의식'의 형태로 나타
난다. 그러나 이는 직접적으로 강하게 나타났다고 하기 보다는 미안함
이나 후회의 감정을 통해 간접적으로 표출되고 있다.

## ▮ 주 ▮

〈초출〉이 글은 졸론『한·일 아시아태평양 전쟁문학 비교연구』(한국외국어
대학교 대학원 박사학위논문, 2012)의 제4장을 수정·보완한 것임.

1) 大岡昇平(1994)『俘虜記』『大岡昇平全集』(第2卷), 筑摩書房, p.54.
   이하 인용문은 페이지만 표시하기로 한다.
2) 大岡昇平(1996)「戦争と私」『大岡昇平全集』(16) 筑摩書房, p.29.
3) 유철상은 감정의 주체에 주목하여, 죄책감은 잘못된 행위의 당사자인 '가해
   자'의 경험이고 수치심은 잘못된 행위로 인해 피해를 당한 사람의 의식이라
   고 보았다. 이러한 점에서 그는 죄책감은 잘못된 행동에 대한 책임을 묻고
   그에 따른 처벌을 통해 심리적 부담감이 해소될 수 있지만, 수치심은 용서
   와 참회라는 기제를 통해서만 다소나마 심적 부담의 해소를 기대할 수 있
   다고 주장했다(유철상, 앞의 책, pp.354-365 참조).
4) 이병구(1960.4)「기로에 나선 의미」『자유문학』(제37호), 한국자유문학자협
   회, p.44
5) 이병구(1968)「후조의 마음」(1958)『현대한국문학전집』(제15권), 신구문화
   사, p.43
6) 이내수(1985)「回歸의지와 人間愛」『한국소설의 문제작』, 일념, p.106
7) 김우종(1968)「南洋의 證人-李丙求論」『현대한국문학전집』(제15권), 신구문
   화사, p.495
8) 이내수, 앞의 책, pp.95-97 참조.
9) 본고에서 대상으로 한 작품 중, 고향으로의 회귀의지를 보인 것으로는「후
   조의 마음」을 들 수 있다. 그 외에 1963년에 발표한「무문자도표」와 1969년
   에 발표한「제3의 시간」에서도 고향으로의 회귀의지를 찾아볼 수 있다. 이
   두 작품은 종전 후 고향으로 돌아온 한국인 일본군을 주인공으로 하여, 10
   여년 만에 자신을 찾아온 현지인 아내와의 만남을 그리고 있다. 두 작품의
   주인공들은 모두 전쟁 말기에 탈영을 하여 자신을 도와준 필리핀여인과
   결혼한다. 그러나 종전 후, 고향을 그리워 한 나머지 아내에게는 알리지도

않고 미군에 투항하여 포로가 되어 한국으로 귀국한다. 1945-60년에 발표한 작품과의 차이점은 필리핀 여인들이 모두 필리핀의 독립운동에 참가하는 등 지성인이라는 점과 주인공들도 군대에서 탈영을 하여 그곳 게릴라에 합류하여 항일투쟁을 하는 등 적극적으로 행동을 한다는 점이다. 그런데 이 작품들에 있어서도 주인공은 일본에 의한 식민지 국가의 피해자이자 은인인 현지의 아내를 배신하고 귀국하는 가해자로써 묘사되고 있다.

10) 졸론 『한·일 아시아태평양 전쟁문학 비교연구』(한국외국어대학교 대학원 박사학위논문, 2012) 제3장, 제4장 1절 참조.

# 【 참고문헌 】

〈텍스트〉

大岡昇平(1994-2003) 『大岡昇平全集』 筑摩書房

이병구(1958.12) 「해태이전」 『자유문학』(제21호), 한국자유문학자협회

_____(1960.2) 「두개의 회귀선」 『사상계』(제79호), 사상계사

_____(1960.4) 「기로에 나선 의미」 『자유문학』(제37호), 한국자유문학자협회

_____(1968) 「후조의 마음」(1958) 『현대한국문학전집』(제15권), 신구문화사

〈단행본〉

김윤식(1976) 『한국현대문학사』, 일지사

루스 베네딕트 저, 김윤식외 역(2008) 『국화와 칼』 을유문화사

미나미 히로시 저, 서정완 역(2002) 『일본적 自我』 소화

青木保(1992) 『「日本文化論」の変容　戰後日本の文化とアイデンティティー』
　　　中央公論社

中村雄二郎(2000) 『新編 日本文學における悪と罪』(中村雄二郎著作集 第二期
　　　VI) 岩波書店

花崎育代(2003) 『大岡昇平硏究』 双文社出版

向坂寬(1982) 『恥の構造』 講談社

吉田熙生(外)編(1989) 『大岡昇平・武田泰淳』(鑑賞日本現代文学26) 角川書店

〈논문〉

김기범외(2004) 「자의식적 정서로서의 부끄러움의 경험 준거와 심리적 기능 분
　　　석」 『한국심리학회지:사회 및 성격』(Vol.18 No.3), 한국심리학회

유철상(2006.4) 「해방기 민족적 죄의식의 두 가지 유형」 『우리말글』(36), 우리말
　　　글학회

이수형(2010.12) 「1950년대 손창섭 소설에 나타난 죄의식에 관한 연구」 『한국학
　　　논집』(제41집), 계명대학교한국학연구원

조윤정(2011.5) 「전장의 기억과 학병의 감수성」, 『우리어문연구』(제40집), 우리
　　　어문학회

花崎育代(2012) 「大岡昇平手稿 『俘虜記』 の考察-僚友・『私のプライド』・俘虜の
　　　『恥』-」 『論究日本文学』(96), 立命館大学日本文学会

# 전후 서클시운동 연구

## - 『진달래』의 시적기록을 중심으로 -

마경옥*

## 1. 들어가며

　1953년에서 58년까지 오사카에서 김시종을 중심으로 발행된 재일조선인 시지(詩誌)인『진달래』는 김시종과 양석일의 저작을 통해서 그 이름이 널리 알려졌음에도 지금까지 거의 실체를 알 수 없었다. 2008년『진달래』의 복각본이 출판된 것을 계기로 일본전후에 대한 인식전환과 서클지에 대한 논의가 활발해지고 있다.

　일본 패전이후 50년대 일본 전국에서는 '서클운동'이 일어났고 그들이 발행한 다양한 서클지에는 당시 일본인의 시대정신을 읽을 수 있는 열쇠가 숨겨져 있다. 재일조선인들에게 50년대는 격동의 시대로 조국에서 일어난 한국전쟁의 참화를 지켜보며 다시 일본에서 차별과 억압이라는 '재일을 살아야만 했던 가장 어려움이 많았던 시기였다. 이러한 시대

* 극동대학교 일본어학과 교수

에 서클시지에서 재일청년들은 시(詩)로서 당시의 상황과 대치하면서 아직은 길들여지지 않은 언어로 자신들의 생각과 주장을 펼쳤다.

'시대의 얼굴'이라고 할 수 있는 잡지, 특히 서클시지 『진달래』에서 재일청년들이 표현하고자 했던 것은 무엇이며, 지금 우리는 그것을 어떻게 해석해야 하는가? 본고에서는 일본에서 일어난 일본 전후 50년대 '서클운동'의 의미와 함께 오사카조선시인집단 기관지인 『진달래』의 전개와 시적기록을 통해서 그 의미를 재해석해 보려한다.

## 2. 50년대와 서클운동

최근 일본 전후에 대한 재인식 및 50년대의 문화운동 특히 서클운동에 관한 재조명과 연구 성과가 서서히 나오고 있다. 미치바 지카노부(道場親信)는 60년대 이후 일본사회사는 '고도성장과 그 모순' 그리고 다시 '저성장과 생활보수주의화'로 이어진다는 비교적 단순화한 개념으로 정의 할 수 있지만, 50년대에 대한 정의는 정치 사회적으로도 간단히 설명할 수 없는 시대로 공산혁명을 목표로 하는 좌익 코뮤니스트들에 의한 '서클운동' 등이 더해져서 '뒤섞임의 시대'라고 정의하고 있다.

코뮤니스트들의 정치적인 행위였던 정치사적인 '문화운동'을 민중이 무언가를 쓰고, 연기하고, 노래하고, 그린다고 하는 '창조'라는 의미에서 새롭게 해석할 수 있는 시대가 50년대라고 하는 것이다. 그러나 이러한 50년대의 서클운동이 동시에 문학운동이었음에도 불구하고 지금까지는 정치적으로만 연구되어 온 것도 사실이다. 때문에 본고에서는 전후 일본사회에서 서클이라는 집단적인 창조행위로 『진달래』에 발표한 오사카의 재일조선인청년들의 '시 창작'이라는 행위를 문학적으로 주목하면서 그 역사적 의미를 살펴보려한다.

## 1) 전국적 서클시운동

40년대 후반부터 50년대까지 일본은 서클운동의 일환으로 서클시운 동이 전개된다. 52년 노마 히로시(野間宏)는 「시지 『열도』(列島) 발간에 대해서」(『열도』제1호, 52년 3월)에서 다음과 같이 말하고 있다.

> 시가 일본 전 국토를 뒤덮으려고 하는 시대가 오고 있다. 현재 일본 어디에 가 봐도 시 잡지, 시 리플렛, 시집, 시 전단지등이 나돌지 않는 곳이 없다. 시는 공장안에서도 읽히고, 직장에서도 읽히며, 산속에서도 읽히고 가정에서도 읽혀서 가는 곳마다 읽혀져서, 많은 일본인 생활 속 에서 확실한 위치를 차지하고 있다.[1]

지금까지 시는 전문시인들의 전유물이었지만, 이제는 일본에서는 누 구나 시의 주체가 되어서 언제 어디서나 자신과 이웃에 대해서 쓰고 있으며 또 그래야만 한다는 취지로 이어진다. '쓴다'는 행위, 즉 쓰는 행위의 주체로서의 자각은 서클운동의 중추적 역할이며 정치적 사회적 으로 다양한 해방을 요구하게 되며, 이들은 자신들의 언어로 자신들의 이야기를 서술한다.

50년대의 '기록'은 이전시대보다 다양한 전개를 보이지만, 언론은 GHQ의 보도방침 하에서 언론 스스로 자기검열이라는 기능이 강화되어 더욱 경직성을 보인다. 미군정은 48년 조선 인민공화국과 49년 중화인 민공화국의 건국으로 일본을 '공산주의 방파제'로 바꾸어가는 정책을 펼쳐가면서, 공산당원과 좌익운동 동조자를 직장에서 추방하는 레드퍼 지(빨갱이 사냥),즉 공산주의자 공직추방운동을 진행한다. 30년대를 전 후해서 엄청난 탄압으로 파괴된 프롤레타리아문학의 흐름을 계승하여, 전후 새로운 운동으로 출발한 '신일본문학회'는 정치에 대한 문학의 독 립을 이룩하며, 반드시 공산당원만이라는 입회자격을 두지 않는 편집방향으로『신일본문학』을 창간한다. 이에 대항하는 의미에서 공산당의 방침을 따르는 잡지가 50년 11월에 창간된『인민문학』이다.『인민문학』은 공산당의 대중화 방침으로 활발해진 문학 서클을 독자와 표현자로서 두고 서클운동을 중시하는 편집방향의 문학잡지로써 활동하게 된다.

당시 널리 주목을 받았던 서클은 단연 시모마루코 문화집단(下丸子文化集団)의『시집 시모마루코』,『남부문학통신』,『남부의 메아리』등과『돌팔매질(石つぶて)』,『열도』등이 있으며, 당시의 서클과 서클지는 헤아릴 수 없을 정도로 많이 있었다. 김시종의 증언에 의하면 "일본 서클은 직장서클이 많았지만 조선인의 경우는 지역별로 나뉘어졌"다고 한다.

도바 코지鳥羽耕史2)에 의하면『인민문학』운동은『문학과 친구』라는 보다 대중적인 노선으로 계속 진화되어, 1956년에는 생활기록운동과 연계한『생활과 문학』이라는 잡지가 창간되기도 했는데, 이것은 문학의 주체가 '급진적인 문화공작자'와 '노동자'가 아니라, '일반대중'이 문학 담당자가 되어야 한다는 것이었다. 이러한 노선전환에 강력히 항의하며 59년 '집단'이라는 의미를 강조한『서클촌』이 만들어 졌다. 이들은 "공작자의 사체에서(혁명을) 싹트게" 해야 한다는 강력한 슬로건으로 동지를 규합했지만, 일본은 이미 자본주의의 깊숙한 곳까지 왔고『서클촌』의 슬로건은 결국 서클운동의 마지막 절규가 되고 말았다.

서클이라는 말은 원래 좌익 정치용어로서 일본에서 '서클'이라는 용어가 처음 쓰이게 된 것은 31년 구라하라 고레히토(蔵原惟人)가『나프』에 발표한「프롤레타리아 예술운동의 조직문제」및「예술운동의 조직문제 재론」에서였다. 여기에서 '서클'의 의미는 공산당주도의 예술운동을 가리키며 운동단위로서의 그룹을 일컫는 용어였다. 50년대 다시 부활하게 된 서클들은 각각의 서클지라고 할 수 있는 등사판 인쇄의 조악한 잡지를 발행하였다. 이러한 서클지는 대부분 문학을 중심으로 하였고 그 중에서도 서클 시운동으로 전개되었다. 전국적인 네트워크 속에서 유포된 서클시지는 동인지와 같은 문예등용문으로서 문필로 입신출세를 하려고 한 젊은 지식인들이 모인 것이 아니고, 직장이나 학교/지역 등의 단위로 보통사람들이 모여서 발행한 시와 생활기록이었다. 50년대 전반 각지에서 발행된 서클시지는 서로의 잡지를 교환했고, 또한『인민문학』과『신일본문학』같은 중앙지에서는 우수한 작품을 다시 실었고, 이어서 시집으로도 편집하는 것으로 이러한 운동을 가시화했다.

『진달래』는 전국의 서클과도 네트워크를 형성하며 각 서클의 활동내용과 기증받은 서클지에 대한 감사의 글을 꾸준히 소개했다. 18호에서는 주목할 만한 서클에 대한 '서클지 평'도 신설하면서 서클간의 연대감도 강화해갔다.

## 2) 오사카조선시인집단의 서클시운동

『진달래』는 오사카조선시인집단의 기관지로 53년 2월에서 58년까지 6년간 20호까지 발행되었다. 53년은 일본에서 재일조선인 서클지의 창간이 이어졌는데 그중『진달래』가 가장 먼저 창간되었다. 해방 후 재일조선인 운동은 좌파가 압도적으로 우세하였고, 조선인 공산주의자는 일본공산당 내에서 조선인 공산당원을 지도하는 민족대책부(民族對策, 民對)의 방침에 따랐다. 미군정의 재일조선인에 대한 대책은 한반도정세와 연동해서 압력의 정도도 강력해졌다. 50년 한국전쟁이 발발하면서 좌파 재일조선인들은 바로 '민대'의 지도를 받으며, 비공식 조국방위위원회를 조직하여 일본 공산당원들과 반미실력투쟁을 실행하기도 했다.

'문화 활동으로 대중노선을 확립'시킨다는 취지로 52년 '민대'중앙에서 문화 활동 강화방침이 결정되면서, 53년『진달래』창간을 비롯하여 재일조선인 서클지 창간이 이어지게 된다. 김시종의 증언3)에 의하면 "한국전쟁이 일어나고 재일청년들이 모일 수 있는 발판으로 문학잡지를 만들라"는 '민대' 중앙의 지시로 『진달래』가 발족되었으며, 그것은 "문화서클을 만들어서 정치에 관심이 없는 청년을 조직화하라"는 내용이었다고 한다. 김시종에게 『진달래』는 애초 "북조선의 정당성을 널리 알리는" "계몽운동과 같은 장소"였지 시작품을 발표하려는 잡지는 아니었다. 때문에 김시종은 뛰어난 작품은 다른 잡지와 신문에 발표하고, 『진달래』에는 엉성한 작품만 쓴다는 『진달래』회원으로부터 비판을 받게 되었는데, 이후 정인과 양석일이 새롭게 들어오면서 김시종에게 『진달래』는 창작의 장으로 바뀌는 전환이 되었고, 이후 작가로서의 의식전환과 자각이 결국 『진달래』의 해산을 재촉하게 만들었다.

『진달래』 창간 멤버인 김시종, 한라, 권경택, 이술삼, 송익준, 박실, 홍종근 등 7인 가운데 '민대'로부터 지령을 받은 김시종을 비롯한 5명은 공산당원이고, 그 가운데 시를 써본 경험을 갖고 있던 사람은 김시종과 권경택 정도였다. 김시종이 쓴 창간의 말에서 『진달래』의 당초 방향성을 엿볼 수 있다.

> 시란 무엇인가? 고도의 지성을 요구하는 것 같아서 아무래도 우리들에게 익숙하지는 않다. 그러나 너무 어렵게 생각할 필요가 없을 것 같다. 이미 우리들은 목구멍을 타고 나오는 말을 어떻게 할 수 없다. / 날것의 핏덩어리 같은 노여움, 굶주림에 지친 자의 '밥'이라는 한마디밖에 할 말이 없는 것이다.
>
> (생략) 우리들의 시가 아니더라도 좋다. 백년이나 채찍아래 살아온 우리들이다. 반드시 외치는 소리는 시 이상의 진실을 전할 수 있을 것이다. 슬프기 때문에 아리랑을 부르지 않을 것이다. 눈물이 흐르기 때문에 도라지는 부르지 않을 것이다. 노래는 가사의 변혁을 고하고 있다. / 자 친구여 전진하자! 어깨동무하고 드높이 불사조를 계속 노래하자, 우리 가슴속의 진달래를 계속 피우자./조선시인집단 만세!//1953년 2월7일 빛나는 건군절을 앞두고 (조선시인집단)[4]

## 3. 서클 시지 『진달래』의 전개

우노다 쇼야(宇野田尚)의 연보5)에 의하면 53년 2월7일 건군절 전야 당시 김시종이 생활하고 있던 나카니시(中西) 초등학교에서 '조선시인 집단'이 결성되었고, 같은 해 4월 김시종은 나카니시초등학교에서 배치 가 전환되어 재일조선통일민주전선(민전)의 긴키(近畿)지역 문화제 관 계책임자로서 '오사카 조선문화총회'를 조직하며 서기장으로서 1년간 56여개 정도의 문화서클을 만들었다고 한다. 『진달래』4호부터는 창작 자 주체가 '조선시인집단'에서 '오사카조선시인집단'으로 이름을 바꾸는 것에서 김시종의 활동과 전국적으로 확산된 재일서클의 확산을 추측할 수 있다. 특히 주목해야 할 부분은 "어디에서도 영혼의 지사로서 우리들 은 대중운동의 공작자"6)로서의 자신들을 확인하는 부분이다. '대중운동 의 공작자'로 자신들을 인식했다는 것은 "잡지가 잡지를 낳아서 서로 자극하며 새로운 집단이 생겨나게 하는 프로세스"의 문화조직책으로서 자신들을 생각했다는 것이다.

53년 7월 27일 한국전쟁은 휴전협정을 조인하게 되면서 휴전을 외치 던 '오사카조선시인집단'의 『진달래』는 집단의 동력을 잃게 된다. 54년 1월에는 '오사카조선시인집단'은 제2회 총회를 열면서 유명무실한 회원 을 23명으로 정리해 서클의 내실을 꾀하며, '오사카조선 문화총회'에서는 2월 8일 문화제를 개최하면서 시낭독과 연극 등으로 단합된 조직력을 발휘한다.7) 『진달래』는 월례회, 연구회, 『진달래 통신』등으로 '대중운동 의 공작자'로서의 학습과 시의 질적 향상 및 서클의 단합을 위하여 많은 노력을 하게 된다. 『진달래』8호에는 "매주 토요일 오후 7시 샤리지(舍利 寺) 조선초등학교에서 오노 토쟈부로(小野十三郎)의 『현대시수첩』을 텍 스트로써 연구회를 개최한다는 취지의 통신이 게재되기도 하는데, 이 연구회의 튜터는 정인(鄭仁)이 맡게 된다. 정인은 10호부터 15호까지 편집 책임을 맡게 되고, 이후 김시종과 주도적인 역할을 담당하게 된다. 55년 3월 『진달래』11호는 발간 2주년기념호로 제작 되었으며, 매주 정 기연구회를 개최하면서 새로운 전개를 시도한다.

그러나

> 서클은 살아 있는 것이다. 처음에 쓴다는 기쁨에서 표현이 해방되어 밀려오는 파도가 있으면, 당연하게 사람의 교체와 표현수준의 문제를 둘 러싸고 모순과 교착상태에 빠지게 된다. 이것을 어떻게 해결하는가가 서 클활동가의 기량이라고 할 수 있다.[8]

모든 서클이 태생적으로 갖게 되는 생성/전개/퇴색이라는 문제를 『진달래』도 직면하게 된다. '조총련'으로부터 조선어글쓰기에 대한 요 구와 지시, '재일'로서 자각, 더 나아가 집단적 의미보다 시적 향상에 대한 문학적 자각 등이 맞물려 해산의 길을 걷게 된다. 『진달래』16호 '오노 도자부로선생 방문기'에는 다음과 같은 자신들의 고민을 호소하 는 부분이 있다.

> 우리들 진달래가 지금 가장 괴로워하고 있는 것은 모국어로 시를 쓸 수 없다는 것입니다. 회원들 대부분이 일본에서 나고 자라 일본에서 교 육을 받았기 때문에 시의 발상도 일본어로밖에 할 수 없는 상태입니다.[9]

문학자로서의 자각은 그 자각이 깊으면 깊을수록 보다 강해진다. 그 근간에는 모국어의 문제와 '재일'이라는 자각일 것이다. 한국전쟁이 휴 전으로 인하여 동아시아에서는 국제공산주의운동이 재편되었고 이러 한 정치적 사항은 바로 『진달래』에도 영향을 미치게 되었다. 55년 5월 재일조선통일민주전선(민전)은 해산되고, '재일본조선인총연합회'일명 '조총련'이 결성된다. 조총련은 『진달래』에게 "조선인은 조선어로만 조국을 노래해야 한다"는 지시와 간섭을 하게 된다. '민전'에서 가장 활동적인 서클이며 거의 일본어로 글을 발표하는『진달래』는 엄청난 공격대상이 되었으며, 민족적 주체성을 상실한 민족허무주의에 **빠졌다**는 비판을 받아야만 했다.

> 1954년부터 55년에 걸쳐서 코민테른 시절에 답습되어온 일국일당주의가 개편되면서 외국인 공산주의자는 이주국의 당이 아닌, 조국의 당지도를 받아야 하는 것은 물론이고 거주국의 내정에 간섭해서는 안 되게 되었다. 이러한 재편의 일환으로 좌파 재일조선인운동에는 민전에서 조총련으로의 노선 전환이 일어나고 일본공산당의 지도를 받고 있던 조선인 공산주의자는 조총련을 매개로 조선노동당의 지도를 받게 되었다.10)

대부분 30년대에 일본에서 태어나 전쟁 중에 일본어로 초등교육을 받은 재일 2세들은 모국어를 배울 수 없었던 세대이기 때문에 이러한 비판은 자신들의 문학적 실존방법에 대한 심각한 비판이며 도전이었던 것이다. 조직의 지시를 충실히 따르는 자와 정치에서 문학을 독립시켜 '재일'로서 자각과 자신들의 문학적 실존을 고민하며 끝없는 논쟁을 시작한다.『진달래』는 창간호부터 극히 적은 편수지만 조선어시도 가끔 게재는 되었다. 그러나 13호 권두언에「국어를 사랑하는 것에서」에서 조선어 시 창작 활동을 독려하자 회원들은 많이 당황하게 된다. 같은 해 12월 김시종은 첫 번째 시집『지평선』을 출판하면서 소위『진달래』논쟁의 단초를 마련한다. 즉 56년 5월『진달래』15호에는 홍윤표의「유민의 기억에 대해서」가 게재되었고 이어서 16호에서 김시종은「나의 작품의 장과 유민의 기억」으로 반론을 하게 된다. 9월에는 정인이「조선인이 일본어로 시를 쓰고 있다는 것에 대해서」를 발표함으로써 정인은 김시종 입장에서 '재일'이라는 표현자의 상황을 옹호한다. 그러나 애초『진달래』회원들은 문학 동인으로 출발한 것은 아니었기 때문에 처

음부터 시 창작의식은 미약했다. 조선어만으로 글쓰기를 하라는 지시에
는 당황했으나, 문학적 논쟁이 이루어 질 때 회원들은 『진달래』를 떠나
가기 시작했다.

57년 김시종은 17호에서 시 「로봇 수기」, 18호에서는 에세이 「장님과
뱀의 입씨름」, 시 「오사카 조총련」에서 조총련의 폭압적 행태를 비판하
는 글을 발표하자, 조총련은 김시종에 대한 조직적이고 정치적인 비판
을 퍼 붓는다. 결국 58년 10월 19호 발행(1957년 11월) 거의 1년 만에
『진달래』20호는 발행은 되었으나, 이듬해인 59년 2월 막을 내리게 된다.

## 4. 『진달래』의 시적기록

### 1) 전투시

한국전쟁으로 인한 GHQ의 레드퍼지와 반공주의 정책에 의해서 50
년대 초 일본공산당과 함께 내건 슬로건은 반미, 반요시타(反吉田), 반
이승만 이라는 '3반 운동'이었다. 『진달래』의 방향성을 강력하게 나타내
는 시는 한국전쟁에서의 전투시와 '3반 운동'의 슬로건을 시로 표현한
것들이다. 그것들은 한국전쟁의 참상을 알리는 생경스러운 표현과 '반
미'라는 프로파간다의 시가 많았다. 일본은 한국전쟁으로 엄청난 경제
적 특수를 누리게 되었고, 재일조선인 밀집지역인 오사카 이카이노 근
처의 영세한 재일조선인 금속공장에서조차 자신들은 전혀 의식하고 있
지 않았지만 '조선특수'의 떡고물을 얻어먹고 있었다.

한국전쟁은 재일조선인들에게 일본 땅에서 정주를 생각하게 만든 계
기가 되었으며, 자신들의 조국과 고향에서 일어난 남북 합하여 사망자
와 행방불명자가 400만 명 이상이며, 미군사망자는 3만 3천명이상, 중

국사상자와 행방불명자는 90만 명이었고, 남북이산가족은 1000만 명에 달하는 참혹한 전쟁이었다.

> 조선반도에는 매일같이 재일미군 기지로터 전투기가 날아올랐고, 또 한 일본 전국토가 군수물자의 공급지가 되어 '조선특수'가 일어났다.[11]

때문에 52년 일명 스이타사건(吹田事件)은 오사카에 있는 국철 스이타 조차장에 일본과 재일조선인 데모대가 난입해서 일본에 주둔해 있는 미군의 한반도 출격을 저지한 사건으로 한국전쟁에 항의하는 반전운동이기도 했다.

1호 '건군절 특집'으로 「2월8일」, 「싸우는 조선의 노래」, 「전열」, 「아침의 영상」, 「지평선」 등이 있다. 특히 박실은 「지평선」에서 재일조선인 청년으로서 조국의 고통을 자신들의 고통으로 느끼고 연대하려고 하는 마음을 시라는 형태로 증언한다든지, 「두 동강이 난 게타」에서는

> 〈게타 따윈 버려 버려〉라고 //너 또한 훌륭히/혁명의 다리가 되어 일 해 왔다./사치스러운 너희들의/멸시와 모욕 속에/너를 방치해 두면 안 되겠다.//드디어 너와도 이별이다./전신에 불길을 휘감으며 미소 짓는 다./활활 타오르면서/너는 이렇게 외치고 있는 것 같다./ 지지치 말고 겁 먹지 말고 //걸어라 걸어라[12]

라고 하면서 조국의 혁명을 위하여 자신을 다시 일으켜 세우고 있다.

지금까지 시를 써본 적이 없었던 재일조선인 청년들은 『진달래』에 참가해서 시라는 표현수단을 획득하게 되었다. 아직 문학적으로는 유치한 표현들이지만 자신의 삶을 진술하게 서사하였고, 이것은 동시대의 다른 재일청년들을 자각시키는 연쇄적 반응을 불러일으켰다. 그러나 한국전쟁이 휴전협정을 맺으면서 '반전', '반식민주의 투쟁'을 외치던 일본

의 다른 서클들과 같이 『진달래』는 당장 동력을 상실하게 되었고 새로
운 돌파구를 찾아야만 했다.

> 이미 대중사회는 진행되었고 사람들은 월급으로 원하는 것을 살 수
> 있게 되었으며 부모들은 라디오로 유행가를 듣고 있었다. 그런 시대에
> '죽이지 않으면 죽게 된다'는 썰렁한 긴박감은 이미 파탄 난 '군사방침'을
> '실로 묶은 코르크 총알'과도 같았다. '무기'를 건네줄 공산당도 정말로
> '혁명'을 생각했던 것은 아니었다.13)

51년 2월 공산당 제4회 전국협의회에서는 군사방침을 확정시키고, 8
월에는 '강령- 일본공산당의 당면요구'에서는 '민족해방민주혁명'을 주
창하면서 무장투쟁을 담당하는 위원회와 공작대 및 자위대등을 조직시
켰다. 그러나 한국전쟁이 휴전협정을 체결하면서 '반미게릴라투쟁'은
급속하게 퇴색되어 갔고, 공산당 자체도 57년 7월 육전협(六全協)으로
무장혁명의 방침을 포기하기에 이른다.

전투시가 처음에는 한국전쟁에서 북한의 승리와 반미의 외침이었다
면, 휴전 협정이후는 민해의 「젊은 동무」처럼 이제는 일본에서 "넘치는
투지와 정의로운 피는/조상의 짓밟혔던 삼일의 피인 양/불꽃같은 눈초
리는/적들의 가슴을 쏜다"라고 하면서, 재일동포의 단결과 친미적인 일
본정권에 투쟁할 것을 궐기하고 있다.

## 2) 생활시

50년대 서클의 시운동에 대하여 나리타 류이치는 '쓴다'는 행위에 주
목하면서 다음과 같이 말하고 있다.

> 그들의 행위는 자신의 주위에서 생긴 일과 거기에서의 체험을 관찰하

고, 기술하는 작업으로 되어 있습니다. '쓴다'는 작업은 자신을 대상화하는 것이며 자기표현입니다. '사실'을 쓴다는 것-이것이 수작업 잡지의 출발점입니다.[14]

『진달래』의 회원들을 자신의 주위에서 생긴 일, 체험한 사건, 자신의 가족, 이웃 등을 관찰하면서 '재일조선인'으로서의 자신을 대상화시켜간다. 3호에서는 '생활의 노래 특집'이 만들어지고, 같은 해 7월 27일 조선전쟁휴전협정 조인 이후인 4호부터는 『진달래』도 변화의 바람이 불어온다. 원했던 휴전을 맞이하면서 당으로부터는 계속 테마를 지시받고 투쟁시를 만들었지만, 이전과 같은 원동력은 느낄 수 없었다. 이러할 때 이들은 자신들의 현재 일본에서의 생활을 돌아보게 되었고 자신과 부모들의 생활을 기록하게 된다. 「부서진 게타」, 「시장의 생활자」, 「콩나물 이슬길」, 「교사가 되어서」, 「무엇을 먹어도」, 「오사카의 길모퉁이」, 「쓰루하시여」 등이 있다.

> 해질녘 오사카 길모퉁이//쓰레기통 속으로 머리를 구부린/할머니의 백발이 곱슬곱슬/어딘가 추운 처마 밑에서 흔들리고 있다//거칠 만큼 거칠어진 마른 손에/쓰레기통 속에서 주운/한 뭉치의 종이와 헝겊/잠시 리어카에 엎드린/할머니의 주름투성이 목덜미가/용수철처럼 돌아왔다//쭈글쭈글 둥글게 뭉쳐진/종이조각 한 장/할머니의 거칠어진/손 위에 올려져있다//꼼짝 않고 깊은 눈동자 끝에 올려져있다/누가 찢었을까 누가 버렸을까/길모퉁이 쓰레기통에 다 찢어진 옛날 조선지도!//⋯.[15]

김희구의 「오사카 길모퉁이」이다. 폐지를 주워 살아가는 조선인 노파가 폐지 속에서 옛날 조선 지도를 발견하고 깨끗이 접어서 사라지는 모습은 일본에서 살아갈 수밖에 없었던 1세들의 모습에 경의를 담아서 묘사한 재일 2세 작품의 원형일 것이다. 다음은 권동택의 재일어머니들의 강인하고 억척같은 삶을 노래한 「시장의 생활자」이다.

　　도로는 생선 껍질로 빛나고 있다. /저고리 소매도 빛나고 있다. /내
어머니는 삐걱거리는 리어카를 밀며/오늘도 중앙시장 문을 뚫고 나간
다./생선창고 근처 생선냄새 나는 틈을/어머니는 헤엄치듯 걸어갔다. //
여자아이가 얼음과 함께 미끄러져 내려온 물고기를/재빨리 들고 달아났
다./갈고리가 파란하늘을 나는 듯 성내는 소리와 함께//어두운 쓰레기장
에는 썩어 진 무른 생선더미, 생선더미/그곳은 파리들의 유토피아였다./
엄마는 그 강열한 냄새 속에 쭈그리고 앉아있다.//[16]

　　재일 1세 노파와 어머니라는 대상, 폐지수집과 시장의 생선장수로 살
아가야만 하는 고단하지만 강인한 삶이라는 사실, 단순한 나열이 아니
라 조국이라는 인식의 파장과 그래도 이곳 일본에서 뿌리를 내리며 살
아가야만 한다는 연상, 이러한 시적연쇄관계는 과히 뛰어난 시적 감동
이라고 생각된다.

　　그동안 '쓴다'는 주체에서 가장 소외되었던 그룹은 재일조선인이며
그 중에서 여성들은 공적인 표현의 장에서 자신들의 삶을 증언할 수가
없었다. 『진달래』 5호에서는 '여성 4인집'이라는 특집을 내면서 송재랑,
이정자, 강순희, 김숙희 등의 생활의 시를 싣고 있다. 14호에는 이정자
작품 특집을 따로 다루고 있는데, 다음은 이정자의 「모자의 노래」이다.

　　시집올 때/함께 온 파란색 모자여//한번 강한 바람소리를 들은 이후/
어둠 속에서 나프탈렌과 지내는/모자여//너는 /어린신부의 머리카락 냄
새를 맡지 마라//너는 /어린신부의 즐거움을 알지 마라//너는 /바람에
닿는 기쁨을 노래하지 마라//너는/다시 떠오르는 태양 빛을 사모하지 마
라//너는 /자유로운 대기의 공기를 마시려 하지 마라//너는 /아름답게
뛰어오르는 모든 것을 보지 마라//너는 /시집 올 때 모자인 것을 잊어버
릴 때/너는 그때/참된 바람의 향기를 알 것이다//[17]

　　50년대 이정자는 일본어로 근대교육의 혜택을 받은 소수의 여성이며
국가와 민족/반계급과 혁명을 외쳐왔지만, 학교교육과 유교적 전통에

의해서 내재화된 현모양처의 한계를 뛰어넘기에는 아직 시간이 더 필요했다. 그러나 거의 매호 여성회원들의 발표와 특집호도 따로 마련했던 『진달래』는 재일여성 표현자들에게는 귀한 공적발표의 장이 되었다.

### 3) 풀뿌리 미디어적 표현

50년대 일본은 GHQ의 반공정책과 언론 스스로 자기검열로 인하여 여전히 한반도에 대한 왜곡된 정치/사회 및 아시아인식을 하게 된다. 이러한 현상은 그대로 재일조선인상으로 투영되었다.

> 패전/해방 후에 재일조선인의 존재는 전쟁책임이나 식민지지배 책임을 애매하게 하는 일본사회에서 중요한 의미를 띤다. 그러나 GHQ 검열하의 일본신문을 비롯하여 일본의 메스미디어에서는 1950년대 중반에 보급되기 시작한 텔레비전도 포함하여 재일조선인문제가 본질적으로 일본사회의 내부문제임에도 불구하고 항상 분단조선과의 관계에서 정치적으로 파악하려고 했다. 또한 재일조선인 사회를 민족주의 이기주의 대표라도 되는 것처럼 표상하였으며, 일본 내부의 문제를 은폐하려고 하는 경향을 가졌다.[18]

『진달래』는 한국전쟁의 참상, 미군폭격으로 조국 땅을 마치 석기시대로 되돌려버린 폐허화, 한국전쟁을 이용한 일본의 조선특수, '3반 운동'등을 중점적으로 시적 표현을 해갔다.

7호에서 김영의 「죽음의 재」로 수폭문제에 대한 포문을 열더니, 8호에서는 아예 '수폭특집'으로 박실 「안전한 피난처」 홍종근 「행방」 권경택 「여름해변에서」 김탁촌 「딸기를 딸 무렵 생각한다」 부백수 「수폭이 뭐야」 안휘자 「죽음의 상인들은 노리고 있다」 김시종 「처분법」 원영애 「수폭과 여성」등의 시와, 「악질 수폭 영화」라는 영화평으로 수폭의 위험성을 고발하고 있다. 이어서 다른 호에서도 미국의 수폭문제를 망각

하지 않고 끊임없이 기억하며 시로서 기록하여 풀뿌리 미디어로서의
역할을 강화해 가고 있다.

> 당치도 않은 소리가/지구를 뒤흔들었다//섬광은 눈 깜짝할 사이에 /
> 세계를 일주했다//태고의 역사를 간직한/태평양은 무참히도 두 개로 쪼
> 개졌다.//요람의 땅을 사랑한 바다의 아이들은/분노로 떨었다//구름 그
> 늘에서 졸고 있는 풍요로운 하늘은/방사능에 상처 입었다.//세계의 파멸
> 인가?/하지만 즐기고 싶다….19)

『진달래』는 신뢰할 수 없는 매스미디어를 대신하여 일반적으로 보도
된 정보가 아닌 다양한 소재도 시적으로 기록했다. 진실을 알고 싶다는
팽창된 욕구로 자신들이 알고 싶고 알아야하는 정보도 유통/소비시키
며 풀뿌리미디어의 역할도 담당했던 것이다.

## 5. 나오며

오사카조선시인집단 기관지 『진달래』는 일본 땅에서 조국의 전쟁을
목격하게 되는 한국전쟁 중인 1953년 창간되어, 노선전환에 따르는 정
치적 격동에 휘말리며 58년 막을 내리게 된다. 오사카조선시인집단은
원래 조직화되어있지 않은 문학청년들을 규합하기위한 정치적 작용으
로 출발했지만, 결국 문학을 하려고 하는 사람들의 자각과 '재일'로서의
주체적 발언이 조직과의 마찰을 빚게 되면서, 정치적 작용에 의해서 해
산하게 되는 서클시지이다.

50년대 일본에서 '집단'이 갖는 의미를 되새겨볼 때, 오사카조선시인
집단의 출발은 단순히 시인들의 모임이라는 의미에서의 '집단'이 아니
라 '창작의 장' 혹은 '창작의 주체'로서 인식되었을 것이다. 그러한 의미

에서 단순히 창작의 장이 아니라, 문학적이고 예술적으로 보다 향상된 시 창작을 갈망하게 될 때, '집단'의 의미는 퇴색되어지고 전문적 표현자만이 남게 되며, 집단성의 좌표를 잃게 된다. 『진달래』의 해산도 집단과 문학적 성취를 갈망하는 회원과의 갈등으로도 해석될 수 있는 부분이라고 생각된다.

　재일 2세들이 중심이었던 『진달래』의 회원들은 부모와 함께 식민지를 경험했지만 그들의 부모와는 다른 고국과 고향을 갖게 되며 모국어로는 글쓰기는커녕 시의 발상도 할 수 없는 처지이다. 결국 『진달래』의 논쟁은 이제 일본 땅에서 정주라고 하는 개념으로서의 '재일'을 자각하는 것이며, 재일 2세들이 일본에서 무엇을 어떻게 시로 써야할 것인가에 대한 성찰로도 이어지게 된다. 그것을 문학적으로 자각하고 표현하려고 했다는 것으로 『진달래』는 재일문학에 큰 의미를 갖게 된다. 『진달래』는 김시종의 설명처럼 '망명자의 논리'를 벗어나 "자신에게 다가서 있는 이 기반에서 이 손으로 더듬을 수 있는 것만을 의지"하려고 했던 '재일'의 생존 프로세스였다.

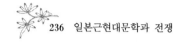 

# 주

〈초출〉 이 글은『일본언어문화』제28집 (한국일본언어문화학회 2014년9월)에 게재된「오사카조선시인집단 기관지『진달래』연구 -50년대 서클시지와 시의 기록-」을 수정 보필한 것임.

1) 道場親信(2007)「下丸子文化集団とその時代-50年代東京南部サ-クル運動研究序説」『現代思想』-戦後民衆精神史-青土社 12月臨時増刊号, p.46.

2) 鳥羽耕史(2010)『1950年代ー「記録」の時代ー』河出ブックス pp.12-18.

3) 金時鐘(2007)「人々のなかで」『現代思想』-戦後民衆精神史-青土社 12月臨時増刊号, pp.30-31.

4) 金時鐘(1953)「創刊の言葉」『ヂンダレ』第1号 p.3.

5) 宇野田尚哉(2010)『『ヂンダレ』と『カリオン』関係年表」『「在日」と50年代文化運動』ー幻の詩誌『ヂンダレ』と『カリオン』を読むーヂンダレ研究会編 pp.203-208.

6) 金時鐘(1953)「編集後記」『ヂンダレ』第3号 p.41.

7) 白佑勝(1954)「あたふた」文化祭」『ヂンダレ』第6号 pp.18-20.

8) 道場親信 위 책 p.76.

9) 洪允杓(1956)「小野十三郎先生訪問記」『ヂンダレ』第16号 p.17.

10) 宇野田尚哉(2010)「東アジア現代史の中の『ヂンダレ』と『カリオン』」『「在日」と50年代文化運動』ー幻の詩誌『ヂンダレ』と『カリオン』を読むーヂンダレ研究会編 pp.26-27.

11) 윤건차·박진우역(2009)『교착된 사상의 현대사』p.134.

12) 朴實(1953)「われた下駄』『ヂンダレ』第3号 p.9.

13) 道場親信(2007) 위 책 p.75.

14) 成田竜一(2007) 위 책 p.211.

15) 金希球(1953)「大阪街角』『ヂンダレ』第5号 pp.8-9.

16) 權東澤(1953)「市場の生活者』『ヂンダレ』第3号 p.11.

17) 李靜子(1955)「帽子のうた』『ヂンダレ』第14号 p.p11-12.

18) 윤건차 위 책, pp.181-182.

19) 鄭仁(1953)「実験』『ヂンダレ』第8号 pp.10-11.

## [참고문헌]

윤건차·박진우역(2009)『교착된 사상의 현대사』창비, pp.134-135, 181-182.

宇野田尚哉(2010)　「『ヂンダレ』と『カリオン』関係年表」「東アジア現代史の中
　　　の『ヂンダレ』と『カリオン』」『『在日』と50年代文化運動』-幻の詩誌『ヂン
　　　ダレ』と『カリオン』を読む-ヂンダレ研究会編, pp.26-27, 203-20.

金時鐘(2007)「人々のなかで」『現代思想』-戦後民衆精神史- 青土社　12月臨時
　　　増刊号, pp.29-31.

佐藤泉(2005)『戦後批評のメタヒストリー：近代を記憶する場』岩波 書店, p.21.

鳥羽耕史(2010)『1950年代 -「記録」の時代-』河出ブックス, 　pp.12-18.

鳥羽耕史(2009)「サークル詩. 記録. アヴァンギャル-50年代文学の振幅-」『戦
　　　後日本スタディーズ - 40.50年代 -』紀伊國屋書店, pp.187-188.

成田竜一(2007)「戦後民衆精神史」『現代思想』-戦後民衆精神史-青土社　12月
　　　臨時増刊号, p.211, 213.

_____(2004)　「1950年代:「サークル運動」の時代への断片」『文学』第5巻6号,
　　　p.115.

浜賀知彦(2007)「50年代のてざわり」『現代思想』-戦後民衆精神史-青土社　12
　　　月臨時増刊号, p.36.

道場親信(2007)　「下丸子文化集団とその時代-50年代東京南部サ-クル運動研究
　　　序説」『現代思想』- 戦後民衆精神史- 青土社 12月臨時増刊号, p.4, 38, 76.

(사용 텍스트)

權東澤(1953)「市場の生活者」『ヂンダレ』第3号, p.11.

金時鐘(1953)「編集後記」「創刊の言葉」第1号 p.3,　第3号, p.41.

金希球(1953)「大阪街角」『ヂンダレ』第5号, pp.8-9.

民海「젊은 동무들」『ヂンダレ』第3号, p.25.

朴實(1953)「われた下駄」『ヂンダレ』第3号, p.9.

白佑勝(1954)「あたふた」文化祭」『ヂンダレ』第6号, pp.18-20.

李靜子(1955)「帽子のうた」『ヂンダレ』第14号,　pp.11-12.

鄭仁(1953)「実験」『ヂンダレ』第8号,　pp.10-11.

洪允杓(1956)「小野十三郎先生訪問記」『ヂンダレ』第16号, p.17.

城戸昇(1958)「機熟す」『なんぶ』第2号,　p.5.

# 오사카 시인집단 기관지『진달래』

## - 1953년『진달래』의 사건을 중심으로 -

유미선*

## 1. 들어가며

환영의 잡지에 머물렀던 오사카 시인집단 기관지『진달래(ヂンダレ)』는 김시종(金時鐘)과 작가 양석일(梁石日)의 초기를 생각하는데 있어 빼놓을 수 없는 서클지로서 2008년 2월 후지출판(不二出版)에 의해 양석일의 개인지『원점(原點)』,『황해(黃海)』와 함께 복각되었다.

우노다 쇼야(宇野田尚哉), 호소미 가즈유키(細見和之), 재일 3세 시인 정장(丁章)등을 중심으로 하는 일본「진달래연구회(ヂンダレ研究会)」는 복각에 앞서『진달래』,『가리온(カリオン)』전권을 공동으로 읽는 작업을 계속해 왔다.

1950년 6월25일 한국전쟁이 시작되었을 무렵 일본공산당에 갓 입당한 김시종은 기관지『조선평론(朝鮮評論)』이라는 잡지를 발행하게 되

---

* 극동대학교 일본어학과 강사.

는데『조선평론』은 김시종의 주요 발표의 무대이기도 했다. 1951년 김시종은 강제 패쇄 된 민족학교를 재개하라는 임무를 명받고 나카니시(中西)소학교에 근무하다가 배치 전환되면서 학교를 떠나 민전오사카부본부에 근무하며 오사카 각지에 50여개 정도의 서클을 조직하고 그 연합체로 오사카 조선문화총회 만드는 일을 담당하게 된다. 1952년 경 '조선민주주의 인민공화국의 정당성을 어필하는 청년들의 서클을 만들라'는 민대오사카부(民對大阪府)위원회의 지령을 받고『진달래』라는 시인집단을 만들게 되지만, 글을 써본 적이 있는 소수 인원을 제외하고는 대부분이 아마추어인 데다가 원고도 부족한 상태여서 초기의『진달래』는 상당한 난항을 겪었다.

　　1953년『진달래』는 제1호(2월16일), 제2호(3월31일), 제3호(6월22일), 제4호(9월5일), 제5호(12월1일)에 걸쳐 5호까지 발행되었다. (표1. 1953년『진달래』관계연표 참조) 1953년(1호-5호), 1954년(6호-10호), 1955년(11호-15호)까지 꾸준히 5호씩 발행되던 진달래는 1956년에는 제16호, 1957년(17호-19호), 1958년에 제20호로 폐간되고 이름을 바꾸어『가리온』은 1959년에 6월20일 제1호, 11월25일에 제2호, 1963년 2월7일에 제3호를 마지막으로 폐간된다. 표2의 발행소 제4호부터 제20호 속에 자주 등장하는 이쿠노(生野)는 시작품 속에서도 자주 등장하는 곳으로 일본최대의 재일조선인의 집단거주지인 이쿠노구 이카이노초(猪飼野町)의 옛 지명에 해당한다. 이카이노는 재일조선인을 뜻하는 말로 1923년 제주도와 오사카 간에 정기연락선 기미가요마루(君が代丸)호가 취항하면서 제주도에서 일본패전까지 23년간 십 수 만 명의 노동자 등이 일본으로 건너가고 해방 후에도 제주 4·3사건 등의 혼란을 피해 밀항이 끊이지 않아 이카이노의 절반은 제주도 사람들에 의해 만들어 졌다고 할 수 있겠다.

표1. 1953년 『진달래』 관계연표[1]

| | |
|---|---|
| 2월7일 | 건군절 전야 당시 김시종이 살고 있던 나카니시 조선소학교에서 조선시인집단(『진달래』제4호부터는 오사카 조선시인집단)결성식. 참가자는 김시종, 한라, 권경택(權敬沢), 이술삼(李述三), 송익준(宋益俊), 박실, 홍종근(이상은 홍종근「오사카 시인집단 진달래의 1년」조선평론 제9호 1954년 8월에 의함). 단 실제는 결성식이라 말할만한 거창한 것이 아닌 폐렴으로 누워있는 김시종을 이들이 방문했던 듯하다. 『진달래』의 제1호 할당은 병상에서 김시종이 하고 편집은 병상에서 박실이 3일 동안 했다 한다. |
| 2월16일 | 진달래 제1호 발행(편집 겸 발행인 김시종, 「건군절 특집」) |
| 3월31일 | 진달래 제2호 발행(편집 겸 발행인 김시종) |
| 4월 | 김시종 나카니시 조선소학교에서 배치전환. 민전직업상주로 오사카 조선문화총회를 조직하게 되어 그 서기장으로서 1년여 동안 50명 정도의 문화서클을 만들었다고 한다. |
| 4월16일 | 4월 시화회(詩話會)(제2호 합평과 연구발표. 나카니시 조선소학교 내 진달래편집소)이하, 합평회·연구회 등에 관해서는 지면에서 확인 가능한 것만 기록하였다. |
| 6월8일 | 조선시인집단 제1회 총회.『진달래』는 회원 30명 정도가 되어 어디까지나 혼의 기사로서의 우리들, 대중운동 공작자로서의 우리들임을 확인했다. 제3호 편집후기. |
| 6월22일 | 『진달래』제3호 발행 (편집 겸 발행인 김시종, 「생활의 노래 특집」) |
| 6월27일 | 제3호 합평회(장소 히가시나카가와東中川 조선소학교) |
| 7월27일 | 한국 군사 정전 협정 조인. |
| 9월5일 | 진달래 제4호 발행(편집 겸 발행인 김시종) |
| 9월11일 | 연구회(장소 : 재일조선체육협회 내 신인집단 사무소) |
| 9월18일 | 제4호 합평회. |
| 12월1일 | 진달래 제5호 발행(편집 겸 발행인 김시종) |
| 12월경 | 김시종과 정인이 알게 됨. |

1950년대라는 착종의 시대에 재일조선인의 思想과 文學의 원점으로

평가받으며 미국과 싸우는 북한(조선민주주의 인민공화국)의 정당성을
주장하는 文學의 장을 담당해온 오사카 시인집단 기관지『진달래』는
표2에서 보는 바와 같이 1953년 2월16일을 시작으로 1958년 10월25일
까지 총20호에 걸쳐 발행되었으며, 연이어『가리온』은 1959년 6월20일
을 시작으로 1963년 2월7일 제3호까지 발행되었다. (표2. 오사카 시인집
단 기관지『진달래』(1호-20호),『가리온』(1호-3호) 참조)

　본고에서는 재일조선인의 시대상뿐만 아니라 차별에 노출된 재일조
선인들의 소소한 일상과 마음을 담아내고 있는 오사카 시인집단 기관지
『진달래』중 1953년 7월27일 한국 군사 정전 협정을 전후로 발행된 제1
호에서 제5호를 중심으로 배경이 되고 있는 주요 사건들을 통해『진달
래』의 노선전환배경에 대해 살펴보고, 1953년 전후의 정치적 상황이 어
떠한 방식으로 작품 속에 투영되었는지 살펴보고자한다. 또한 한국 군
사 정전을 전후로 한『진달래』의「주장」란과「안테나」란의 사건을 중심
으로 재일조선인들의 단순한 기록이 아닌 조국정전을 위해 행동하는
재일조선인 문학이 갖는 의미에 대해 고찰해 보고자 한다.

표2. 오사카 시인집단 기관지『진달래』(1호-20호),『가리온』(1호-3호)

| 호수 | 인쇄년월일 | 발행년월일 | 편집겸발행인 | 발행소 |
|---|---|---|---|---|
| 1 | 1953.02.15 | 1953.02.16 | 편집겸발행인:김시종 | 大阪市中河内郡辰巳町矢柄6 |
| 2 | 1953.03.25 | 1953.03.31 | 편집겸발행인:김시종 | 大阪市中河内郡辰巳町矢柄6 |
| 3 | 1953.06.22 | 1953.06.22 | 편집겸발행인:김시종 | 大阪市東淀川区十三東の町 1-3 |
| 4 | 1953.09.01 | 1953.09.05 | 편집겸발행인:김시종 | 大阪市生野区新今里町 8-105 |
| 5 | 1953.11.30 | 1953.12.01 | 편집겸발행인:김시종 | 大阪市生野区新今里町 8-105 |

| 6 | 1954.02.26 | 1954.02.28 | 편집겸발행인:김시종 | 大阪市生野区新今里町 8-105 |
| 7 | 1954.04.30 | 1954.04.30 | 편집겸발행인:김시종 | 大阪市生野区新今里町 8-105 |
| 8 | 1954.06.28 | 1954.06.30 | 발행책임자:홍종근 편집책임자:김시종 | 大阪市生野区東柴谷 4-224 |
| 9 | 1954.09.30 | 1954.10.01 | 발행책임자:홍종근 편집책임자:박실 | 大阪市生野区東柴谷 4-224 |
| 10 | 1954.12.20 | 1954.12.25 | 발행책임자:홍종근 편집책임자:정인 | 大阪市生野区東桃谷町 4-224 |
| 11 | 1955.03.10 | 1955.03.15 | 발행책임자:홍종근 편집책임자:정인 | 大阪市生野区東桃谷町 4-224 |
| 12 | 1955.06.30 | 1955.07.01 | 발행책임자:박실 편집책임자:정인 | 大阪市生野区東桃谷町 4-224 |
| 13 | 1955.09.25 | 1955.10.01 | 발행책임자:박실 편집책임자:정인 | 大阪市生野区東桃谷町 4-224 |
| 14 | 1955.12.25 | 1955.12.30 | 발행책임자:박실 편집책임자:정인 | 大阪市生野区東桃谷町 4-224 |
| 15 | | 1955.05.15 | 발행대표자:정인 | 大阪市生野区猪飼野中 5-28 |
| 16 | | 1956.09.20 | 편집부:홍윤표,김시종, 조삼룡,김인삼 발행대표자:정인 | 大阪市生野区猪飼野中 5-28 |
| 17 | | 1957.02.06 | 편집부:홍윤표,김시종, 조삼룡,김인삼 발행대표자:정인 | 大阪市生野区猪飼野中 5-28 |
| 18 | | 1957.07.05 | 대표책임자:홍윤표 편집책임자:양정웅 편집부:김인삼,김화봉, 정인 | 大阪市生野区猪飼野中 5-28 |
| 19 | | 1957.11.10 | 편집부:양정웅,김인삼, 김화봉 발행대표:홍윤표 | 大阪市生野区猪飼野中 5-28 |
| 20 | | 1958.10.25 | 편집자:양석일 발행자:정인 | 大阪市生野区猪飼野中 5-19 |

| 1 | | 1959.06.20 | 대표:김시종 | 大阪市東成区大成通1-34 |
|---|---|---|---|---|
| 2 | | 1959.11.25 | 대표:김시종 | 大阪市生野区猪飼野東 2-11 |
| 3 | | 1963.02.07 | 발행대표자:정인 | 大阪市生野区西足代66 |

## 2. 1953년 『진달래』 속 「주장」란을 통해 본 사건

1922년 7월 창당된 일본공산당은 1923년에서 1924년 주요 간부가 체포되면서 비합법적인 투쟁을 전개해 가다가, 1931년 10월 만주의 조선인 공산주의자에게 영향을 끼친 코민테른의 일국일당노선이 일본에 영향을 끼치며 일본에 있는 조선인 공산주의자들은 일본공산당원의 지도를 받았다. 해방 후 김천해(金天海), 박은철(朴恩哲)등은 일본공산당 재건을 위해 움직이면서 1945년 10월16일 재일본조선인연맹(조련)이 발족 1949년 9월 조련이 해산될 때까지 재일조선인운동을 지도하는 당내기관으로 유지되었다. (표3. 일본공산당의 재일조선인정책 참조)

표3. 일본공산당의 재일조선인정책

| 1931년 | "조선, 대만 등 식민지의 일본 제국주의의 멍에로부터의 해방"을 내걸고 일본 속 조선인, 대만인의 조직화에 착수. |
|---|---|
| 1931년10월 | 일본에 있는 조선인 공산주의자들은 일본 공산당원이 되나 활동 과정 중 체포. |
| 1945년10월 | 재일조선인의 노력으로 지도자인 김천해, 박은철 등을 감옥에서 구출하고 그들은 일본공산당 재건을 위해 노력. 10월15,16일 재일본조선인연맹(조련)결성대회 개최. |
| 1949년9월8일 | GHQ와 일본정부는 조련과 재일본 조선민주청년동맹을 공산주의 운동에 대한 최초의 탄압대상으로 삼고 해산시킴. 김천해, 한덕수 등 공직에서 추방. |

| 1950년6월25일 | 한국전쟁 시작. 1951년 1월 재일조선 통일민주전선(민전)이 발족. |
|---|---|
| 1955년 | 조선총련이 탄생하면서 일본공산당에 속해있던 조선인 공산주의자들은 공산당에서 자취를 감추게 됨. |

1950년대 일본은 패전이후 전국적으로 서클운동이 일어나게 되고 이러한 서클지를 통해 당시의 시대상황과 대치하면서 자신들의 생각이나 주장을 글로 대변했다. 오사카 시인집단 기관지 『진달래』 또한 에세이, 시작품, 평론, 「주장」란, 「안테나」란 등을 통해 재일을 살아가던 사람들의 생각이나 주장을 담아냈다.

제1호 김시종의 창간의 말을 통해 문화운동의 도구로 사용된 『진달래』가 추구하고자 하는 방향성에 대해 이해 할 수 있다.

시란 무엇인가? 고도의 지성을 요구하는 것 같아서 아무래도 우리들에게는 익숙하지 않다. 그러나 너무 어렵게 생각할 필요가 없을 것 같다. 이미 우리들은 목구멍을 타고 나오는 이 말을 어떻게 할 수 없다. 날것의 핏덩어리 같은 노여움, 굶주림에 지친 자의 '밥'이라는 한마디밖에는 할 말이 없는 것이다. 적어도 나이팅게일이 아닌 것만은 사실이다. 우리는 우리에게 입각한 진정한 노래를 부르고 싶다. 일찍이 백작의 성 깊은 시궁창에서 신음하던 노예들의 신음소리와 철 채찍 소리는 오늘날 이 세상에도 더욱더 강하게 울려 퍼지고 있지 않은가? 여러 번 해방되어도 다시 새로운 철책은 만들어지고 있다. 우리들의 시가 아니더라도 좋다. 백년이나 채찍아래 살아온 우리들이다. 반드시 외치는 소리는 시 이상의 진실을 전할 수 있을 것이다. 우리들은 이제 어둠에서 떨고 있는 밤의 아이가 아니다. 슬프기 때문에 아리랑은 부르지 않을 것이다. 눈물이 흐르기 때문에 도라지는 부르지 않을 것이다. 노래는 가사의 변혁을 고하고 있다. 자 친구여 전진하자! 어깨동무하고 드높이 불사조를 계속 노래하자, 우리 가슴 속의 진달래를 계속 피우자. 조선시인집단 만세!(1953년 2월7일 빛나는 건군절을 앞두고 조선시인집단)[2]

1953년 6월 22일에 발행된 『진달래』 제3호의 「주장」란은 1950년 6월 25일부터 1953년 6월 25일까지 3년에 걸친 조선해방전쟁을 앞두고 더욱 분기하자는 내용으로 조국을 지키겠다는 힘겨운 투쟁 속에서 대중의 외침을 대변하기 위해 노력해온 『진달래』에 대해 언급하며 휴전에 대한 바람과 앞으로의 결의를 다지자는 내용이 담겨있다. 주목할 부분은 일시적이나마 반미 무장투쟁노선을 취하던 일본공산당의 지도하에 있던 재일조선인들 또한 미국제주의에 대해 저항투쟁을 전개했다는 점이다.

> 조선해방전쟁도 이제 며칠 후면 3년을 맞이하게 된다. 조국을 둘러싼 정세는 날이 갈수록 변하고 있다. 휴전회담에서 미국의 도리에 어긋난 제안은 영국과의 대립을 격화시키고 평화를 바라며 들고 일어선 세계 인민들로부터 고립되었다. 미국의 야만적인 소행은 만천하에 폭로되었다. (중략)세 번째 맞이하는 6·25를 앞두고 우리는 더욱 분기하자. 인간이 천년에 한번 만년에 한번 낼법한 큰 힘을 발휘하여 휴전을 쟁취하고, 조국통일을 이루기 위해 더욱 큰 전진을 계속하자. 미국의 조국에 대한 잔인무도한 행위를 일본국민에게 알리자. 기지주변에 묶여 학대당하고 정조까지 빼앗긴 대중의 고통을 노래하자.3)

제5호의 「주장」란 「진범을 밝혀라」는 1949년에 일어난 마쓰가와(松川)사건에 관한 것으로 8월17일 새벽 동북본선 마쓰가와역 부근에서 열차가 탈선 전복되어 기관사 등 3명이 사망한 사건에 대한 1심 판결의 부당함과 2심 판결일을 앞두고 일본 파시즘에 대항하여 무죄를 밝혀내자는 내용이다.

나카쓰카 아키라(中塚明)는 "미국이 KLO를 만든 직후부터, 일본에서는 JR의 전신인 국철(國鐵)을 둘러싸고 기괴한 사건이 연이어 벌어졌다. 시모야마(下山)사건4), 미타카(三鷹)사건5), 마쓰가와 사건이 그것이다. 이러한 국철을 무대로 한 기괴한 사건은 모두 국철노동자들이 저지른 일이라 하여, 그것을 배경으로 국철 노동자 9만 명의 해고가 강행 되었습니다"[6]라 하였다.

『진달래』 제5호에서는 「주장」란 뿐만 아니라 「마쓰가와 사건을 노래하다」라는 란을 만들어 김시종의 「일본의 판결-마쓰가와 판결 최종일에 맞추어」, 「사이토 긴사쿠(齋藤金作)의 죽음에」, 「조국영화 탈환하다!」라는 시를 통하여 마쓰가와 사건에 대한 부당함에 대해 노래하고 있다.

> 오늘,/12월22일 몇 시 몇 분 몇 초/굴욕의 도정을 마친/일본의 역사가/천만촉광의 눈동자에/비춰진 채,/지금,/이 순간,/스스로가 살아갈 방식의/판결을/기다리고 있다.[7]

다음은 『신일본문학』 "특집"에 실린 마쓰가와 사건과 관련된 것으로 사이토 긴사쿠는 8월16일 늦은 밤 철로를 따라 귀가하던 도중 외국 군대의 철도공사를 목격하게 되는데 다음 날 아침 열차 탈선 소식을 접하고, 4-5일 후 군정부에 출두하라는 통지를 받고 두려움을 느껴 요코하마로 몸을 피했지만 요코하마의 시궁창에서 시체로 발견된다. 다음은 마쓰가와 사건으로 억울한 죽음을 맞이한 사이토 긴사쿠와 관련된 시로 『진달래』제5호 「사이토 긴사쿠의 죽음에」의 일부이다.

> 사이토여, 침묵한 채 말하지 않는 긴사쿠여,/나는 땅 끝에서 너를 부르짖는다/너의 눈에서 진흙을 제거하면/8월16일의 별 빛이 비출지도 모르겠다/너의 입에서 진흙을 썻어내면/그 날 밤 인부였던/큰 키의 사람들 이름이 나올지도 모르겠다/너의 숨을 끊고, 눈과, 입과/귀와 코에 진흙을 채워 넣은 검은 손이야말로,/스무 명의 애국자를 모함하는/마쓰가와 사건의 진범이다![8]

1950년부터 1953년까지의 한국 전쟁에 대한 비판적 시선을 미국제국주의와 일본 파시즘의 재결합과 같은 이념적 구도에서 바라보려 한 작품들에서 이러한 태도는 그대로 반복되는데, 이는 가급적 남한에 대한 직접적인 비판을 피하면서 남쪽의 인민들 또한 자신들과 같은 노동자임을 부각시키려 한 점에서도 확인된다. 정치적 도구로 사용되었던『진달래』는 휴전이라는 정치적 상황변화에 따라 혼란에 빠지게 된다.

## 3. 『진달래』와 한국 군사 정전 협정

### 1) 건군절

1948년 2월8일 북한의 조선인민군이 창설되었으나 김일성이 1932년 4월25일 만주에서 항일유격대를 창설했다고 주장하면서 1978년부터는 4월25일을 인민군 창설일로 바꾸고 건군절로 기념하고 있다.

『진달래』제1호에서는 2월8일 건군절 특집을 마련하여 한라(韓羅)의 「2월8일」, 김민식(金民植)의 「싸우는 조선의 노래」, 홍종근(洪宗根)의 「전열」, 김시종의 「아침영상」, 박실(朴實)의 「서쪽지평선」이라는 5편의 시를 싣고 있다.

> 우리들의 민족이/애국의 혈기가 끓어올라서/조국의 요새를 쌓은/2월8일!/김일성 빨치산의 제자/조선인민군대의/빛나는 전통이/우리들에게/커다란 봄을 만들어서/혼과 힘으로써/조국을 떠받쳤다/침략자와/야수들에게/죽음과 파멸을 강요하고/목동도 총을 잡고/젊디젊은 처자가 비행복을 걸치고/애국의 피가 끓어올라/조국의 큰 발자취로 전진하는/우리들의 건군절[9]

> 자신들의 조국과 자신들의 자유를 위하여/삼천만 강철이 되어서/2월8일 용사들은/빗발치는 탄환이 자욱한 전쟁터로 향한다.[10]

　　오늘 2월8일, 우리들은/이코마산生駒山 위에서 연봉을 바라보고/아
득한 대지에/마음을 떨치며/인민의 아들들에게/축복을 보냈던 그러한
시선으로/석양을 봤다(중략)/어느덧 지평선은/밤의 정적 속으로/가라앉
아 버렸다/이제, 조국의 산하도/진달래 꽃밭도/그리고 섬들도/보이지 않
게 되었다(중략)/그러나 너희들은/어둠 속에서도/꿈틀거리는 것을 멈추
려하지 않는다/노래 부르는 것을 멈추려 하지 않는다.11)

　　위의 세 편의 시 「2월8일」, 「전열」, 「서쪽지평선」을 통해 인민의 이익
을 위해 투쟁하고 모든 계급적 압박과 착취를 청산하고 사회주의를 건
설할 것을 목적으로 하며 조국과 자유를 위해 싸우던 인민군사의 용맹
에 대해 노래하고 있다. 일본에서 조국의 전쟁을 바라보는 청년들의 모
습과 마음이 솔직하게 그려져 있다.

## 2) 3대 소요(騷擾)사건

　　1950년 6월25일 조선전쟁이 발발하여 당초에는 소비에트연방이 지원
하는 북조선이 우위에 있었지만, 한국군을 지원하는 미군이나 영국군
등을 중심으로 한 유엔군의 인천상륙작전으로 전국이 일변하여 한국군
이 우위가 되어 한국군과 유엔군 일부는 압록강에 도달하게 되지만, 중
국인민지원군에 의해 38도선에서 밀려 일진일퇴의 교착상태가 이어졌
다. 당시 일본은 미군이나 영국군을 시작으로 하는 연합국군의 점령 하
에 있었고 미군은 일본을 병참기지로 조선반도에 대한 군사작전을 전개
했다. 또한 미국정부는 일본정부에게 비행장이용이나 군수물자 조달,
병사의 일본에서의 훈련 등을 요청했다. 당시 수상이었던 요시다 시게
루(吉田茂)는 적극적으로 미국에 대한 지원을 개시했다.
　　1952년 당시 무장투쟁노선을 내걸었던 일본공산당이 조직한 대중봉
기가 있었는데 당시 대중동원이 가능한 단체가 많지 않아 일본공산당은

재일조선인에게 강력하게 동원을 요청했고 재일조선인은 일본각지에서 반미, 반전투쟁을 일으켰다.

당시에 일어난 3대 소요사건은 『진달래』를 이해하는데 중요한 위치를 담당한다. 각 사건의 발발이유 및 사건개요에 대해 짚어 볼 필요가 있다.

첫 번째는 「피의 메이데이」라 불리는 노동자 유혈 진압 사건인 도쿄(東京)의 메이데이(メ-デ-)사건이다. 샌프란시스코 강화조약으로 일본이 주권을 회복하고 4일후 1952년 5월 1일 제23회 노동절에 경찰관이 시위대를 습격하는 일이 발생했다. 노동자들이 '미국은 물러가라'는 구호를 외치며 광장으로 행진하자 경찰은 시위대를 습격하여 최루탄과 곤봉으로 2명을 죽여, 이 사건으로 1,232명이 체포되었고 소요죄로 261명이 기소당했다. 소요사건 재판에서 검찰 측은 "일본공산당원들을 중심으로 하는 중부 제1군과 조선인을 주력으로 하는 남부군이 폭도화하여 황궁 앞 광장을 점거하려 했다"고 주장했으나 변호 측은 "시위는 황궁 앞 광장의 사용금지 처분에 대한 정당한 항의 행동으로 공동의사는 없었다"고 반론했다. 결국 1972년 12월5일 소요죄 불성립으로 20년 7개월 만에 무죄가 확정되었다.

두 번째로 오사카(大阪)부 스이타(吹田)시에서 일어난 스이타사건으로 일제시대 강제징용으로 끌려와 군수공장에서 노역에 시달렸던 노동자, 학생, 재일조선인들은 한국전쟁에 쓰이는 각종 무기를 만들어 한국전쟁에 협력하는 것에 반대하여 파업을 선동했다. 1952년 6월24일 밤 도요나카(豊中)시 오사카대학 북교 교정에 모인 시위대는 반전 집회를 마치고 우익 사사카와 료이치(笹川良一)의 집을 화염병으로 습격하고 국철 스이타 조차장에서 시위행진했다. 소요죄와 위력업무방해죄 등의 용의로 경찰은 300명 남짓을 체포, 111명을 기소했다.

1963년 6월22일 오사카 지방재판소는 소요죄, 위력업무방해죄를 무죄, 15명에게 폭력행위 등으로 유죄판결하고 1968년 7월25일 오사카 고등재판소는 소요죄 무죄, 46명에게 위력업무방해죄로 유재판결을 내리자 피고 5명이 상고하여 1972년 3월17일 최고재판소는 상고를 기각하고 소요죄 무죄가 확정되었다.[12]

『진달래』 제2호에 실려 있는 박실의 「붉은 벽돌 건물」이라는 시에서는 기소당한 사람들의 반복되는 공판에 대해 노래하고 있다.

세 번째로 나고야(名古屋)에서 일어난 오스(大須)사건으로 1952년 7월 7일 오스구장에서 당시 국교가 없던 중국과 무역협정을 체결하는 조인식을 하고 귀국한 일본 사회당 호아시 게이(帆足計)참의원 의원과 개진당 미야코시 기스케(宮越喜助)중의원의원의 환영 집회가 열렸다. 집회 종료 후 1500명이 데모하자 해산을 요구하는 경찰방송차량에 화염병을 던져 경관 5명이 데모대를 향해 발포하는 과정에서 일반시민 1명이 사망, 84명이 부상을 입었다. 나고야 시경은 일본공산당원과 재일조선인 269명을 체포, 나고야지검은 소요죄로 150명을 기소했다. 1심, 2심 모두 소요죄를 인정, 1978년 9월4일 최고재판소는 상고를 기각하여 유죄가 확정되었다.[13]

1952년에 일어난 일련의 사건인 도쿄의 메이데이 사건, 오사카의 스이타사건, 나고야의 오스사건 등으로 기소된 사람 가운데는 재일조선인이 차지하는 비율이 높았는데 그 이유로는 당시 대중 동원이 가능한 단체가 많지 않아 일본공산당은 재일조선인에게 강력하게 동원을 요청했고 일부 학생만 시위에 참가하고, 재일조선인들의 적극적인 참여로 민전 하부의 대중까지 투쟁에 나가게 되면서 재일조선인이 일본의 반미 투쟁의 공백을 메우게 된 것이다.[14] 1952년 7월21일 3대 사건 이후 일본 정부는 파괴활동방지법을 시행, 공안조사청은 일본공산당과 재일조선인 조직 등을 감시 대상으로 삼았다.

제3호에 속해 있는 유해옥(柳海玉)의 「동지는 일어섰다」라는 시는 히라카타(枚方)사건15)을 배경으로 하고 있다. 스이타 사건과 연계하여 조국의 동지를 죽이는 무기가 자신들의 눈앞에서 만들어 지는 것에 반대하다가 방화미수라는 죄목으로 잡혀 감옥에 감금되어 있는 동지들을 생각하며 탄압에 굴하지 않고 자유, 평화, 독립을 위해 투쟁할 것이라는 염원이 담긴 시이다.

> 조국의 아버지가 살해된다/조국의 어머니가 살해된다/그 무기가…탄약이/우리들의 눈앞에서 만들어 지고 있는 것이다/평화로운 조국을/'파괴한다'/그 무기가…탄약이/우리들의 눈앞에서 만들어 지고 있는 것이다(중략)-이것을 가만히 보고 있을 수 있겠는가-(중략)히라카타 공창工廠에서 병기제조 하는 것을/구 고우리香里 화약고가 부활하는 것을/나는 있는 힘을 다해 반대했다/라는 이유만으로/방화미수, 폭발물 단속 벌칙 위반/이라는 '엉터리' 죄목으로/붙잡혀서/지금 벽돌건물 흰 벽에서/좁고 좁은/철창에 빛이 차단당하는/구치소 '감옥'속에서/헌법을 무시하고, 폭력으로 감금되었다/그리고 몇 명인지 알 수 없는 동지와 함께/하지만 우리를 탄압해도/구치소 '감옥'에 처넣어도/'자유' '평화' '독립'을/쟁취하는 그날 까지/씩씩하게 싸울 것이다.16)

1952년 도쿄의 메이데이 사건, 오사카의 스이타사건, 나고야의 오스 사건, 히라카타사건은 일본에서 살아가던 재일인들의 한국전쟁반대투쟁으로 한국전쟁을 막아보려는 동포들의 열정을 엿볼 수 있으며, 이러한 투쟁을 통해 탄압받는 재일조선인의 실상을 확인할 수 있다.

## 3) 한국 군사 정전 협정

한국 군사 정전 협정의 정확한 명칭은 '국제연합군 총사령관을 일방으로 하고 조선민주주의인민공화국 최고사령관 및 중공인민지원군 사령원을 다른 일방으로 하는 한국 군사정전에 관한 협정'이다.

『진달래』제3호(1953년 6월22일)와『진달래』제4호(1953년 9월5일)
사이에 한국 군사 정전 협정(1953년 7월27일)이 이루어진다.『진달래』
제4호는 작품1과 작품2로 나누어 한국 군사 정전 협정 전과 후로 나누
어 게재하고 있다. 한국 군사 정전 전까지의 작품1은 한국 군사 정전을
바라는 마음을 담은 시로 다음은 이정자(李靜子)의「고향의 강을 연모
하며」, 홍공자(洪恭子)의「조선의 어머니」, 안휘자(安輝子)의「우리들의
조국」의 일부이다.

> 조국의 정전을/평화를 갈망하는/노인의 아이의/아기를 품은 여인들
> 의/만신창이가 된 모습일까(중략)/고향의 강이여/그대의 강바닥에/그 절
> 규도/총성도/매캐한 화약내음도/젊은 한 방울의 피도/고이 잠재우고/찌
> 른 채/분노를 담아/세차게 흘러야 한다./분노로써/모두에게 대답해야한
> 다/(조선 완전정전을 바라며)17)
> 강철처럼 단단하고/태양처럼 빛나며 부드러운 조선의 어머니들/세차
> 게 비가 내리는 날/찢어진 저고리에 아이들 업은/두 아이의 어머니는 평
> 화서명을 계속하고 있다/일용노동자의 울퉁불퉁한 손에서/아주머니의
> 말라버린 손에서/아이를 안은 어머니의 손에서/ "조선전쟁을 끝내자"/
> "미국 돌아가라"/ "일본에서 비행기, 총을 보내지 마라"라며/수 백 명 어
> 머니의 분노는/한 땀 한 땀 진정을 담아/꿰어져간다./고단한 날들의 생활
> 에서 태어난/ "평화를 지킨다"는 어머니의 목소리는 이 서명에/붉게 물들
> 어간다.18)
> 기울여라 귀를./조국의 포성은 멎었다,/자 승리의 깃발을 올리자./아
> 름다운 산하는/3년의 전쟁으로,/황폐해져 만신창이가 되었을 것이다./하
> 지만 이제야/아름답게 꽃피며 뽐낼 것이다.19)

위의 세편의 시는 조국의 정전과 평화를 갈망하는 재일조선인들의
심경을 담아내고 있으며, 특히 홍공자의「조선의 어머니」에서는 힘겨운
상황과 대치하면서 평화서명을 이어가는 두 아이의 어머니, 일용노동자

등 수 백 명의 어머니를 통해 평화를 갈망하는 전 세계의 강인한 어머니들의 끊임없는 노력과 전쟁에 대한 분노를 담아내고 있다.

다음으로 제4호 작품2에 실린 송재랑(宋才娘)의 「정전」은 한국 군사 정전 협정의 기쁨을 담은 노래이다. 한국 군사 정전을 맞이하며 진달래는 노선변화를 보이기 시작한다. 한국 군사 정전 이전에는 분단조국의 정전을 바라는 마음을 담고 있었던 반면, 한국 군사 정전 이후 분단조국의 현실과 현실적 삶으로서의 재일이라는 문제가 제기되기 시작한다.

> 정전!/지금 우리들에게 있어/하물며 피바다에 사는 조국 사람들에게/이렇게 다정하고 이 이상 기쁜 말이/어디에 있단 말인가/감격의 눈물이 몇 번이고 몇 번이고 파도쳐온다/그러나 나의 가슴은 맑아지지 않는다/우리들의 갈망,/그것이야말로 통일이고 진정한 평화의 꿈이다/아름다운 조국 산하가 그것을 싸늘하게 가로 지르는 38도선/잊을 수 없는 증오의 마음으로 바뀐다.[20]

## 4. 1953년 『진달래』 속 「안테나」란을 통해 본 사건

『진달래』에는 매호마다 「안테나」란이 있어 이 부분은 방담(放談)란으로 생각나는 대로 거리낌 없이 생각을 적어놓은 부분이라 할 수 있다. 제1호 「안테나」란에서는 맥아더 사령부에서 정보를 담당하는 참모2부(G2)산하에서 1949년 설치된 비밀첩보기관 캐논기관에 관한 것으로 당시 자주 발생했던 미군에 협력하도록 일반인을 납치 감금하는 사건에 대해 언급하고 있으며, 그 일례인 가지와타루(鹿地亘)사건[21]에 대해 언급하고 있다. 가지 와타루 사건의 공작 실패로 캐논 기관은 그 정체가 민간에 드러나게 되면서 해체된다.

막걸리와 히로뽕으로 검거된 조선인에게 경찰 측에서는 석방해주는 것을 조건으로 조선인의 동향을 정기적으로 보고하라고 강요한듯하다. 가지 와타루처럼 폭격기에 태워 오키나와로 데리고 가지는 않았지만(중략)유치장과 스파이를 교환하는 동포 제군이 있는 것에 경계가 필요할 것이다.22)

막걸리는 실직된 재일조선인들에게는 생명의 술과 같은 존재로 밀조주(密造酒)로 생계를 이어가는 사람들이 많았다. 다음의 제1호에 실린 「발소리」라는 시를 통해 직업을 찾아 헤매는 재일조선인들의 모습을 엿볼 수 있다.

어제도, 오늘도, 나는 직업을 찾아서,/낡은 게타가 닳도록, 거리를 걸었다./전신주에 '구인' 벽보 삐라가/누렇게 변해, 너덜너덜 찢어지고/팔랑팔랑, 바람에 휘날린다./오늘도, 일이 없이, 집으로 돌아간다./날이 저문, 이슬 길은 질퍽질퍽하다./낡은 구두가 쿵쾅쿵쾅, 나를 앞질러/전신주에, 삐라를 붙이고 있다./보니 "중일中日무역23) 추진시켜라 평화를 지켜라."24)

조선인에 의한 밀조주 적발이 끊이지 않던 시기에 1952년 3월24일 오사카국 세국은 합동조사팀을 꾸려 일제히 적발하기로 결정하고, 다나카와초 9곳 등의 밀조장소로 향해 용의자를 체포하자 부녀자를 선두로 한 조선인 약 200여명이 트럭 앞을 가로막으며 대치하는 상황이 벌어졌다. 조직적 집단저항을 일으켜 3월30일 조선인 1명이 수사도중 도주하다가 사망하는 사건이 발생하는데 이를 다나가와 사건(多奈川事件)이라 한다. 다음은『진달래』제3호 「안테나」란으로 한국 군사 정전을 바라는 마음과 다나가와 사건에 대해 언급된 부분이다.

조선의 즉시 정전이라는 외침은 우리들 조선인이 3년간 계속 부르짖었고 그것을 위해 우리들은 크건 작건 간에 활동을 계속했다. 이 외침은 목이 마를 때 물을 찾는 것처럼 치열한 것이다. 趙군도 그중 한사람이다. 다나가와 사건으로 다리를 다쳐 절뚝거리는 조군은 필자의 뒤를 이으며 얘기해주었다.(중략)조선정전은 일본국민에게 평화에 대한 확신을 굳게 했다. 이 사람들과 함께 평화롭게 살기 위해 싸우자!25)

초기의 『진달래』는 시를 써본 경험이 있는 사람은 몇 명 되지 않는 시를 쓰는 방법에 문외안인 사람들의 모임으로 원고용지 쓰는 방법부터 하나하나 가르쳐 주어야 했다. 그러나 호를 거듭할수록 글도 다듬어지고 좋은 글들이 많이 나왔지만 1955년 민전에서 총련으로의 노선전환을 계기로 조직적인 비판이 일어나면서 제20호를 끝으로 강제해산 하게 된다. 제3호 김천리(金千里)의 「진달래 회원이 되어」라는 글을 통해 빈약한 내용의 초기 진달래의 모습과 그럼에도 불구하고 글을 써야 하는 이유에 대해 명백히 하고 있다.

진달래를 간행할 때도 여간한 노력으로는 내지 못할 것 이다. 또 내용도 빈약하다. 모두들 푸념하고 있다. 그러나 상관없지 않은가. 자부심을 갖자! 시종동무가 항상 우리들은 역사를 만들고 있다고 말한다. 또 십팔번이 시작 되었구나 라며 모두들 웃으면서도 '그렇다'는 자부심을 가지고 있다. 우리들은 시인이다. 우리들의 시는 고상한 시가 아니다. 현란한 사랑을 노래하는 시 또한 아니다. 압도당하고 있는 생활에 대한 분노의 시이다. 그리고 시대의 주도권을 잡고 있는 자만이 한없이 큰소리로 웃을 수 있는 시이다. 우리들은 시인이다!26)

'커다란 희망이 생겼습니다.' 세계 평화 평의회의 부다페스트 어필의 호소는 '평화는 우리들 눈앞에 있습니다. 그것을 쟁취하는 것은 우리 노력여하에 달려있습니다'라 맺고 있다. 평화는 '결집해서'라는 운동이 재일조선민족 사이에서도 강하게 제기되고 있다.(중략)오야마 선생님 일행의 조국 방문에 커다란 희망을 품으며, 우리들은 또한 미 제국주의와 요시다에 의해 출발을 저지당한 일본국민 사절단의 파견 운동을 대대적으

로 전개해야 한다. 조선해방전쟁을 위한 일본국민의 원조, 전후인민경제
의 부흥발전을 위한 일본 평화위의 오억 엔의 복구 자금 등 구체적으로
일본과 조선의 혈맹관계는 중요해지고 있다. 평화는 우리들이 행동해서
쟁취하는 것이다. 『진달래』도 '평화와 결집해서'라는 광장으로 만들어가
고 싶다. 작더라도 평화를 위한 소원을 빠짐없이 조직하여 커다란 평화
통일의 행동으로 삼자. 영화 '향토를 지키는 사람들'을 반환 받은 힘도
여기에서 비롯되었다. 결집할 수 있는 판을 보다 많이 짜자.27)

다음과 같이 「안테나」란을 통해 다양한 소식전달의 역할과 더불어
조국에서 일어나는 전쟁의 참상만을 서술하고 노래하는 것이 아니라,
현재 뿌리를 내리고 있는 일본에서의 삶, 즉 '재일'을 살아가는 자신들의
'삶의 인식'에 대해 물음을 갖기 시작한다. 그러나 재일을 사는 조선인들
의 입장에서의 조국은 관념적이고 평화와 승리를 바라는 마음을 의식한
나머지 민족조직체와 관련이 없고 뚜렷하게 조국조선을 의식하지 않는
청년들을 두렵게 만들어 창작의욕을 저하시키는 원인이 되기도 했다.

## 5. 나오며

1953년 2월 16일 『진달래』 창간호를 발행하고 매달 발행할 계획이었
으나 재정적인 면과 작품부족으로, 제1호는 2월 16일, 제2호는 3월 31일
발행되지만 제3호는 3개월 후인 6월 22일에 발행되었다. 또한 제4호는
9월 5일, 제5호는 12월 1일에 발행되고 발행소 또한 세 번이나 이전한다.
본고에서는 1953년 한국 군사 정전 협정을 전후로 발행된 제1호에서
제5호를 중심으로 배경이 되고 있는 주요 사건을 통해 한국 군사 정전
이전에는 분단조국의 정전을 바라는 마음을 담고 있었던 반면, 한국 군
사 정전 이후 분단조국의 현실과 현실적 삶으로서의 재일이라는 문제가

제기되기 시작하는 노선전환의 과정에 대해 살펴보았다.

단순히 쓰는 시가 아닌 행동하는 시를 쓰기 위해 노력해온『진달래』
는 재일조선인들이 살아온 힘겨운 시대상과 삶이 그대로 녹아있다고
할 수 있다. 대중들이 조국을 사랑하고 민족의 역사에 대해 알아가는
데 중요한 역할을 담당해온『진달래』의 1953년은 살펴본 바와 같이 다
양한 사건과 상황 속에 전개되었다. 한국 군사 정전 전후의『진달래』는
초보 작가들의 글쓰기 경험부족과 작품부족 그리고 제3호까지 인쇄담
당을 하던 박실마저 본부 쪽으로 영전하며 홍종근으로 바뀌게 되는 등
많은 문제점을 안고 이어졌다. 노골적인 탄압과 기만정책 속에서도 투
쟁의 시 등을 통해 조선의 평화적 통일과 독립을 요구하는 투쟁으로
이어졌다. 물론 관념속의 조국을 노래해야 하는 재일조선인의 문제점
또한 내포하고 있다고 할 수 있겠다.

앞으로도『진달래』속 사건을 중심으로 노선전환의 계기를 구체적으
로 살펴봄으로써 재일의식의 형성과정을 재조명하고, 재일조선인들의
생생한 기록을 통해 재일조선인 문학이 갖는 의미에 대해 고찰해 보고
자 한다.

**┃ 주 ┃**

1) 『「在日」と50年代文化運動』, ヂンダレ研究会, 人文書院, 2010, pp.203-204.

2) 김시종(2008)『復刻版 ヂンダレ・カリオン』1호, 不二出版, p.3.

3) 朝鮮詩人集團(2008),『復刻版 ヂンダレ・カリオン』3호, 不二出版, pp.2-3.

4) 1949년 7월 5일 행방불명된 국철 총재 시모야마 사다노리(下山貞則)가 다음 날 죠반선 아야세역(常盤線 綾瀬驛)부근에서 변사체로 발견된 사건을 말한다.

5) 7월 15일 국철 중앙선 미타카역 구내에서 무인전차가 폭주하여 사망자 6명, 부상자 10명을 낸 사건을 말한다.

6) 中塚明(2002)『日本と韓国・朝鮮の歴史』, 高文研, pp.171-172.

7) 김시종(2008)『復刻版 ヂンダレ・カリオン』5호, 不二出版, p.30.

8) _____(2008)『復刻版 ヂンダレ・カリオン』5호, 不二出版, p.32.

9) 한라(2008)『復刻版 ヂンダレ・カリオン』1호, 不二出版, pp.4-5.

10) 홍종근(2008)『復刻版 ヂンダレ・カリオン』1호, 不二出版, p.10.

11) 박실(2008)『復刻版 ヂンダレ・カリオン』1호, 不二出版, p.17.

12) 정희선・김인덕・신유원(2012)『재일코리안 사전』, 선인, pp.218-219.

13) 같은 책 p.265.

14) 가지무라 히데키 저, 김인덕 역(2014)『해방 후 재일조선인운동(1945~1965)』, 선인, pp.83-94.

15) 히라가타사건은 1952년 6월 24일 밤부터 다음날에 걸쳐 오사카 동양최대의 무기 공장이 있는 군수지대 히라카타 시내에서 일본공산당원이 화염병을 던지고 군수지대 구 일본육군 오사카 조병창 히라카타 제조소에 폭탄을 설치한 사건이다. 전후 점령군에 대한 배상 물건으로 지정되어 대장성이 관리하였는데 한국전쟁으로 고마쓰(小松)제작소에 불하되어 무기 제조를 재개할 예정이었다. 1959년 11월 19일 피고 57명 중 6명을 제외하고 유죄, 폭파사건으로 7명에게 실형 판결을 내렸다.

16) 유해옥(2008)『復刻版 ヂンダレ・カリオン』3호, 不二出版, pp.27-28.

17) 이정자(2008)『復刻版 ヂンダレ・カリオン』4호, 不二出版, pp.6-7.

18) 홍공자(2008)『復刻版 ヂンダレ・カリオン』4호, 不二出版, p.14.

19) 안휘자(2008) 『復刻版 ヂンダレ・カリオン』4호, 不二出版, p.26.

20) 송재랑(2008) 『復刻版 ヂンダレ・カリオン』4호, 不二出版, p.40.

21) 가지 와타루(1903년-1982년)는 일본의 프롤레타리아 소설가로 가지와타루 사건은 1951년 11월25일부터 1년간 일본 미군정 참모 제1부의 첩보 기관인 캐논 기관에 납치·감금당한 사건을 말한다. 가지는 도쿄 혼고에 있는 통칭 이와사키 하우스라 불리는 캐논 기관에 끌려가 나흘을 지내고, 11월2 9일 에 가나가와 현에 있는 도센 클럽으로 옮겨졌고, 마지막으로는 지가사키에 있는 접수 가옥(점령군에게 접수된 가옥)에 유치되었다. 1952년 감시역인 일본인 청년이 가족들의 의뢰를 받은 좌파사회당의 이노타마 고조(猪俣浩三) 국회의원 등이 가지의 석방을 위해 노력하여 그것이 보도되기에 이르러 석방된다.

22) H생(2008), 『復刻版 ヂンダレ・カリオン』1호, 不二出版, p.16

23) 한국전쟁으로 인해 전면 중단되었던 중일무역은 1951년 재개되었으나 무역 규모가 격감하자 1952년 6월 '일중민간무역협정'을 체결하여 양국간 무역 이 원활히 이루어지기 시작했다. 1953년과 1955년 2차, 3차 협정이 체결되어 기반이 다져지는 듯 보였지만, 1958년 5월 우익단체에 의한 중화인민공화국 국기 훼손사건인 나가사키국기사건(長崎国旗事件)으로 인해 양국간 관계악화로 명맥이 끊어지게 되었다.

24) 임부남(2008) 『復刻版 ヂンダレ・カリオン』1호, 不二出版, p.19.

25) 고주파(2008) 『復刻版 ヂンダレ・カリオン』3호, 不二出版, p.32.

26) 김천리(2008) 『復刻版 ヂンダレ・カリオン』3호, 不二出版, p.16.

27) 미상(2008) 復刻版 ヂンダレ・カリオン』5호, 不二出版, p.29.

【 참고문헌 】

〈단행본〉

가지무라 히데키 저, 김인덕 역(2014)『해방 후 재일조선인운동(1945~1965)』, 선인

서경식(2009)『고통과 기억의 연대는 가능한가?』, 철수와 영희

이중근(2014)『6·25전쟁1129일』, 우정문고

정희선/김인덕/신유원(2012.)『재일코리안 사전』, 선인

지명관(1996)『한국을 움직인 현대사 61장면』, 다섯수레

재일코리안총서 6,『디아스포라를 사는 시인 김시종』

大阪朝鮮詩人集団(2008)『復刻版 ヂンダレ·カリオン』, 不二出版

ヂンダレ研究会 編(2010)『「在日」と50年代文化運動』, 人文書院

中塚明(2002)『日本と韓国·朝鮮の歴史』, 高文研

閔寛植(1990)『在日本韓國人』, 重山育英會


〈학술논문〉

마경옥(2014)「오사카조선시인집단 기관지『진달래』연구－50년대 서클시지(詩誌)와 시의 기록－5」『일본언어문화연구』제28집, pp565-583.

# 오키나와와 일본, 두 개의 패전 공간

## - '선험적 체험'과 '상상된 8·15' -

손지연*

## 1. 들어가며

일본(본토)에서 '1945년 8월 15일'은 아시아 태평양 전쟁이 끝난 '종전의 날(終戰の日)'이자 '전후'의 출발점으로 인식되어 왔다. 그런데 실제로 이 날은 일본 정부와 군 대표가 항복문서에 조인한 날(9월 2일)도 아니려니와 일본이 포츠담선언을 수락하고 미국 등 연합국에게 무조건 항복한 날(8월 14일)[1]도 아니다. 다시 말해 일본인들이 기념하는 '8월 15일'은 전승국=연합국(미군)과 패전국=일본 간에 전쟁을 끝낸다는 '종전' 합의가 이루진 날과 전혀 무관한 것이다. 이렇듯 역사적 사실에 기반한 '종전의 날'을 지우고 새롭게 자신들만의 공적인 기억을 만들어낸 이유는 무엇이었을까? 한 가지 분명한 것은 매년 8월 15일만 되면 되풀이되고 있는 일본 총리 및 고위관료들의 야스쿠니 신사(靖国神社) 참배,

* 경희대학교 후마니타스칼리지 객원교수

그로 인해 증폭되는 동아시아의 대립과 갈등에서 보듯, '8·15'가 단순히 일국의 '종전(終戰)'의 날로 '기념'되는 데에 그치는 것은 아니라는 사실이다.

한편 같은 일본이라 하더라도 오키나와에서는 '8·15=종전'이라는 공식은 성립하지 않는다. 바꿔 말하면 오키나와의 '종전의 날'은 8월 15일이 아니다. 오키나와의 경우 본토보다 5일 늦은 9월 7일에 오키나와 수비군 대표가 항복문서에 조인하는 것으로 공식적인 종전을 맞았지만 이 날을 별도로 기념하거나 하지는 않는다. 대신 오키나와 수비군사령관 우시지마 미쓰루(牛島滿)가 자결한 1945년 6월 23일을 '종전'의 의미를 담아 '위령의 날(慰靈の日)'이라는 이름으로 기념한다. 그러나 이 날 또한 역사적 사실에 기반한 '전쟁이 종결된 날'이라는 하나의 의미로 수렴되지 않는다는 점에서는 본토의 그것과 공통될 것이다.

최근 '8·15'의 기억이 국가 차원에서 '종전'으로 제도화되었던 전후 일본의 공적 기억 형성을 둘러싼 정치성과 그것이 오키나와를 포함한 전후 동아시아의 국제관계와 상호인식에 미친 영향에 대한 연구가 다양하게 시도되고 있다.[2] 이 글의 관심 역시 그동안 간과되거나 완벽하게 배제되어 왔던 오키나와의 패전 공간, 혹은 오키나와인의 패전 인식에 초점을 두고자 한다. 자칫 일본 본토 중심의 역사 인식을 그대로 추인하는 오류를 끊임없이 경계하면서, 오키나와와 일본 본토가 각각 달리 '기억'하거나 '기념'하고 있는 '종전의 날'이 갖는 함의를 패전 혹은 전후 공간을 배경으로 한 소설을 통해 가늠해보고자 한다.

## 2. '교전 중 점령'이라는 상황 -오키나와인의 패전의 기억

오카모토 게이토쿠(岡本惠德)는 자신의 '패전' 기억을 다음과 같이 술회하고 있다.

> 나의 경우, 어느 쪽인가 하면 전쟁을 알지 못하는 세대에 속한다. 소학교 5학년에 패전을 맞았으므로 전쟁이라고 하면 '공복(空腹)'의 기억이며, 밤하늘을 불태웠던 공습의 화염이며, 말하자면 소년 시절 낚시놀이나 잠자리잡기놀이와 같이 회상의 한 페이지로, 그런 의미에서 실제로 체험한 '전쟁'의 참상과는 조금 거리가 있다. 아마도 오사카나 도쿄에서 공습을 겪은 세대들에 비하면 오키나 먼 남쪽 끝에서 생활하던 나는 오히려 전쟁과 멀리 격리되어 있었다고 말할 수 있을 것이다.[3])(한국어역은 인용자, 이하 같음)

당시 "소학교 5학년"이던 '오키나와' '소년'의 패전의 기억은 각지의 파괴된 상흔과 전쟁의 비참함 나아가 패전 국민으로서의 충격이나 아픔이 모두 같은 형태가 아니라는 점을 잘 보여주고 있다. 이는 두 가지 상징적인 의미를 내포한다. 하나는 오키나와에 있어 패전이라는 사태는 전쟁 체험, 구체적으로는 오키나와 전투의 체험 여부와 밀접하게 관련이 있으며, 일본 본토의 경우 패전이라는 사태가 전쟁 경험과 직접적인 관련이 없음을 의미한다. 물론 일본 본토에서도 히로시마나 나가사키의 참상은 말할 것도 없고 크고 작은 공습으로 도시가 폐허가 되기는 했으나 전쟁의 참상은 오키나와의 격렬한 지상전에 비할 바가 아니다. 오키나와의 경우 오카모토처럼 지리적으로 격리되어 운 좋게 전쟁을 피해가기도 했지만 그것은 극히 예외적인 사례이고 주민 대부분이 참혹한 전장의 한가운데에 놓여 있었다.

또 다른 하나는 같은 오키나와인이라 하더라도 출신이나 지역, 성별, 연령에 따라 차이가 있으며, 여기에 미군의 포로가 된 시점이 언제인가에 따라서도 전쟁 체험이 각기 다르다는 것이다. 예컨대 미군의 상륙과 함께 점령지구로 지정된 곳은 1945년 4월 1일부터 점령이 시작되었으나, 오키나와 수비사령관 우시지마 미쓰루(牛島滿)가 자결하는 6월 23일까지 크고 작은 게릴라전이 계속되어, 어떤 이는 전투가 개시되는 4월 시점에 포로가 되어 빠른 패전을 맞이하였고, 어떤 이는 방공호를 옮겨 다니며 은신하다 전투가 종료되는 6월 중순이 되어서야 전장에서 벗어날 수 있었다. 또 일본의 패전을 전혀 알지 못한 채 본도 북부 깊은 곳에 은신해 있다 10월이 되어서야 포로가 된 이들도 적지 않았다.

이른바 '철의 폭풍(Typhoon of Steel)'으로 비유되는 오키나와 전투에서 주목해야 할 점은 민간인 희생자가 더 많았다는 사실이다. 미군의 일본 본토 진공을 하루라도 늦추려던 일본 군부는 현지 주민을 '철혈근황대(鐵血勤皇隊)'[4]나 '히메유리 간호대(ひめゆり看護隊)'[5] 등에 총동원했으며, 적에 투항하거나 포로가 되기보다 집단자결을 강요했다.

오키나와 전투를 둘러싼 증언이나 기술 가운데 가장 인상적인 것은 일본군의 '옥쇄(玉碎)' 강요와 이를 믿고 집단자결을 강행하거나 극심한 기아와 부상에 신음하면서도 미군에 저항하다 극적으로 투항, 포로가 되었다는 내용이다.

6월 말 Y씨의 아내와 여동생, 어머니가 그만 나고 근처까지 넘어가 미군의 포로가 되어 버렸다. 한 번에 가족 세 명을 잃게 된 Y씨는 망연자실했다. (중략)남은 식량은 흑설탕 한 조각이었다. 그것을 아이들에게 먹여가며 굶주림을 견디고 있었다. 그런데 운명은 Y씨 일가를 빗겨 가지 않았다. 포로가 된 지 3일째 되던 날 아내가 산으로 돌아왔다. 게다가 커다란 통조림과 한 통 가득 채운 죽을 선물로 들고 왔다. 가족들은 정신 없이 죽을 들이켰다. (중략)그리고는 아내가 "우리 항복하도록 해요."라

　　고 설득했다. "놀라지 말아요. 다이 씨 등 수많은 피난민들이 모여 있어
　　요. 미군은 오키나와 인민을 죽이거나 해치지 않아요. 식량을 제공하며
　　보호하고 있어요. 전쟁은 미국의 승리로 끝난 듯해요."[6]

　위의 인용문은 전후 오키나와 타임스(沖縄タイムス) 문화사업 국장을
역임한 바 있는 야마자토 게이하루(山里景春)의 증언 중 일부이다. 일가
가 함께 피난생활을 하던 'Y씨(=야마자토)' 가족 중 가장 먼저 패전을
맞이한 이는 3일 먼저 미군에게 끌려간 아내, 어머니, 여동생이었다. 그
의 아내가 다시 산으로 돌아 온 것은 젖먹이 아기에게 젖을 물리고 언제
굶어 죽을지 모르는 가족들에게 먹을 것을 가져다주기 위함이었다. 아
내는 미군이 오키나와 주민들에게 "식량을 제공하며 보호"하고 있으며
"전쟁은 미군의 승리로 끝난 듯"하니 그만 항복하자고 남편을 설득한다.
그러나 그는 "우군에게 발각되면 그 자리에서 총살"[7]이라며 아내의 제
의를 거절한다. 당시 오키나와 주민들이 가장 우려한 것은 'Y씨'처럼 '우
군(일본군)'에게 스파이 혐의를 받아 살해당하는 것이었다.
　어찌되었든 미군을 적대시하던 'Y씨'의 아내가 불과 며칠 사이에 미
군을 "오키나와 인민"을 "보호"하는 존재라고 믿게 된 데에는 미군과 직
접 접촉한 경험의 크게 작용했다. 'Y씨'도 '우군'이 반격해 오면 그때 다시
그쪽으로 되돌아가더라도 일단 아내의 말을 믿고 투항하기로 결심한다.
　일본군의 조직적 저항이 끝나는 6월 하순 무렵은 하루에도 수 천 명
이나 되는 민간인과 군인이 투항하여 후방에 위치한 수용소(캠프)로 보
내졌다고 한다. 그 결과 오키나와 안에는 수 십 개의 군정지구가 세워졌
으며 각 지구 별로 40여 개의 민간인 수용소가 설치되었다. 수용소 안은
미군이 임명한 시장, 반장, CP, 경찰서장이 주민의 관리와 치안을 담당
했고, 야간은 물론 낮에도 미군의 허가 없이는 다른 군정지구로 출입하
지 못하게 하는 등[8] 엄격한 통제와 감시 하에 놓여 있었다. 포로가 된

이들은 HBT, 카키라 불리는 육군 전투복을 착용하고, K레이션, C레이션이라 불리는 전투식량 치즈, 잼, 햄, 비스킷, 초콜릿 등을 섭취하며 커피, 주스, 추잉검, 담배 등의 기호품도 맛볼 수 있었다. 그 대신 미군에게 노동력을 제공해야 했다. 주로 캠프 건설이나 비행장, 도로정비 등 미군기지 건설에 동원되었으며, 군수물자를 내리고 정리하거나 사체 매몰 작업에 이르기까지 크고 작은 단순노동에 시달려야 했다.

1945년 10월 30일부터 이듬 해 4월까지 미군의 지시에 따라 수용소에서 원거주지로 주민들의 이동이 완료되었다. 이로써 오키나와는 미군의 완전한 '점령' 하에 놓였다.

> 1945년 6월. 우치나(ウチナ) 종전. 그 해 12월, 본도 북부 오우라(大浦)에서의 수개월 간의 포로수용소 생활을 보낸 후, 해방되어 각각의 마을로 호송되는 군용트럭에 올라탄 주민들 사이에 섞여 엄마 품에 안긴 내가 있다. 운전석에서 하얀 이를 드러내고 밝게 웃는 흑인병사 바로 옆에 앉은 두 살이 채 안된 나는, 그 흑인병사를 향해 페페 군인, 페페 군인이라 외치며 떨어져 앉으려 했다고 한다.[9]

비록 훗날 어머니로부터 통해 전해들은 패전 풍경이지만 두 살도 채 안 된 어린아이가 느꼈을 이방의 권력에 대한 두려움, 이질감은 충분히 전달되어 온다.

일본 본토와 다른 오키나와만의 특수한 패전 경험이라고 하면 이렇듯 미군과의 직접적인 접촉의 유무를 들 수 있을 것이다. 다시 말해 본토의 경우 1945년 8월 15일 천황의 패전 선언이 있기 전까지 미군과 마주칠 일이 거의 없었던 반면, 오키나와의 경우 4월 상륙 시점부터 이미 미군과 밀도 높게 접촉하고 그들과 함께 패전을 맞았다는 데에 큰 차이가 있다고 하겠다.

## 3. '선험적 체험'으로서의 패전

가요 야스오(嘉陽安男)의 소설 「포로(捕虜)」(『新沖繩文学』 創刊号, 1966)속 주인공 이시카와 사부로(石川三郞)도 전투 막바지인 6월 중순경 미군에 투항하여 종전을 맞았다. 하와이로 향하는 포로수송선 안에서 미군에게 짐승보다 못한 대우를 받기도 하지만 그의 상처를 치유해주고 새로운 생명을 부여해준 자 역시 미군이었다.

> 포로들은 진흙이 묻지 않은 하카마를 입고 한껏 들떠 있었다. 정말로 죽음의 공포로부터 해방되었다는 안도감이 그들을 한 없이 들뜨게 했다. 그들은 이렇게 기쁨을 표출하는 것을 통해 살아 있음을 확인하였다. 몇 번이고 정렬하라는 미군의 고성이 있었지만 그때뿐 한 줄로 정렬된 줄은 금방 무너졌다. (중략)여자들이 하는 것처럼 젖가슴 주변을 손바닥으로 움켜잡는 버릇도 그 무렵 생겼다. 생명의 확실함을, 육(肉)의 볼륨감으로 측정하는 것이었다. 빈틈없이 빡빡 밀어버린 머리카락은 다시 자라나기 시작했고, 겨드랑이 털과 음모의 생장에도 비밀스러운 감동을 가져다주었다. 부끄러웠던 소년 시절을 다시 느껴보는 그는, 양식변소에 걸터앉아 하릴없이 음모를 만지작거리고 있었다.10)

패전의 상실감 따위는 사선을 막 넘은 이시카와 사부로에겐 부차적인 문제였다. 그에게 일본의 패망은 '상실'이기보다 새로운 '생명'과 '육체'의 탄생을 의미하는 기쁨이자 축복이었다. 오키나와 타임스사(沖繩タイムス社) 간행의 『오키나와의 증언』에 따르면, 당시 포로들의 하와이 행이 결정된 것은 6월 초였으며, 가데나(嘉手納) 근방의 포로수용소에서 오키나와 방위대원이 탈주한 사건을 계기로 포로를 전방으로부터 격리시키고 나아가 일본 본토 진공 시 포로교환을 위한 전략의 일환이었다고 한다. 이 때 오키나와 출신 포로 약 1천 5백 명이 하와이로 보내

졌고, 나머지 포로들은 야카(屋嘉)수용소로 이동한 뒤 6월 말 경 출항하게 된다.11)

당시의 증언대로 소설 속 이시카와 사부로 역시 하카마 한 장만 걸친 채 수많은 포로들 사이에 섞여 환희에 차 있었다. 무엇보다 벌거벗겨진 채로 머리에서 발 끝까지 제모당하는 수모도 불식시킬 만큼 이시카와 사부로를 흥분시켰던 것은 "더 이상 죽지 않아도 된다"12)고 하는 죽음의 공포로부터의 해방감이었다. 그리고 그것을 담보해 주는 유일한 존재는 바로 오키나와인의 유일한 '보호자'이자 '해방자'로 부상한 미군이었다.

그런데 여기서 중요한 것은 누구로부터의 '보호'이고 누구로부터의 '해방'인가 하는 문제이다. 왜냐하면 전투원은 물론이고 비전투원인 오키나와 주민들에게도 미군의 존재는 분명 '적'이었기 때문이다. 나미히라 쓰네오(波平恒男)는 이 애매모호한 상황에 대한 답을, "오키나와 사람들은 미국을 일본(본토)과의 대비를 통해, 보다 정확하게 말하면 자신을 포함한 3자 관계를 통해 조망해 왔다는 것, 그리고 때로는 환상을 품고 때로는 환멸하면서 이방의 권력과 문화에 대해 싫든 좋든 밀도 높은 접촉을 할 수밖에 없었다는 것"13)에서 찾고 있다. 요컨대 전장에서 살아남은 오키나와인들은 자신을 포함한 3자 관계 속에서 미군을 '해방자'로 간주하였는데, 그것은 '우군'이라 믿었던 일본군에 대한 배신감과 그에 비해 상대적으로 자신들에게 호의적이었던 미군에 대한 호감이 복합적으로 작용한 결과라는 것이다. 여기에 점령 초기부터 '쟈파니(ジャパニ=일본군)'와 '오키나완(オキナワン=오키나와 주민)'을 확실하게 구분하고 차이를 둔 미군의 치밀한 전략이 상승작용을 일으켜 '미군=보호자·해방자'라는 이미지를 증폭시켰다.14)

나가토 에이키치(長堂英吉)의 소설 『가라마 텐트촌(我羅馬テント村)』(1973)은 앞서 언급한 '야마자토=Y씨'나 이시카와 사부로와 같이 미군에 투항하여 포로가 된 이후의 정황을 엿볼 수 있어 흥미롭다.

　소설은 '교전 중 점령'이라는 오키나와만의 특수한 패전 공간을 무대로 하고 있다. 이곳은 '가라마 텐트촌'이라 이름 붙여진 섬 최대의 난민촌이다. 전쟁이 끝난 지 일 년 가까이 지나고 있지만 아직 섬 곳곳에서 투항하지 않은 일본 수비군과 민간인의 저항이 계속되고 있어 완전한 패전-점령 상황이라고 말하기 어렵다. 작년 가을 난민캠프로 지정된 이래 전쟁에서 부상당하거나 포로가 된 주로 섬 남부 지역 사람들이 몰려들어 밭 한가운데 까지 텐트가 들어차 마을 안은 빈터라곤 찾아 볼 수 없다. 인구 5백이 될까 말까 했던 작은 해안 마을이 지금은 인구 2만을 넘어서고 있다. 거기다 패전 직후까지 전투에 지친 병사들이 휴식 차 머물던 보양지(保養地)였던 탓에 대낮에도 미군들이 거리를 배회하며 여자들을 추행하거나 성폭행하는 일이 끊이지 않았다. 또 부족한 식량이나 물자를 구하기 위해 유자철선으로 둘러싸인 군정부대 안으로 숨어 들어오는 일본군과 민간인 때문에 총성이 울리는 일도 빈번했다. 이번 달만 해도 세 명이 체포되고 한 명이 사살되었다. 미군 장교에 의해 사살된 이는 평소 "극히 친미적 성향의 소유자"[15]라 알려진 하테루마 유키치(波照間幸吉)였다. 그의 어린 아들 다케루(たける)는 아버지를 잃고 텐트에 홀로 남겨졌다 아사하고 만다.

　그가 미군의 총에 사살되던 바로 그 시각 민정캠프에서 1킬로 정도 떨어진 텐트촌에서는 새 생명이 태어났다. 미군에게 성폭행 당한 고제이(吳勢)의 딸 사요(サヨ)가 출산한 것이다. 이제 막 태어난 아기는 지친 듯 축 늘어져 있었으나 자신이 살아있음을 증명이라도 하듯 힘없는 울음소리를 내었다. 그러나 고제이는 눈도 제대로 뜨지 못한 손자(손녀)를 물이 담긴 욕조 속으로 다시 밀어 넣어 버린다. 그녀 역시 수차례 미군에게 성폭행 당한 아픈 기억을 갖고 있기 때문이다.

　이 연쇄적 비극이 환기시키는 것 중 하나는 미국의 폭력적이고 지배적인 점령 시스템이다. 주지하는 바와 같이 오키나와의 점령 형태는 연합국 총사령부 하 간접 점령이었던 본토와 달리, 미군의 직접통치였다. 그것도 오키나와 전투가 육해군합동작전이었던 탓에 상륙 직후부터 군정 명령 계통에 혼선이 있었고, 전후 급속한 미군 동원해제와 재편성으로 군정요원이 감원되고 예산이 대폭 삭감되는 등 군정이 제대로 이루어지지 않았다. 우여곡절 끝에 1946년 4월 26일 오키나와민정부(沖縄民政府)가 창설되었지만 오키나와자순회(沖縄諮詢会, Okinawa Advisory Council)16)에서 논의했던 것과 전혀 다른 방향으로 전개되었다.

자순회에서는 주민의 자치권 보장을 전제로 중앙정부를 모델로 한 대통령제나 의원내각제, 류큐왕부 합의제 등을 구상하였으나 모두 묵살되고 미군의 의도대로 전전 '현청(県庁)' 체제를 그대로 유지하고 명칭만 '정부'로 바꾼 형식적인 것에 불과했다.17) 당시 군정부의 표현을 빌자면, "현 상황은 전쟁상태이며, 오키나와 주민에게 자치는 없다. 강화조약 체결까지는 미군은 고양이, 오키나와는 쥐다. 쥐는 고양이가 허락하는 범위 안에서만 놀 수 있다. 고양이와 쥐는 지금은 서로 좋은 친구지만, 고양이 생각이 바뀌기라도 하면 곤란해진다. 쥐가 고양이에게 덤벼들지 못하도록 하는 기구는, 오키나와 주민이 운영하기 쉬운 전전 기구가 가장 안전하다"18)며, 점령과 피점령의 경계선을 분명하게 그었다. 이로써 미국식 민주주의를 도입한 '류큐공화국(琉球共和國)' 건설의 꿈은 모두 사라졌다. 여기에 일본 본토 점령에만 주력하여 오키나와는 시야 밖이었던 연합국군최고사령관 맥아더의 인식도 한 몫 하여 패전 직후부터 1948년 무렵까지 오키나와는 '신에게 버림받은 섬' '바위산' '쓰레기산' '악의 소굴' '태평양의 시베리아' 등으로 불리며 철저히 내버려졌다.19)

일본의 패전이 오키나와 독립의 기회가 될 것이라는 기대감 내지는 미국(미군)이 오키나와의 '부흥'을 가져다 줄 것이라는 믿음이 깨지기까지는 그리 오래 걸리지 않았다. '친미 성향의 하테루마 유키치라는 캐릭터는 미군의 이중성과 이에 포섭된 패전 직후의 오키나와인의 굴절된 내면을 잘 보여준다.

　　그런데 이렇게 일본군을 두려워하는 소심한 남자(하테루마 유키치-인용자)가 미군에 대해서만큼은 매우 대담하고 솔직하다. 그 무능한 얼굴을 숨기고 갖은 수단을 동원해 담배를 훔치거나 껌을 받아낸다. 급기야 유자철선 장벽까지 넘어 들어가는 접근을 시도한다. 그 이상한 소심함과 과감한 사이에 어떤 것이 자리하고 있는지 아는 사람은 아무도 없다. 뭔가 이 남자를 무모한 광기로 은색 유자철선 저 너머로 달려가게 했는지 (중략)아마도 미국이라는 마음씨 좋은 넉넉하고 거대한 포용력, 상냥함 같은 것을, 무능한 그에게 걸맞게 커다란 코로 빠르게 감지하여 콧속에서 제멋대로 증식시켜, 설마 저들이 정말로 총부리를 겨누어 쏠 리 없다는 어리광에 가까운 심정을 분비시켰을지 모른다.[20]

　하테루마 유키치가 미군에게 보였던 태도는 자신의 손자(손녀)를 살해하는 극단적인 방법으로 반미 감정을 표출했던 고제이의 그것과는 분명 다르다. 고제이의 경우 '오키나와(여성) vs 미국(미군)'이라는 이항대립구도를 통해 미군에 대한 강한 반감을 드러내었던 반면, 하테루마는 그 사이에 두려운 존재 '일본군'을 개입시켜 그에 비해 마음씨 좋고 상냥하고 포용력 있어 보이는 미군에게 "어리광에 가까운" 극도의 호감을 보인다. 결국 믿었던 미군에게 총살당하는 예기치 못한 결과를 초래하지만 중요한 것은 그것이 친미든 반미든 오키나와 주민 개개인이 미군과의 직접적인 접촉을 통해 체득한 것이라는 점이다.

　그런 의미에서 하테루마의 죽음은 한편으로는 박애정신과 휴머니즘으로 무장하고 오키나와인을 기만한 미군이 초래한 비극이자, 다른 한편으로는 '일본인이 아닌 오키나와인'이길 원했던 새로운 점령자 미군의 불순한 의도를 너무도 정확히 꿰뚫어 보았던 오키나와인 스스로가 빚어낸 참극이라 말할 수 있을 것이다.

## 4. '상상된 8·15' - 「전쟁과 한 여자」 속 패전 공간

앞서 살펴 본 오키나와의 패전 혹은 전후 공간을 배경으로 한 실체적으로 존재하지 않는 '8·15'에 대한 일본 본토의 '집합적 기억' 내지는 '신화'를 보기 좋게 해체한다. 이는 일본의 패전을 격한 눈물과 통곡 속에서 맞았던 본토의 미디어와 연동하지 않으며 거꾸로 아무렇지도 않은 듯 변함없는 일상 속에서 담담하게 패전을 맞았던 일본 본토 소설과 비교해 볼 때 더욱 명료하다.

사카구치 안고(坂口安吾)의 소설 「전쟁과 한 여자(戦争と一人の女)」(『新生』增刊小說特輯1號, 新生社, 1946.10.15.)는 오키나와 본토의 이러한 패전 경험의 차이를 단적으로 보여주는 흥미로운 소설이다. 대략의 줄거리는, 태평양 전쟁 말기 무분별하게 성을 탐닉하는 '매춘부'와 그녀의 제안대로 함께 살기로 한 허무주의에 빠진 소설가의 기묘한 동거 이야기 정도로 요약할 수 있을 것이다.

소설의 현재는 1945년 8월 15일 정오, 천황의 '옥음'이 라디오 전파를 타던 바로 그 날, 그 시각이다.

> "전쟁이 끝났어."
> "그런 의미야?"
> 여자는 라디오가 잘 들리지 않았던 모양이다.
> "싱겁게 끝났네. 나도 드디어 때가 왔다고 정말 각오하고 있었다구.
>  살아서 전쟁을 끝낸 당신의 감상은 어때요?"
> "어리석었지."
> "뭐야. 당신은 전쟁을 즐겼었잖아."
> (중략)
> "정말 전쟁이 끝난 거야?"
> "정말이지."

"진짜?"

여자는 일어나 이웃집으로 갔다. 한 시간 정도 이웃 집 이곳저곳을 돌고 와서는

"우리 온천이나 가요."

"걸어가야 되잖아 아직 못가."

"일본은 어떻게 될까요?

"어떻게 되든 상관없어. 어차피 다 불타버렸는데 뭐. 맛있는 홍차 어때?"21)

무엇보다 일본(본토)인으로 하여금 패전을 실감케 했던 것은 잡음이 섞이고 난해한 표현도 그렇지만 처음 듣는 게다가 알아듣기 힘들 정도로 쇠약한 '인간' 히로히토(裕仁)의 육성이 아니었을까 한다. 소설 속 여자 역시 천황의 옥음방송을 잘 알아듣지 못한 듯 정말 전쟁이 끝난 것인지 재차 확인한다. 남자 주인공 노무라(野村)는 몇 번이고 되묻는 여자의 질문에 전쟁이 "싱겁게 끝났"다며 무심히 받아 넘긴다. 그리고 온천을 가자거나 홍차를 마시자는 등 전시와 변함없는 일상적인 대화를 이어간다.

이 두 남녀의 무덤덤한 반응은 황거(皇居)앞에 운집해 무릎을 꿇고 자신들의 힘이 부족했음을 천황에게 사죄하며 통곡하거나, 폐허가 된 마을을 배경으로 손수건으로 쉴 새 없이 눈물을 훔치던 남녀노소,22) 혹은 하루아침에 패전 국민으로 전락한 데에 따른 복잡한 심경을 표출했던 여느 일본(본토)인들과는 다른 것처럼 보인다. 나아가 참혹한 전쟁의 공포로부터의 해방감, 일본군에 대한 배신감, 미군에 대한 기대감이 교차하는 복합적인 감정을 표출했던 오키나와인의 경우와 비교해 볼 때 더욱 이질적이다. 그러나 격한 눈물과 통곡 속에서 맞았건 평소와 다름없는 일상 속에서 담담하게 맞았건, 패전 혹은 종전에 대한 실감이 결여되거나 부재한 점에서는 여느 일본 본토인들과 동일하다고 할 수 있다. 이미 일본의 패색이 짙었지만 그래도 막상 패전하리라고는 아무

도 예상하지 못했던 듯하고 일상에도 별다른 변화가 없었기 때문에 패전으로 전쟁이 모두 끝났다는 사실은 이 옥음방송을 통해 느낄 수밖에 없었다. 이로써 이른바 '옥음을 통한 종전'이 구축된 것이다.[23]

일본 본토인이 경험한 전쟁과 패전, 그리고 전후는 오키나와인과 비교했을 때 여러 의미에서 이질적이다. 가장 결정적인 차이는 오키나와인과 같이 생존을 건 '실체적' 패전을 경험해 보지 못한 데에서 찾을 수 있을 것이다.

텍스트 안에는 이러한 '실체적' 패전을 대신하여 서사적 '상상력'으로 채우고 있는 정황이 곳곳에서 포착되고 있다.

일본이 패전하든 말든 전쟁이 끝나든 말든 노무라에게 있어 가장 절실했던 문제는 "전쟁이 끝날 때까지"라는 단서를 달았던 여자와의 동거를 끝내느냐 마느냐에 있었다. 비록 여자와 "정상적인 애정의 기쁨"[24]을 느끼지 못했지만 무력하고 권태로운 전쟁 상황에서 여자와의 섹스만이 유일한 즐거움이자 탈출구였다. 그리고 여자 역시 이 모든 것을 알면서도 노무라와의 섹스를 즐긴다.

흥미로운 것은 노무라는 성(性)을 자유롭게 탐닉하고 즐기지만, 그의 성적 유희 대상인 여자는 '불감증'이라는 것이다. "창부 생활에서 비롯된 습성도 있거니와 성질이 본래 음란하고 분방하여 육욕(肉慾)이나 식욕과 마찬가지로 갈증을 풀기라도 하듯 다른 남자의 살을 찾아 헤"[25]메지만, 실은 여자는 쾌락으로서의 성을 사전에 봉쇄당해 버린 상태라는 것이다. 바꿔 말하면 노무라＝남성만이 성을 즐길 수 있는 주체라는 것이다.

쾌락으로서의 성을 완벽하게 차단당해 버린 여자는 전쟁을 즐기는 것으로 자신의 결여된 성적 욕망을 충족시킨다.

여자는 전쟁을 좋아했다. 식량이 부족하다거나 유희가 결핍되었다면 여자는 전쟁을 저주했겠지만, 사람들이 넌더리 치며 저주하는 폭격까지,

여자는 몹시도 전쟁을 사랑하였다. (중략) 폭격이 시작되면 허둥지둥 방공호로 뛰어가겠지만, 떨면서도 공포를 즐기고 그 충족감으로 기질적으로 고갈된 부분을 채웠다. (중략) 육체적으로 결여되어 있는 쾌감을 이것으로 충족시키려는 듯, 그 때문인지 여자는 바람도 피지 않았다. 바람피는 것보다 폭격 당하는 쪽에 훨씬 더 큰 매력을 느끼고 있는 듯하다. 그것은 노무라의 눈에도 역력하게 보일 정도여서 며칠 간 공습경보가 울리지 않으면 여자는 눈에 띄게 초조해 했다.26)

여자에게 있어 섹스보다 "매력"적인 것은 바로 전쟁이라는 비일상적 상황이었다. 폭격과 공습경보에 무한한 희열을 느끼는 그녀는 어쩔 수 없는 "공습(空襲)국가의 여자"27)였던 것이다. 여기서 여자의 성은 일본(본토)의 전시 상황을 상징하는 동시에 얼마 안 있어 패전과 함께 미군의 '점령 하'에 놓이게 될 것을 암시하는 기능도 한다.

아직 도래하지 않았지만 "적이 상륙해 사방이 점령되어 전쟁이 일어난다면 얼마간의 짐을 챙겨 여자와 둘이 자전거에 싣고 산 속으로 도망가는 자신의 모습을 진지하게 생각"하기도 하고, "도중에 동포 패잔병에게 강탈당하거나 여자가 강간되는 것까지도 걱정"28)하기도 한다. 중요한 것은 적이 상륙하거나 여자가 강간당할지 모른다는 노무라의 걱정이나 염려가 아직 일어나지 않은 "헛된 공상"29)에 불과하다는 것이다.

이러한 차이를 더욱 극명하게 보여 주는 것은 일본 정부가 패전 직후 발 빠르게 미군으로부터 자국 여성의 성을 보호하려는 움직임을 보였던 것을 들 수 있다.

패전 선언으로부터 불과 3일 후인 1945년 8월 18일, 점령군의 진주로 일본 여성들이 점령군에게 강간당할지 모른다는 공포감과 일본 여성의 정조를 지킨다는 명목으로 경찰청 및 화류계 업자 대표들이 점령군 병사를 위한 위안시설 설립을 협의했으며, 일본 여성의 정조를 지킨다는 명목으로 이른바 '전후처리의 국가적 긴급 시설'이 속속 들어섰다.30) 그

다른 한편에서는 남성 지식인들을 중심으로 전후 일본인 여성의 정조문제가 논의되기도 하였다. 예컨대 「전쟁과 한 여자」보다 두 달 앞서 기쿠치 간(菊池寬)의 「정조에 대하여(貞操について)」와 무샤노코지 사네아쓰(武者小路実篤)의 「미망인에 대하여(未亡人について)」(『りべらる』1卷 6號, 太虛堂書房, 1946)라는 두 편의 글이 나란히 게재되었는데, 이 안에는 전쟁으로 급증한 '미망인'과 그녀들의 '정조문제'를 둘러싼 남성 지식인들의 고민이 투영되어 있다.

기쿠치 간의 경우 "전후의 정조문제의 중심은 미망인 문제일 것"이라고 전제한 뒤, "전쟁 중에는 미망인들이 부당하게 도덕을 강요받았"으나, 이제는 "가능하면 결혼해야 할 것"이며 "아이가 있는 미망인도 사정이 허락하는 한 결혼해야 할 것"31)이라고 주장한다. 아마도 전후 여성(미망인)의 재혼을 폭넓게 인정하는 가운데 전전-전시를 관통하는 정조관념에도 새로운 조정이 불가피했던 듯하다. 이어서 "일본 처자들의 진주군 상대 정사(情事)문제"를 거론하며 일본인 여성이 패전으로 자신감을 상실한 일본인 남성을 뒤로하고 진주군 병사와 연애에 몰두하는 경향이나 매춘부로 전락하는 사태를 우려하며, 이것은 "패전의 결과 여성이 일본 남성에게 신뢰를 잃게 한 하나의 현상"이라고 강조한다. 어떠한 경우에도 일본 여성은 "순수"하여야 하며 "매음(淫賣)하는 것"은 "일본 여성의 수치"32)라는 말로 끝을 맺었다.

주목해야 할 것은 일본인 여성과 '진주군(미군)' 간의 '정사문제'를 언급한 부분은 모두 GHQ/SCAP 사전검열33)에 걸려 삭제되었다는 것이다. 삭제된 이유는 "점령군 장병과 일본인 여성과의 친밀한 관계묘사"34)에 위배되었기 때문이라고 한다. 이후 점령 기간 내내 패전국 일본(본토)여성의 '정조'를 둘러싼 '점령국 남성'과 '피점령국 남성' 사이의 팽팽한 힘겨루기는 계속되었다.35)

1945년 8월 15일, 천황의 옥음방송으로 일본의 패전이 공고화된 지금 현재, 고제이 모녀로 대변되듯 오키나와 여성의 성은 미군에 의해 이미 유린당했거나 유린당하고 있는 '현재 진행형'이라는 것이고, 일본 본토의 여성은 언제일지 모르지만 유린당할지 모른다는 '아직 일어나지 않은 상상력'에 지나지 않는다는 사실이다.

## 5. 나오며

지난 2013년 4월, 아베(安倍晋三)총리는 샌프란시스코 강화조약 발효 61주년을 자축하며 '천황' 부부를 포함하여 중·참의원 의장 등 4백 여 명이 참석한 가운데 대대적인 행사를 개최하였다. 1997년부터 이른바 '주권회복의 날'로 명명하며 민간 차원에서 기념해 왔지만 정부 주관으로 치른 것은 이번이 처음이었다. 일본의 우경화된 역사인식의 근간에는 '침략전쟁에서 패배한 날'이라는 역사적 사실을 부정(부인)한 '8·15=종전'이라는 구도가 견고하고 집요한 형태로 자리하고 있음은 물론이다. 같은 날 오키나와 기노완(宜野灣)시에서는 오키나와 현민 수 천 명이 정부의 기념식 개최를 규탄하는 대규모 집회를 열었다. 오키나와 주민에게 있어 '1952년 4월 28일'은 같은 강화조약으로 인해 일본으로부터 분리되어 미국의 군사점령 아래에 놓이게 된 '굴욕의 날'이기 때문이다. 오키나와는 철저히 배제된 '주권회복의 날' 행사를 묵도하며 오키나와 출신 작가 오시로 다쓰히로(大城立裕)는, "그 역사의 진상을 망각하고 지금 소박하게 본토만 주권을 회복했다고 만세를 외치는 무자각, 무책임, 부당함은 용서하기 어려운 것"36)이라며 본토를 향한 강한 분노를 쏟아내었다. 오시로의 비판처럼 오키나와에서 기념되는 '6·23'과 본토의 '8·15'는 역사적 사실에 기반 한 '전쟁이 종결된 날'이라는 하나의 의미로 수렴되지 않으며, 일본에 의한 오랜 차별의 역사를 환기시킨다.

이 글은 이렇듯 오키나와와 일본 본토가 각각 달리 '기억'하거나 '기념'하고 있는 '종전의 날'이 갖는 함의를 패전 혹은 전후 공간을 배경으로 한 소설을 통해 가늠해보고자 한 것이다. 이를 크게 두 가지 논점으로 정리하면 다음과 같다.

첫째, 미군의 전시 점령, 즉 '교전 중 점령'이라는 오키나와의 특수한 패전 공간과 '선험적 체험'으로서의 오키나와인의 패전 경험을 문제 삼았다. 일본 본토와 달리 1945년 4월 시점부터 시작된 미군과의 밀도 높은 접촉과 일본 유일의 지상전인 오키나와 전투에서의 생존을 건 '실체적' 경험 등이 소설 속에 어떻게 녹아들어 표현되고 있는지 분석하였다.

둘째, 일본 본토인들이 경험한 패전의 특수성을 드러내었다. 일본 본토에서는 오키나와처럼 격렬했던 지상전도 없었으며 미군과 접촉할 일도 거의 없었다. 즉 일본의 전후는 '교전 중 점령'이라는 오키나와와 달리 '포츠담선언 수락-무조건 항복-연합군(미군) 점령'이라는 전혀 다른 과정 속에서 시작되었던 것이다. 따라서 소설의 표현 양상도 오키나와와 전혀 달랐다. 예컨대 '실체적' 패전-점령을 경험하지 못한 대신 이를 서사적 '상상력'으로 채우고 있는 점이 그것이다. 오키나와 여성의 성이 이미 미군에 의해 온전히 점령당한 상태라면, 일본 본토 여성의 성은 '점령'을 예감 혹은 상상하며 '점령군'으로부터 '보호'되어야 될 대상으로 설정되고 있으며, 아울러 패전국=일본 남성과의 관계에서도 일본 여성의 성은 전전-전시와 다른 새로운 조정이 불가피하였음을 지적하였다. 여기서 여성의 성적 위기가 상징하는 것은, 이미 점령 중인 오키나와 여성의 성이나 오키나와의 위기상황은 철저히 간과하거나 은폐한 채, 오로지 일본 본토의 위기만을 상정한 것임은 말할 것도 없을 것이다.

무엇보다 이 국가 차원에서 제도화된 '8·15=종전'이라는 구도는 동아시아 각국의 무수한 역사적 '균열'을 은폐하고 삭제함으로써 성립될 수 있었을 것이다. '6·23'을 비롯한 오키나와의 기념일이 본토의 '8·15'만을 상대화하는 데에 그칠 것이 아니라, 동아시아 국가와의 긴밀한 관련성 안에서 보다 복합적으로 사유될 필요성은 바로 여기에 있다고 하겠다.

## 주

〈초출〉 이 글은『일본어문학』62집(일본어문학회, 2014)에 수록된 논문을 수정·보완한 것임.

1) 사토 다쿠미에 따르면, 정식으로 포츠담선언 수락이 연합국 측에 전달된 것은 이른바 '두 번째 성단(第二回目の御聖断)'을 거친 8월 14일이라고 한다. 이듬 해 GHQ 최고사령관 맥아더가 '승리의 날'이라고 선언한 것도 8월 14일이며, 세계 각국의 시차를 고려하더라도 일본이 포츠담선언을 수락한 날은 8월 14일로 보는 것이 타당하다고 말한다(佐藤卓己, 「八月十五日のメディア神話」, 川島真·貴志俊彦 編, 『資料で読む世界の8月15日』, 山川出版社, 2008, p.11).

2) 그 대표적인 연구로, 佐藤卓己, 『八月十五日の神話 - 終戦記念日のメディア学』, ちくま新書, 2005(한국어 번역본은 원용진·오카모토 마사미 옮김, 『8월 15일의 신화』, 궁리, 2007), 佐藤卓己·孫安石 編, 『東アジアの終戦記念日 - 敗北と勝利のあいだ』, ちくま新書, 2007, 川島真·貴志俊彦 『資料で読む世界の8月15日』, 山川出版社, 2008, 高井昌史·谷本奈穂, 『メディア文化を社会学する -歴史·ジェンダー·ナショナリティ』, 世界思想社, 2009 등이 있다.

3) 岡本恵徳, 「水平軸の發想」, 谷川健一 編, 『沖縄の思想』, 叢書わが沖縄 第6巻, 木耳社, 1970, p.165.

4) 오키나와 전투에 아직 징병 연령에 달하지 못한 14-17세 소년들을 학도병으로 동원한 것을 이른다.

5) 오키나와 전투에서 종군간호부로 동원되었던 오키나와 사범여자부와 오키나와현립 제1고등여학교 학생과 교직원을 통칭하는 말.

6) 沖縄タイムス社, 『沖縄の証言 -激動の25年誌』, 沖縄タイムス社, 1971, pp.74-75.

7) 沖縄タイムス社, 위의 책 p.75.

8) 통행금지가 해제되는 것은 1947년 3월이며, 야간 통행금지는 이듬해인 1948년 3월이 되어서야 해제되었다(宮城悦二郎, 『沖縄占領の27年間-アメリカ

軍政と文化の受容』岩波ブックレットNO.268,　岩波書店, 1992, p.11).

9) 여기서 '페페'란 더럽고 불결하다는 의미의 유아어라고 한다(玉木一兵,「沖縄の言葉と身体の復権」,『新沖縄文学』66,　沖縄タイムス, 1985, p.88).

10) 嘉陽安男,「捕虜」,『新沖縄文学』創刊号, 1966(沖縄文學全集編集委員会,『沖縄文學全集』第7卷, 國書刊行會, 1990, pp.139-140).

11) 沖縄タイムス社, 앞의 책, p.56, p.60 참조.

12) 嘉陽安男, 앞의 책, p.136.

13) 波平恒男,「大城立裕の文学にみる沖縄人の戦後」,『現代思想　戦後東アジアとアメリカの存在』臨時増刊号 29巻9号, 靑土社, 2001, p.129.

14) 오키나와 상륙을 앞둔 미군은 사전에 철저하게 전장과 점령지의 비전투원 관리, 보호를 위해 많은 군정요원을 양성하여 각 부대에 배치하였다. 또한 오키나와의 역사, 정치, 경제, 문화, 인종적 특징, 자연 등 일본 측 정보를 취합해 만든 『류큐열도에 관한 민사 핸드북(Civil Affairs Handbook, Ryukyu Islands)』(1944), 『군정요람』 등을 작성하여 효율적인 주민 관리에 만전을 기하였다. 이들의 임무는 민간인이 전투에 방해가 되지 않도록 '보호'하는 역할과 점령지구에서는 전시 국제법규에 의거해 난민의 최소한의 인권을 보장해 주며, 주민들의 경제, 사회를 전전 수준으로 유지하도록 도와주는 일이었다.

15) 長堂英吉,「我羅馬テント村」,『新沖縄文學』24号, 1973(中野重治 他,『(コレクション　戦争と文学9)さまざまな8·15』, 集英社, 2012, p.146).

16) 1945년 8월 29일 미군 주도로 창설된 주민조직의 전신. 오키나와민정부가 창설되기까지 미군정부와 오키나와 주민 간의 의사소통기구 역할을 했다.

17) 大城将保,『昭和史のなかの沖縄 - ヤマト世とアメリカ世』, 岩波書店, 1989, p.14.

18) 大城将保, 위의 책 p.15.

19) 宮城悦二郎, 앞의 책, p.18.

20) 長堂英吉, 앞의 책, p.157.

21) 坂口安吾,「戦争と一人の女」,『新生』10月号 小説特集号, 1946(山本武利 編,『占領期雑誌資料大系　文学編Ⅱ』, 岩波書店, 2010, pp.129~130).

22) 이에 관해서는 사토 다쿠미(2005)앞의 책에 자세하다. 그에 따르면, 매해 8월 15일이면 어김없이 등장하는 황거 앞에 엎드려 통곡하는 청년, 부동의 자세로 슬픔을 애써 참고 있는 여자정신대원, 공장에서 기립한 상태로 고개를 숙이고 눈물 홀리고 있는 청년들의 모습은 사전에 촬영됐거나 합성, 조작된 것이라고 한다. 특히 8월 15일과 16일 사이 『아사히(朝日)신문』, 『홋카이도(北海道)신문』 등을 통해 배포된 사진, 현장스케치, 인터뷰 등은 모두 조작되었을 가능성이 농후하다고 한다(佐藤卓己. 앞의 책, pp.17-32).

23) '8·15'와 옥음방송 관련 저술은 셀 수 없이 많다. 제목만 대략 열거해 보면, 『八月十五日 - 女性の戦時体験記』, 『八月十五日と私 –終戦と女性の記録』, 『八月十五日, その時私は…』, 『ドキュメント昭和二十年八月十五日 増補版』, 『八月十五日と私』, 『八月十五日のこどもたち』, 『昭和二十年八月十五日 夏の日記』 등으로, 주로 옥음방송 청취 체험, 이를 통한 패전 실감을 일기나 회상 형식으로 기록한 것들이다(佐藤卓己, 앞의 책, p.137).

24) 坂口安吾, 앞의 책, p.122.

25) _____, 앞의 책, p.123.

26) _____, 앞의 책, pp.123-124.

27) _____, 앞의 책, p.126.

28) _____, 앞의 책, p.128.

29) _____, 앞의 책, p.128.

30) 점령군의 대부분을 차지했던 미군 측도 이를 적극적으로 지지했다. 같은 해 8월 26일에는 화류계 대표가 RAA(recreation and amusement association) 설립을 발표하고 대대적인 모집에 들어갔으며, 바로 다음 날 RAA시설로는 처음으로 오모리(大盛)해안에 '고마치조노(小町園)'가 들어섰다.

31) 菊池寛, 「貞操について」(山本武利 編, 앞의 책, p.209).

32) _____, 「貞操について」, 위의 책 p.209.

33) _____, 「貞操について」, 위의 책 pp.209-210. 미 점령군은 1945년 9월 19일부터 1949년 10월 24일까지 신문, 잡지, 서적 등을 대상으로 대대적인 검열에 들어간다. '프레스 코드'라 불리는 이 검열은 모두 10개 항목으로 구성되어 있으며 이 간운데 GHQ에 대한 비판이나 원폭에 대한 보도가 엄격하게

금지되었다고 한다. 기쿠치 간의 글은, CCD(Civil Censorship Detachment, 민간검열국)이 작성한 '프레스 코드' 위반 처분 이유 일람표 여섯 번째 조항 '점령군 장병과 일본인 여성과의 친밀한 관계를 묘사한 것'에 위배되었던 듯하다(조정민, 『만들어진 점령서사』, 산지니, 2009, p.125 참조).

34) 山本武利　編, 앞의 책, p.208.

35) 전후 일본과 미국의 젠더 문제는 조정민 앞의 책에 자세하다.

36) 大城立裕, 「生きなおす沖縄」, 『世界(特輯 : 沖縄何が起きているのか)』 臨時 增刊no.868, 岩波書店, 2015, p.14.

## 【참고문헌】

坂口安吾(2010)「戦争と一人の女」,『新生』10月号 小説特集号, 1946(山本武利 編,『占領期雑誌資料大系 文学編Ⅱ』, 岩波書店, pp.122-124, 126, 128).

菊池寬(2010)「貞操について」,『りべらる』1巻6號, 太虛堂書房, 1946(山本武利 編,『占領期雑誌資料大系 文学編 Ⅱ』, 岩波書店, pp.209-210).

嘉陽安男(1990)「捕虜」,『新沖縄文学』創刊号, 1966(沖縄文學全集編集委員会, 『沖縄文學全集』第7巻, 國書刊行會, p.136, 139-140).

岡本恵徳(1970)「水平軸の發想」, 谷川健一 編,『沖縄の思想』叢書わが沖縄 第6巻, 木耳社, p.165.

沖縄タイムス社(1971)『沖縄の証言 - 激動の25年誌』, 沖縄タイムス社, p.56, 60, 74-75.

長堂英吉(1973)「我羅馬テント村」,『新沖縄文學』24号, (中野重治 他(2012),『(コレクション 戦争と文学9)さまざまな8・15』, 集英社, p.146, p.157).

玉木一兵(1985)「沖縄の言葉と身体の復権」『新沖縄文学』66, 沖縄タイムス, p.88.

大城将保(1989)『昭和史のなかの沖縄 - ヤマト世とアメリカ世』, 岩波書店, pp.14-15.

宮城悦二郎(1992)『沖縄占領の27年間-アメリカ軍政と文化の受容』岩波ブックレットNO.268, 岩波書店, p.18.

大城立裕(2015)「生きなおす沖縄」,『世界(特輯：沖縄　何が起きているのか)』臨時増刊 no.868, 岩波書店, p.14.

# 후루야마 고마오 전쟁소설에 나타난 '위안부'의 표상과 기억

### - 「하얀 논」·「개미의 자유」·「매미의 추억」을 중심으로 -

미쓰이시 아유미(光石亜由美)*

## 1. 들어가며

일본 전쟁문학에 있어 전쟁소설은 특별한 의미를 갖는다. '전쟁'을 체험한 사람들은 '전쟁'의 기억과 함께 '전후'를 살아가야 했다. 아시아·태평양 전쟁에 종군했던 일본 작가들이 자기 전쟁체험을 남기는 것도 자기가 살아온 흔적을 '전쟁'의 기억으로 형상화하려는 행위에 다름 아니다. 전쟁소설은 픽션이지만 작가의 종군체험이라는 리얼리즘에 기대고 있는 점에서 여타 픽션과는 다르다. 그렇다고 해서 묘사하고 있는 전지에서의 체험이 모두 '사실'이라는 것은 아니다. 전쟁소설은 전쟁이라는 리얼한 체험을 바탕으로 작가라는 필터를 통해 묘사하는 세계이며, '전

 * 일본 나라(奈良)대학 국문학과 교수
** 번역 손지연: 경희대학교 후마니타스칼리지 객원교수

쟁'을 그리는 것은 '전쟁'을 '기억'하는 형태로 언어화하는 행위라고 할 수 있다.

전쟁에서 대체 무슨 일이 일어난 것일까. 이것을 사료의 축적으로 추구하는 것이 역사학의 과제라고 하면, 그 전쟁이 어떻게 언어화되고, 재구성되고, 역사화되어 가는가 하는 담론의 문제를 다루는 것이 문학의 과제일 것이다.

소설가는 그 작품 안에 다양한 형태의 위안부[1]를 등장시켜왔다. 위안부 문제를 생각할 때, 역사학의 자료적 축적과 과거 위안부들의 증언 앞에서 문학은 과연 무엇을 할 수 있을까? '전쟁소설' '위안부 소설'을 읽는 행위는 우리에게 어떤 시사점을 던져 줄까? 이들 문제는 매우 거대하고 곤란한 것들이 아닐 수 없다.

이 글에서는 후루야마 고마오(古山高麗雄)의 전쟁소설에서 위안부들이 어떻게 이야기되고 있는지 검토해 보고자 한다. 위안부가 이야기되는 방식을 두 가지 관점에서 살펴보기로 한다. 하나는, 후루야마 고마오의 전쟁소설에 있어 위안부의 묘사를 분석하고, 성적위안만이 아니라 위안부에게 부여되었던 역할을 지적한다. 다른 하나는, 전후 50년 이상 경과한 시점에서 전지에서 만났던 위안부들을 회상하는 「매미의 추억」을 통해 '기억'으로서 위안부를 이야기하는 방식을 논한다. 후루야마 고마오의 소설 텍스트를 중심으로 하면서 다무라 다이지로(田村泰次郎), 이토 게이치(伊藤桂一) 등 전지의 위안부를 묘사한 소설을 참고하면서, 남성작가들이 위안부 소설에서 추구했던 것, 그리고 위안부 소설 저편에 은폐되어 버린 것들을 탐색하는 것이 이 글의 목적이다.

## 2. 「하얀 논」·「개미의 자유」·「매미의 추억」에 있어 일본군 '위안부' 표상

### 1) 후루야마 고마오에 대해

우선 후루야마 고마오의 경력을 간단하게 소개해 보자. 후루야마 고마오는 1920년 8월 6일, 당시 일본의 식민지였던 조선 신의주에서 태어나, 18년을 체재한다. 구제(旧帝) 제3고등학교에 진학했으나 1년 만에 퇴학한다. 1941년 모친이 사망하고 부친도 신의주를 떠나게 된다. 1942년 10월에 소집명령이 떨어져 22세에 보병 제4연대에 입대해 남방 전선에 보내진다. 그 후 동남아시아 각지와 중국을 전전한다. 패전을 육군보병 일등병으로 맞이한 후루야마는, 포로수용소에 근무한 경력 때문에 전범용의자로 베트남 치호아 감옥에 구속된 후, 사이공 중앙형무소로 이감된다. 1947년 4월, 금고 8개월 판결을 받았지만 미결통산으로, 재판 다음 날 석방되어 11월에 복원한다.

전후에는 일본영화교육교회와 가와이데쇼보(河出書房)에 근무하는 한편, 1969년 단편소설 「묘지에서(墓地で)」를 발표하고, 이듬해 사이공 전범 수용소 체험을 유머러스하게 그린 「프레오 8의 여명(プレオー8の夜明け)」(季刊芸術, 1970)로 제 63회 아쿠타가와상(芥川賞)을 수상했다. 2002년 3월 14일, 자택에서 향년 81세의 나이로 사망했다.

49세에 본격적인 작가의 길에 들어선 후루야마 고마오는 작가로서는 늦은 데뷔였지만, 전후 일본문학계에 있어, 다무라 다이지로 등과 함께 전쟁소설 작가로 평가되고 있다. 그 연령만큼이나 숙달된 필치가 후루야마 고마오 문학의 특징으로 상찬 받고 있으며, 특히 전지를 그린 전쟁소설이면서 그 작풍이 유머러스한 점은 평가할 만하다.

전쟁소설의 묘사법은 크게 두 개로 나뉜다. 격전의 모습, 전장의 비참함을 사실적으로 전달하는 것과, 전시의 긴장된 상황에서 지내는 병사들의 일상을 그린 것이다. 후루야마 고마오는 후자의 부류에 속한다. 후루야마 자신도 "전쟁이 내 인생 가운데 최대의 사건이었음은 틀림없다. (중략) 역경과 고난은 개인마다 달라 급을 매길 수 없겠지만 그 중에서 큰 역경을 겪었던 사람을 생각하면, 나의 고통 따위는 별거 아니다. 따라서 이 체험을 일상의 일부로 받아들여 가능한 마음 편하게 말하자. 그런 가운데 중요한 일이 발견되면 좋다고 생각했다."[2]라는 발언처럼, 전쟁을 과장해서 말하는 것이 아니라 오히려 "일상의 일부"로서 이야기하려는 태도를 보인다. 말할 것도 없이 이때 전장의 병사들에게 있어 "일상의 일부"가 된 것은 위안부 여성들이다.

## 2) 병사와 위안부

그렇다면 후루야마 고마오가 전장에서 만난 위안부들은 그의 소설에서 어떻게 그려지고 있을까? 후루야마 고마오는 1943년 5월, 제2사단 사령부로 전속하여, 7월 필리핀 마닐라로 파병되었다. 10월에는 말레이의 쿠알라룸푸르로 옮겨간다. 제2사단 사령부는 1942년 가다루카나루 섬 전투에서 다수의 사상자를 내었고, 그 후 말레이 싱가폴 방면의 경비를 담당, 1944년부터 버마 전선에 참가하게 된다. 후루야마는 그때 제2사단 사령부 육군 보병 1등병이었다. 이듬해 1944년 1월, 후루야마가 속한 제2사단 사령부는 버마로 옮겨, 2월에는 이라와시 강변의 네이판 마을에 주둔한다. 후루야마 고마오의 전쟁소설 안에 위안부가 등장하는 소설의 주무대는 버마의 네이판 마을에 소재한 '위안소'이다.

이어서 후루야마 고마오의 「하얀 논(白い田圃)」(季刊芸術, 1970.4.), 「개미의 자유(蟻の自由)」(群像, 1971.9.), 「매미의 추억(セミの追憶)」(新潮, 1993.5.)에 묘사된 버마 네이판 마을의 '위안소'와 위안부들을 살펴보자.

버마 네이판 마을에 온지 얼마 되지 않아 열 명 정도의 조선인 "종군 위안부들"이 끌려왔다. "그녀들이 도착하기 전, 사령부 병사들이 대나무와 니판 야자수 잎으로 서둘러 위안소를 만들었다. /사령부 앞 도로를 동쪽으로 가면 헨자다에서 남하나는 도로와 만나는 세 갈래 길이 나온다. 세 갈래 길에서 조금 남쪽으로 내려가면, 우측 대나무 숲 안에 위안소를 만들었다."(「매미의 추억」)고 하는 기술처럼, 매우 조잡한 형태의 '위안소'라는 것을 알 수 있다.

그리고 "비번 장교가 밤에 강을 건너는 것은 위안소에 가는 것이라고 생각하면 틀림없다. 네이판 마을에서는 달리 갈 곳이 없었다"(「하얀 논」)라고 하는 기술처럼, 네이판 마을의 '위안소'는 병사들에게 유일한 오락시설이었다.

그러나 이처럼 위안소에 줄을 서는 병사들에게 종종 화자인 '나'는 "군대 위안소라는 곳에는 별로 가고 싶지 않았다"고 말한다. 유일하게 성관계를 가진 이는 아마 나보다 열 살 쯤 연상인 우메코(梅子)라는 이름의 몸집이 큰 조선인 위안부 여성이었다. 「하얀 논」에서는 '우메코' 「매미의 추억」에서는 '하루코(春子)', 「프레오 8의 새벽」에서는 '하루에(春江)'라는 이름으로 등장하는 조선인 위안부는 "여하튼 너무 덩치가 커서 손님이 없"(「프레오 8의 새벽」)는, 즉 인기 없는 위안부였다.

후루야마 고마오의 전쟁소설에서는 이 덩치 큰 조선인 위안부의 경험을 "나는 매미가 큰 나무에 멈춘 듯한 느낌이 들었다. 또한 공중에 던져 올려진 고무공 같은 느낌이 들기도 했다. 하루에는 덩치가 클 뿐만 아니라 마음도 넓은 여자였다"(「프레오 8의 새벽」)라는 표현처럼, 나무에 붙은 매미로 비유되고 있다. 「매미의 추억」이라는 제목에도 나타나듯 '매미'는 병사인 '나'이다.

'매미'라는 비유에는 후루야마 고마오의 전쟁소설의 특징인 해학성이 잘 나타나 있다. 그리고 후루야마 고마오의 전쟁소설 특유의 위안부 여성과 거리를 두는 방식이 사용되고 있다. 그 특징은 크게 두 가지로 나타나는데, 하나는, 일본인 남성 병사인 주인공이 전장의 저변을 살아가는 자로서의 동지적인 감각·연대감을 위안부에 품는 것, 그리고 다른 하나는 전장의 일상화가 된 위안소 제도가 있으면서도 주인공은 위안부를 찾을 생각이 없었다고 술회하는 점이다. 각각의 특징은 다음 장에서 이어가도록 하자.

### 3) '매미'라는 비유와 위안부 여성

후루야마 고마오의 전쟁소설에서 볼 수 있는 해학의 문제를 생각하기 전에 먼저 전쟁터에 위안부가 왜 필요 했는지, 일본군 측의 논리를 언급해 두고자 한다.

요시미 요시아키(吉見義明)는 일본군 측이 '위안부', '위안소'를 필요로 한 이유를, 강간의 방지, 성병만연 방지, 전지에서의 스트레스 해소와 스파이 방지와 같이 크게 네 개로 나누어 설명한다.[3] 이처럼 전쟁 수행을 위해 위안부는 일본군의 지배하에 '위안부'라는 이름으로 남성 병사의 성 배출구가 되었고, 필요 없어지면 당장 버릴 수 있는 소모품이었다. 다무라 다이지로의 「메뚜기(蝗)」(文藝, 1964.9.)에서도, 부대 전속 다섯 명의 조선인 위안부를 이송하던 중, 각 지점에 주둔하고 있는 군인들에 의해 위안부 여성들이 빈번히 폭행당하는 모습이 그려진다. "병사들은 그녀들을 원 없이 품에 안은 후엔 마치 오물을 버리듯 미련 없이 그 자리에 내던졌다"라는 표현에서 알 수 있듯, 병사=남성이라는 강자 앞에 위안부=여성은 약자의 위치에 자리매김 되었다.

그러나 「매미의 추억」을 비롯해 후루야마 고마오의 전쟁소설에 등장하는 위안부 여성은 병사=남성에게 성적으로 착취당하는 약자로 그려지지 않는다. 거꾸로 병사인 남성 쪽이 위안부라는 '큰 나무'에 달라붙은 작은 '매미'와 같은 우스꽝스러운 존재로 해학으로 그려진다. 왜 '매미'일까? 아마도 '매미'의 짧은 생명력이 전쟁터에서 언제 죽을지 모르는 병사의 운명을 풍자한 표현일 듯하다.

전쟁이라는 상황에서 병사의 생명은 '매미'와 '개미' 등과 같은 벌레의 존재에 지나지 않는다는 체념이, 죽은 동생 앞으로 보내는 편지 형식으로 그린 「개미의 자유」에 더욱 절실하게 나타난다. 중국 운남성(雲南省)을 행군 중인 한 병사인 '나'는 "곧잘 병사는 자신을 벌레 같다고 자조한다. 그건 그렇다고 생각해, 나도. (중략) 병사는 작고, 가볍고, 금세 엉뚱한 먼 곳으로 끌려가 버려서 돌아가려고 해도 돌아가지 못하게 되는 느낌이 마치 벌레 같은 생각이 들어."라며, 죽은 동생에 말을 건다. 군인은 '개미'나 '벌레' 같은 것이라는 '나'는 전쟁이라는 커다란 운명을 거스를 수없는 미약한 개인의 체념인 동시에, 병사에게서 인간성을 빼앗고, 병사를 '벌레' 취급하는 전쟁 상황에 대한 비판적 시선을 읽을 수 있다.

그러나 다른 한편으로 '나'는 자신의 '벌레'와 같은 미약함을 위안부와의 관계에 부연한다. '나'는 동생이 생전 유곽에 드나드는 오빠인 나에게 "더러워, 오빠"라고 말한 것을 기억하고는, "그런데 유코(佑子), 병사가 위안소에 가는 건, '더러운' 정도가 아니라 '벌레'인 거야."라고 말한다. 그리고 어린 시절 개미를 잡고 놀던 것을 떠올리며 "지금의 나는 그 개미를 닮은 것 같다는 생각이 들어 생각이 들어. /병사와 위안부의 만남 따위, 개미와 개미의 만남으로 밖에 느껴지지 않아."라며 자조한다.

병사가 위안소에 가는 것은 "'더러운' 정도가 아니라 '벌레'인 거야'라고 하는 표현은 어떤 의미일까? 위안부와의 관계에서 '더러움'을 부정하는 '나'는 앞서 언급한 것처럼 위안소가 병사의 성욕 처리를 위해 필요하다는 일반적인 견해를 부정하고 있다. 그리고 "개미와 개미의 만남으로 밖에 느껴지지 않아."라는 말에서 '나'의 인식은 군인과 위안부의 관계가 지배/피지배의 관계가 아니라 같은 '벌레'로서, '나'는 위안부와 균질하게 느끼고 있음을 알 수 있다. 병사인 '나'나 위안부 여성이나 '개미'와 '벌레'라는 '나'의 감각은 전쟁이라는 가혹한 운명 속에서 태어난 병사와 위안부의 동질성, 그리고 연대감을 전제로 한 감각이라고 하겠다.

「하얀 논」에서도 "우리는 몇 천 번을 불문하고 '캬-라'4)를 외치고 '영차!'하면서 일을 할 것이고, 그녀들은 몇 천 번을 불문하고 성교를 하게 될 것이기 때문이다. 납치되어 굴욕적인 일을 당하고 있는 점에서 같다."고 말하고 있고, 또한 「프레오 8의 새벽」에서도 위안부 스스로가 "운이야. 위안부가 되는 것도 운이야. 병사가 총알을 맞는 것도 운이고. 모두가 운이야."라고 말한다.

이처럼 후루야마 고마오의 전쟁소설에 등장하는 위안부는 주인공인 남성 병사에게 성욕 처리의 대상과 폭력의 배출구로 그려지지 않는다. '나'의 의식 속에는 군대의 하위 계급에 있는 병사나 위안부나, 군대라는 계급사회에서 가장 밑바닥에 위치하고 있는 점에서 동등하며, 그리고 거기에서 연대감마저 느껴 있는 것이다. 물론 병사는 군대라는 계급사회에서는 하급에 해당하지만, 거기에서도 아래에 위치하는 것이 위안부이므로 '나'가 위안부 여성에게 느끼는 유대감은 '나'만의 것에 지나지 않는다.

앞서 언급한 바와 같이 전쟁이나 군대라는 커다란 운명에 '개미'나 '매미' 등 작은 동물을 대치시키는 후루야마 고마오의 방법은 '미물'의 관점에서 전쟁의 비참함, 해학을 상대화하는 방법이라고 할 수 있다. 그러나 병사와 '위안부'의 존재를 등가적으로 이야기하는 것은 언뜻 보면 전쟁이라는 극한 상황에서 '미물' '무력한 것'들 간의 연대처럼 보이지만 다른 한편으로는 '위안부' 고유의 체험이나 육성을 소거하는 것으로 연결될 수 있는 점에서 주의를 요한다. 그리고 곧 이어 논의하겠지만, 이처럼 위안부에게 연대감을 느끼는 '나'=남성 병사의 감각 자체가 위안부 제도를 온존시키는 하나의 요인이라고 생각한다.

그렇다면 남성 병사인 '나'가 위안부 여성에게 느끼는 연대의식은 어떻게 생겨날까?

일반적으로 위안소나 위안부라고 하면, 병사들의 성적욕망의 배출구라는 이미지가 강하지만, 위안소의 역할은 그것만이 아니었다. 안연선의 『성 노예와 병사 만들기』5)에서는 일본인 병사들의 "군사적 남성성"의 형성에 위안소 제도가 어떻게 관여하는지 고찰하고 있다. 우선 안연선이 지적하는 것은 군대라는 것은 남성을 군인으로 '재사회화'하는 조직이라고 지적한다. 그리고 군대 내에서 남성은 용맹한 군인=남성화하는 한편, 여성화되기도 하는 모순적인 환경에 놓이게 된다. 남성화는 군사주의적인 남성성을 획득할 수 있으며, '진짜 사나이'라는 정체성을 획득하는 것으로 이해할 수 있으며, 여성화라는 것은 "복종적으로 추종하는 것을 의미"(p.168)한다고 지적한다. 즉 군대라는 것은, 상관으로부터 하사관에 이르기까지 다양한 계급의 남성이 존재하는 위계 사회이며, 특히 하사관은 "복종·순종·자기희생·규율"(p.168)이 요구된다. "외부(적)에 대해서는 폭력을 그리고 내부(군대 서열의 상급자)에 대해서는 절대적인 복종을 요구"(p.176)되는 하급 병사들에게 있어, 위안소라는 것은 "군 병영 내 재사회화 과정 가운데 여성화를 통해 손상된 군인들의 남성적인 정체성을 재복구하기 위해 마련된 허가된 장"(p.178)이었던 것이다.

이 군대 내 병사의 '남성화/여성화' 논리를 후루야마 고마오 소설에 등장하는 병사에 대입시켜 보면, 병사 '나'가 위안부에게 느끼는 연대감도 어느 정도 설명 할 수 있을 것이다. '나'는 위안부들에 대해 결코 폭력적이지 않다. 오히려 위안부에 위계질서의 하층에 속하는 자들로서 동질성 내지는 연대의식을 갖고 있다. 그러나 그 연대의식은 위안부 제도의 존재에 힘입은 것이며, 남성 병사로서의 '나'가 전쟁터에서 느끼는 정신적 불안이나 두려움을 투영 한 것이다. '매미'인 '나'가 위안부라는 '큰 나무'에 매달려 있는 건 골개적인 것이 아니라, 이러한 병사의 정신적 불안이나 두려움을 배출하기 위한 통로로서 위안부가 필요했던 것임을 보여준다.

그런데 또 다른 후루야마 고마오의 위안부 소설에서 병사인 '나'는 군대 위안소에 "가고 싶지 않았다"고 빈번히 말한다. 「하얀 논」, 「매미의 추억」, 「개미의 자유」에서도 동일한 프레임이 반복된다. 이처럼 후루야마 고마오의 소설에서는 위안소에 가지 않는 것이 스스로에게 부여한 일종의 윤리관처럼 이야기된다.

전후가 되어 전시 위안부 경험을 이야기하는 방법은 다양하다. 가노 미키요(加納實紀代)는 전후 출판된 다수의 전직 군인이었던 일반인 남성의 전쟁 체험기를 분석하면서, 그들 대부분이 전장에서의 '여성 체험'(성매매 경험과 강간)이 "아무 일 없다는 듯 태연하게" 기술되고 있음을 지적한다. 위안소 강간은 전장의 풍경이며, 전직 군인들은 전쟁 체험기에서 적극적으로 전장에서의 성경험을 이야기하고 싶어 한다. 그 가운데 성경험은 남성의 생리적 현상에 필요한 것으로 묘사되며, 성경험은 일종의 무용담으로 전해진다.[6] 위안부나 적국의 여성을 '범하는 것'은 적지를 침략한 것처럼 병사에게는 침략에 대한 보상으로서 스스로의 남성다움을 드러내는 것이 되었다.

이러한 수많은 전쟁 체험기에 보이는 무신경한 내용에 비하면, 후루야마 고마오의(처럼) 위안소에 가지 않는다는(않겠다는) 태도는 양심적인 것일 것이다(편에 속할 것이다). 그러나 위안소에 가고 안 가고는 어디까지나 개인의 윤리관 문제이며, 군대에서 위안소 제도가 필요했다는 사실은 분리해서 생각해야한다. 위안소에 가지 않는 남성 병사는 물론 양심적이지만, 그 양심이 결코 위안부를 구해 주지는 못하기 때문이다.

그렇다면 왜 주인공 병사는 위안소에 "가고 싶지 않다고 생각"한 걸까? 주인공 병사의 나이는 26세 정도로, "군대에 징집되기 전까지 나는 다마노이(玉の井)에 다녔다. 교토에서는 미야카와쵸(宮川町)에 다녔다.

하시모토(橋本) 유곽에도 갔다"(「매미의 추억」)라는 구절에서 알 수 있
듯, 이미 사창굴과 유곽에서 이미 성관계를 경험했다.

한편, '나'와는 대조적으로 「개미의 자유」나 「매미의 추억」에는 '죽음'
을 눈앞에 두고 죽기 전에 위안소에 가 보고 싶다는 병사가 등장한다.
주인공의 얼마 안 되는 위안부 경험은 모두 다른 병사의 간청에 의해
이루어지는데, 「개미의 자유」에서는 고미네(小峯)라는 전우(「매미의 추
억」에서는 요시다(吉田)라는 본명으로 등장한다)가 그러하다. 여성과의
성 경험 없이 군대에 가, 전쟁터로 보내진 전우는 "우린 어차피 죽을 거
잖아. 나는 아직 여자, 몰라. 여자를 모르고 죽는 건, 죽지 못할 것 같아.
그러니까, 같이 가 줘. 나, 혼자서는 못가겠어."라며 주인공 병사에게 간
청한다. 이 전우의 말은 전쟁터에서 위안부에게 맡겨진 역할을 드러낸
다. 전우가 위안소에 가고 싶은 첫 번째 목적은 위안부와 성교를 하기
위함이다. 그러나 그것만이 아니다. 이 전우는 위안부와의 성교를='여자를
아는 것'에 의해 '진짜 사나이'가 되기를 바라고 있다. 어차피 죽으면 동정
(童貞)의 병사가 아닌 '진짜 사나이'가 되어 죽고 싶다는 소원을 이룰 수
있는 곳이 바로 위안소인 것이다. 이처럼 위안부는 죽으러 가는 병사의
명예를 보장해주는 존재이기도 하다. 그러나 이 전우는 위안부와 성교를
하고 '진짜 사나이'가 되었다고 해도 만족할 수는 없을 것이다. 끊임없이
다가오는 죽음의 공포의 배출구는 역시 위안부인 것이다.

> 대륙의 오지에는 일본군이 있는 곳, 반드시 조선의 창부가 따라오기
> 때문에, 나는 고참 병사에 이끌려 술과 여체를 오로지 쫓게 되었다. 특히
> 전투가 벌어져 전사자가 나오기라도 하면, 그 사자의 옆방에서, 훈도시
> 하나만 걸친 나체의 향연의 술은 잔인 할 정도로 맛있었다. 살아 있음의
> 아름다움을 화상의 물집처럼 내 영혼에 새겼다. 취한 육체에서 서툰 일
> 본어를 구사하는, 마늘 냄새 풍기는 여체를 껴안으면서 나는 생의 도취
> 감에 실신할 것 같았다.[7]

위의 소설에 보이는 것처럼, 위안부의 신체는 죽음의 공포에 노출된 병사들이 "생의 도취감"을 맛보기 위해 계속해서 소모된다.

또한 이토 게이치(伊藤桂一)는 「강가의 이별(河畔の別れ)」(オール読物, 1975)이라는 제목의 소설에서 "전장의 세계에서 성적인 행위는 일반 사회의 그것과 상당히 다른 의미와 가치를 가진다. 성 행위는 때로는 엄숙한 의식이 된다. 병사는 다음날 죽을지도 모르기 때문이다. 따라서 병사는 "그것을 하게 해주는 여자"를 소박한 동경으로 섬기는 마음이 강하다. 어떤 계층의 여성보다 창부를 높이 평가한다."라고 지적하며, 위안부는 단순한 소모품이 아니라 동경과 숭배의 대상의 존재였다고 말한다. 그러나 이것도 남성 본위의 관점인 것은 분명하다. 많은 병사들의 죽음의 공포를 없애고 "생의 도취감"을 제공하기 위해 위안부의 몸은 혹사된다.

이처럼 '죽음'과 늘 마주하고 있는 전장에서 위안부라는 존재는 병사에게 단순한 성적 위안이 아닌, '진짜 사나이'로 죽고 싶다는 남자의 자존심을 보장해주는 존재이거나 죽음의 공포를 지워주는 배출구이거나 "생의 도취감"을 부여해 주는 존재였다. 이러한 병사의 감정을 육체적, 정신적으로 부딪히며 껴안아야 했던 위안부들 역시 '죽음'에 직면하기는 마찬가지였다. 그러나 이들 회상기나 소설에서는 거기까지 생각이 미치지 않는다. 왜냐하면 군대 내 구조화된 위안부 제도는 병사에게는 일상적인 것이며, 위안부는 병사의 욕망을 흡수할 뿐만 아니라, 또한 불안과 공포를 공유하는 이해자로 바라 봤기 때문이다.

이처럼 죽음을 앞두고 위안부를 찾는 남성들에게 「개미의 자유」의 '나'는 죽음을 앞두고 있기 때문에 위안소에 가고 싶지 않다고 말한다. '나'는 더 이상 위안소에 가고 싶지 않은 자신의 감정을 토로한다. '나'와 마찬가지로 위안부를 언제든 안을 수 있는 상황에 있으면서도 그렇게 하지 않으려는 주인공이, 다무라 다이지로의 「메뚜기」에도 등장한다.

「메뚜기」에서는 위안부를 찾지 않는 이유를 다음과 같이 말한다.

> 다시 살아 돌아갈 수 있을지, 어떤지 아무도 모르는 지금, 여체를 힘껏 껴안고 살아있음을 확인하고 싶은 욕망과, 인간으로서의 나약함을 타인에게 보이지 않으려는, 인간으로서, 그리고 동시에 병사로서의 허영이, 그의 마음속에서 피투성이가 되도록 격투를 계속하고 있었다. (다무라 다이지로 「메뚜기」)

「메뚜기」의 주인공은 "살아있음을 확인하고 싶은 욕망과, 인간으로서의 나약함을 타인에게 보이지 않으려는" '허영'이 그의 마음속에서 갈등하고 있기 때문에 위안부를 품을 수 없었다. 또한 "인간의 삶의 불꽃"이 "어느 순간 갑자기 훅하고 꺼질지 모르는" 전장에서 위안부들과 그녀들을 수송하는 병사는 "공통의 운명"에 놓여 있다고 생각한다. 이러한 병사와 위안부의 연대감이 얼마나 허망한 것인지는 이미 언급했다. 「메뚜기」의 주인공의 생생한 갈등은 「개미의 자유」의 '나'에게는 느껴지지 않는다. 「개미의 자유」의 '나'는 죽음의 공포를, 죽음의 결의("자신도 죽으려고 결심했기 때문에")로 극복하고자 한다. 그것은 곧 「개미의 자유」의 '나' 쪽이 스스로의 운명에 체념하고 있는 것이리라. 그러나 위안부를 죽음의 공포로부터의 배출구로 그리는 다무라 다이지로와 이토 게이치의 텍스트가 위안부를 찾지 않았다 하더라도, 또 그에 대해 갈등하는 「메뚜기」나, 죽음을 앞두고 "병사와 위안부의 만남 따위는 개미와 개미의 만남 정도로 밖에 느껴지지 않는다"며 "벌레끼리"의 연대감을 강조하는 「개미의 자유」나 모두 죽음이라는 "공통의 운명"을 공유하는 물건으로 위안부를 상정하고 있다. 이렇듯 '죽음'을 매개로 한 위안부의 운명공동체적인 감각을 어떻게 평가해야 할까?

실제 전장에서 위안부들은 전선으로 끌려가 목숨을 잃거나 목숨을 잃지 않더라도 위험에 직면하게 된다. 이처럼 전쟁 수행을 위해 위안부가 동원된 것이다. 병사는 전투 요원으로 목숨을 잃는 것은 이미 상정된 일이다. 하지만 전선에 동원된 위안부는 전투 요원이 아니다. '죽음'을 매개로 한 위안부의 운명공동체적인 감각은 병사 측의 일방적인 믿음에 불과하다.

병사들이 정말로 죽음의 공포에서 벗어나고자 한다면 전쟁터를 벗어나는 길밖에 없다. 전쟁터에 있는 한 위안소에서의 "생의 도취감"을 맛보는 행위＝위안부에 대한 성적 행위는 반복 될 것이다. 그리고 성행위를 하지 않더라도 병사에게 임박한 죽음의 두려움을 완화하는 방법, 즉 그것은 '죽음'을 매개로 한 위안부의 운명공동체적인 감각을 갖는 것이 아니었을까. 죽음은 받아들이기 어려운 사실인 것이다. 그러나 죽음이라는 운명이 결정되어 있는 병사에게 죽음은 거역할 수없는 운명이라면 혼자 죽는 것보다 함께 죽어 줄 상대가 있는 편이, 그 운명을 받아들이기 쉬운 것은 아닐까. 실제로 함께 죽지 않더라도, 함께 함께 죽어 줄 사람이 있다는 생각만으로 죽을 때의 외로움은 치유될 듯하다. 그런 전장에서의 '동반 자살'의 상대로 위안부가 선택되는 것이다. 아니, 선택되기 위해 위안부들은 위안소로 끌려가는 것이다.

후루야마 고마오는 인터뷰에서 "그래도 나는 종군위안부나 후루야마 일병이나 같다는 생각으로 썼다"[8]고 말하고 있다. 이 병사나 위안부나 "같다"고 하는 견해는 후루야마 고마오 전쟁 소설의 특징이다. 병사와 위안부라는 군대의 위계질서 하층에서, 전쟁과 군대라는 거대한 불합리성을 비판하는 것으로 보이지만, 이 위안부와의 연대감은 위안부 제도를 온존켜야만 성립하는 감각이라는 것은 분명하다.

그리고 병사와 위안부의 '죽음'을 매개로 한 운명공동체적 유대감은 남성작가에게는 전장 로맨스의 근원이 된다. 많은 전쟁 소설에서 위안부와의 연애가 거론되는 이유도 거기에 있을 것이다. 그러나 그 위안부 상(像)이라는 것은 병사의 원망(願望)의 투영임은 물론이다.

## 3. 「매미의 추억」에 있어 위안부들의 기억

### 1) 서술 구조

전장에서는 후루야마 고마오의 전쟁 소설 속 병사와 위안부의 '죽음'을 매개로 한 운명공동체적 연대감을 분석했다. 그 연대감이라는 것은 병사의 일방적인 감정일 뿐이다. 전쟁 소설에서 목소리를 갖지 않는 위안부들은 늘 일본군 병사=작가들의 눈을 통해서만 그려진다. 그렇게 되면 위안부를 그린 문학 텍스트는 '진정한 위안부의 모습' 같은 건 존재할 수 없다. 그러나 병사=작가들이 위안부를 어떻게 바라보고, 어떻게 그렸는지를 분석하고, 전쟁의 역사와 함께 위안부 여성을 어떻게 기억했는지의 문제를 생각할 때, 언어화된 한 '기억'으로서의 문학텍스트는 위안부를 기억하는 방식의 실례로 읽힐 수 있을 것이다.

「매미의 추억」은 바로 이 위안부를 기억하는 방식(그리고 망각된 방식)을 열어 주는 텍스트다.

김윤식은 「매미의 추억」에 대해 "자기의, 생리적 기억의 표현만큼은 확실한 것이겠지만, 그것이 자기와 자기가 소속 한 공동체(민족 국가)와 어떠한 의미 구조 속에 있는가 하는 것에 대해 그들은 맹목적이었다"고 비판한다. 아울러 그것은 후루야마 고마오의 전쟁 소설이 사소설이며, 자기의 생리적인 감각에 충실한 사소설의 '미학'으로 관철되고 있기 때문이라고 지적한다.[9] '나'의 감각은 내부를 닫고, 사회화되지 않는 '나'는 '나'를 둘러싼 공동체를 비판할 수 없다. 왜 「매미의 추억」의 사소설적 표현이 "자기가 속한 공동체"와의 관련성을 잃어버리게 되는 걸까, 이 같은 김윤식의 비판을 본고에서는 「매미의 추억」에 있어 과거를 말하는 이야기 구조, 기억의 구조에 주목하여 논하고 싶다.

「매미의 추억」이 여타 위안부 소설과 다른 점은 1950-70년대에 등장

하는 대다수의 위안부 소설이 오로지 자신의 전쟁체험이라는 '과거'를
그리고 있는 반면, 「매미의 추억」은 작품이 그려진 1993년 시점에서 전
쟁 당시를 회상하는 형식을 취하고 있는 부분이다. 「매미의 추억」이라
는 텍스트는 옛 위안부 할머니가 커밍아웃한 덕분에 부상한 '위안부 문
제'가 국제적, 사회적으로 논의된 '현재'의 시간 축을 텍스트의 배경으로
삼고 있다. 회상 부분에 묘사되고 있는 전쟁 당시의 위안부 기술은 단순
한 과거의 사건이 아니라 이야기의 현재, 그것도 1990년대를 전경화한
위안부 문제를 인지한 위에 과거를 이야기하고 있는 이중구도로 되어
있다. 「매미의 추억」 모두(冒頭) 부분은 다음과 같다.

> 요즘 조금 잦아들었지만 얼마 전, 전쟁 중 종군위안부와 관련해 큰
> 소란이 일었다. 전후 반세기도 더 지나서 이렇게 소란스럽게 된 이유는
> 무엇일까? 아무도 알지 못하는 예전의 나쁜 일이 처음 드러난 것은 아니
> 다. 조선반도가 일본의 식민지였을 때 우리나라는 조선민족에게 여러 가
> 지 심한 짓을 했다. 종군위안부의 대부분은 조선인이었다는 것도 그 무
> 렵 일본의 행위나 사고방식을 말하고 있다. 그것도 그러나 이전에 전혀
> 논의되지 않았던 건 아니다. 전후에 태어난 젊은이들은 알지 못할지 모
> 르지만, 조선인 노동자 강제연행이나 종군위안부와 같은 일은 기술하기
> 도 했고 종군위안부에 대해서는 전후 얼마 되지 않아 영화로도 만들어졌
> 다. 그런데 지금까지 이야기는 되어 왔지만 시끄러웠던 적은 없었다. 그
> 것이 반세기 가깝게 자나 이렇게 불타오르게 된 이유의 하나는 집중호우
> 식의 틀에 박힌 이야기라는 둥 뭐라는 둥, 숯불에 불꽃이 튀는 듯한 느낌
> 이다.

1991년 김학순 할머니를 비롯한 한국인 여성 3명이 옛 '위안부'였던
과거를 공개하고 일본 정부에 사죄와 보상을 요구하는 소송을 도쿄지방
법원에 제소했다. 소설 시작 부분의 "얼마 전, 전쟁 중 종군위안부와 관
련해 큰 소란이 일었다"라는 것은 이 일을 가리킨다.

여기서도 알 수 있듯이, 일본에서도 '종군위안부'가 존재했다는 사실은 알려져 있었지만, 그것이 정치와 국가의 문제, 전쟁과 폭력의 문제로 '문제시'된 것은 1990년대 이후의 일이다.

「매미의 추억」은 이처럼 언론을 떠들썩하게 한 '종군위안부' 문제를 발단으로 이야기가 시작되어, 점차 자신이 실제로 전쟁터에서 만난 위안부들을 기억해 간다. "종군위안부들은 반세기 전의 일을 얼마만큼 기억하고 있을까? 어떻게 생각할까?" 전쟁 당시에도 목소리를 빼앗기고, 전후에도 망각되었던 '위안부'들의 '현재'를 생각하려는 태도로부터 「매미의 추억」은 전쟁이라는 '과거'의 사건뿐만 아니라 '과거'에서 '현재'까지 오랜 '기억'을 문제화하고 있음을 알 수 있다. 그러나 결론부터 말하면, 「매미의 추억」은 위안부를 말하면서도 동시에 위안부를 '기억'하는 것에 대한 곤란함을 안고 있는 텍스트다.

화자인 '나'는 위안부 문제에 대해 일본의 가해성을 인식하고, 다른 사람보다 위안부 문제에 많은 관심을 갖고 있는 인물임을 서두 부분에 나타내고 있다. 왜 '나'는 다른 사람보다 위안부 문제에 관심을 갖고 있는 걸까. 그 이유는 '나'가 전쟁터에서 위안부 여성들과 실제로 만났기 때문이다. 모두 부분의 정치와 미디어에서 다루어지는 위안부 문제에 이어, '나'의 의식은 전쟁 중 실제로 만났던 위안부 여성들이 '지금' 어떻게 되었을까 생각한다.

> 당시 종군위안부들은 대부분 나와 동년배다. 한국과 북한 출신 위안부나 일본인 위안부, 현지에서 모집한 현지인 위안부 할 것 없이 제일 나이가 어리다고 하더라도 이제 곧 고희를 바라 볼 것이다. (중략) 종군위안부였던 사람들은 반세기 전의 일을 어느 정도 기억하고 있을까? 무엇을 추억하고 있을까?

'나'의 의식은 위안부 여성들의 '지금'으로 향하면서 전시 체험으로 자연스럽게 이어져 간다.

## 2) '나'와 위안부 여성들의 과거를 대하는 방식의 차이

'나'의 이야기는 정치와 언론에서 말하는 위안부 문제에서, '나'개인이 만난 '옛 종군위안부'들이 있는 '지금'으로 언급하고, 스즈란(鈴蘭)인지 백란(白蘭)인지 모르는 한 명의 위안부 여성의 기억으로 이어진다. 그리고 이야기는 자연스럽게 "버마의 네이판 마을" 위안소 체험으로 이어진다.

이러한 현재에서 과거로의 자연스러운 전환은 후루야마 고마오의 필치가 뛰어난 탓도 있겠지만, 「매미의 추억」을 위안부 소설로 읽을 경우, 이 너무도 자연스럽게 과거로 역행해 가는 것에 주의를 기울여야 할 것이다. 왜냐하면 처음 모두에서 제시 한 1991년 위안부 여성들의 고발은 지금까지 세상을 향해 자신의 경험을 이야기할 수 없었던 위안부 여성들이 일본 제국의 죄, 전시 성폭력 죄를 고발한다는 의미에서 전직 군인이었던 '나'도 고발하게 될 것이기 때문이다. 그러나 '나'는 거기까지 생각이 미치지 못한다. 오히려 앞서 분석한 바와 같이, 위안부 여성들에 공감하고 가깝게 다가가려는 태도를 취한다. "종군위안부들은 반세기 전의 일을 얼마만큼 기억하고 있을까? 어떻게 생각할까?"라는 의문을 갖는 '나'는 옛 위안부 여성들과 전후 마치 같은 시간을 보내왔을 것이라는 착각을 불러일으키게 한다.

왜 전후 50년 동안 위안부 할머니들은 말할 수 없었던 걸까? 거기에는 위안부 경험을 '수치'로 인식하는 남성중심주의적 사회 분위기가 자리한다. "성폭력 가해자의 책임을 묻는 일 없이 피해자를 '더럽혀진 자'로 산주하는 성규범을 가진 사회, 또 일본군에 의힌 성폭력 피해가를 '공동체의 적(敵)에 의해 오염 된 여자'로 기피되는 사회에서 그녀들이, 자신들의 고뇌와 상황을 설명할/말하는 것은 거의 불가능"10) 했을 것이다.

이 같은 상황에서 1990년대 '위안부'들의 증언은 스스로에 가해진 성폭력을 '수치'에서 가해자의 '죄'로 전환했음을 의미한다.

오카 마리는 '사건'의 기억과 증언의 의의에 대해 다음과 같이 말한다. "'사건'의 기억은 다른 사람에 의해, 즉 '사건'의 외부에 있는 사람들에 의해 분유(分有)되어야 한다. 여하튼 집단적 기억, 역사의 담론을 구성하는 것은 '사건'을 체험하지 않고 살아남은 자들, 타자이기 때문에 이들에게 그 기억이 분유되지 않으면 '사건'은 없었던 일이 되고 만다."11) 즉, 옛 위안부가 증언을 한다고 하더라도 그 '기억'을 '분유'하는 자가 없다면, 위안부들이 체험한 '사건'은 없었던 일이 되고 만다. '분유'라는 개념이 중요한 것은 "'사건'을 체험하지 않고 살아남은 자들, 타자"들 까지 '타자의 호소'=증언자에 응답하는 입장에 자리매김하는 점에 있다.

옛 '위안부'가 자신의 '기억'을 말하기 시작했을 때, 그 말을 듣는 사람은 그녀들의 '기억'을 분유하는 입장에 선다. '기억'을 분유한다는 것은 타인의 고통을 아는 것이며, 동시에 같은 실수를 범하지 않기 위한 미래에 대한 투자이기도 하다.

그렇다면 「매미의 추억」에서는 위안부 여성과의 '기억'을 어떻게 말하고 있을까?

### 3) 위안부들의 이름

「매미의 추억」은 '기억'의 복원을 고유명사를 기억해 내려는 것에서 시작한다. 그러나 73세의 '나'는 위안부들뿐만 아니라 자신이 소속되어 있던 "연대장의 이름이나 대대장의 이름도 기억하지" 못한다. 그러나 연대장이나 대대장의 이름과 위안부들의 이름이 기억하지 못하는 것을 단순히 노화로 인한 기억 감퇴라는 말로 설명할 수는 없다.

소설가인 '나'는 그동안 위안부들을 그린 「하얀 논」이나 「개미의 자유」

라는 소설 속에서 '백란' '스즈란' '하루에'라는 가명을 썼던 것을, 「매미의 추억」에서는 그녀들의 '진짜 이름'을 기억해 내려고 한다. 그러나 기억해 내려고 해도 그것은 위안부들의 '기명'이기 때문에 그녀들의 '본명'=고유 이름에 결코 도달할 수 없다.

위안소 내 조선인, 중국인 위안부 여성들은 일본풍 '기명'을 사용했다. '나'가 접했던 조선인 위안부들도 '백란' '스즈란' '하루에'라는 일본식 이름으로 불리고 있었기 때문에 "물론 그녀들의 나이도 본명도 나는 몰랐다"고 말한다. 이 "물론"이라는 말은 '나'가 위안부들을 '기억'하는 방법을 생각하는 데에 있어 중요한 의미를 갖는다. "그녀들의 나이도 본명도 나는 몰랐다"고 하는데, 전쟁 중에 그녀들이 조선인 위안부임을 알고 있어도, '나'는 그녀들의 조선 이름까지 알지 못했다, 그보다는 알 도리가 없었을 것이다. 그렇다면 그녀들의 본명을 몰랐던 '나'의 무관심을 비난해야 할까? 아니 당시 위안소에서는 '기명'이 당연한 것이어서 그녀들의 본명을 알려고 하지 않았던 것을 비난할 필요는 없다고 변호할지 모른다.

그러나 앞서 언급 한 바와 같이 「매미의 추억」이 위안부들이 전쟁 중 성폭력을 고발한 이후의 시점을 소설의 '현재'로 삼고 있는 것임을 감안할 때, "물론 그녀들의 나이도 본명도 나는 몰랐다"라는 문장의 의미는 달라진다. 즉, 위안부라는 이름으로 전시 성폭력을 겪었던 경험을 본명으로 말하기 시작한 옛 위안부 할머니들의 존재를 알고 있음에도 불구하고, 과거를 기술하는 부분에서 결코 그녀들의 본명=고유명사를 거론하지 않는다.

위안부 여성의 '본명'이란 무엇을 의미하는 걸까. 두 가지 의미가 있을 듯하다. 하나는 '빼앗긴 이름'이다. 위안소에서 일본식 기명을 강요받아 본명을 빼앗기고 살아온 위안부에게 본명은 '진짜 자신'의 이름이라는 의미와, 일본에 의해 '빼앗긴 이름'이라는 이중의 의미를 갖는다. 「하얀 논」

에서는 "그녀들은 모두 모모코라느니 사유리라느니 스즈란과 같은 꽃 이름을 딴 기명을 달고 있었다."라는 기술이 보인다. 이처럼 위안부 여성의 "꽃에 비유한 기명은 병사들에게는 위안부 여성은 전장의 '꽃'이라는 뜻이 담겨 있지만, 당사자인 여성들에게는 아이러니가 아닐 수 없다. 자신의 이름을 잃는 고통, 게다가 위안부가 되기 이전에 창씨개명으로 본명을 빼앗겼다면, 위안부 여성은 두 번이나 이름을 빼앗긴 것이 된다.

또 다른 하나는 1990년대에 들어와 겨우 위안부라 불릴 수 있게 된 '회복된 이름'이다. 위안부임을 숨겨 왔던 여성들에게 본명으로 피해를 고발하는 것은 쉬운 일은 아니었을 것이다. 그러나 굳이 본명으로 일본군의 성폭력을 고발하기로 결심한 것은, 위안부로 빼앗겼던 자신의 이름을 공표하는 것이며, 이것은 전시에서 전후에 이르기까지 빼앗겼던 시간과 존엄성을 회복한다는 의미에서 '회복된 이름'이라는 의미를 갖는다. 고발이 가명으로 이루어졌다하더라도 그 의미는 변하지 않는다.

이처럼 위안부 여성들에게 전시도 전후도 '본명'은 큰 의미를 갖고 있음에도 불구하고 그녀들을 호명하는 '나'는 전쟁 중에도 전후에도 "물론 그녀들의 나이도 본명도 나도 몰랐다"고 말한다.

위안부들의 '기명'은 기억해 내려고 해도 그녀들의 '본명'=고유이름에 결코 도달할 수 없는 '나'의 기억의 공백은 '나'와 위안부들과의 결정적 괴리를 의미한다.

이러한 '나'와 위안부들과의 괴리는 1990년대 위안부 문제를 생각하는 외적 틀을 가진 「매미의 추억」의 구조와는 달리, '나'의 의식은 위안부들의 '지금'에 도달하려는 것은 아니라는 것으로도 나타난다. 에도 나타나고 있다. 「매미의 추억」은 "그녀는"라는 말로 끝을 맺는다. '나'는 '위안부'였던 '그녀'들의 '기억'에 다가가려고 하면서도 그 불가능성 때문에 방황한다.

선행연구에서도 '나'의 위안부의 현재에 대한 무관심을 비판한다. 가

나이 게이코(金井景子)는 옛 '위안부' 할머니들의 증언과 함께 「매미의
추억」을 읽을 때 작가의 상상력 부족을 지적한다. 위안부 할머니들의 현
재에 대해 "도무지, 도무지 상상이 되지 않는다"라고 말하는 마지막 장면
에서도 "여기에는 그 '그녀'가 말로써 그 당시 느꼈던 것·지금 생각하고
있는 것을 '나'뿐만 아니라 세계를 향해 표출하는 사태가 전혀 상상되지
않는다."고 강하게 비판한다.12) 물론 가나이 게이코의 지적처럼, '나'는
위안부 살아온 시간에 대한 상상력을 방기하고 있으며, '위안부'들의 '기
억'을 분유하고 있다고 할 수 없다. 「매미의 추억」에 있어 '기억'의 복원
작업은, "그녀들 중에 살아남은 이가 있는지 어떤지도 **나는 모른다**" "우
리 제2사단 사령부에 파견된 조선인 옛 종군위안부들에 대해서도 그
소식은 더 이상 **모른다**" "그녀들의 나이도 본명도 **나는 모른다**" "그 후
그 위안소도 어딘가로 옮겨진 모양이지만, 어디로 옮겨 갔는지는 모른
다"(강조는 필자)라는 기술에서 보이듯, 결국 '나'는 '위안부'에 대해 "모
른다" "알지 못한다"라는 것이, 확실한 '기억'으로 분명하게 드러나는 모
순된 결과를 초래하게 된다.

## 4. 나오며

이 글에서는 전쟁소설 작가로 널리 알려진 후루야마 고마오의 위안
부 기술에 대해 비판적으로 검토하였다. 「매미의 추억」에서 위안부를
말하는 '나'에 대한 비판의 지점이 몇몇 보인다. 하나는, '나'는 위안부들
을 이야기하면서도 결정적으로 그녀들에 대한 상상력이 결여되어 있는
점이다. 또 다른 하나는 전쟁 중 일본군 병사로서 가해자의 입장에 있던
'나'라는 사실을 망각한 채 위안부와의 친밀성, 연대감을 이야기하는 부
분이다. 과거 위안부였음을 커밍아웃한 여성들로부터 옛 일분군 병사였

던 자신을 향한 '죄'의 고발에 '나'는 눈치 채지 못한다. 이러한 비판은 후루야마 고마오 본인을 향한 것이기도 하지만, 그보다는 오히려 자신은 위안부와 같은 편에 서 있다는 자부심을 갖게 하는 구조를 문제 삼아야 할 것이다. 전쟁소설에서 위안부 여성을 형상화할 때, 위안부와의 연애와 연대감을 이야기하는 소설 그 자체가 갖는 구조 말이다.

전쟁소설에 표현되는 위안부 여성은 병사의 연애대상이나 전쟁을 두려워하는 병사들의 마음을 위로해 주는 존재로 등장한다. 병사와 위안부 사이에 대등한 관계는 성립하지 않으므로 위안부와 연애를 한다거나 위안부에게 반한다거나 하는 경험을 그린 소설 텍스트에 표상되고 있는 위안부상의 허구성이나 소설의 기만성을 규탄하는 것은 쉬울지 모른다.

그렇다면 이처럼 위안부와 연애하고 위안부에게 반했던 경험을 쓴 소설 텍스트는 단순한 남성 작가의 망상이며 무의미한 것일까. 그렇지는 않을 것이다. 왜 병사인 남성은 위안부와의 연애와 위안부와의 연대감을 말하려고 했을까? 그러한 남성의 심리를 텍스트가 드러내 보여준다고 한다면, 위안부가 그려진 텍스트를 읽는 행위는, 병사들은 위안부들에게 무엇을 요구했는가, 또 당시 전장에서 왜 위안부를 필요로 했는가, 위안부 제도 그 자체를 묻는 일로 연결시켜가야 할 것이다. 후루야마 고마오의 위안부 소설을 분석해 본 바와 같이, 병사인 '나'의, 위안부와의 '죽음'을 매개로 한 운명공동체적 연대감이 위안부 제도를 온존시키는 것으로만 성립된다는 사실을 분명하게 보여준다. 이처럼 위안부와의 연애, 연대감을 이야기하는 현실추인적인 소설 텍스트의 서술 방식을 분석함으로써, 병사로서의 주체성을 가진 남성 젠더의 심성이 엿보인다. 이러한 일본군 병사로서 위안부들을 바라보는 남성 젠더의 존재는, 위안부 제도를 지탱한 일본군이라는 조직을 갖는 남성성, 나아가 제국 일본이라는 거대한 남성성의 문제와 연결되어 갈 것이다.

**｜ 주 ｜**

〈초출〉 이 글은 石川巧·川口隆行 編『戦争を〈読む〉』(ひつじ書房, 2013)에 게
「從軍慰安婦 −古山高麗雄「セミの追憶」」을 대폭 가필·수정한 것이다. 아울러
후루야마 고마오의 소설 텍스트 인용은 모두『古山高麗雄作品選　プレオー8の
夜明け』(講談社文芸文庫, 2001)에서 발췌함.

1) 일본에서는 '종군위안부'라는 호칭이 일반적이며, 한국에서는 '일본군 성노
   예'라 부르기도 한다. 이 글에서는 전시 '위안부'라는 호칭이 내포하는 여러
   문제를 환기하기 위해 '위안부'라는 용어를 사용하기로 하며, '위안부'가 등
   장하는 소설의 총체로서 '위안부 소설'이라 칭하기로 한다.
2) 古山高麗雄(2001)　「戦争が小説になる時古山高麗雄ロングインタビュー」
   (聞き手: 川本三郎)『文学界』55-7, p.183.
3) 吉見義明(1995)『從軍慰安婦』岩波新書, pp.43-56.
4) 경례의 의미. '케이레(けいれい)'라는 발음이 군대에서는 '캬-라-'로 들리는
   것을 표현함.
5) 안연선(2003)『성노예와 병사 만들기』, 삼인, pp.160-193.
6) 加納実紀代(2005)「戦争体験記のなかの「女性体験」」『戦後史とジェンダー』
   インパクト出版会, pp.374-396.
7) 田村泰次郎(1963)『わが文壇青春記』新潮社, pp.184-185.
8) 古山高麗雄(2001)「僕の戦争短編について」『本の話』7-6, p.11.
9) 金允植「私小説の美学批判 −「セミの追憶」によせて」『韓国文学』, 1993(『思
   想の科学』33, 1995, p.46에서 인용).
10) 井桁碧(2010)「「証言」する女たちを記憶する」大越愛子·井桁碧 編著『戦後·
   暴力·ジェンダー3　現代フェミニズムのエッシクス』青弓社, p.87.
11) 岡真理(2000)『記憶 / 物語』岩波書店, p.75.
12) 金井景子(1996)「研究展望　「慰安婦」の書きことばが照らし返すこと」『昭和
   文学』32, p.154.

## 【참고문헌】

안연선(2001) 『성노예와 병사 만들기』, 삼인, pp.160-193.

金允植 「私小説の美学批判─「セミの追憶」によせて」『韓国文学』,1993 (『思想の科学』33, 1995, p.33-49에서 인용).

井桁碧(2010) 「「証言」する女たちを記憶する」大越愛子・井桁碧編著『戦後・暴力・ジェンダー3 現代フェミニズムのエッシクス』青弓社, pp.65-101.

岡真理(2000) 『記憶 / 物語』岩波書店, pp.75-98.

金井景子(1996) 「研究展望 「慰安婦」の書きことばが照らし返すこと」『昭和文学』32, pp.152-154.

加納実紀代(2005) 「戦争体験記のなかの「女性体験」」『戦後史とジェンダー』インパクト出版会, pp.374-396.

吉見義明(1995) 『従軍慰安婦』岩波新書, pp.43-56.

# 무라카미 하루키(村上春樹) 작품에 나타난
# 전쟁기억 표상 연구
## -『태엽감는 새 연대기』,『해변의 카프카』를 중심으로 -

조주희*

## 1. 기억의 메커니즘

　기억이란 사람이나 동물이 경험한 것이 어떤 형태로 뇌에 보관되어 있다가 나중에 재생되어 나타나는 현상을 말한다. 기억이라는 의미의 라틴어인 'memoria'는 기억과 회고록의 두 가지 의미가 있고, 영어 명사인 'memorial' 또한 '기억'과 글로 쓴 '기록'의 두 가지 의미로 쓰였다.[1] 이러한 의미에서 본다면 기억과 그것을 보존하고자 만든 수단 사이에는 깊은 연관성이 있음을 알 수 있다.

　플라톤이나 아리스토텔레스 시대에는 밀랍판에 글자가 찍히는 것처럼 우리의 경험이 기억 속에 이미지를 남기고 그것이 기억이 된다고 생각했다. 그러한 밀랍판은 프로이트의 시대에 이르러 'Wunder block'

* 상명대학교 미디어콘텐츠경영학과 겸임교수, 일본근현대문학전공

또는 'Mastic Writing Pad'라는 이름의 도구로 발전하게 되는데, 프로이트는 이것을 자신의 정신분석이론에 원용하여 글쓰기 판의 밀랍종이덮개와 셀룰로이드를 인간의 지각-의식 조직에 비유하여 설명하고 있다.[2]

그렇다면 많은 학자들이 그 연관을 언급하는 기억과 보존의 문제를 역사라는 주제에 접목시켜 생각해 보도록 하자. 역사는 여러 가지 방법으로 그것을 경험하지 않은 세대들에게 전달되고 있는데 역사 교과서나 역사서들은 객관적인 시각에서 역사를 기록하여 전달하는 '공식 기억'의 저장 공간이라 할 수 있다.

이와 달리 역사를 직접 체험한 당사자들의 수기는 그 아픔과 고통이 더욱 생생하게 타자들에게 전달된다. 우리는 그러한 문장들을 접하며 그 당시 자행되었을 폭력의 깊이와 그것을 평생 상처로 안고 살아갈 피해자들의 고통을 조금이나마 공감하게 된다. 하지만 과연 그들이 겪은 고통이 이러한 활자를 통해 있는 그대로 전달될 수 있을까. 피해자 자신이 직접 쓴 수기는 물론이거니와 출판사 편집부의 손을 거친 출판물들은 이미 하나의 가공 상태를 거치게 되면서 미화되거나 왜곡되기도 한다. 극단적인 경우 그것은 당사자의 의도와 상관없이 피해자들에 대한 일방적인 동정이나 왜곡된 시선 등 부정적 결말을 초래할 가능성조차 있다.

또 하나의 전달 수단으로 소설이나 영화와 같은 매체를 들 수 있다. 시각적 효과가 높기는 영화가 우월하겠지만 작가의 손에 의해 장면이 묘사되는 허구 속의 전쟁 또한 우리가 간접적으로 그 시대를 체험할 수 있는 효과적인 도구라고 할 수 있다. 그런데 그러한 영화나 소설을 만드는 감독이나 작가들이 전쟁을 체험한 당사자가 아닌 경우 그들은 역사서나 사진, 피해자들의 증언 등을 토대로 사건을 재구성하는 가공의 단계를 거치게 된다.

역사라는 무거운 '사건'을 '소설'이라는 그릇에 담아내는 데 있어 그 크기와 양을 결정하는 것은 전적으로 작가의 몫이다. 그리고 많은 작가들은 그 나름의 판단에 따라 독자들에게 생동감 있게 그것을 전달하고자 노력한다. 그렇지만 이미 지나간 '과거'라는 사실을 재현하기는 불가능하다. 작가들이 빠지기 쉬운 오류 중의 하나가 바로 철저한 리얼리티를 추구하다가 그릇된 역사, 즉 미화되거나 왜곡된 '과거'를 만들 수도 있다는 점이다.

이 논문은 이러한 역사와 기억이라는 테마를 중심으로 일본의 현대작가 무라카미 하루키(村上春樹, 1949~)의 『태엽감는 새 연대기(ねじまき鳥クロニクル)』(1994~1995)와 『해변의 카프카(海辺のカフカ)』(2002)를 텍스트로 하여 전쟁의 모습을 고찰함으로써 그의 작품 속에서 일본의 과거가 어떻게 투영되고 있는지, 그리고 이를 통하여 작가가 전하고자 하는 메시지에 대해 살펴보고자 한다.[3]

## 2. 반복되는 폭력의 역사

무라카미 하루키(이하 '하루키')의 소설은 전쟁이나 역사라는 무거운 주제와는 거리가 멀다. 특히 초기 작품에서는 고도소비사회를 살아가는 고독한 개인에 초점이 맞추어져 있고, 1990년 이후에도 중·장편 화 된 작품 속에서 스토리텔링을 위주로 역사적 사실을 우회적으로 그려내고 있기는 하지만 이 또한 전체 주제에 비하면 매우 미약하다고 할 수 있다.

하루키가 전쟁이나 폭력, 역사에 대해 본격적으로 관심을 갖게 된 것은 1991년 도미(渡美)전후라고 할 수 있다. 사회나 조직으로부터 철저하게 '디태치먼트(detachment)'를 고수해 온 하루키에게 있어 1990년 초반에서 1990년 중반까지의 시기는 작가 인식에 있어 커다란 변화를 갖게 하는 전환점이 된다. 1986년부터 3년에 걸쳐 그리스와 이탈리아를 중심으로 유럽에서 생활하다 1990년 만 40세에 돌아온 일본에서 그는 질식할 듯한 답답함을 느낀다. 그 사이 일본은 거대소비사회로 변모하여, 무차별적으로 씹고 배설물로 내뱉는 거대한 흡수장치로 변해 있었다.[4] 그는 다시 일본을 탈출하여 1991년부터 4년간 프린스턴 대학의 객원연구원 자격으로 미국으로 향하는데 공교롭게도 미국 도착을 전후로 걸프전이 발발하게 되고, 겨우 전쟁이 끝날 무렵 진주만 50주년을 앞두고 반일감정이 드세진다. 결과적으로 그 전쟁의 영향을 받지는 않았지만 그 당시 미국의 애국적이고 전투적인 분위기는 그다지 유쾌하지는 않았으며, 이어지는 반일감정의 소용돌이 속에서 굉장히 마음 불편하게 지낸다.[5]

그러던 중 그는 매일 프린스턴 대학 도서관에 들러 일본의 역사에 대한 서적을 접하게 되는데 특히 1939년에 발발한 '노몬한 사건'[6]에 관심을 갖게 되면서 그 사건에 대해 집단적 광기에 의한 개인의 무참한 희생에 대한 분노를 느끼며 자신의 작품 속에 폭력과 역사에 대해 도입하기로 결심한다.[7]

그는 이 사건에 대한 얼마 안 되는 문헌 정보에도 불구하고 계속해서 끌리는 이유로 사건의 경위가 '너무나도 일본적이고 일본인적'이었다고 밝히고 태평양 전쟁과 비교하며 다음과 같이 말한다.

> 그것은(태평양 전쟁-역자 주)이미 하나의 형태가 정해진 역사적인 큰 사건으로서 마치 유물처럼 우리들의 머리 위에 솟아올라 있다. 하지만 노몬한의 경우는 그렇지 않다. 그것은 기간으로 쳐도 4개월 남짓의 국지전이고 지금 식으로 말하자면 '한정전쟁'이었다. 그럼에도 불구하고 그것은 일본인의 非 근대를 이끌어왔던 전쟁관=세계관이 소비에트(혹은 非 아시아)라는 새롭게 재편된 전쟁관=세계관에 철저하게 격파되고 유린된 최초의 체험이었다. 그러나 유감스럽게도 군지도자는 거기에서 무엇 하

나 교훈을 습득하지 못했고, 당연한 일이지만 그와 완전히 동일한 패턴
이 이번에는 압도적인 규모로 남방의 전선에서 반복되었다. 노몬한에서
목숨을 잃은 일본군 병사는 2만 조금 안 되었지만, 태평양 전쟁에서는
실로 2백만을 넘는 전투원이 전사하게 되었다. 그리고 가장 중요한 것은
(중략)병사들의 대부분은 거의 모두 의미 없는 죽음을 맞이했다는 것이
다. 그들은 일본이라는 밀폐된 조직 속에서 이름도 없는 소모품으로써
극히 효율 나쁘게 죽임을 당하게 된 것이다. 그리고 이 '효율 나쁨'을 혹은
비합리성이라는 것을 우리들은 '아시아性'이라고 부를 수 있을 지도 모르
겠다.[8]

이 문장에는 '노몬한 사건'에 대한 하루키의 개인적인 시선이 담겨
있다. 그러한 국지전, 특히 '전혀 농사도 지을 수 없는 벌레 투성이 토지
를 둘러싼' 55년 전의 무모한 싸움에 총알받이가 될 수밖에 없었던 힘없
는 병사들의 죽음을 안타까워하며 그러한 전쟁을 지휘한 상부지도자들
의 졸렬함과 아둔함을 비판하고 있다.

그런데 여기서 하루키는 그러한 무모한 소모전이 되풀이되는 것을
개탄하면서도 시선은 오로지 일본을 향하고만 있다는 것을 알 수 있다.
'노몬한 사건'에서도 태평양 전쟁에서도 의미 없는 죽음을 맞이한 병사
가 일본군뿐인가. 오히려 무모한 전쟁의 소용돌이 속에 여러 나라 병사
들을 죽게 한 일본군을 가해자라는 입장에서 놓고 본다면, 하루키의 이
러한 발언은 자신의 나라를 진정으로 아끼고 그러한 아픔을 공유하고
전달하려고 하고는 있지만, 대외적으로는 편협한 시선이라는 비판을 면
하기 힘들 것이다.

아울러 '노몬한 사건'을 정리하며 그가 지적한 '효율 나쁜 죽음 =비합
리성=아시아성'이라는 도식은 전체적으로 많은 모순을 내포하고 있다.
당초 그가 언급했던 '일본적인 일본인적인'이라는 표현이 오히려 합당
한 것이 아닐까. '노몬한 사건'을 '아시아 대 비아시아'의 싸움으로, 이에

대한 일본군의 패전 이유를 '아시아성'에서 찾으려고 하는 이 발언에 아시아의 대표로서 일본을 자리매김하고 있으며 일본인으로서의 우월감이 엿보이고, 따라서 일본군의 총받이가 되었던 무수한 아시아의 병사들에게는 그 죽음의 의미조차도 부여하고 있지 않음을 알 수 있다.

## 3. 기억 표상의 한계

하루키(春樹)는 '노몬한 사건'에 대한 자신의 분노를 『태엽감는 새 연대기』에서 피력하게 된다. 과연 그가 느꼈던 '효율 나쁜' 죽음 즉 '아시아성'은 허구 속에서 어떻게 표상되어 나타나고 있을까?

하루키가 이 작품 내에서 '노몬한 사건'과 관련된 언급을 하는 곳은 두 군데로, 하나는 '노몬한 사건' 당시 육군 장교였던 '마미야(間宮)' 중위의 입을 통해서이고,[9] 다른 하나는 메타픽션으로 등장하는 '동물원습격(혹은 요령 없는 학살)'이라는 컴퓨터 파일을 통해서이다.[10]

이 두 가지 전쟁에 관한 장의 특색은 기억과 기록에 의존하고 있다는 점이다. 먼저 '마미야 중위의 입을 통해 전달되는 '노몬한 사건'의 참상은 오로지 그의 기억에 의존하고 있다. 50년이나 지난 현재에도[11] 그 당시를 생생하게 기억하고 있는 그의 역사적 경험담은 이 작품 내에서 가장 폭력적이고 리얼하면서 서스펜스를 느끼도록 장치되어 있다.

1938년 4월 신임장교인 '마미야'는 '야마모토(山本)'라는 비밀첩보원을 호위하여 만주국과 외몽고의 국경인 '하루하(ハルハ)강'을 넘어가게 되는데, 작전을 마치고 도강(渡江)을 위해 새벽을 기다리다 적에게 잡히고 만다. 비밀서류의 소재를 말하라는 러시아 장교의 심문에 불응한 '야마모토'는 '마미야' 중위가 지켜보는 가운데 살아있는 채로 가죽 벗기기 고문을 당한다. 눈 뜨고 지켜볼 수 없는 살육의 현장에서 그는 몇 번이

고 기절하고 깨고 토하기를 반복하며 강제로 그 현장을 목격하도록 강
요당한다. 몽고인들의 '맛있는 살육'이 끝나고 남은 것은 빨간 피투성이
의 살덩어리가 되어 나뒹구는 '야마모토'의 시체로, 빨간 살, 하얗고 커
다란 안구, 코를 베어낸 자리에 생긴 작은 우물, 빨간 피바다가 되어버
린 바다뿐이었다.

이 장면은 전쟁이라고 뭉뚱그려 말하는 거대한 폭력적인 사건의 세
부에 이렇게 개별적인 폭력의 사건이 존재한다는 사실을 알리고 있다.
'야마모토'가 느끼는 고통의 깊이를 그가 지르는 비명을 통해 느낄 수도
있지만, 그 현장을 무표정하게 바라보는 몽고인 병사들, 마치 산보 나온
김에 공사 현장을 구경할 때와 같은 표정으로 바라보는 몽고 병사의
시선에서 말로 표현할 수 없는, 즉 표상화 될 수 없는 폭력의 리얼리티
를 실감하게 된다.

하지만 '마미야 중위의 눈을 통해, 기억을 통해 도출된 일본의 역사의
한계는 그것이 결국은 피해자로서의 일본이라는 데 초점이 맞추어져
있다는 점이다. 그러한 폭력을 가한 가해자로서의 소련 장교 보리스,
그 하수인으로서 살육을 담당한 몽고 병사들 그리고 그 반대편에서 그
러한 폭력을 당할 수밖에 없는 일본인들, 이러한 장면들을 통해 하루키
가 전달하고자 하는 것은 선량한 일본인 피해자라는 주관적 역사관이라
고 할 수 있다. 결국 하루키가 말하는 '효율 나쁜' 죽음은 잔인한 방법에
의해 살해당하는 것을 말하는 것이고, 그것을 당할 수밖에 없는 일본인
피해자는 아시아적인 것이다.

사실 하루키가 역사에 대해 언급하겠다고 표명한 이 작품에 대해 '하
스미 시게히코(蓮実重彦)'는 이 작품이 과거의 일본의 역사가 제재로 되
어 있으면서도 역사는 전혀 존재하지 않는다고 비판한다.12) 그리고 고
문 방법의 잔인함에 대해서도 가죽을 벗기는 고문 장면은 영화 '양들의
침묵'을 원용했음을 볼 때,13) 역사를 지나치게 리얼리즘을 목표로 상업

화시키고 있음을 알 수 있다. 다시 말하자면 그러한 폭력을 리얼하게 표상시키기 위해 과도하게 조합하여 포장하고 있다는 것이다. 이러한 점에서 역사가가 아닌 작가가 소설이라는 허구의 세계 속에서 전쟁이라는 과거를, 집단적 기억을 표상하는 것이 대단히 어려운 작업이라는 것을 알게 된다. 역사는 존재하지만 그것을 있는 그대로 전달하기가 쉽지 않다는 것을.

'오카 마리(岡真理)'는 스티븐 스필버그의 '쉰들러 리스트' '라이언 일병 구하기'와 같은 전쟁을 테마로 한 영화에 대한 작가의 지나친 리얼리즘에 대한 욕망을 비판한다.

> 전쟁과 같은 폭력적인 사건을 '리얼'하게 표상하려는 욕망—그것은 그러한 사건이 '리얼'하게 표상될 수 있다는 신념에 의해서 지탱되고 있는 듯하다—그리고 그것을 완결된 서사로 제시하려는 욕망—전쟁이라는 사건의 총체를 하나의 서사로 조망하는 시점이란, 신이 아니라고 한다면, 도대체 어떠한 자의 시점이겠는가—이 무엇에 기여하고 있는 것일까 하는 문제를 우리는 생각해 보지 않으면 안 될 터이다.14)

이 설명은 비단 스필버그가 아닌 하루키에게도 적용되는 문제이다. 역사에 대해 언급하고 작품에 반영하고자 하는 의도가 과도한 욕망으로 작용하여, 사건 자체의 중요성보다도 감각적인 표상화에 치우쳐 오로지 독자들의 눈을 매료시키는 데 급급하다면 진정한 의미의 역사란 기대하기 어렵다고 하겠다. 그가 진정으로 그려내고자 한 것이 전쟁에 대한 고발과 이름 없는 병사들의 아픔이라면, 그리고 그에 대한 독자들의 기억의 공유라면, 피해자와 가해자, 그리고 고통과 그에 대한 응징이라는 이분법적이고 고전적인 도식보다는, 모두가 피해자이고 모두가 가해자라는 '우리'의식이 동반되어야 할 것이다. 역사라는 과거 앞에서 우리는 모두 피해자이자 가해자이기 때문이다. 시각의 차이를 인정하는 것이야말로 객관성을 확보하는 가장 유리한 방편이라고 할 수 있다.

## 4. 억압되는 기억

　1995년 미국에서 일시 귀국한 하루키는 같은 해 3월에 발생한 옴진리
교 신자들에 의한 '지하철 사린 사건'[15]을 접하며 그러한 무차별적 폭력
에 무방비로 당할 수밖에 없는 무고한 시민들에 눈을 돌리기 시작한다.
그 다음 해에 사건의 피해자 62명을 직접 인터뷰하여 『언더그라운드(ア
ンダーグラウンド)』(1997)라는 논픽션을 발표한다. 이어서 전 옴진리교
신자와의 인터뷰를 담은 『약속된 장소에서(約束された場所で)』(1998)
를, 한신대지진을 배경으로 한 『신의 아이들은 모두 춤춘다(神の子ども
たちはみな踊る)』(1999)를 발표하며 명실상부하게 사회적인 문제를 이
슈화하는 문제작가로 탈바꿈하게 된다.[16]

　2002년 9월 10일, 즉 9·11 테러 1주년 바로 전날 하루키는 『해변의
카프카』를 발표하는데 이 작품으로 그는 2006년 '프란츠 카프카 상'을,
2009년 2월에는 '예루살렘 상'을 수상하며 노벨문학상 후보로 꾸준히 거
론되고 있다.

　하루키가 『해변의 카프카』를 통해 그리고자 한 것은 15세 소년의 눈
을 통해 바라본 세상인데, 정작 많은 비평가들은 그러한 표면적 사실보
다도 은폐되어 있는 전쟁과 관련된 진실에 주목하고 있다. 하루키가 『태
엽감는 새 연대기』를 통해 '노몬한 사건'에 대해 언급한 것은 기억과 기
록을 내세운 매개자를 통한 단순한 전달이었다고 한다면, 이 작품 내에
서는 불투명한 기억, 망각을 내세워 기억을 의도적으로 흐리게 하고 있다.

　먼저 이 작품의 구조를 살펴보면 홀수장과 짝수 장으로 나누어 홀수
장에서는 주인공 소년 '카프카(田村カフカ)'의 이야기가, 짝수 장에서는

'나카타(中田サトル)'라는 지적장애노인의 이야기가 펼쳐진다. 이 두 장의 관계는 일견 무관하게 보이지만 스토리가 진행됨에 따라 하나의 접점을 형성하며 상호보완적인 역할을 하고 있음을 알 수 있다.

이 작품에서 비평가들에게 지적되는 곳은 바로 짝수 장에 등장하는 '나카타' 노인의 기억상실에 관한 부분이다. 그는 1944년 11월 피난지인 야마나시(山梨)현 어느 초등학교 4학년에 재학 중이었는데 담임교사의 인솔로 버섯을 따러 갔다가 알 수 없는 이유로 혼수상태에 빠졌다가 3주 정도 후에 갑자기 머리가 완전히 '백지상태'가 된 채로 현실로 복귀한다.

그런데 그 사건으로부터 28년이 지난 시점에서 당시의 인솔교사였던 '오카모치(岡持節子)' 선생은 '나카타' 소년이 혼수상태에 이르게 된 경위가 자신에게 있음을 고백하는 한 통의 편지를 보내온다. 그녀는 사건 전날 꿈속에서 출정(出征)중인 남편과 짐승과 같은 섹스를 나누고, 자위행위를 하고, 그 여운을 자신의 자궁에 느끼면서 넋이 나간 채로 아이들을 인솔하여 산으로 올라간다. 갑자기 시작된 생리에 다급해진 그녀는 손수건으로 적당히 처리하고 깊은 산속에 버리고 오는데 바로 그 피 묻은 손수건을 손에 들고 나타난 것이 '나카타' 소년이었고 그녀는 그를 몇 번이고 손바닥으로 때려 혼수상태에 빠지게 만든다.

즉, 자신의 수치심(性)을 견디지 못한 여교사의 폭력 때문에 '나카타' 소년은 혼수상태에 이른 것이고, 이유는 불확실하지만 현실로 돌아왔을 때는 기억의 일체와 읽고 쓰는 능력을 완전히 상실한다. 여기에서 '폭력'과 '성'이 '나카타'라는 존재 속에 놓여 있고,[17] 이것이 이 작품의 중심테마로 자리잡게 됨을 알 수 있다.

그렇다면 그녀가 자신의 기억을 28년이나 지난 시점에 타자에게 전달하려고 하는 의미는 무엇일까. 이미 먼 과거 속에 묻힌, 자신 이외에는 목격자도 없는 단편적인 사건을 굳이 드러내어 표면화시키고자 하는 의도는 무엇인가.

> 거의 모든 일은 잊혀져 갑니다. 그 큰 전쟁에 관한 것도 돌이킬 수 없는
> 사람의 삶과 죽음도, 모든 것은 먼 과거의 사건이 되어 갑니다. 18)
> 제 남편이 종전 조금 전에 필리핀에서 전사했을 때 실은 저는 그다지
> 쇼크를 느끼지 않았습니다. 그때 제가 느낀 것은 단지 깊은 무력감에 지
> 나지 않았습니다. 그것은 절망도 분노도 아닙니다. 저는 눈물 한 방울조
> 차 흘리지 않았습니다. 왜냐하면 그렇게 되리라는 것은, 남편이 어딘가
> 의 전쟁터에서 젊은 생명을 잃을 것이라는 것을 이미 알고 있었기 때문
> 입니다.19)

기억을 타자에게 전달하고자 하는 사람의 심리는 사건의 공유이다.
자신의 아픈 과거를, 기억을 타자에게 전달함으로써 자신의 아픔을 감
소시키고, 또한 타자로부터 공감을 얻어내고 이해를 구하기 위해서이
다. 이 여성이 과거에 자신이 저지른 개인적 폭력을 이야기하며 그것을
읽는 대상으로부터 용서와 관용을 바라고 있는데, 이것을 확대해서 풀
이하면 국가적 폭력을 휘두른 주체(일본)가 그러한 폭력에 대한 사과를
사건 당사자(한국, 중국 등)가 아닌 제3자에게 전달함으로써 일단은 자
신의 죄의식을 덜어내려는 의도로 볼 수 있다.

'모든 일은 잊혀 간다' '태평양 전쟁이라는 큰 전쟁 또한 사람들의 뇌
리에서 잊혀져 가고, 새로운 삶이 사람들을 지배한다'는 그녀의 말은
다른 한 편으로는 그 사건을 망각함으로써 자신을 평생 옭죄고 있는
죄의식의 굴레에서 벗어나고자 하는 의도로도 읽을 수 있다. 자신이 저
지른 조그마한 개인적 폭력('나카타' 소년에 대한 폭행과 기억상실)과
국가가 저지른 폭력(전쟁)을 교묘하게 연결 지으며 그녀는 자신의 죄
값으로 자신의 남편이 필리핀에서 전사한 사실을 언급한다. 바꾸어 말
하면 자신이 저지른 죄 값을 치렀다는 것이다.

'고모리 요이치(小森陽一)'는 오카모치 선생이 '나카타'에게 폭력을 휘두른 1944년 11월 7일과 그 날에 결정된 필리핀 전투의 책임을 연관지어, '오카모치' 선생의 역할은 '나카타'군을 때린 데에 대한 책임을 전부 떠맡음으로써 태평양 전쟁 말기에 방대한 숫자의 장병을 헛되이 죽게 만든 최고 책임자인 쇼와(昭和)천왕 히로히토의 전쟁책임을 면책시켜주는 것이고, 여기에 『해변의 카프카』라는 소설의 가장 심층부에 숨겨진 역사 부인, 역사 부정, 기억 말살의 문제가 있다고 지적한다.20)

하루키는 기억에 대해 인간은 누구나 자신이 체험한 기억을 '많든 적든 이야기 화(物語化)'하고, 작가는 그것을 '의식적'이고 '직업적'으로 행하고 있는 것이라고 하며 기억에 대한 임의성, 변경 가능성에 대해 시사한 바 있기 때문에, 이 작품에 나타난 기억의 소거 또한 충분히 의도적이라고 할 수 있다.21)

나아가 하루키는 이 여성을 통해 전쟁터에 나간 남편을 수많은 참전용사들의 한 무리에 지나지 않게 만들고, 인간으로서의 존귀함을 빼앗아가는 전쟁이라는 사건에서 살아남은 사람(오카모치 선생, '나카타' 노인)에게 가해지는 또 다른 폭력(천애고독, 기억상실)을 그려내고 있다. 하지만 그가 여기에서 말하고자 하는 바는 전쟁이라는 폭력적인 사건의 기억을 타자와 공유하기보다는 오히려 그러한 기억을 적극적으로 억압하기 위한 장치라고 할 수 있다. 모든 것이 이미 결정된 것이고 어쩔 수 없었다는 그녀의 체념은 읽는 사람들로 하여금 그 전쟁에 대한 무의식적 동조를 불러일으킴으로써 기억에서 소거시키려고 하고 있다.

## 5. 치유 기능으로서의 망각

'나카타' 소년에게 '폭력'과 '성'이 배치되어 있다고 전장에서 언급했는데, 그것을 기억과 연관지어 살펴보도록 하겠다.

읽고 쓰는 능력을 상실한 '나카타' 소년은 쉰다섯이 될 때까지 가구제조회사에 다니다가 그 회사가 문을 닫자 도쿄의 나카노(中野)구에 있는 동생 소유의 아파트에 살면서 시에서 나오는 지적장애자를 위한 보조금을 받으며 고양이 찾는 일을 업으로 살아간다. 어느 날 고양이 살해범인 '조니워커(ジョニー・ウォーカー)'가 나타나 고양이를 죽이든 자신을 죽이든 선택하라며 협박을 종용한다. 거역할 수 없는 압도적인 폭력 앞에 스스로 판단할 능력이 없는 '나카타' 노인은 '조니워커'를 살해한다. 하지만 정신이 들고 보니 그는 언제나의 공터에 있고, 그의 몸에는 피한방울 묻어있지 않았다.

이 장면은 그대로 홀수장인 '카프카' 소년의 장으로 이어져 어느 날 저녁 식사 후 정신을 잃은 '카프카'가 눈을 떠보니 자신의 오른쪽 가슴에 꽤 많은 양의 피가 묻어 있게 된다. 그 시각 도쿄에 있는 자신의 아파트에서 아버지 '다무라 고이치(田村浩一)'가 살해된다. 자세히 살펴보면 '나카타' 노인과 '조니 워커', '카프카' 소년과 아버지는 살인사건을 매개로 이어져 있음을 알 수 있다.

'나카타' 노인이 고양이 살해범 '조니 워커'를 압도적 협박과 폭력에 못 이겨 살해한 반면, '카프카'의 아버지 '다무라 고이치'의 살해 경위는 자세히 밝혀지지 않고 있다. 하지만 '카프카'는 자신의 아버지가 자신에게 어렸을 때부터 퍼부었던 '언젠가는 그 손으로 제 아비를 죽이고 제 어머니와, 누나와 몸을 섞게 될 것'이라는 오이디푸스 신화와 비슷한 저주의 말을 들으며 아버지에게 증오와 적개심을 품으며 자라왔고, 그렇기 때문에 아버지가 살해됐다는 말을 들었을 때도 '더 일찍 죽지 않아 유감'이라고 말하기까지 한다.

하루키는 여기에서 '생령(生き霊)'[22]에 대해 언급한다. 결국 '카프카'가 살아있는 유령이 되어 혐오의 대상인 아버지를 죽였을지도 모른다는

가능성을 넌지시 제시하며 하루키는 존속살해에 대한 책임을 회피하려 하고 있다. 아니면 꿈인지 현실인지 기억하지 못하는 주인공 '카프카' 소년에게 '자기 주위에 있는 사람을 모두 오염시키고 상처를 안겨 주었'고, 왜 그런 행동을 하는지 이유는 알 수 없지만 애당초가 '그렇게 만들어진' 아버지를 죽임으로써 그동안 받았던 고통을 치유시키려고 하고 있다.

이 장면이 시사하고 있는 것은 인간이 정신적인 학대 등에 장기간 노출되어 있어 그 증오나 적대 대상과 대치될 때 그러한 운명을 피하고자 취할 수 있는 선택지로서 살인이 선택되고 있다는 점이다. 폭력의 주체—아버지—가 사라진 후 '카프카' 소년은 새로운 삶을 살아가게 된다. 그것은 '까마귀라고 불리는 소년'이 이야기하듯 세상에서 가장 '터프한' 열다섯 소년이 되기 위한 일련의 통과의례로 그려지고 있다. 그가 도서관 사서인 '오시마(大島)'에게 말하는 아버지에 대한 좋지 않은 기억들은 결국은 그에게 공감을 얻어냄으로써 자신의 살인을 합리화시키기 위한 수단이었음을 알 수 있다. 이것은 곧 하루키가 그러한 과거를 가진 독자들에게 전하는 메시지이기도 하다.

친깡은 『해변의 카프카』가 폭력은 불가피하다는 것, 폭력을 상상만 하는 것은 전혀 나쁘지 않다는 두 가지 전제 위에 이야기가 구축되고 있음을 지적한다. 또한 이 작품 발표 후 독자들과 주고받은 이메일을 책으로 엮은 『소년 카프카(少年カフカ)』 속에서 하루키가, 자신의 환상 속에서 여러 번 사람을 죽였다고 고백한 18세 소년에 대해 '인간은 누구나 마음속으로 많은 사람을 죽이고 있'고 '상상 속에서 폭력을 행사하고 악을 범하고 있기 때문에야말로 현실생활에서는 그것을 하지 않고도 지낼 수 있다'고 조언하는 것을 강하게 비판한다.[23]

결국은 하루키 스스로 잠재적 살인을 용인하고 있는 대목으로도 볼 수 있는데, 그렇기 때문에 주인공 '카프카' 소년의 손에 이루어졌다고 추측되는 아버지에 대한 살인이 사실은 비슷한 경험을 한 많은 청소년들을 치유했다는 패러독스가 성립된다.

실제로 이 작품을 읽으며 많은 사람들이 치유 받았다는 점은 심리치료의 현장에서 더욱 많이 발견되는 듯하다. '이와미야 게이코(岩宮惠子)'는 하루키 소설의 특징에 대해 다음과 같이 설명한다.

> 두 번째로 치료 장면에서 꽤 많은 수의 환자가 그의 소설을 화제로 삼고 있는 것, 그리고 세 번째로(이것이 가장 강한 동기이지만)무라카미 하루키의 소설을 읽고 있노라면 마치 심리요법의 현장에서 일어나고 있는 일 그 자체처럼 여겨지기 때문이다. 심리요법 과정 중에 일어난 일을 나중에 환자들이 거의 망각해버리는 일이 자주 일어난다, 너무나 깊은 체험은 일상의 레벨의 기억으로서 남기 힘들 것이다. 무라카미는 에세이나 대담 속에서 자신의 소설을 완성한 후에는 거의 그 내용을 기억하지 못한다고 하는데, 그것도 심리요법 과정의 망각과 중첩되어 들린다. [24]

결국 작가 하루키 자신에게 있어서의 망각이란 그의 작업의 일부가 되고 있으며, 그것이 『해변의 카프카』에 이르러서는 하나의 주제로 자리 잡고 있음을 알 수 있다. 그러한 망각은 비단 존속 살해 뿐만 아니라, 어머니라고 여겨지는 '사에키(佐伯)'와의 근친상간, 누나라고 여겨지는 '사쿠라(サクラ)'에 대한 강간으로 이어지면서 망각의 수위를 높여가게 된다. 이러한 반인륜적인 인류의 금기를 실행하면서 하루키가 '트리거 가드(안전 장치)'로 설치해 놓은 것은 바로 망각이라는 메타포이다. '카프카'가 아버지를 살해한 것도 '기억은 얼어붙어 있고' '나카타' 노인이 '조니 워커'를 살해한 후의 기억은 없고, '사에키'와 관계를 맺을 때 '사에키'는 눈을 뜬 채 잠들어 있었고, 꿈인지 현실인지 애매모호한 경계에서 '사쿠라'를 강간한다.

어머니를 간하고 누나를 범하는 것은 인간의 금기를 깨고자 하는 근원적 열망의 표현이다. 근친상간에 대한 터부는 성(性)이 갖는 성스러움과 그것이 가족 간에 이루어져서는 안 된다는 금기의 양가적 성격을 보유하고 있다. 또한 프로이트가 말하는 오이디푸스 콤플렉스는 지극히 자연스러운 인간의 기본 욕망이기도 하다. 법제화된 사회는 인간사회의 질서를 유지하기 위해 이러한 욕망을 근본적으로 차단하고 있지만, 그에 대해 인간은 무한하게 욕구충족에 시달리고 있다.

하루키는 이러한 인간의 터부에 대한 열망을 작품 속에서 실현시킴으로써 독자들로 하여금 카타르시스를 느끼게 만들고 있다. '상상하는 것만으로는 괜찮다'는 그의 전제조건이 그것을 공감하며 다소간 죄의식을 느끼는 독자들에게 면죄부를 주고 있는 것이다.

## 6. 정리

역사란 인간의 지나간 과거의 기록이다. 그것이 허구를 통해 어떻게 전달될 수 있을까? 이러한 문제의식을 바탕으로 본고는 무라카미 하루키의 작품을 통해, 그에 의해 표출된 허구 속의 일본의 전쟁의 모습과, 이를 통한 작가의 메시지를 파악하고자 하였다.

하루키는 일본의 과거 중 1939년에 일어난 '노몬한 사건'과 '태평양전쟁' 말기의 '필리핀 전투'를 소재로『태엽감는 새 연대기』와『해변의 카프카』에서 당시의 기억을 그려내고 있다.

전자에서 하루키는 전쟁을 체험한 '마미야(間宮)' 중위의 눈과 입을 통해 그의 기억을 전달하고 있는데, 지나친 리얼리즘을 강조하다 보니 폭력영화의 살인 장면을 연상케 하면서, 전쟁의 참상이나 잔혹함을 느끼게 하기 보다는 살인 자체에 대한 증오나 반감을 불러일으키는 데 그치게 된다. 이어지는『해변의 카프카』에서는 성과 폭력이 일본의 과거, 즉 태평양 전쟁과 맞물려 전개되고는 있지만, 전쟁의 실상 그 자체가 묘사되었다기 보다는 그로 인해 파생되었을 개인적 폭력으로 귀납되어 있음을 알 수 있다.

하루키의 목적은 일본의 전쟁이라는 거대한 폭력의 역사 속에 피 흘리고 죽어간 이름 없는 병사들의 아픔과, 그러한 폭력을 되풀이하는 지배계급에 대한 비판, 즉 역사와 폭력의 개연성에 관한 것이었다. 그러나 의도와는 달리 그가 두 작품에서 보여준 '역사'는 그 주안점이 '폭력'에 편중되어 있고, 또한 전쟁을 바라보는 시각이 오로지 일본과 일본인을 향하고 있어, 자국민에게는 다소의 치유 기능을 발휘할지 몰라도, 또 다른 피해자인 주변국들에 대한 배려는 보이지 않는다. 그가 반대를 무릅쓰고 시상식에 참가한 '예루살렘상'의 수상 소감에서 언급했던 '벽과 계란'[25]의 비유가 말뿐만이 아니라 자신의 작품에서 적절히 표현되어야 하고, 그것이 세계적 작가로서 하루키가 앞으로 해결해야 될 큰 과제이기도 하다.

| 주 |

〈초출〉 이 글은 졸고 「무라카미 하루키(村上春樹) 문학에 나타난 역사의식 고찰」(중앙대학교 일본연구소 일본연구 제27집)을 수정, 가필한 것임.

1) 다우베 드라이스마, 정준형 옮김(2006) 『기억의 메타포』, 에코리브르, p.45
2) 이 글쓰기 판은 갈색의 평판 위에 위쪽은 묶여 있고, 아래쪽은 묶여있지 않은 두 층의 종이-위층은 셀룰로이드, 아래층은 밀랍종이-로 되어 있다. 이 셀룰로이드에 글을 쓰고 불필요하면 묶이지 않은 쪽을 들어 올려 지워 버리면 표면에서 글씨가 지워지고 다시 새롭게 쓸 수 있는 구조를 하고 있다. 프로이트는 글씨가 쓰여 있는 상태에서 밀랍종이와 셀룰로이드를 분리하면 밀랍 표면에도 글씨가 남아 있는 것에 주목하며, 셀룰로이드의 역할이 밀랍종이에 대한 보호막으로 외부에서 오는 해로운 결과를 저지하는 역할을 하고 있으며, 이것은 인간의 지각 기관이 두 층으로 구성되어 있는 것과 비슷하다고 지적한다(프로이트, 박찬부 옮김(1997) 「〈신비스런 글쓰기 판〉에 대한 소고」 『쾌락원칙을 넘어서』, 열린책들, pp.190-191).
3) 하루키의 전쟁에 관한 선행연구로는 '고모리 요이치'의 『무라카미 하루키론 『해변의 카프카』를 정독하다』를 들 수 있다. 이 안에서 그는 하루키가 이 작품에서 전쟁이나 강간, 종군위안부 문제와 같은 역사적 기억을 일단 상기시킨 후, 작품 내에서 바로 소거해 버림으로써 모든 것이 어쩔 수 없었고, 잊어버려도 괜찮다고 용서해 줌으로써, 2002년 이후의 일본의 독자들에게 치유의 기능을 발휘하고 있다고 지적한다(小森陽一(2006) 『村上春樹論『海辺のカフカ』を精読する』平凡社新書 pp.2, 43-268).
   또한 '가와무라 미나토'는 이 작품 내에서 하루키는 의도적으로 미국에 대한 언급을 회피하고 있으며, 전쟁이나 '아버지 죽이기(父親殺し)', 폭력에 대한 폭력이라는 근원적 폭력이 넘치고 있지만, 전쟁 중의 비참한 상황에 대해서는 공습에 대해서도 오키나와(沖縄)에 대해서도 언급하고 있지 않다고 비판한다(川村湊(2006) 『村上春樹をどう読むか』作品社 pp.49-54).
4) 村上春樹(1993) 『遠い太鼓』講談社文庫 p.270.

5) 村上春樹(1997 )『やがて哀しき外国語』講談社文庫 pp.16-18.

6) 1939년 5월-9월에 걸쳐 만주국과 몽고인민공화국 간의 국경선을 둘러싸고 발생한 국경분쟁사건. 실제적으로는 일본육군제국과 러시아(舊소련)군 간의 충돌을 의미한다. 세 차례에 걸친 싸움(제1차; 5.11-5.31, 제2차; 7.1-7.6, 제3차; 8월 중순) 모두 소련군의 압도적인 기계화 부대의 공격에 일본군의 패배로 끝난다(川村湊(1999)「ハルハ河に架かる橋」『村上春樹スタディーズ 04』若草書房 pp.28-30).

7) 村上春樹(1995)「メイキング・オブ・『ねじまき鳥クロニクル』」『新潮』92-11 講談社 p.288.

8) 村上春樹(2008)『辺境・近境』新潮社 pp.167-168.

9) 제1부 12 間宮中尉の長い話・1 / 13 間宮中尉の長い話・2

10) 제3부 10 動物園襲撃(あるいは要領の悪い虐殺)/ 28 ねじまき鳥クロニクル #8 (あるいは二度目の要領の悪い虐殺)

11) 이 작품은 1986년 동경을 무대로 하고 있다.

12) 蓮実重彦(1996)「文芸時評」『朝日新聞』8.19

13) 日置俊次(1999)「村上春樹『ねじまき鳥クロニクル』試論」『村上春樹スタディーズ 01』若草書房 p.104 .

14) 오카마리 저, 김병구 역, 『기억・서사』 소명출판, p.73.

15) 1995년 3월 20일 도쿄 지하철에서 '옴진리교(オウム真理教)'가 일으킨 화학병기를 사용한 무차별 테러 사건으로, 독가스인 사린이 유포되어 승객과 직원 12명이 사망하고 5,510명이 중경상을 입었다. 일본에서는 전후 최대의 무차별 살인행위로 대도시에서 일반시민에 대해 화학병기가 사용된 최초의 테러사건으로 전 세계에 충격을 주었다.

16) 이러한 사회문제를 주제로 한 일련의 논픽션 작품의 발표 후 하루키의 변절을 꼬집으며 창작 의도에 대한 비판이 쇄도했다. 그때까지 '소설가로서 모든 것을 받아들이고, 수용하'며 상황에 대해 '이의신청은 하지 않으며, 자신의 소설에 '교훈도 메시지도 담고 있지 않는 자세로 일관해 왔던 하루키의 작품세계가 『언더그라운드』를 통해 상황에 대해 적극적으로 이의신청을 하고 있고 무언가 메시지를 전달하려고 했다는 점에서 창작의도의 불순함

이 문제시되었다(久居つばき(1998)『ノンフィクションと華麗な虚偽』マガ
ジンハウス pp.8-28).

17) 永島貴吉(2008)「「ナカタさん」論―媒介する者」『国文学解釈と鑑賞 別冊』
至文堂 p.231.

18) 村上春樹(2006)『海辺のカフカ (上)』新潮社 p.203.

19) 위의 책 pp.216~217.

20) 小森陽一 앞의 책 p.206.

21) 村上春樹(2003)「目じるしのない悪夢」『村上春樹全作品 1990-2000 ⑥』講談
社 p.655.

22) '생령(生靈)'이란 일본의 민간 신앙에서 살아있는 인간 안에 있는 영혼의
모습을 말하는데, 그 배경으로서는 예부터 일본에는 생과 사가 엄밀히 구
분되지 않았던 데서 유래하며, 옛 일본인들은 신앙이 깊어 살아있는 인간
이 다른 사람에 대해 강한 감정을 가지면 혼이 '生靈'이 되어 상대 앞에 나타
난다고 믿었다.(Wikipedia 백과사전)

23) 秦剛(2007) 앞의 책 p.12.

24) 岩宮恵子(2004)『思春期をめぐる冒険 心理療法と村上春樹の世界』日本評
論社 iii.

25) (…)Between a high solid wall, and an egg that breaks against it, I will
always stand on the side of the egg. (47News 2009년 '村上春樹エルサレム
賞スピーチ全文'(http://www.47news.jp/47topics/e/93880.php [2009.2.25])

## 【참고문헌】

〈텍스트〉

村上春樹(2003)『村上春樹 全作品 1990~2000』全7卷 講談社

＿＿＿＿＿(2004)『海辺のカフカ(上)(下)』新潮文庫


〈단행본〉

다우베 드라이스마 저, 정준형 역(2006)『기억의 메타포』에코리브르 p.45-46.

오카마리 저, 김병구 역『기억・서사』소명출판 p.73.

윌리엄 제임스 저, 정양은 역(2006)『심리학의 원리2』아카넷 p.1177.

프로이트 저, 박찬부 역(1997)『쾌락원칙을 넘어서』열린책들 pp.190-191.

岩宮恵子(2004)『思春期をめぐる冒険心理療法と村上春樹の世界』日本評論
　　　　社 iii.

川村湊(2006)『村上春樹をどう読むか』作品社 pp.49-54.

小森陽一(2006)『村上春樹論『海辺のカフカ』を精読する』平凡社新書 pp.243-268.

村上春樹(1993)『遠い太鼓』講談社文庫 p.270.

＿＿＿＿＿(1997)『やがて哀しき外国語』講談社文庫 pp.16-18.

＿＿＿＿＿(2008)『辺境・近境』新潮社 pp.167-168.


〈논문 및 인터넷 자료〉

川村湊(1999)「ハルハ河に架かる橋」『村上春樹スタディーズ04』若草書房 pp.28-30.

秦剛,「戦後日本の歪みのなかの村上春樹─小説『海辺のカフカ』と小森陽一の
　　　　精読について─」『東アジアで村上春樹を読む』高麗大学校日本学研究セ
　　　　ンター p.11.

永島貴吉(2008)「「ナカタさん」論─媒介する者」『国文学解釈と鑑賞 別冊』至
　　　　文堂 p.231.

蓮実重彦(1996)「文芸時評」『朝日新聞』8.19.

日置俊次(1999)「村上春樹『ねじまき鳥クロニクル』試論」『村上春樹スタディー
　　　　ズ 01』若草書房 p.104.


村上春樹(1995)「メイキング・オブ・『ねじまき鳥クロニクル』」『新潮』92-11 講

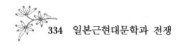

談社 p.288.

47News 2009년 '村上春樹エルサレム賞スピーチ全文' (http://www.47news.jp/
47topics/e/93880.php(2009.2.25))

# ∥ 찾아보기 ∥